LILLI BECK
Die Schwestern vom See
Neue Wege

LILLI BECK

Die Schwestern vom See

Neue Wege

Roman

blanvalet

Sollte diese Publikation Links auf Webseiten Dritter enthalten,
so übernehmen wir für deren Inhalte keine Haftung, da wir uns
diese nicht zu eigen machen, sondern lediglich auf deren Stand
zum Zeitpunkt der Erstveröffentlichung verweisen.

1. Auflage
Originalausgabe 2023 by Blanvalet
in der Penguin Random House Verlagsgruppe GmbH,
Neumarkter Str. 28, 81673 München
Copyright © 2023 by Lilli Beck
Redaktion: Gisela Klemt
Umschlaggestaltung: www.buerosued.de
Umschlagmotiv: mauritius images / Westend61 / Daniel González;
www.buerosued.de
KW · Herstellung: sam
Satz: Buch-Werkstatt GmbH, Bad Aibling
Druck und Bindung: GGP Media GmbH, Pößneck
Printed in Germany
ISBN 978-3-7341-1085-6

www.blanvalet.de

Familie ist, wo du jederzeit willkommen bist!

Prolog

Es war einer dieser Frühlingstage, an denen sich der Himmel mit Federwölkchen geschmückt hatte, die Sonne sich mit aller Kraft daranmachte, den Winter zu vertreiben, und die Fenster weit geöffnet wurden, um frische Luft hereinzulassen. Das milde Bodenseeklima ließ die Knospen in den Obstplantagen sprießen, in den Cafés wurde wieder draußen serviert, und auf den Promenaden flanierten die Menschen. Die Gartenmöbel wurden aus den Schuppen geholt und die Uhren eine Stunde vorgestellt. Die Tristesse der dunklen Monate schien vergessen, neues Leben erblühte, und neue Hoffnung sollte erwachen, dort, wo lange getrauert worden war.

Ein halbes Jahr war seit Viola Königs tragischem Tod vergangen. Die Tränen waren versiegt, das Grab mit Veilchen bepflanzt, doch die Risse in den Herzen der Familienmitglieder würden noch lange schmerzen. Zu frisch war die Erinnerung an den Schicksalstag, an dem die Familie König um die jüngste der drei Schwestern gebangt hatte, als alle Gebete vergeblich waren.

Rose würde niemals die angstvollen Stunden vergessen, als sie und ihre Familie im Wartezimmer der Klinik saßen, hoffend, dass Viola es bald überstanden hatte. Dass sie ihr Baby in die Arme schließen und die Wehenschmerzen vergessen konnte. Stattdessen hatte die behandelnde Ärztin ihnen mit leiser Stimme erklärt, dass es Komplikationen gegeben und nur das Baby überlebt habe.

Die schockierende Nachricht hatte ungläubiges Schweigen und dann verzweifelte Schreie ausgelöst. Es war ein Moment gewesen, in dem Rose glaubte, die Erde habe aufgehört, sich zu drehen. Herbert, der Vater der drei Schwestern, hatte sich mit den Fäusten gegen die Stirn geschlagen, als wollte er sich die grausame Wahrheit aus dem Hirn prügeln. Iris, die Älteste, hatte sich zum Selbstschutz die Arme um ihren Körper geschlungen. Und nur Florence, ihre aus Frankreich stammende Mutter, brachte den Mut auf zu fragen, was genau geschehen war.

Stockend hatte die Medizinerin von einer Fruchtwasserembolie berichtet. Von Fruchtwasser, das über die Venen im Gebärmutterhals in Violas Blutkreislauf gelangt war, was eine lebensbedrohliche Embolie zur Folge gehabt hatte.

Rose hatte, wie alle anderen auch, nicht glauben wollen, Viola verloren zu haben. Die Schwester nie wieder in die Armen schließen, nie wieder mit ihr lachen oder sie zu einer neuen Auszeichnung beglückwünschen zu können. Lange hatte sie jede Nacht von der Todesnachricht im Wartezimmer geträumt. War nach dem Aufwachen in Tränen ausgebrochen, als sie realisierte, dass es nicht nur ein Traum gewesen war.

Doch ein halbes Jahr hatte nicht genügt, um die Familie vergessen zu lassen, wie grausam das Schicksal gewesen war. Die Trauer um die verlorene Tochter, Schwester und

Nichte hatte das Lachen im Haus verstummen lassen. Nur Violas kleiner Tochter Jasmin gelang es, die Tristesse zu durchbrechen. Wenn Jasmin lächelte, ihre veilchenblauen Augen glänzten, die denen von Viola so sehr ähnelten, und als schließlich die ersten beiden Zähnchen sichtbar wurden, wollte jeder sie an sich drücken und mit Küssen überschütten. Das runde Gesicht und das blonde Haar hatte Jasmin vermutlich von ihrem Vater, den sie vielleicht niemals kennenlernen würde. Er war spurlos verschwunden, noch ehe Viola festgestellt hatte, dass sie ein Kind von ihm erwartete.

Dennoch war heute ein Freudentag für die Familie. Iris und Jasmin waren per Adoption ganz offiziell Mutter und Tochter geworden. Viola hatte das noch im Kreissaal kurz vor der Geburt festgelegt, als sie merkte, dass ihr Leben in Gefahr war.

Rose würde nie den geschockten Gesichtsausdruck ihrer älteren Schwester Iris vergessen, als die Ärztin im Krankenhaus ihr Violas Wunsch mitteilte. Iris hatte sich jahrelang Kinder gewünscht, doch es hatte nicht geklappt. Irgendwann hatte sich herausgestellt, dass Christian zeugungsunfähig war. Monatelang hatte er sich gegen einen Spermientest gewehrt, sogar behauptet, als junger Mann ein Kind gezeugt zu haben, bis in einem Streit herauskam, dass er im Grunde keine Kinder wollte. Daran war die Ehe schließlich zerbrochen. Dass sich Iris' Kinderwunsch jetzt ausgerechnet durch den Tod ihrer Schwester Viola erfüllte, war grausam und ungerecht, aber ändern ließ es sich nun mal nicht.

Rose klopfte mit dem Löffel an ihre Kaffeetasse, um etwas zu verkünden. Wie üblich bei wichtigen Anlässen, hatte sich die Familie an der Kaffeetafel im privaten Salon hinter der Rezeption versammelt.

Dieser Raum im Erdgeschoss diente der Familie als Wohnzimmer, wo sie sich zu den Mahlzeiten trafen, wo alle Geburtstage gefeiert wurden und wo auch jedes Jahr der Weihnachtsbaum stand. Die jeweiligen Schlafzimmer mit eigenen Bädern befanden sich unter dem Dach des sonnengelb gestrichenen Gebäudes. Die neunzehn Fremdenzimmer und ein Balkonzimmer, die sogenannte Hochzeitssuite, verteilten sich auf zwei Etagen. Das Herzstück der Pension bildeten der Wintergarten mit Blick auf den Bodensee und die große Terrasse, auf der die Gäste im Sommer unter schattenspendenden Sonnenschirmen saßen. Ein Waschkeller und Vorratsräume verteilten sich auf das Untergeschoss, und die berühmte Konditorei Tortenhimmel befand sich im rechten Seitenflügel.

Jasmin, die seit einigen Tagen allein im Hochstuhl mit am Tisch saß, lauschte dem Geräusch, das Rose machte, und klopfte dann ihrerseits mit ihrem Beißring auf das Tischchen vor ihr. Der Lärm gefiel ihr offensichtlich so gut, dass sie mit sichtbarem Vergnügen weitertrommelte und damit alle zum Lachen brachte.

»Meine Enkelin hat schon richtig viel Kraft in den kleinen Händen.« Herbert strahlte über das ganze Gesicht. Er war frisch rasiert, hatte sich das Haar schneiden lassen und den dunklen Anzug, den er seit Violas Tod ständig getragen hatte, gegen einen hellgrauen getauscht. Jetzt wirkte er nicht mehr wie ein uralter Mann, sondern wie der agile Endfünfziger, der er war.

Rose lächelte ihrem Vater zu. Sie war glücklich zu sehen,

dass er immer öfter aus seiner bedrückten Stimmung herausfand. Wie heute Morgen, als er nach langer Zeit mal wieder seinen weißen Kittel angezogen und Viola-Törtchen gebacken hatte – kleine Kuchenstückchen in Kissenform, von kandierten Veilchen gekrönt, mit denen er vor knapp dreißig Jahren Violas Geburt gefeiert hatte. In der Konditorenfamilie König war es Tradition, jedes Kind mit einer neuen Tortenkreation oder einem Gebäckstück zu begrüßen. Zu Jasmins Geburt vor sechs Monaten hatte Herbert *Macarons Jasmin*, Mandelmacarons gefüllt mit Schokoladenganache, kreiert. Dass Herbert heute die Petit Fours gebacken hatte, rechtfertigte allein eine Feier, denn er hatte die Backstube nach den Macarons für Jasmin nie wieder betreten. Es sei zu schmerzhaft, sich in Violas ehemaliger Wirkungsstätte aufzuhalten, hatte er gesagt. Die Gefühle, die ihn an diesem Ort übermannten, seien so, als stieße ihm jemand ein Messer ins Herz. Dort, wo Viola als jüngste Konditorin der Familie ihre über die Stadtgrenzen hinaus bekannten Gebäckstücke und Torten geschaffen hatte, werde ihm qualvoll bewusst, dass er seine jüngste Tochter für immer verloren habe.

Auch Rose spürte diesen Schmerz nach sechs Monaten noch sehr deutlich, aber in der Backstube oder in der Konditorei Tortenhimmel fühlte sie sich der toten Schwester sehr nahe. Manchmal meinte sie, Violas Schatten zu sehen, und empfand dies wie einen Gruß aus einer anderen Welt. Iris und ihre Mutter Florence waren der gleichen Meinung. Und ihre kinderlose Tante Annemarie, die eng mit Viola zusammengearbeitet und die Abrechnungen für die Konditorei Tortenhimmel erledigt hatte, »unterhielt« sich sogar mit Viola, wenn niemand in der Nähe war.

Selbstverständlich trauerte auch Florence um die verlorene Tochter, aber ihre anderen beiden Töchter und das Enkelkind gaben ihr die Kraft weiterzumachen. Kraft, nach vorn zu schauen, hoffend, dass der Verlust mit jedem Tag weniger wehtat.

Jasmin kaute wieder an ihrem Beißring, und Rose startete den nächsten Versuch, ihre Neuigkeit zu verkünden. Diesmal klopfte sie nur ganz zart an ihre Tasse und lächelte dabei dem Mann an ihrer rechten Seite zu: Nico Weingold, siebenunddreißig, stämmige Figur, einen halben Kopf kleiner als sie selbst, welliges Haar, das stets etwas zerzaust wirkte, kantiges Gesicht, kräftige Nase, voller Mund, tiefblaue Augen und die schönsten Hände, die sie jemals bei einem Mann gesehen hatte.

Nico war der »Feind«, der vor ungefähr sieben Monaten die Pension König ausspioniert hatte. Rose hatte ihm im Laufe einer heißen Nacht alle Einzelheiten entlockt und Nico dann, trotz des besten Sex ihres Lebens, in die Wüste gejagt. Doch sie hatte ihn nicht vergessen können. Es waren die zärtlichen Blicke aus seinen blauen Augen, mit denen er sich in Roses Herz geschlichen hatte. Und für Nico war die Zurückweisung kein Grund gewesen aufzugeben. Er wollte Rose für sich gewinnen, und das war ihm schließlich gelungen.

Rose holte Luft. »Liebe Familie …«

Nico zwinkerte ihr verschmitzt zu.

Herbert, der sein Enkelkind Jasmin beobachtet hatte, zuckte zusammen. »Willst du etwa eine Rede zur Adoption halten?«

Rose hörte deutlich seine Angst vor rührseligen Worten

und wiegelte ab: »Nein, ich wollte noch etwas anderes verkünden.«

»Aber bitte nur frohe Botschaften, und in aller Kürze, sonst wird der Kaffee kalt, und die Sahne schmilzt.« Ungeduldig spielte Herbert mit seiner Kuchengabel.

Florence, die zur Linken ihres Mannes saß, legte ihm wie üblich die Hand auf den Arm und sagte mit sanfter Stimme: »Kein Grund zur Aufregung, 'erbert.« Florence beherrschte auch die Aussprache des H sehr gut, und wie die ganze Familie wusste, pflegte sie diesen kleinen französischen Akzent nur ihrem Herbert zuliebe.

»Mir ist einfach nicht nach Ansprachen, sondern nach Kaffee.« Gierig beäugte Herbert die dreistöckige Etagere, auf der die Petit Fours angerichtet waren.

Nico schob seinen Stuhl zurück und legte beim Aufstehen seinen Arm um Roses Schultern. Noch ehe sie es verhindern konnte, erklärte er mit strahlender Miene: »Wir wollen heiraten!«

Die Familie schien überraschter zu sein, als Rose angenommen hatte, wie sie den entgeisterten Blicken entnehmen konnte. Vor allem ihre Schwester Iris starrte sie derart entsetzt an, als wäre Nico immer noch der Feind, der es auf die Pension abgesehen hatte. Oder war es Iris' gescheiterte Ehe, die sie zur Gegnerin von Beziehungen hatte werden lassen? Nein, das mochte Rose nicht glauben. Iris traf sich seit Monaten mit Friedrich Kreuzer, einem Journalisten, der die Pension und den Tortenhimmel letztes Jahr bei einer heiklen Angelegenheit unterstützt hatte. Und jeder, der die beiden zusammen beobachtete, erkannte schnell, dass es keine platonische Freundschaft war. Rose hoffte sogar, dass Fritz der Mann war, mit dem Iris endlich glücklich werden würde.

»Jetzt schaut doch nicht alle so geschockt.« Rose zupfte Nico am Saum seines Jacketts, der den Hinweis verstand und sich wieder setzte.

»Wir sind nur verblüfft«, behauptete Tante Annemarie, die nach Violas Tod die Leitung der Konditorei übernommen hatte.

Als Herberts ältere Schwester hatte sie die Pension bis zum Tod ihres Vaters Max König, dem Konditormeister und Gründer des Unternehmens, geleitet. Letztes Jahr im Frühling war er mit sechsundachtzig Jahren friedlich in seinem Bett für immer eingeschlafen. Nach seinem Tod hatte Herbert einen leichten Herzinfarkt erlitten und deshalb den Betrieb an Rose übergeben, damit die Geschäfte in der Familie blieben.

»Ich bitte um Verzeihung«, meldete sich Nico wieder zu Wort und erhob sich noch einmal leicht von seinem Stuhl. »Weil ich versäumt habe, offiziell um Roses Hand anzuhalten.«

»Nicht nötig«, winkte Herbert großzügig ab. »Rose hat noch immer bekommen, was sie wollte, ihr die Verbindung zu verbieten wäre wirkungslos. Also meine Glückwünsche, Kinder, und jetzt würde ich wirklich gern eine Tasse Kaffee trinken. Nebenbei könnt ihr dann erzählen, wann und wie die Hochzeit geplant ist.«

Herberts lässige Reaktion löste die kurzzeitige Anspannung bei allen Anwesenden. Florence schenkte Kaffee ein, Annemarie verteilte das Gebäck, und Iris lächelte wie jedes Mal, wenn sie Jasmin auf den Schoß nahm.

I

Auerbach, November

Rose hatte lange mit Nico über ihren Hochzeitstag diskutiert. Wo wollten sie feiern? Wie viele Gäste einladen? Von der Gästezahl hing es ab, ob der Wintergarten genügte oder sie einen riesigen Tanzsaal anmieten mussten. Nico wünschte sich nämlich eine bombastische Traumhochzeit mit unzähligen Gästen und einer fünfstöckigen Torte, über die in den Tageszeitungen berichtet werden würde. Er wollte die große Sause auch finanzieren. Rose fand so viel Aufwand übertrieben, ihr würde das Jawort auf dem Standesamt und ein freies Wochenende zum Flittern genügen, hielt sie dagegen. Das ganze Brimborium mit Polterabend, unbequemem weißem Sahnetortenkleid aus Tüllbergen, das am Ende nur im Schrank hing, konnte ihr gestohlen bleiben.

Allerdings gab es noch einen anderen Grund für ihren Widerspruch, den sie Nico bisher verheimlicht hatte: Herberts Hang zu Traditionen. Ihr Vater legte nämlich großen Wert auf den ziemlich antiquierten Brauch, der verlangte, dass die Eltern der Braut die Hochzeitsfeier ausrichteten und sie auch bezahlten. Doch der Betrieb hatte während dieser schrecklichen Pan... – Rose hatte es sich selbst verbeten, dieses Wort zu Ende zu denken – große Umsatzverluste verbuchen müssen. Eine kostspielige Hochzeitsfeier war also nicht drin. Es würde eine Weile dauern, bis sich die Pension König gänzlich von diesen ruinösen Zeiten erholt haben würde und wieder schwarze Zahlen schreiben konnte. Im vergangenen Sommer hatten sich die ersten Stammgäste wieder eingefunden, jetzt im Winter aber standen etliche Zimmer leer, und das war eine günstige Gelegenheit, die Hochzeit zu feiern. Wie das letztlich vonstattengehen sollte, wurde wieder einmal bei einem Abendessen im Kreise der Familie besprochen.

Der Esstisch war mit dem Streublümchen-Geschirr gedeckt, im Kamin brannte ein Feuer, und auf zwei antiken Porzellanplatten mit der Aufschrift *Haus König*, die noch aus den Anfängen der Pension stammten, hatte Florence diverse Sandwiches angerichtet. Dazu gab es frische, in längliche Stücke geschnittene Gurken und Karotten, Mineralwasser, Apfelsaft und eine Kanne Tee.

»Wie wäre es mit einer Minihochzeit im Familienkreis?«, fragte Iris, die Jasmin auf dem Schoß hatte und mit Grießbrei fütterte. »Standesamtliche Trauung, und am Abend vor der Hochzeit veranstalten wir einen Polterabend, zu dem dann auch Freunde eingeladen werden.«

»Eine richtige Polterhochzeit mit Geschirr zerschlagen?« Herberts sonst so traurige blaugrüne Augen begannen regelrecht zu glitzern, als er von dem Lastwagen voller Teller und Tassen erzählte, die er damals für Iris und Christian organisiert hatte. »Und am Vorabend unserer eigenen Hochzeit haben Florence und ich Berge von Scherben aufkehren müssen! Sogar eine zerschlagene Kloschüssel war dabei, natürlich eine unbenutzte, die bei einem Einbau beschädigt worden war.«

Florence nickte ihm mit tränenfeuchten Augen zu. »Das war wunderschön, 'erbert.«

»Ich hätte auch noch einen Vorschlag«, meldete sich Annemarie zu Wort. »Wenn ihr euren Polterabend auf meinen Geburtstag legt, würde mir ein nachmittäglicher Kaffeeklatsch gefallen.«

»Gute Idee«, stimmte Herbert zu. Wenn Nico jetzt noch zustimmte, war es beschlossene Sache.

Am Polternachmittag gegen zwei Uhr, als Iris mit Jasmin von einem Besuch an Violas Grab zurück war, versammelten sich die Familienmitglieder im Terrassencafé, das wegen der privaten Feierlichkeiten für externe Gäste geschlossen war. Rose hatte zwei Vierertische an den Fenstern zusammengeschoben, von wo aus man einen schönen Blick auf den Bodensee hatte. Nach dem Geburtstagskaffee für Tante Annemarie wollten Rose und Nico das Café für den Abend vorbereiten. Hier sollte gegessen, getrunken und getanzt werden.

Annemarie, heute in einem lilafarbenen Strickkleid, gekonnt geschminkt mit knallroten Lippen, thronte an der Stirnseite des Tisches mit direktem Blick auf den heute grautrüben See. Geschenke hatte sie sich verbeten, aber von jedem eine Lilie sei willkommen, hatte sie gesagt. Das ergäbe einen hübschen Strauß ihrer Lieblingsblumen, der ihre private Unterkunft unterm Dach mit betörendem Duft erfüllen würde.

Nachdem also alle brav eine duftende Blume überreicht

und Annemarie mit Wangenküssen gratuliert hatten, stellte Herbert eine Anatorte vor seine Schwester. Die Kuppeltorte war die Kreation von Gründer Max König zu Annemaries Geburt gewesen, die noch heute vor allem bei den älteren Kunden sehr beliebt war. Von Schokolade überzogen, mit Buttercreme und Ananas gefüllt, gehörte sie zu den etwas gehaltvolleren und typischen Köstlichkeiten der 1960er.

»Man reiche mir ein Messer«, verlangte Annemarie mit übertrieben nasaler Stimme, nachdem sie die einzige Kerze ausgeblasen hatte.

Sie war strikt gegen einundsechzig Kerzen gewesen. Derart viele Flammen glichen einem Fackelzug, da wäre sie bis Mitternacht mit Ausblasen beschäftigt, hatte sie gemeint.

Herbert reichte seiner Schwester das gewünschte Messer. Florence sammelte die Teller ein und verteilte dann die Tortenstücke. Rose stellte die Lilien in die bereitstehende, mit Wasser gefüllte Vase und brachte sie in ihr Büro hinter der Rezeption. Der intensive Blumenduft war viel zu stark für Baby Jasmin.

»Danke für die tolle Torte, liebes Bruderherz …« Annemarie probierte ein Stück. »Hmm … köstlich wie immer … Übrigens, ich würde gern etwas besprechen.«

Kuchengabeln wurden abgelegt, Kaffeetassen abgestellt, und alle Augen richteten sich auf die Tante.

»Das klingt ja spannend«, sagte Herbert, griff nach der Kaffeekanne und füllte seine Tasse erneut.

»Es betrifft nicht dich, sondern den Tortenhimmel.« Annemarie grinste Herbert frech an, als wäre sie immer noch die Zehnjährige, die es einfach nicht lassen konnte, ihren jüngeren Bruder zu ärgern.

»Na dann …« Herbert stand von seinem Stuhl auf und hielt seinen Kuchenteller unter Annemaries Nase, »… möchte ich noch ein Stück von der Torte.«

Annemarie reichte ihm das Messer. »Nimm dir.«

Herbert schaute schuldbewusst zu Florence, die ihre schön geschwungenen Augenbrauen hob, und schnitt sich nur ein schmales Stück vom Kuchen ab. Offensichtlich wusste er auch ohne mahnende Worte seiner Frau, dass er mit dem ersten Stück bereits genug von der fettreichen Köstlichkeit vertilgt hatte.

»Also, ich mache es kurz«, setzte Annemarie erneut an, nachdem ihr Bruder wieder Platz genommen hatte. »Wir brauchen einen Konditormeister.«

Herbert fiel die Kuchengabel aus der Hand. »Was soll das denn heißen?« Aufgebracht schnappte er nach Luft. »Ich *bin* Konditormeister, falls ich dich daran erinnern darf.«

»Ich hab's nicht vergessen, und wie eben festgestellt, hast du dein Handwerk nicht verlernt. Die Kuppeltorte schmeckt wirklich lecker. Aber du arbeitest ja nicht mehr aktiv in der Backstube mit, und *ich* bin leider keine Konditormeisterin. Deshalb brauche ich Unterstützung …« Sie stockte kurz und lächelte ihren Bruder liebevoll an, wohl wissend, ihn verletzt zu haben. »Der Tortenshop läuft nämlich hervorragend, was aber viel Arbeit bedeutet, die nur mit Alex, dem Gesellen, und einer Auszubildenden nicht zu schaffen ist. Ein Konditormeister ist also längst überfällig.«

Rose hatte das Thema bereits mit ihrer Tante besprochen, denn mit ihrem Vater war momentan tatsächlich nicht zu rechnen, sosehr sie das auch bedauerte. Jetzt ergriff sie das Wort. »Es geht nicht nur um den Tortenhimmel, Papa.

Unsere finanzielle Lage hat sich im letzten Jahr nicht gerade rosig entwickelt, wie du ja weißt. Die Pension wird im Sommer sicher wieder voll belegt sein, inzwischen können wir aber den Umsatz mit der Konditorei steigern und somit bald wieder schwarze Zahlen schreiben. Aber dazu ist eine weitere Kraft nötig.«

Herbert starrte schweigend auf das Tortenstück auf seinem Teller, schien sich ganz auf den Genuss zu konzentrieren. Schließlich hob er den Kopf, zuckte mit den Schultern und grummelte: »Macht, wie ihr meint.«

Annemaries rot geschminkter Mund verzog sich zu einem breiten Grinsen. »Danke, Bruderherz, ein schöneres Geschenk hättest du mir nicht machen können.«

Rose atmete auf. Eine Auseinandersetzung am Tag vor ihrer Hochzeit hätte ihr gerade noch gefehlt. Ihr Vater hatte die Leitung des Betriebs nach seinem Herzinfarkt zwar an sie übergeben, aber hin und wieder erinnerte er sich daran, dass er mit seiner Schwester Annemarie den Betrieb geerbt und somit noch das Sagen hatte. Dann kam er ins Büro, erkundigte sich nach den belegten Zimmern, wie viele Gäste noch erwartet wurden oder wer von den Stammgästen wieder gebucht hatte. War er schlecht gelaunt, suchte er nach Fehlern bei den Warenbestellungen, die Rose zentral für die Konditorei und die Pension erledigte, oder korrigierte die Anzahl von bestellten Backzutaten. Ihren Einwand, dass der Geselle die Liste zusammengestellt hatte und genau wusste, was aufgefüllt werden musste, ließ er dann nicht gelten. Stur bestand er auf *seinem* erprobten Fachwissen, das er selbstverständlich besaß, das aber für aktuelle Bestellungen keine Rolle spielte.

In solchen Momenten war Rose erleichtert, wenn Florence auftauchte. Nur sie hatte die Gabe, ihren 'erbert zu beschwichtigen oder auf andere Gedanken zu bringen.

»Dann lernen wir heute Abend also endlich deine zukünftigen Schwiegereltern kennen?«, wandte Florence sich jetzt an ihre Tochter.

Rose war dankbar für den Themenwechsel im richtigen Moment. »Ja! Nico holt seine Eltern gerade vom Zug ab. Ich bin schon sehr gespannt.«

»Ziemlich ungewöhnlich«, sagte Annemarie nachdenklich, »dass du ihnen heute zum ersten Mal begegnen wirst. Ich meine, gleich nach eurer Verlobung wäre es doch angebracht gewesen, dass er dich seinen Eltern vorstellt.«

Rose betrachtete den Diamantring an ihrer linken Hand, den Nico ihr zur Verlobung geschenkt hatte. Der Weißgoldring mit dem Stein im Baguetteschliff hatte seiner verstorbenen Großmutter gehört, und sie, Rose, war vom ersten Augenblick an hingerissen gewesen.

»Das war nicht so leicht, sie leben ja in Südengland, und wir konnten einfach keinen Termin finden, der den Eltern und auch uns gepasst hätte. Nico hat mir aber Fotos gezeigt.« Insgeheim musste sie ihrer Tante allerdings zustimmen. Ein Wochenendtrip nach England hätte ihr gefallen, aber Nico hatte nie Zeit dafür. Manchmal hatte sie sich gefragt, ob er eine Begegnung vermeiden wollte, was natürlich Quatsch war, sonst wären sie doch heute nicht angereist.

»Wenn du dich vorher noch einen Moment ausruhen möchtest«, sagte Florence, »unterstütze ich Waltraud bei den letzten Vorbereitungen fürs Büfett.«

»Danke, Mama.« Rose umarmte ihre Mutter, gab ihrer Nichte Jasmin ein Küsschen auf die Wange und verschwand nach oben zu den privaten Räumen. Das Bad, das sie früher mit Iris und Viola geteilt hatte, gehörte nun ihr und Nico allein, dazu hatten sie ein geräumiges Zimmer, das durch die Zusammenlegung von ihrem und Iris' ehemaligen Stübchen entstanden war. In Eigenregie und mithilfe von Horst, dem »Mädchen für alles«, hatten sie die beiden kleinen Räume zu einem großen umgebaut.

Nico hatte vorher in Stuttgart gelebt und war erst vor zwei Wochen bei ihr eingezogen. Die Stuttgarter Wohnung war gekündigt und musste zum Jahresende geräumt werden. Sie hatten vereinbart, vorerst in Auerbach wohnen zu bleiben, bis Nico einen neuen Job gefunden hatte. Er war nämlich immer noch für den »Krakenkonzern« tätig, wie Rose den gierigen Immobilienkonzern nannte, für den er die Pension ausspioniert hatte. Angeblich war der Verdienst einfach zu gut und etwas Gleichwertiges zu finden nicht so einfach. Nico wollte zudem keine negative Lücke in seinem Lebenslauf riskieren. Ein Argument, das Rose verstand und akzeptierte, nachdem er ihr versprochen hatte, die Pension nie wieder verkaufen zu wollen.

Schnaufend kam Rose im Dachgeschoss an. Seit sie, abgesehen von den Sprints in den Tortenhimmel, keinen Sport mehr trieb, war sie etwas kurzatmig geworden. Ein paar Minuten ausruhen, dann würde sie wieder fit sein.

Übermütig ließ sie sich auf das komfortable Boxspringbett fallen, das Nico spendiert hatte. »Du sollst immer wie auf Wolken gebettet sein«, hatte er beim Probeliegen im Fachgeschäft geflüstert. In beruflichen Angelegenheiten war Nico der nüchterne Kopfmensch, privat ein Romantiker wie aus einer anderen Zeit. Er sank auf die Knie, um ihr seine Liebe zu erklären, oder hinterließ Notizzettel mit Liebeserklärungen.

Rose fühlte ein wohliges Kribbeln, wenn sie an die erste Verabredung mit Nico zurückdachte. Genau genommen war die zweite wichtiger gewesen, denn seine erste Einladung hatte sie nur angenommen, um herauszufinden, warum er sozusagen inkognito in der Pension aufgetaucht war. Mit einem konservativen Hut als Tarnung auf seinen Strubbelhaaren hatte er im Wintergarten gesessen und versucht, Herrn Otto, den altgedienten Oberkellner, auszuhorchen. Nico hatte für diesen Immobilienkonzern nach Objekten gesucht, die in finanziellen Schwierigkeiten waren, um sie aufzukaufen und in luxuriöse Wellnessoasen umzubauen. Die idyllisch gelegene Pension König mit eigenem Seegrundstück erschien ihm ein geeignetes Objekt. Zuerst hatte er Rose zum Essen eingeladen und ihr dabei einen Job in der zukünftigen Wellnessoase angeboten. Während dieser ersten Verabredung war sie für eine heiße Nacht seinem Charme erlegen – und hatte ihn danach zum Teufel gejagt. Sie wollte nicht, dass er nur aus beruflichen Gründen mit ihr anbandelte. Dabei wäre sie einem Verkauf der Pension angesichts der wirtschaftlichen Lage gar nicht abgeneigt gewesen. Doch darüber hatte nicht sie zu entscheiden.

Nico war unbeirrt jeden Tag um die gleiche Zeit in der Pension aufgetaucht, hatte sie mit seinen tiefblauen Augen schmachtend angesehen und ihr einen Umschlag auf den Tresen gelegt. Darin standen auf einer blassgrünen Karte die Worte: »Ich komme so lange wieder, bis du mir eine zweite Chance gibst. Und wenn es hundert Jahre dauert.« Nach ungefähr drei Wochen war ihr aufgefallen, dass sie bereits auf die Uhr schaute, wann er wohl kommen würde.

Nachdem Rose ein Weilchen geschlummert hatte, ließ ein wohlbekanntes Motorengeräusch sie aufhorchen. Sie eilte zum Fenster und öffnete es, um den Parkplatz vor der Pension besser einsehen zu können. Ein Taxi und Nicos Wagen waren vorgefahren. Das Fabrikat konnte Rose sich nicht merken, was daran lag, dass sie zwar einen Führerschein besaß, sich aber nicht für Automobile interessierte. Für sie waren es nichts weiter als Fahruntersätze, die einen von A nach B brachten. Einen eigenen Wagen hatte sie noch nie besessen – wozu auch, vor der Pension stand ein Viertürer, um Gäste vom Bahnhof abzuholen, und ein Lieferwagen, um die Torten auszufahren. Alles andere fand Rose unwichtig, gerade noch die Farbe war ein Detail, das sie sich merkte, um das geparkte Auto in fremder Umgebung wiederzufinden. Nicos Wagen war ein knallrotes Rennauto mit nur zwei Sitzplätzen und einem winzigen Kofferraum. Daher das Taxi für seine Eltern.

Rose schloss das Fenster, eilte ins Badezimmer, fuhr sich kurz mit der Bürste durch ihr langes blondes Haar und fand sich vorzeigbar. Die neuerliche Vorliebe für Süßes war nicht spurlos geblieben. Ihre vorher schmalen Wangen waren runder geworden und ließen sie weicher aussehen. Sie gefiel sich, und Nico mochte Rundungen. Das zurückhaltende Augen-Make-up war noch tadellos, nur den hellen Lippenstift musste sie auffrischen und war dann bereit für den großen Moment.

Sie kam rechtzeitig unten an, als sich die Eingangstür öffnete. Rose erkannte Nicos Mutter an dem naturgelockten dunkelblonden Haar, das auf die Schultern fiel und ihr ein altersloses Aussehen verlieh – wie auf den Fotos, die Nico ihr gezeigt hatte. Sie trug sandfarbene Jeans, rote Sneakers, einen hellen Trenchcoat und ein großes Wolltuch mit Karomuster um die Schultern. Nicos Vater, in schwarzen Jeans, einem schwarzen Hemd mit dunkelbrauner Lederjacke und längeren, zurückgekämmten grau melierten Haaren, wirkte eher wie ein Rockstar und nicht wie ein Geschäftsmann, der an der Börse tätig war.

Noch etwas nervös ging Rose auf Nicos Eltern zu. »Herzlich willkommen!«

Nico stellte sie einander vor, doch schon beim Händeschütteln fiel die anfängliche Unsicherheit von Rose ab. Ihre Bedenken, dass sie Nicos Eltern nicht mögen würde oder sie ihnen unsympathisch sein könnte, waren vollkommen überflüssig gewesen. Amber strahlte eine unkomplizierte Herzlichkeit aus, die jegliche Fremdheit vergessen ließ.

»Endlich lernen wir uns kennen!«, sagte sie mit kaum hörbarem Akzent.

»Das war längst überfällig«, bemerkte Nicos Vater Mark, der Rose aus graublauen Augen anlächelte. »Wir freuen uns wirklich sehr, und ich bin dafür, dass wir uns duzen. Ab morgen sind wir doch eh verwandt.«

»Gern …« Rose blickte sich suchend um. »Wo ist euer Gepäck?«

»Noch im Taxi«, antwortete Nico und fügte scherzend hinzu: »Wir wollten nicht sofort mit den Koffern ins Haus fallen.«

Rose liebte Nicos Humor, ohne den hätte sie sich bestimmt nicht so schnell in ihn verliebt.

»Das Balkonzimmer wartet auf euch«, erklärte sie, und dass Horst sich ums Gepäck kümmern könne.

Mark stieß seinen Sohn Nico leicht in die Seite. »Das erledigen wir doch locker selbst.«

Während die Männer die Koffer holten, führte Rose ihre zukünftige Schwiegermutter in den Wintergarten, in dem nach Annemaries Kaffeeklatsch drei Biergartentische zu einer langen Tafel aneinandergereiht worden waren, worauf ein Büfett angerichtet werden würde.

»Die Aussicht ist einfach zauberhaft, selbst an diesem trüben Novembertag!« Amber blickte durch die bodentiefen Fenster auf den ruhig daliegenden Bodensee. »Ich mag diese neblige, leicht morbide Stimmung sehr gern. Sie fühlt sich so vertraut an.«

»Leider ist die Winterzeit nur bei wenigen Gäste beliebt, im Moment ist das Haus sogar vollkommen leer«, gestand Rose. »Aber es passt ja sehr gut in unsere Pläne. Wir mussten niemandem absagen und können so laut feiern, wie wir wollen. Und ich schätze, dass es heute Abend ziemlich laut werden wird.«

Amber lächelte Rose zu. »Nico hat uns berichtet, was geplant ist, und ich freue mich sehr auf die Polterei. Die Scherben sollen euch Glück bringen.«

»Und der Lärm soll böse Geister vertreiben, damit die Ehe glücklich wird«, ergänzte Rose.

»Ein lustiger Brauch, in England kennen wir das nicht. Bei uns feiert die Braut mit Freundinnen eine Hen-Party. Alle tragen die gleiche Kleidung, die Braut bekommt ein Krönchen, und sie ziehen fröhlich singend durch die Pubs.«

»Da wird sicher jede Menge getrunken«, mutmaßte Rose.

»Oh ja, und nicht nur Wasser!« Amber lachte. »Aber auch der Bräutigam trifft sich mit Freunden zu einem feucht-fröhlichen Junggesellenabschied, zu dem unbedingt eine Stripteasetänzerin gehört. Ein letztes Mal austoben, bevor sie brave Ehemänner werden.«

»Solche Mädchenpartys und Junggesellenabende sind auch bei uns beliebt, doch mein Vater hängt an alten Traditionen und hat sich höchstpersönlich um das Poltergeschirr gekümmert. Ich hoffe, er hat es vor lauter Begeisterung nicht übertrieben und einen Lastwagen voller Bruchgeschirr organisiert.«

Rose hatte zwar gern eingewilligt, zusammen mit Nico Scherben aufzukehren, sie hoffte aber sehr, nicht die ganze Nacht schuften zu müssen.

»Amber und Mark sind mir sehr sympathisch«, sagte Rose zu ihrem Verlobten, nachdem sie seine Eltern im Balkon-zimmer untergebracht hatte.

»Und sie sind hingerissen von dir. Mein Vater hat mir gratuliert, als wir die Koffer geholt haben, und meine Mutter hat mir einen vielsagenden Blick zugeworfen, der volles Einverständnis bedeutete.«

Sie hatten sich auf dem Bett ausgestreckt, um Kraft für den Abend zu sammeln, denn bis zum Eintreffen der ersten Gäste war noch eine Stunde Zeit.

»Hast du dich gut mit meiner Mutter unterhalten?« Nico streichelte sanft über Roses Wange.

»Wir haben über Bräuche und Traditionen geredet, und dass sie sehr gespannt ist auf die Polterei, weil sie diesen Brauch nicht kennt.« Rose hielt seine Hand fest, die fast unbemerkt unter ihren Pulli geschlüpft war. »Nicht jetzt, sonst kommen wir zu spät.«

»Och, nicht mal einen Quickie? Das dauert doch höchstens zehn Minuten.« Zärtlich begann er an ihrem Ohr zu knabbern.

»Hör sofort auf …« Rose kicherte. An dieser Stelle war sie besonders empfindlich, und sie spürte bereits ein gefährliches Kribbeln im Bauch.

»Nur so ein gaaanz kleines bisschen, ich beeile mich, versprochen …« Sanft pustete er in ihr Ohr.

»Nein!« Rose blieb unnachgiebig. »Ich will nicht, dass deine Eltern uns hören.«

Nico lachte amüsiert auf. »Mein süßer Schatz, zwischen unseren Zimmern liegt ein ganzes Stockwerk. Wie soll das gehen?«

»Wenn du so richtig in Fahrt kommst, dann wackeln die Wände.« Rose war kurz davor, schwach zu werden. Das Kribbeln lief jetzt durch ihren ganzen Körper, und ihr wurde heiß. Aber sie wollte nicht vollkommen aufgewühlt und mit verschwitztem Gesicht bei der Feier erscheinen, wo jeder ihr ansehen würde, warum sie so aussah.

Nicos Hand hatte sich unter ihren BH gekämpft. »Nico, bitte lass es.« Rose versuchte noch mal, ihn zu bremsen, was ihr schwer genug fiel, denn er kannte all ihre sensiblen Stellen und wusste genau, wie er zum Ziel kommen konnte. »Ich hab auch das Diaphragma gar nicht eingesetzt.«

»Das passt gut, dann machen wir am Tag vor unserer Hochzeit ein Baby.«

»Nein.« Abrupt wand Rose sich aus seiner Umarmung und setzte sich auf den Bettrand. »Wir machen jetzt kein Baby. Und wir waren uns einig, dieses Thema erst einmal zu verschieben, bis sich unsere finanzielle Situation gebessert hat. Wir wissen doch überhaupt nicht, wie es mit der Pension weitergeht.«

In Sekundenschnelle hatte auch Nico sich aufgesetzt, schob Roses Haar zur Seite und hauchte ihr einen Kuss auf den Hals. »Mein süßes kleines Finanzgenie, nie die nüchterne Realität aus den Augen verlieren. Aber es ist doch unwahrscheinlich, dass ich ausgerechnet heute einen Treffer landen würde.«

Rose befreite sich lachend, stand auf und blickte ihn an. »Du würdest garantiert treffen, weil es eben gerade *nicht* passt, und dann …«

»Wäre ich der glücklichste Mann der Welt«, unterbrach er sie, stellte sich vor sie und schaute ihr tief in die Augen. »Ich liebe dich so sehr, dass es manchmal richtig wehtut.« Er griff nach ihren Händen. »Versprich mir, mich nie zu verlassen, sondern für immer bei mir zu bleiben – wie die Seepferdchen, ein Leben lang. Dass wir nie im Streit einschlafen. Dass wir uns immer einen Gutenachtkuss geben. Dass nichts und niemand uns trennen kann. Egal was geschieht!«

»Egal was geschieht«, wiederholte Rose und versank in seinem Blick. Sie liebte Nico so sehr! Mit ihm war sie so glücklich, wie sie es nie für möglich gehalten hatte. Wie oft hatte er ihr schon seine Liebe erklärt! Jedes Mal wieder lief ein Schauer über ihren Rücken, und nicht selten brachte er sie mit seinen Worten sogar zum Weinen. Mit ihm wollte sie den Rest ihres Lebens verbringen. »Bis dass der Tod uns scheidet. Davon abgesehen – gibt es einen besonderen Grund, warum du ausgerechnet jetzt an meiner Liebe zweifelst?«

»Ich zweifle nicht.« Ungestüm riss er sie wieder an sich. »Aber heute ist unser letzter Tag als Singles, heute ist quasi die letzte Möglichkeit, es sich noch anders zu überlegen. Morgen gibt es kein Zurück, dann gehören wir für alle Zeiten zusammen. In dieser Beziehung bin ich altmodisch. Für mich gilt dieses ›Bis dass der Tod uns scheidet‹.«

Rose sagte lachend: »Amen!«, und zog dann ihre Hände zurück. »Es ist Zeit, nach unten zu gehen. Die ersten Gäste sind sicher schon da.«

2

Rose war ungewöhnlich aufgeregt, als sie mit Nico vor der Tür zum Wintergarten stand. Ziemlich untypisch für sie, hatten doch unter ihrer Leitung schon Events und Partys aller Art in der Pension stattgefunden, und auch diese Feier war gründlich durchgeplant. Es gab also keinen Grund, gestresst zu sein. Oder wollte ihr Bauchgefühl ihr etwas anderes sagen?

»Ich bin bei dir, meine Rose.« Nico drückte heftig ihre Hand, als wäre er genauso nervös wie sie, wirkte aber wie die Ruhe in Person.

»Es ist mein erster Polterabend.«

»Meiner auch.«

»Vielleicht hätten wir uns doch schicker anziehen sollen«, überlegte Rose. In der Gewissheit, in Kürze mit einer Schaufel vor einem Berg Geschirrscherben zu stehen, hatte sie ihre bequemsten Jeans, einen dünnen Baumwollpulli und Sneakers angezogen. Nico trug Jeans, ein kurzärmliges Shirt und darüber ein Jackett.

»Ich in Frack und Fliege und du in Abendrobe mit High Heels – das wäre natürlich die Sensation, aber vollkommen overdressed«, entgegnete Nico ruhig und musterte sie dabei von Kopf bis Fuß. »Klamotten sind doch unwichtig, wichtig ist nur, dass wir heute unsere Liebe feiern.«

Rose seufzte erleichtert. »Dann stürzen wir uns jetzt mal ins Getümmel.«

»Wir zwei gegen eine Wagenladung Geschirr.« Mit theatralisch-ernster Miene legte Nico eine Hand auf seine Brust.

Rose durchströmte eine warme Welle. Nico fand einfach immer die richtigen Worte, um sie zu beruhigen, sie wissen zu lassen, dass alles nicht so tragisch war.

Nachdem er die Tür geöffnet hatte, verharrten sie einen Moment auf der Schwelle.

Knapp einhundert Einladungen hatten sie für den »Fröhlichen Polterabend« verschickt. Ungefähr siebzig Gäste hatten zugesagt, und Rose schätzte die Erschienenen auf ungefähr sechzig.

Sie entdeckte unter den jüngeren Leuten zwei Schulfreundinnen, auf deren Hochzeiten sie getanzt hatte, enge Geschäftsfreunde wie die Familie Müller, die tatsächlich eine Mühle in siebter Generation betrieb und alle Mehlsorten für die Konditorei lieferte. Horst war mit einer befreundeten jungen Gärtnerin gekommen. Antonella und Marcella, die blonden italienischen Zimmermädchen, deren Eltern eine Eisdiele in Meersburg führten, unterhielten sich mit Tante Annemarie. Hoffentlich erteilte sie den Mädchen keine Ratschläge, wie sie die Zimmer zu putzen hatten, dachte Rose. Auch die Handwerker, die letztes Jahr bei den umfassenden Renovierungsarbeiten geholfen hatten, waren gekommen und bedienten sich gerade am Büfett. Und natürlich Friedrich Kreuzer, der seinen Arm um Iris' Schulter gelegt hatte. Die zwei waren so ein schönes Paar, und Rose hatte gehofft, eine Doppelhochzeit feiern zu können. Fritz kümmerte sich wie ein Vater um die kleine Jasmin und hatte für den heutigen Abend eine Babysitterin engagiert, damit Iris ruhigen Gewissens feiern konnte. Leider hatte es den Anschein, als würde es für Iris keine einvernehmliche Scheidung von ihrem Nochehemann Christian geben, sondern eher eine unschöne Schlammschlacht.

Roses Blick wanderte zu den Biergartentischen, deren unschöne Metallbeine unter den weißen Tischdecken nicht mehr zu sehen waren. Frau Waltraud, die langjährige Küchenchefin und Leiterin des Wintergartencafés, hatte ansehnliche Häppchen zubereitet, die bequem im Stehen mit den Fingern zu verspeisen waren. Dazu gab es ihre berühmten Sandwiches in mundgerechte Stücke geschnitten, Käsewürfel mit Weintrauben, und für die Süßschnäbel standen etliche Platten mit Kuchenstückchen bereit. »Hoffentlich reicht das Essen«, murmelte Rose Nico zu.

»Falls nicht, rufen wir den Pizzaservice«, entgegnete er, als wollten sie den Abend vor dem Fernseher verbringen.

»Eine typische Nico-Idee.« Rose lächelte und wusste nicht erst jetzt, er würde ihr Fels in der Brandung sein. Ihr sicherer Hafen bei jedem Schicksalssturm. Wenn nötig, hätte er den Bodensee für sie ausgeschöpft – genau das hatte er auf eines der kleinen Zettelchen geschrieben, das sie in ihrer Geldbörse verwahrte.

Hand in Hand mischten sie sich unter die Gäste. »Das Brautpaar!«, hörte Rose jemanden rufen, und plötzlich füllte Applaus den von unzähligen Kerzen erleuchteten Wintergarten.

Herr Otto schritt mit einem Tablett voller Gläser auf sie zu. »Schon jetzt ein gelungenes Fest, alle sind in bester Stimmung. Was möchten Sie trinken? Wir hätten Weißwein, Prosecco, O-Saft, Gespritzten oder ›Bodenseewasser‹, vor allem für die Autofahrer.«

Nico nahm zwei Gläser Prosecco, reichte Rose eines und wisperte dem Oberkellner zu: »Herr Otto, lassen Sie das mit dem Bodenseewasser bloß nicht meinen alten Kumpel Roddy hören, der würde glauben, der Laden ist pleite, und wir können uns kein anständiges Mineralwasser mehr leisten.« Mit einer Kopfbewegung wies er auf einen korpulenten Mann in Nicos Alter, der mit seiner Frau erschienen war.

Ganz so unrecht hätte Roddy nicht, dachte Rose, während sie einen Schluck Prosecco trank.

Gleich darauf bemerkte sie Amber und Mark, die am Eingang standen und sich suchend umschauten.

»Wir müssen uns um deine Eltern kümmern.« Rose schob Nico vorwärts.

»Du siehst ganz bezaubernd aus«, begrüßte Mark sie, der seine Lederjacke gegen ein Jackett getauscht hatte.

Rose bedankte sich mit einem Lächeln für das Kompliment, das eine freundliche Übertreibung war. Sie hatte sogar auf Make-up verzichtet, um keine verlaufene Wimperntusche zu riskieren.

»Und wann beginnt die Geisteraustreibung?«, erkundigte sich Amber, die ein schmales Kleid aus dunkelrotem Samt trug und das Haar im Nacken zusammengebunden hatte, sodass die goldenen Kreolen vorteilhaft zur Geltung kamen.

»Leider weiß ich es nicht genau«, musste Rose zugeben. »Mein Vater wollte nicht verraten, zu wann er den Lastwagen bestellt hat, es soll eine Überraschung sein.«

Wie aufs Stichwort übertönte ein donnerndes Geräusch ihre letzten Worte. Die Gespräche verstummten, einige

Gäste zuckten erschrocken zusammen, ein Glas fiel klirrend zu Boden.

Aufgeregte Kommentare wurden laut.

»Es geht los!«

»Sollen wir helfen?«

»Auf keinen Fall, das bringt Unglück.«

Doch nicht die erwartete Geschirrladung hatte den Lärm verursacht, er kam aus der zum Wintergarten gehörenden Küche am Ende des lang gestreckten Raumes.

Rose sah Herrn Otto vorbeirennen. Eilig folgte sie ihm und Nico ihr. An der Türschwelle zur Küche, die nicht größer war als ein durchschnittliches Wohnzimmer, hielten sie inne.

Frau Waltraud, in der obligatorischen weißen Kittelschürze, ein weißes Dreiecktuch um ihr Haar gebunden, hatte die Fäuste in die molligen Hüften gestützt und starrte unbeweglich auf das Malheur vor ihr auf dem Fliesenboden. Ein Geschirrregal war aus der Halterung gerissen, auf dem Boden zerschellt und mit ihm unzählige Tassen und Teller, die auf den drei Regalböden gestapelt gewesen waren.

Rose fühlte, wie ihre Hände feucht wurden. *Diese* Scherben brachten kein Glück, sagte ihr das mulmige Gefühl im Magen. Denn soweit sie das Unglück überblickte, hatten keine einzige Tasse und auch kein Teller den Sturz überlebt. Sie würden neues Geschirr anschaffen müssen, wenn sie je wieder Gäste bewirten wollten.

»Hoffentlich verlangt jetzt niemand nach Kaffee«, murmelte Herr Otto bestürzt.

»Dann einfach in einem Glas servieren, wie in den arabischen Ländern«, schlug Nico vor und stürzte den Rest seines Proseccos in einem Zug hinunter.

Roses Herz schlug ein paar Takte schneller. Sie hatte sich vollkommen unnötig Sorgen gemacht, Nico ließ sich durch so eine Kleinigkeit nicht aus der Ruhe bringen.

Herr Otto krempelte seine Hemdsärmel hoch. »Kaffee im Glas ist auf jeden Fall eine brauchbare Idee.«

Das war ein großes Kompliment, wie Rose wusste. Der Oberkellner war ziemlich eigen, was Ratschläge anging.

Auch Waltraud löste sich aus der Starre und drehte sich um. »Dreißig Jahre lang hat dieses verdammte Teil an der Wand gehangen, und ausgerechnet heute …«, brummte sie. »Was machen wir denn jetzt ohne Geschirr?«

Herr Otto klatschte in die Hände. »Bleib ganz ruhig, Traudelchen, erst mal muss das Zeug weggeschafft werden. Wir brauchen einen großen Mülleimer, Besen und Kehrschaufel.«

Waltraud deutete auf eine schmale Holztür am Stirnende der Küche. »In der Kammer.«

Nico bot an zu helfen.

»Das wäre ja noch schöner«, lehnte Frau Waltraud resolut ab. »Otto und ich schaffen das. Zum Glück haben wir ja momentan keine Pensionsgäste.«

Das nennt man dann wohl Glück im Unglück, dachte Rose, ehe sie dankbar sagte: »Wenn ihr dennoch Hilfe braucht, Horst ist auch da.«

Die Köchin nickte. »Geht ihr zwei nur schön feiern … husch, husch – eure Gäste vermissen euch bestimmt schon.« Resolut scheuchte sie die Verlobten aus dem Weg.

Im nächsten Moment ließen Motorengeräusche Rose aufhorchen. »Ich glaube, jetzt wird es tatsächlich ernst.« Sie griff nach Nicos Hand.

»Das wird bestimmt lustig, mein Seepferdchen.«

»Rooose …!« Herberts Stimme drang zu ihnen.

Rose straffte die Schultern und ergab sich ihrem Schicksal. Der Laster mit dem Bruchgeschirr war wohl angekommen. Und ihrem Vater zuliebe würde sie die Tradition mit einem Lächeln durchziehen. An Nicos Hand schlängelte sie sich durch die Gästeschar, als abermals ein klirrendes, donnerndes Geräusch sie zusammenzucken ließ.

»Na, jetzt bin ich aber gespannt, gegen wie viele Kloschüsseln und Waschbecken wir kämpfen müssen«, witzelte Nico und grinste übermütig, als könnte er es kaum erwarten, sich ins Vergnügen zu stürzen.

Herbert wartete am Ausgang mit zwei nagelneuen Schaufeln in den Händen und strahlte sie an, als präsentierte er die weltbeste Hochzeitstorte, für die er eine Medaille verliehen bekam. »Da seid ihr ja!«

Florence stand neben ihm, ein Tablett mit Gläsern und Mineralwasser in den Händen. Offensichtlich wusste sie, wie durstig Rose und Nico in Kürze sein würden.

»Ich kann es kaum erwarten.« Rose grinste, während sie die Schaufel in Empfang nahm.

Nico schien die verrückte Aktion sportlich zu nehmen. »Her mit der Schippe, Schwiegervater in spe!«, rief er und hielt sie am Stiel in die Höhe, um sie den inzwischen versammelten Gästen zu präsentieren.

Stürmischer Applaus war die motivierende Antwort.

»Bravo!« Nicos Kumpel Roddy hatte sich von der allgemeinen Begeisterung anstecken lassen, klopfte ihm auf die Schulter und zückte dann sofort sein Handy, um diesen denkwürdigen Moment festzuhalten.

Iris und Fritz hatten sich direkt hinter Herbert gestellt und nickten Rose aufmunternd zu.

Entschlossen holte sie Luft und lächelte ihren Vater an. »Also los, mach die Tür auf, Papa.«

Was Rose dann erblickte, ließ sie heftig schlucken. Auf den Eingangsstufen häufte sich ein Berg aus kaputten Tellern, Tassen, Schüsseln, Platten und Sauciern, darunter auch zerbrochenes Porzellan aus ihr bekannten Hotels. Bruchgeschirr gab es offensichtlich überall.

Nico hatte sich den Schaufelstiel unter einen Arm geklemmt, spuckte jetzt in die Hände, rieb sie wie ein hoch motivierter Bauarbeiter und zwinkerte Rose zu.

Sie seufzte leise. Jetzt gab es kein Zurück mehr, sie mussten diesen Scherbenberg in den bereitstehenden Container befördern, um das Haus wieder auf normalem Wege verlassen zu können.

Hinter ihr ertönten erste Anfeuerungsrufe: »Go, go, go ...!«, begleitet von rhythmischem Geklatsche.

Nico setzte die Schaufel an, Rose tat es ihm gleich, und gemeinsam schleuderten sie die erste Ladung halber Tassen, Kuchentellerecken oder Stücke von Suppenschüsseln in den Abfallcontainer.

Handylichter blitzen auf, die unvermeidlichen Fotos wurden geschossen, und Herbert zückte mit sichtlicher Freude einen etwas altmodischen Fotoapparat, um die Aktion festzuhalten.

Nach einer guten Stunde mit schweißtreibendem Schaufeln, Fluchen, Luftholen, Wassertrinken und tapferem Grinsen hatten sie es geschafft – gerade noch rechtzeitig, denn es begann zu regnen. Rose erblickte eine letzte Tellerscherbe, sammelte sie mit der Hand auf und schleuderte sie voller Wucht in den Container. Verschwitzt, aber glücklich umarmte sie Nico und küsste ihn innig.

»Siehst du, mein Seepferdchen, alles gar kein Problem«, flüsterte er.

»Danke, mein Liebling, ohne deine doppelte Anstrengung wären wir noch bis Mitternacht beschäftigt gewesen.« Rose war trotzdem am Ende ihrer Kräfte und sehnte sich nach einem Schlusspfiff oder etwas Ähnlichem. Irgendein Zeichen, das ihr die Erlaubnis erteilte, zu verschwinden, sich hinlegen und ausruhen zu können. Sich mit Nico unter der Dusche zu vergnügen. Aber eine Weile würde sie noch durchhalten und gute Wünsche für die Zukunft entgegennehmen müssen.

Irgendwann hatten sie alle Hände geschüttelt, die Tür hinter den letzten Gästen geschlossen, und Herr Otto sammelte noch einige Gläser ein.

»Es war ein ganz besonderer Abend«, sagte Amber zu Rose, als sie und die ganze Familie mit einem Glas exquisitem Champagner anstießen, den Nicos Eltern mitgebracht hatten.

»Das war es, und das Schaufeln war ein Erlebnis, das Nico und ich nie vergessen werden«, stimmte Rose ihr zu. Und auch nicht den Muskelkater, den sie morgen spüren würde.

Herbert strahlte Amber an, und es war ihm anzusehen, wie sehr er das Lob genoss.

Mark hob sein Glas. »Amber und ich möchten dich, liebe Rose, offiziell in unserer Familie herzlich willkommen heißen. Auch wenn wir ein wenig traurig sind, dass Nico dich nicht von dem Deal mit unserer Firma überzeugen konnte und wir keine Geschäftsfreunde werden, bist du als Schwiegertochter ein mehr als gleichwertiger Ersatz. Aber wer weiß, vielleicht werden wir uns eines Tages ja doch noch handelseinig.«

»Wieso Geschäftsfreunde?« Rose war hundemüde von der anstrengenden Arbeit und konnte die Augen kaum noch offen halten.

Nico legte rasch den Arm um sie, als wollte er sie vor etwas beschützen. »Das ist doch nicht mehr wichtig, Schnee vom letzten Jahr, interessiert niemanden mehr.«

Doch Rose spürte instinktiv, dass Nico etwas vor ihr verheimlichte, und wandte sich abrupt aus seiner Umarmung. »*Mich* interessiert es, also sei so freundlich und erkläre mir, warum ich mit deinen Eltern Geschäfte hätte machen sollen.«

»Weil … weil …«, stammelte Nico, als hätte sie ihn bei einem illegalen Handel erwischt. »Weil meine Eltern … die Inhaber des Immobilienkonzerns sind, für die ich nach Objekten gesucht habe. Sie waren es, die eure Pension erwerben wollten.«

Rose starrte ihn entgeistert an, bis sie diese ungeheure Neuigkeit in vollem Umfang begriffen hatte. Nico war kein simpler Angestellter des Immobilienkonzerns, für den er die Pension ausspioniert hatte, sondern der Sohn des Besitzers! Die Erkenntnis traf sie wie ein Faustschlag in den Magen.

Sie schnappte nach Luft, ehe sie hervorstieß: »Willst du mich etwa deshalb heiraten? Um durch die Hintertür doch noch preiswert an unser Anwesen zu kommen? Ging es dir gar nicht um mich?« Nachdem sie die Worte ausgesprochen hatte, glaubte sie, in ein tiefes Loch zu fallen. Ihr wurde schwindelig, alles drehte sich. Schwarze Punkte flimmerten vor ihren Augen.

»Nein! Bitte, Rose, Liebes, sag doch so was nicht, ich liebe dich, habe dich eigentlich nicht belogen … nur eine Winzigkeit nicht erwähnt«, verteidigte sich Nico, während er zaghaft nach ihren Händen griff. »An meiner Liebe zu dir ändert das überhaupt nichts. Und ich schwöre …«

Rose trat einen Schritt zurück und blickte in die Gesichter ihrer Familie, die ebenfalls sichtlich erschrocken waren. Iris war mit zwei Schritten an ihrer Seite.

Herbert rang um Fassung und sagte an Nico gewandt: »Nun, es ist nicht von der Hand zu weisen, du *hast* meiner Tochter nicht die Wahrheit gesagt.«

Florence legte ihre Hand beschwichtigend auf Herberts Arm.

»Warum hast du Rose nicht erzählt, dass du mit uns zusammenarbeitest?«, wandte sich Mark irritiert an seinen Sohn.

Nico senkte schuldbewusst den Kopf. »Ich hatte Angst vor Roses Reaktion, wohl nicht ganz unbegründet, wie man sieht.«

Rose kam sich schrecklich naiv vor. Wie hatte sie derart blind sein können? »Wann wolltest du mir das denn erzählen? Hast du gedacht, ich komme nicht dahinter? Wolltest du unsere Ehe mit einer Lüge beginnen?«

»Nein, nicht wirklich.« Nico zuckte die Achseln, als handelte es sich bei seinem Versäumnis lediglich um einen vergessenen Termin. »Es tut mir leid. Bitte verzeih mir.«

»Mit tut es auch leid, dass ich so dumm war, dir zu glauben.« Rose fasste sich an den Hals und stammelte dann: »Es … es ist aus. Es gibt keine Hochzeit. Wie könnte ich dir jemals wieder vertrauen, wenn ich das Gefühl habe, dass du wahrscheinlich nie wirklich an mir interessiert gewesen bist?«

Nico stand mit hängenden Schultern vor ihr und blickte sie reumütig an. »Rose … bitte … was hätte ich denn tun sollen? Familienbande kann niemand einfach kündigen wie einen Job. Das weißt du doch am besten. Bitte sei mir nicht böse, ich wollte es ja beichten, fand aber nie den richtigen Moment. Und als ich dann so unsterblich in dich verliebt war, hatte ich einfach nur Angst, dich zu verlieren. Es war kein hinterhältiger Plan, bitte glaube mir! Und es ist doch auch gar nicht mehr wichtig, oder?«

»Du hast mir bis zum Zeitpunkt unserer Hochzeit nicht die Wahrheit gesagt, *das* ist wichtig. Es ist aus. Ich kann keinen Lügner heiraten.« Rose zog sich den Diamantring vom Finger und warf ihn Nico vor die Füße.

Nico versuchte, ihre Hände zu ergreifen, doch sie drehte sich eilig um und verließ den Wintergarten. Niemand sollte ihre Tränen sehen. Ehe sie die Tür hinter sich ins Schloss zog, hörte sie ihren Vater noch sagen: »Die Feierlichkeiten sind damit wohl beendet. Sie finden sicher allein hinaus.«

Es war tatsächlich ein unvergesslicher Abend geworden – allerdings völlig anders als geplant. Ihr großer Traum von einem glücklichen Leben mit Nico war zu Bruch gegangen, wie die Scherben, die sie zusammengeschaufelt hatten.

Tränenüberströmt kam Rose im Dachgeschoss an, stürmte in ihr Zimmer und warf sich weinend aufs Bett.

Dann zermarterte sie sich das Hirn. Wie hatte sie bloß derart vertrauensselig agieren können? Hätte sie nicht schon früher merken müssen, dass Nico noch andere Interessen verfolgte? Hatte sie irgendwelche Anzeichen übersehen? Und wie sollte es jetzt weitergehen?

3

Iris ahnte, wie übermächtig Roses Enttäuschung nach Nicos Geständnis war und wie verletzt sie sich in diesem Moment fühlen musste, war ihre eigene Ehe doch auch an einer Lüge gescheitert – Christian hatte sie zunächst glauben lassen, ihren Traum von einer Familie mit Kindern zu teilen. Doch als herauskam, dass er zeugungsunfähig war, bekannte er, auch gut ohne Kinder leben zu können, war gegen die Adoption der kleinen Jasmin und forderte, sie solle ohne das Kind zu ihm zurückkehren. Ebenso hätte er verlangen können, Iris solle aufhören zu atmen.

Doch Roses Kurzschlussreaktion fand Iris übereilt. In den letzten Wochen hatte sie den Eindruck gewonnen, dass Rose und Nico sich ehrlich und innig liebten, und obwohl Nicos Versäumnis schwerwiegend war, hätte sie selbst die Hochzeit nicht im ersten Zorn abgesagt, sondern erst das Gespräch gesucht. Einen endgültigen Bruch, im Affekt herbeigeführt, würde Rose später vielleicht bereuen.

Aber nun war es nicht mehr zu ändern, und Iris wollte versuchen, ihre Schwester zu trösten, ihr beizustehen und zu tun, was immer auch nötig war.

Mit einem Stück Anatorte, das von Annemaries Geburtstag übrig geblieben war, klopfte sie an Roses Tür.

»Geh weg«, kam die tränenerstickte Antwort.

»Ich bin es, Iris.« Sie drückte die Klinke hinunter. Die Tür war abgeschlossen. Sie klopfte erneut. Keine Reaktion.

»Okay, dann stelle ich dir den Kuchen vor die Tür.«

Zehn Sekunden später hörte Iris Schritte, dann öffnete sich die Tür, und Rose spähte mit verheulten Augen durch den Spalt.

Iris hielt ihrer Schwester den Teller hin. »Das letzte Stück von Annemaries Geburtstagstorte für dich.«

Rose blickte sie traurig an, nahm ihr den Kuchen aus der Hand und drehte sich wortlos um.

Iris trat ein, schloss die Tür und musterte den Raum. Sie hatte die Zusammenlegung und den Umbau ihrer beider Zimmer natürlich mitbekommen und auch das fertige Ergebnis bewundert. Aber seit Rose und Nico den Raum gemeinsam bewohnten, war sie nicht mehr hier gewesen.

Das elegante Boxspringbett, bezogen mit hellgrauem Samt, einem gepolsterten Rückenteil und zahlreichen Kissen in grauen und zarten Pastelltönen, war das schönste Möbelstück im Raum, ohne zu dominant zu wirken. Seitlich des Bettes stand ein weiß lackierter 50er-Jahre-Frisiertisch mit dreiteiligem Spiegel, dekoriert mit einer Batterie Parfümflakons. Zwischen den beiden Fenstern waren ein dunkelbrauner Bistrotisch und zwei Bugholzstühle platziert, die an ein Wiener Kaffeehaus erinnerten. Dort konnte man als junges Paar frühstücken und die Mahlzeiten einnehmen, wenn man keine Lust auf Familie hatte.

Iris setzte sich neben Rose aufs Bett und betrachtete die Schwester möglichst unauffällig. Roses Augen waren geschwollen, der Hals voller roter Flecken, und die Hand mit dem Kuchenteller zitterte leicht. Ein Bild zum Erbarmen.

»Echt gemütlich«, sagte Iris und testete die Federung mit einem kleinen Hopser, tat so, als wollte sie nur ein wenig plaudern. »Vielleicht sollte ich mir auch so eins anschaffen.«

»Das kannst du nicht machen! Die Einrichtung in deinem Zimmer ist doch Violas Vermächtnis. Das Einzige, was Jasmin von ihrer leiblichen Mutter bleibt.« Rose sprach unerwartet heftig, beinahe aggressiv. »Viola hat doch alles noch vor der Geburt ausgesucht …« Sie stockte, zog kurz die Nase hoch und murmelte: »Wir König-Schwestern haben einfach kein Glück in der Liebe. Was ich schon vor langer Zeit gesagt habe: Wir sind verflucht … jawohl … verflucht.« Mit wenigen Bissen verputzte sie den Kuchen, als hätte sie den ganzen Tag nichts gegessen.

Iris amüsierte sich insgeheim. Roses Appetit hatte offensichtlich nicht unter dem Verlobungsdrama gelitten. Gewiss würde alles wieder gut werden. Sie selbst würde einfach hier sitzen bleiben und abwarten, bis Rose bereit war, darüber zu reden.

Rose kratzte die letzten Reste Buttercreme mit der Kuchengabel zusammen. »Hast du Jasmin allein gelassen?«

»Ich würde sie niemals allein im Zimmer lassen, auch wenn sie inzwischen schon über ein Jahr alt ist. Fritz ist bei ihr, ich habe ihn gebeten, noch ein wenig zu bleiben.«

Rose stellte den Kuchenteller auf dem verspiegelten Nachttisch neben dem Bett ab. »Mit dem hast du einen tollen Fang gemacht. Er liebt dich wirklich. Du solltest ihn heiraten.«

»Noch bin ich nicht geschieden. Aber mit Fritz habe ich wirklich großes Glück gehabt. Deshalb finde ich auch nicht, dass *wir* verflucht sind. Und Nico …«

»Lass mich bitte mit ihm in Ruhe«, erwiderte Rose ermattet.

Regen trommelte ans Fenster. Iris schauderte. »Puh, was für ein Novembersturm! Den möchte man nicht auf der Straße erleben, aber vom Bett aus hat er fast etwas Romantisches.«

»Na, ich weiß nicht.« Rose erhob sich und ging zum Kleiderschrank, der bündig von Wand zu Wand gebaut war und angenehm wenig Platz einnahm.

Iris dachte, ihre Schwester wollte sich etwas Bequemeres anziehen, erkannte aber gleich darauf, dass sie falschlag.

Mit Tränen in den Augen öffnete Rose die Schranktüren, nahm die Kleiderbügel mit Nicos Anzügen, Hemden und Hosen heraus und legte alles auf den Parkettboden. Es folgten Krawatten, Unterwäsche, Socken, Schuhe.

Offensichtlich wollte Rose alles entfernen, was mit Nico zu tun hatte. Der Versuch, sie zu stoppen, hätte wenig Erfolg gehabt, Iris kannte ihre Schwester gut genug. Schon als Teenager hatte sie aus Enttäuschung über vermeintlich ungerechte Noten ihre Schulhefte vernichtet. Aber Iris wusste auch, dass man in solch einer Verfassung oft Dinge tat, die einem am nächsten Tag leidtaten. Also versuchte sie, irgendwie zu Rose durchzudringen:

»Das Rasierzeug im Bad und die gerahmten Fotos auf der Frisierkommode musst du dann wohl auch dazulegen. Damit gehen dann halt jede Menge glücklicher Erinnerungen den Bach runter. Schade eigentlich, findest du nicht? Ich hatte immer den Eindruck, dass Nico dich ehrlich und aufrichtig liebt. Jenseits von allen geschäftlichen Interessen.«

Rose war ins Schwitzen geraten, unterbrach ihre Ausräumaktion und strich sich eine Haarsträhne aus der Stirn. »Besser jetzt, als nach der Hochzeit festzustellen, mit einem Heuchler im Bett zu liegen. Wenn ich daran denke, dass wir keine Gütertrennung vereinbart haben, wird mir schlecht. Da bin ich gerade noch mal mit einem blauen Auge davongekommen. Du hast seinen Vater doch gehört. Er hat ja sogar noch gesagt, dass wir uns eines Tages vielleicht doch noch handelseinig werden. Darum geht es der Familie. Um nichts sonst.«

»Ich finde, du übertreibst, denn im Grunde hat Nico nicht im wörtlichen Sinn gelogen, er hat dir nur etwas verschwiegen«, versuchte Iris, die Schwester zu beschwichtigen.

»Auf wessen Seite stehst du eigentlich?« Aufgebracht blitzte Rose sie an. Sie griff nach dem Kleiderberg, marschierte damit zum Kaffeehaustisch am Fenster, legte die Sachen darauf ab und öffnete das Fenster. Ein eisiger Windstoß trieb nasse Herbstblätter herein und bauschte die moosgrünen Vorhänge auf.

»Um Himmels willen, Rose, was hast du vor?« Iris rutschte vom Bett und war mit drei Schritten bei ihrer Schwester. Während Rose die Sachen erneut zusammenraffte, gelang es Iris, das Fenster wieder zu schließen. »Du benimmst dich wie ein dramatischer Teenager! Das ist pubertär. Morgen wirst du deine Unbeherrschtheit bereuen.«

Rose ließ das Kleiderbündel fallen und verschränkte die Arme vor der Brust. »Hast du auf Psychologin umgeschult?«

Iris stemmte die Fäuste in die Hüften. »Nein, aber ich habe das alles auch durchgemacht! Ich weiß, nach der Wut kommen die Tränen, und als Nächstes bedauert man, auch die schönen Erinnerungen vernichtet zu haben.« Momentan fielen ihr zwar kaum positive Erinnerungen an ihre Ehe mit Christian ein, aber immerhin das erste Jahr war wunderschön gewesen.

»Wenn ich mich wie ein dramatischer Teenager verhalte, dann ist es eben so. Ich kann es nicht ändern. Wenn ich daran denke, mit welchen Hintergedanken Nico die Beziehung mit mir eingegangen ist, kann ich nichts Schönes mehr empfinden.«

»Andere Frage: Wie hättest du reagiert, wenn er dir bei seinem Heiratsantrag die Wahrheit gestanden hätte?«

Rose zuckte resigniert mit den Schultern, drehte sich um und ging ins Bad. Unter dem leisen Rauschen des Wassers erwiderte sie: »Das tut jetzt nichts mehr zur Sache.«

Iris war am Ende mit ihrer Weisheit. Es gelang ihr einfach nicht, zu Rose durchzudringen. Sie beschloss, es für heute gut sein zu lassen. »Wie du meinst. Dann geh ich jetzt mal wieder. Wenn du etwas brauchst – du weißt, wo du mich findest. Versuch zu schlafen, morgen sieht die Welt vielleicht nicht mehr ganz so schwarz aus.« Sie verließ das Zimmer und schloss leise die Tür.

Arme Rose, dachte sie auf dem kurzen Weg zu ihrem Zimmer. Wie gern hätte sie ihrer Schwester einen brauchbaren Rat erteilt, aber sie schien gegen jegliche Hilfe immun zu sein. Zumindest heute Abend.

Iris atmete noch einmal tief durch, bevor sie ihr Zimmer betrat, das Viola damals für sich und Jasmin eingerichtet hatte. Das geflochtene Rattanbett in der dunkleren Ecke, von dem aus man den gesamten Raum im Blick hatte. Das weich gepolsterte Sofa aus grünem Samt, den hellen Kelimteppich mit floralem Muster, darauf ein ovaler Tisch und zwei Korbsessel mit dicken Polsterkissen. Die hohe Kommode, auf der Jasmin gewickelt wurde und in deren Schubladen ihre Kleidung und die Spielsachen verstaut waren. Alles war harmonisch aufeinander abgestimmt.

Im schummrigen Lichtschein einer gedimmten Tischlampe spazierte Fritz mit Jasmin auf dem Arm durch den Raum und streichelte dabei sanft über ihren Rücken. Würde er sie jemals bitten, sie zu heiraten, sie würde mit Freuden Ja sagen, dachte Iris voller Zärtlichkeit.

Als Fritz sie bemerkte, blieb er stehen. »Hallo, mein Schatz.«

Iris ging zu ihm. »Danke, dass du da bist.« Sie streckte sich ein wenig, um ihn auf den Mund küssen zu können. »Ist Jasmin wach geworden?«

»Sie hat leise geweint, es war aber wohl nur ein Albtraum, sie hat sofort aufgehört, als ich sie auf den Arm genommen habe. Ich denke, sie ist inzwischen tief genug eingeschlafen, dass ich sie wieder hinlegen kann.«

»Du bist der liebevollste Babysitter der Welt«, flüsterte Iris, nachdem Jasmin im Gitterbett lag und Fritz sie umarmte.

»Wenn das so ist, würde ich mich nicht gegen eine Belohnung wehren«, scherzte er dicht an ihrem Ohr und schob sie dabei vorsichtig in Richtung Bett.

Iris spürte, wie sein keuchender Atem sie erregte. »Aber wir müssen leise sein.«

Fritz knabberte an ihrem Ohr, und dann wanderten seine Küsse zu ihrem Hals. »Leise Leidenschaft kann ich gut«, raunte er, als sie auf die Kissen sanken.

Wir brauchen ein eigenes Zimmer für Jasmin, dachte

Iris, während Fritz sie sanft auszog. Gleich darauf erzitterte sie unter seinen Liebkosungen, fühlte seine Hände auf ihrer nackten Haut und vergaß alles um sich herum.

Später lagen sie eng aneinandergeschmiegt im Halbdunkeln. Iris musste sich manchmal kneifen, um zu spüren, dass sie nicht träumte. Die Adoption war offiziell beglaubigt, sie und Fritz hatten einander ihre Liebe gestanden, und es schien, als könnte sich ihr Traum von einer eigenen Familie eines Tages doch noch erfüllen.

»Nach dieser bemerkenswerten Szene vorhin möchte ich dir versprechen, dass *ich* dich niemals belügen würde«, sagte Fritz leise.

Iris kuschelte sich in seine Armkuhle. »Ich weiß, und auch dafür liebe ich dich. Aber ich schätze, du hast mir auch keinen Immobilienkonzern zu verschweigen.«

Fritz zog die Bettdecke über sie beide. »Dann würde ich längst nicht mehr in der Redaktion schuften, sondern den Roman verfassen, den ich schon in der Schule habe schreiben wollen. Im Moment sieht es aber leider nicht so aus, als würde dieser Traum jemals wahr werden.«

Iris erinnerte sich spontan an die Zeit, als sie sich vergeblich nach einem Kind gesehnt hatte. Niemand wusste besser als sie, dass auch unrealistische Träume wahr werden konnten. »Du solltest die Hoffnung nicht aufgeben. Eines Tages wird es so weit sein, und dann melde ich mich als Testleserin.«

»Ist notiert. Aber was Nico betrifft – ich wäre niemals auf die Idee gekommen, dass er der Sohn reicher Eltern ist. Er kommt mir recht bodenständig vor, keine Designerklamotten oder exquisite Uhren, nur ganz gewöhnliche Kleidung von der Stange. Mal abgesehen von seinem Old-timer.«

»Ist der denn wertvoll?«

»Ein Ford Mustang aus den 1960er-Jahren ist unter Umständen eine Viertelmillion Euro wert.« Fritz klang bewundernd. »Auch wenn ich kein Autonarr bin, dieses Schätzchen ist etwas Besonderes, und ich würde gern mal ein paar Runden damit drehen.«

»Tja, leider hat Rose genauso wenig Ahnung von Oldtimern wie von Autos generell. Ich übrigens auch nicht, obwohl wir beide einen Führerschein besitzen, merken wir uns gerade mal die Autofarbe.«

»Ist es nicht verrückt, wie das Leben manchmal so spielt? Wie schnell sich das Schicksal oft in Sekunden ändert? Die arme Rose! Sie und Nico hatten Zukunftspläne, und kurz danach liegt alles in Scherben. Was für ein Glück, dass sie euch hat, sonst wäre es bestimmt noch härter für sie.«

Iris befiel Traurigkeit, wenn sie an Rose dachte, die vermutlich weinend auf ihrem Bett lag und in Liebeskummer versank. »Rose kann immer auf die Familie und natürlich auf mich zählen«, bestätigte sie.

Fritz zog sie enger an sich und küsste sie zärtlich auf die Stirn. Nach einer ganzen Weile fragte er: »Denkst du manchmal über die Zukunft nach?«

Iris tastete nach seiner Hand und verhakte ihre Finger in seinen. »Hm … vorhin dachte ich, dass Jasmin ein eigenes Zimmer bräuchte, damit wir nicht immer Mäuschen spielen müssen. Violas altes Kinderzimmer ist ja noch im Ur-zustand, ich werde mal mit der Familie reden, ob wir das unbedingt für unsere privaten Besucher benötigen, es wäre ideal für Jasmin.«

Fritz drehte sich zu ihr und schaute sie mit seinen goldbraunen Augen ernst an. »Heirate mich! Ich habe eine große Wohnung und ein wunderschönes, sonniges Zimmer für Jasmin.«

Iris wusste nicht, was sie antworten sollte. Obwohl sie gerade noch sentimental über solch einen Heiratsantrag nachgedacht hatte, war sie nun vollkommen überrascht. »Ich … ich bin doch noch verheiratet«, stammelte sie schließlich.

»Das weiß ich doch, mein Schatz.« Fritz bedeckte ihr Gesicht mit zärtlichen kleinen Küssen. »Aber du könntest schon mal Ja sagen, und wenn du geschieden bist …«

»Willst du denn so lange auf mich warten? Du weißt, Christian sträubt sich gegen die Scheidung, es könnte also noch eine ganze Weile dauern.« Iris spürte Glückstränen in sich aufsteigen.

Fritz' leise Worte »Natürlich warte ich« wurden von ungewöhnlich lautem Klopfen übertönt. Jemand trommelte an eine der Türen auf dem Flur.

Gleich darauf rief eine weibliche Stimme: »Rose, mach auf! Schnell … mach auf!«

Iris erkannte Annemaries Stimme, die ziemlich panisch klang.

»Soll ich nachsehen?«, fragte Fritz.

»Bleib, wo du bist, ich komme gleich zurück.« Iris rollte sich aus dem Bett, zog rasch sein Hemd über und öffnete die Tür ein wenig.

Es war tatsächlich Annemarie, die an Roses Tür hämmerte.

Jetzt riss auch Rose die Tür auf. »Was veranstaltest du denn für einen Radau?«

Genau diese Frage hatte Iris der Tante ebenfalls stellen wollen. Annemarie wusste genau, dass sie womöglich Jasmin weckte, es musste also einen dringenden Grund geben, warum sie trotzdem solch einen Lärm veranstaltete.

Die Stimme ihrer Tante überschlug sich fast, als sie sagte: »Nico hatte einen Unfall!«

4

Rose rang nach Luft. Was redete Annemarie für Blödsinn! Nico hatte doch eben noch vor ihr gestanden. Hatte kleinlaut erklärt, sich vor ihrer Reaktion gefürchtet und deshalb die Wahrheit verschwiegen zu haben. Als wäre das alles nur eine Lappalie und nicht der Rede wert.

»Ist er auf der Flucht vor mir die Treppe hinuntergefallen?«, fragte sie mit nicht ganz ernstem Unterton in der Stimme.

»Nein, mit dem Wagen verunglückt! Nachdem Herbert ihn aus dem Haus begleitet hat, ist er mit quietschenden Reifen vom Hof gerast und ...«

Rose verschränkte die Arme vor der Brust, wie um die aufsteigenden Gefühle von sich fernzuhalten. »Die Hochzeit ist abgesagt. Ist das ein Trick, um mich doch noch weichzukochen?«

»Was redest du für dummes Zeug!« Annemarie musterte ihre Nichte mit der strengen Miene einer Oberlehrerin. »Zieh dir was an, wir fahren ins Krankenhaus!«

Rose kämpfte mit ihrem Mitleid für Nico und gegen ihre noch nicht verarbeitete Enttäuschung, die wie ein Loch in ihrem Herzen klaffte. »Ist er schwer verletzt?«

»Ich weiß es nicht, aber wegen einer kleinen Schramme hätte man ihn wohl nicht in die Klinik gebracht. Und wenn du jemals etwas für diesen Mann empfunden hast, dann kommst du jetzt mit!«, herrschte Annemarie sie zornig an und drehte sich dann auf dem Absatz um. »Ich warte an der Rezeption auf dich, Horst wird uns fahren.«

Verstört schaute Rose der Tante nach, schleppte sich zurück ins Zimmer und warf sich weinend auf ihr Bett. Zu heftig war der Ansturm der Gefühle, der sie überkam. Und auch wenn sie es nicht wahrhaben wollte: Ihre innere Unruhe wuchs, und die Sorge um Nico wurde von Minute zu Minute größer. Sie hatte fast Angst, ins Krankenhaus zu fahren. Vor dem, was sie vorfinden würde. Wie schwer war der Unfall gewesen?

Erneut klopfte es an der Tür. Vermutlich wieder Annemarie, wenn sie etwas wollte, kannte sie kein Pardon. Doch es war Iris, die jetzt hereinkam und sie besorgt anschaute.

»Soll ich dich begleiten? Fritz kümmert sich so lange um Jasmin.«

»Ich würde lieber hierbleiben. Die Verlobung ist gelöst, warum also sollte ich ins Krankenhaus fahren?«

Iris durchbohrte sie mit ihrem Große-Schwester-Blick. »Du hast Angst, oder? Davor, was mit Nico passiert ist?«

»Vielleicht?« Rose schaute sie mit großen Augen an.

Iris nickte. »Das verstehe ich. Aber den Kopf in den Sand stecken, wird auch nichts helfen. An deiner Stelle würde ich mich auf den Weg machen.«

»Hm …« Rose fühlte erneut Unruhe in sich aufsteigen. Es ließ sich nicht leugnen, sie war außer sich vor Sorge. Die Liebe ließ sich eben nicht einfach so abschalten, selbst wenn man den Verdacht hatte, dass man mit der Liebe wohl allein gewesen war.

»Gut, ich fahre. Aber du musst nicht mitkommen, Annemarie wartet unten, und Horst wird uns sicher fahren.«

»In Ordnung, dann bis später.« Iris verabschiedete sich mit einer Umarmung. »Ich bin bestimmt noch bis Mitternacht wach, du kannst jederzeit klopfen.«

Kopflos und ohne sich noch weiter zurechtzumachen, schickte Rose sich zum Gehen an, obwohl sie das Haus gewöhnlich nicht ohne etwas Lippenstift oder Wimperntusche verließ. Immerhin war sie Geschäftsführerin einer bekannten Ferienpension, da war gepflegtes Aussehen selbstverständlich. Aber jetzt hatte sie andere Sorgen.

Mit zerzauster Frisur, in ihrem ältesten grauen Pullover, einer Fetzenjeans, Laufschuhen und in einem gefütterten Trenchcoat machte Rose sich auf den Weg.

Annemarie musterte sie kritisch.

Rose tat, als merkte sie es nicht. »Können wir?«

Annemarie nickte. »Horst sitzt schon in der Limousine.«

Unterwegs zur Konstanzer Klinik, wohin man Nico gebracht hatte, erkundigte sich Rose, wo der Unfall passiert sei und wieso das Krankenhaus in der Pension angerufen und nicht Nicos Eltern informiert habe.

»Es muss auf der Landstraße, wenige Kilometer nach Auerbach geschehen sein, mehr konnte ich nicht in Erfahrung bringen«, antwortete Annemarie und ermahnte Horst, nicht so schnell zu fahren.

»Keine Sorge, seit fünfundzwanzig Jahren unfallfrei«, entgegnete er mit der ihm eigenen Gelassenheit.

»Das höre ich gern.« Annemarie wandte sich wieder an Rose. »Nicos Eltern saßen schon im Zug nach Stuttgart ...«

»Ich habe sie zum Bahnhof gebracht, nachdem der Chef

alle Weingolds hinauskomplimentiert hat«, meldete sich Horst noch mal zu Wort.

»War vielleicht nicht gerade die feine englische Art von Herbert, aber als dein Vater ist er natürlich auf deiner Seite«, stellte Annemarie fest. »Die Polizei hat Nicos Eltern übers Handy kontaktiert, die Nummer hatten sie wohl in Nicos Telefon gefunden. Und da seine Eltern kaum aus dem fahrenden Zug springen konnten, gaben sie der Polizei die Nummer der Pension. Ich habe dann nachgefragt, wie schwer der Unfall ist. Aber am Telefon wollten sie mir als Fremde keine Auskunft geben; er sei am Leben, hieß es nur.«

»Ich bin auch eine Fremde, vermutlich lassen sie uns gar nicht zu ihm vor«, sagte Rose.

»Nein, du bist *keine* Fremde, sondern seine Verlobte, das zählt genauso wie …«

»Eigentlich Ex-Verlobte«, unterbrach Rose die Tante.

Wegen des anhaltenden Sturms dauerte die Fahrt nach Konstanz fast vierzig Minuten. Annemarie lenkte ihre Nichte mit Überlegungen zur Auswahl des neuen Konditors ab.

»Was meinst du, Rose, soll ich lieber nach einer jungen, innovativen oder einer älteren, erfahrenen Kraft suchen?«

»Bei Personalfragen studiere ich die Bewerbungsunterlagen und beim ersten Vorstellungsgespräch verlasse ich mich dann auf mein Bauchgefühl.« Rose konnte sich nicht entsinnen, dass ihr Bauch jemals falsche Signale gesendet hätte. Sie zuckte kurz zusammen. Nun, bei der Wahl ihres Verlobten hatte ihr Bauch sie wohl im Stich gelassen.

Endlich fuhr Horst auf den Parkplatz der Klinik. »Wir sind da, heil und im Ganzen angekommen.«

»Gut gemacht«, lobte Annemarie.

Rose seufzte erschöpft. Der Abend und die Fahrt waren aufwühlend gewesen, aber noch aufwühlender würde der Krankenbesuch werden. In erster Linie natürlich wegen Nico. Und dann aber auch wegen ihrer Erinnerungen. Viola war in dieser Klinik gestorben, seitdem hatte sie panische Angst davor, dieses Haus zu betreten. Es schnürte ihr förmlich die Luft ab. Gleich würde das traumatische Erlebnis wieder hochkommen. Der Moment, als die behandelnde Gynäkologin in den Warteraum gekommen war und erklärt hatte, dass Viola eine Fruchtwasserembolie nicht überlebt hatte.

Annemarie schien zu ahnen, wie Rose sich fühlte, und hakte sie unter. »Na los, wird schon nicht so schlimm werden. Aber der arme Kerl liegt da ganz allein …«

Rose fühlte ein unangenehmes Kratzen im Hals, ihr Mund war trocken, sie sehnte sich nach einem Glas Wasser und brachte nur ein gebrummtes »Hm« zustande.

Annemarie erkundigte sich an der Pforte, wo Nico lag, und übernahm die Führung durch die langen Gänge.

Erleichtert registrierte Rose, dass sie die Gynäkologie nicht passieren mussten. Die Hände tief in den Taschen ihres Trenchcoats vergraben, folgte sie Annemarie, die wie eine Fremdenführerin voranschritt. Nur der erhobene Regenschirm fehlte.

»Wie die drei Musketiere«, meinte Horst, was in Roses Ohren wie ein noch dümmerer Scherz klang.

Schließlich stoppte Annemarie vor einer Tür mit der Aufschrift »Intensivstation – bitte klingeln«. »Hier ist es!«, meinte sie und drückte auf die Schelle. Kurz darauf wurde die Tür von einem Pfleger geöffnet. Nachdem er sich vergewissert hatte, wer zu so später Stunde nach dem gerade erst eingelieferten Nico Weingold sehen wollte, versorgte er Rose und Annemarie mit sterilen Kitteln, Hauben und einem Mundschutz. Dann erst durften sie Nicos Zimmer betreten. Horst blieb draußen, um auf sie zu warten.

Rose fühlte ihren Herzschlag bis in die Fingerspitzen, als sie hinter Annemarie das Krankenzimmer betrat.

Dann sah sie Nico.

Der Anblick jagte ihr eine Überdosis Adrenalin durch den Körper. Geschockt presste sie ihre Hand auf den Mund und starrte auf das einzige Bett, das mittig, mit dem Kopfteil an einer Wand des relativ großen Zimmers, stand. Annemarie musste die Zimmernummer falsch verstanden haben, denn diese Gestalt an den Schläuchen, die reglos unter den weißen Laken lag, konnte unmöglich Nico sein.

Der Kopf war verbunden, das Gesicht voller Wunden, an der Stirn klebten Haarsträhnen. Mund und Nase waren von einem Beatmungsgerät bedeckt, Schläuche führten zu den danebenstehenden Geräten. Auf den Monitoren hüpften grüne Punkte über das Display, begleitet von einem unheimlichen Piepsen und dem schmatzenden Geräusch einer Pumpe. Wie in einem Gruselfilm.

»Wir … wir … sind hier verkehrt«, krächzte Rose, hörte aber gleich darauf eine dunkle Stimme fragen: »Familie Weingold?« Sie drehte sich auf dem Absatz um und blickte in das Gesicht eines Mannes im weißen Kittel und mit Maske.

»Die Schwiegerfamilie, sozusagen«, antwortete Annemarie forsch, hakte sich erneut bei ihrer Nichte unter und erklärte: »Das ist Rose König, die *Verlobte* von Nico Weingold. Ich bin ihre Tante, Annemarie König.«

»Professor Ambach«, stellte er sich vor. »Freut mich, dass sich jemand um Herrn Weingold kümmert.«

Rose war unfähig, sich zu bewegen, höflich zu grüßen oder irgendetwas zu fragen, und starrte den Mediziner nur an. Gewiss würde er sie gleich in das richtige Zimmer zu einem quietschfidelen Nico führen – oder verkünden, dass es nur ein harmloser Unfall gewesen und Nico bereits wieder entlassen worden war.

»Ist er schwer verletzt?«, fragte Annemarie.

Der Mediziner deutete auf die Tür. »Lassen Sie uns einen Moment hinausgehen …«

Rose drehte sich der Magen um. Sie hätte die Anatorte nicht so hinunterschlingen sollen, hoffentlich kam die nicht wieder hoch. Ihr war speiübel, vor ihren Augen flimmerten bunte Spiralen, und ihre Knie zitterten.

Als sie wieder auf den Flur zu Horst getreten waren, fragte Annemarie den Mediziner energisch: »Sagen Sie uns nun endlich, was passiert ist? Die Polizei wollte uns keine Auskünfte geben. Aber es muss doch ganz schön heftig gewesen sein, so wie … wie er daliegt …«

Der Arzt blieb ruhig. »Die genauen Ursachen sind noch ungeklärt, aber soweit ermittelt werden konnte, kam Herr Weingold auf der regennassen Straße von der Fahrbahn ab, überschlug sich und prallte gegen einen Baum.«

Rose schluckte einen Schrei hinunter. Was erzählte dieser Professor für Horrorgeschichten?

Annemarie räusperte sich vernehmlich. »War er denn nicht angeschnallt?«

»Für Oldtimer gibt es keine Gurtpflicht«, meldete sich Horst zu Wort. »Auch keine Pflicht, Gurte nachträglich einbauen zu lassen, und damit keine Anschnallpflicht.«

»Das entspricht leider den Tatsachen«, bestätigte Professor Ambach. »Herr Weingold hatte Glück, dass der Fahrer des nachfolgenden Wagens ein ausgebildeter Krankenpfleger war. Er hat den Rettungsdienst verständigt und versucht, Herrn Weingold erste Hilfe zu leisten. Da er jedoch im Wrack eingeklemmt war, musste er letztendlich von der Feuerwehr aus dem Unfallfahrzeug befreit werden.«

Rose hätte sich am liebsten die Ohren zugehalten, so sehr schockierte sie der Bericht des Arztes. »Aber … aber er wird doch wieder gesund?«, stammelte sie hilflos, während die Schuldgefühle ihr die Luft zum Atmen nahmen.

»Zum gegenwärtigen Zeitpunkt kann ich nur versichern, dass wir alles unternehmen werden, was nötig ist. Das künstliche Koma, genauer, die Langzeitnarkose, ist in solchen Fällen die erste Wahl, damit der Patient ohne Schmerzen genesen kann«, erläuterte der Mediziner betont langsam. Vermutlich wirkte das normalerweise beruhigend auf verängstigte Angehörige.

Rose sah aber die Sorgenfalten auf seiner Stirn, die ihr signalisierten, dass die Situation viel tragischer war, als er durchblicken lassen wollte.

»Dann hat er wohl sehr starke Schmerzen«, vermutete Horst.

»Herr Weingold hat erhebliche innere Verletzungen, ein Lungenflügel ist gequetscht, und seine Beine sind gebrochen«, antwortete Professor Ambach und fügte hinzu, dass Nico auch im Wachzustand starke Schmerzmittel würde einnehmen müssen, die wiederum starke Nebenwirkungen verursachen würden.

»Und wozu sind all diese Schläuche nötig?«, erkundigte Annemarie sich.

»Im künstlichen Koma werden diese Medikamente fortlaufend verabreicht, sie versetzen den Patienten in einen ungewöhnlich tiefen Schlaf und haben dadurch weniger Nebenwirkungen. In diesem Zustand ist er jedoch nicht mehr in der Lage, selbstständig zu atmen, und muss deshalb maschinell beatmet und natürlich auch künstlich ernährt werden.«

Rose hatte nur »innere Verletzungen« verstanden. Das alles war extrem beängstigend, aber sie nahm sich zusammen und räusperte sich, doch der dicke Kloß hielt sich hartnäckig. Mehr als ein krächzendes »Koma klingt so … so erschreckend« brachte sie nicht zustande.

»Es mag Ihnen erschreckend vorkommen, aber ich kann Sie beruhigen, Herr Weingold hat keine Schmerzen, und sein Körper kann sich in der Langzeitnarkose ganz auf den Heilungsprozess konzentrieren. Er schläft sehr, sehr tief und spürt nichts. Gleichzeitig wird er über eine Sonde ernährt, bekommt alle notwendigen Vitamine, Mineralien und sonstige Nährstoffe in ausreichender Menge. Auch das fördert den Heilungsprozess.«

Rose fühlte sich keineswegs von der Erklärung beruhigt. Das alles war noch viel schlimmer, als sie befürchtet hatte. Sie verfluchte das schlechte Wetter – und dieses blöde Auto, mit dem Nico immer schon viel zu schnell gefahren war. »Wie … wie lange wird es dauern, bis er wieder gesund ist?«

Der Mediziner zuckte mit den Schultern. »Ich will ehrlich zu Ihnen sein: Ich weiß es nicht …«

»Aber er wird doch nicht sterben?«, schluchzte Rose. »Meine Schwester ist hier gestorben, ich … ich …« Tränen liefen über ihre Wangen, sie konnte nicht weitersprechen.

Annemarie legte den Arm um ihre Schultern. »Beruhige dich, er lebt doch noch.«

»Nein, er wird nicht sterben«, versicherte Professor Ambach. »Der Patient ist ein kräftiger junger Mann, er wird sich ganz bestimmt wieder erholen. Aber Sie müssen Geduld haben, es kann Wochen dauern, bis wir ihn langsam aus dem Tiefschlaf zurückholen können. Andererseits kann es auch sehr rasch gehen. Der menschliche Körper ist ein Wunder und verblüfft uns immer wieder.«

Rose überlegte, ob sie noch einmal hineingehen sollte. Ihm sagen, wie sehr sie den Streit bedauerte.

»Aber auch Sie können etwas zur Heilung beitragen«, ergriff der Mediziner erneut das Wort. »Besuchen Sie ihn so oft wie möglich. Reden Sie mit ihm. Sprechen Sie von gemeinsamen schönen Erlebnissen, erzählen Sie ihm von Ihrem Tag, nehmen Sie vorsichtig seine Hand oder hören Sie Musik mit ihm. Sie können gern auch jetzt noch mal zu ihm hineingehen.« Er nickte ihnen der Reihe nach zu und verabschiedete sich dann.

»Wenn du möchtest, warten wir hier draußen«, sagte Annemarie verständnisvoll, gab Rose einen sanften Schubs und schob sie in das Krankenzimmer.

Auf Zehenspitzen näherte Rose sich dem Bett. Nach der ausführlichen Erklärung des Arztes war der Anblick des bandagierten, über eine Beatmungsmaschine und Schläuche am Leben gehaltenen Nico nicht mehr ganz so schockierend wie zuvor, trotzdem liefen ihr weiter die Tränen über die Wangen, als sie vor ihm stand. Was sollte sie ihm sagen? Er würde ja doch nichts mitbekommen. War da nicht jedes Wort überflüssig und lächerlich?

Wie unter einem Würgegriff erkannte sie, dass ihre übertriebene Reaktion und die Absage der Hochzeit der Grund für Nicos kopfloses Wegrennen gewesen waren. Die Ursache für den Unfall.

Sie. War. Schuld.

Ihretwegen. Wäre. Er. Beinahe. Gestorben.

Rose holte den am Fenster stehenden Stuhl ans Bett, setzte sich und schob ihre Hand vorsichtig unter Nicos. »Hallo, mein Liebling … ich bin es … dein Seepferdchen …«

5

Rose hatte die grauenvollste Nacht ihres Lebens hinter sich. Sie war mehrmals aufgeschreckt, hatte nach Nico getastet und sich entsetzt erinnert, was geschehen war. In ihren Ohren hallten die Geräusche der lebenserhaltenden Geräte wider, das Piepen der Monitore, das Schmatzen der Pumpe. Vor Erschöpfung war sie nach ihrer Heimkehr kurz eingeschlafen, fand aber nicht in den Tiefschlaf und wurde von Albträumen gequält. Sie hatte sich an Nicos Grab weinen sehen, beschimpft und verflucht von seinen Eltern. Hätten sie nicht alles Recht der Welt, sie zu hassen? Sie wegen ihres unüberlegten Gefühlsausbruchs für alles verantwortlich zu machen?

Nach diesem schrecklichen Unfall fragte sich Rose, was in sie gefahren war, sich so unüberlegt den Verlobungsring vom Finger zu ziehen, ihre Liebe einfach wegzuwerfen. Wie sollte sie den heutigen Tag überstehen, ihren Hochzeitstag? Den sie selbst boykottiert hatte? Ungefähr jetzt hätte sie sich mit Iris' Hilfe für den Gang zum Standesamt zurechtgemacht. Ihre Eltern, die Schwiegereltern und Tante Annemarie hätten vielleicht noch beim Frühstück im Wintergarten gesessen, und Herbert hätte zur Feier des Tages eine Flasche Sekt geöffnet.

Sie hatte alles zerstört.

Hoffnungen.

Zukunftspläne.

Nicos Leben.

Sie war die Braut, die ihren Bräutigam an den Rand des Grabes gebracht hatte. Rose schämte sich so sehr. Wie sollte sie das jemals wiedergutmachen können? Nicht einmal um Verzeihung bitten konnte sie. Er vermochte sie ja nicht zu hören, egal, was der Arzt dazu gesagt hatte.

Bis tief in die Nacht hatte sie an Nicos Bett gesessen, hatte seine Hand gehalten, ihm gesagt, wie sehr sie ihr Benehmen bereute, aber keine Reaktion bemerkt. Kein Zucken der Augenlider. Kein Druck seiner Hand. Und erst recht keine Tränen. Nichts. Es war, als redete sie zu einem Toten.

Rose zog sich die Bettdecke über den Kopf. Sie wollte nicht aufstehen oder ihrer Familie gegenübertreten, die sie mit einem Schwall tröstender Worte überschütten würde. Die ihr sagen würde, dass die Zeit alle Wunden heilte. Dass Nico wieder gesund werden würde. Dass sie eines Tages alles vergessen würde. Sie wollte einfach liegen bleiben und …

Ein polterndes Geräusch ließ sie aus dem Bett hochfahren.

Es war von draußen gekommen. Dem Lärm nach zu urteilen hatte jemand etwas sehr Schweres fallen lassen.

Sie blickte auf ihr Handy. Es war gerade mal halb acht und noch dunkel draußen.

Der Container! Das Poltergeschirr wurde abgeholt.

Rose sprang aus dem Bett, hastete zum Fenster, öffnete es und beugte sich hinaus, um vom Dachgeschoss aus auf den Parkplatz zu sehen.

67

Vor dem Haus parkte ein Lastwagen. Er hatte den Container an zwei Hebegabeln hochgehievt, und dem Lärm von vor wenigen Sekunden nach zu schließen war der einfach auf den Anhänger geknallt.

Zu schade, dass mit dem Abtransport der Scherben nicht auch die Erinnerung an diesen schicksalhaften Abend verschwand, dachte Rose. Einen Atemzug später entschied sie, eine Scherbe vom Poltergeschirr zum Andenken an die verpatzte Hochzeit zu behalten.

Hektisch schlüpfte sie in ein paar Flip-Flops, zog den hellblauen Frotteemantel, der am Fußende des Bettes lag, über ihren Schlafanzug und rannte nach unten.

Rose trat in dem Moment aus dem Haus, als der Laster losfuhr. Schreiend und winkend rannte sie durch den Nieselregen hinterher.

Endlich hatte der Fahrer sie wohl im Rückspiegel entdeckt und hielt an. Das Fenster fuhr lautlos herunter. Ein ungefähr dreißigjähriger Mann beugte sich heraus und musterte sie erstaunt. »Fehlt noch was?«, fragte er, ohne die Kippe aus seinem Mundwinkel zu nehmen.

Keuchend legte Rose den Kopf in den Nacken und schildert über den lärmenden Motor hinweg ihren Wunsch.

»Das vergessen Sie mal ganz schnell«, brummelte er. »Ich kann Sie nicht da raufsteigen lassen, das ist verboten. Wenn Ihnen etwas passiert, bin ich schuld und meinen Job los.«

»Bitte, es ist ungeheuer wichtig! Scherben bringen nämlich *kein* Glück.« Rose erklärte in wenigen Worten, was geschehen war und dass eine Teller- oder Tassenscherbe sie für immer daran erinnern sollte.

Kopfschüttelnd stellte der Mann den Motor ab und stieg

aus. »Also, aufsteigen ist nicht, abladen werde ich den Kasten auch nicht, aber weil Sie es sind, kann ich selbst hochklettern und was rausholen.«

»Danke, vielen, vielen Dank!« Rose schenkte ihm ihr freundlichstes Lächeln und verfolgte, wie er sich mit routinierten Bewegungen an dem Wagen hochhangelte.

»Tasse oder Teller?«, rief er ihr zu, als er die über den Container gespannte Plane an einer Ecke anhob.

»Teller, bitte.« Rose hielt fröstelnd den Schalkragen des Frotteemantels mit einer Hand zu. Dieser Nieselregen war richtig fies, ihre Knie zitterten, und ihre Füße waren eisig. Auch eine Art von Strafe.

Lange brauchte sie nicht zu frieren, dann überreichte ihr der junge Mann die Hälfte eines Kuchentellers, auf der noch ein Teil einer goldenen Krone zu sehen war. Dieses Andenken an den schicksalhaften Polterabend würde sie gut verwahren, gelobte Rose sich stumm.

Sie bedankte sich noch einmal und bot dem jungen Mann spontan an, irgendwann einmal zu Kaffee und Kuchen ins Café zu kommen, gern mit Begleitung.

»Mega.« Grinsend tippte er sich an das Schild seiner Kappe, sprang auf einen Tritt unter der Tür und saß nach einem weiteren Sprung hinterm Lenkrad. Zum Abschied drückte er kräftig auf die Hupe und rauschte davon.

Rose zog den Morgenmantel enger, presste die Tellerscherbe an die Brust und lief ins Haus. Inzwischen war sie reichlich durchgefroren, ihre Füße in den Flip-Flops waren zu Eisklumpen geworden, und sie freute sich auf ein heißes Bad.

Hoffentlich war Iris noch nicht wach oder schon mit Jasmin beschäftigt, dann würde sie das Wasser nicht in die Wanne laufen hören. Ihre Schwester hatte sich in den letzten Jahren zur Umweltaktivistin entwickelt und rechnete Wannenbäder zu den Dingen, die nur in Notfällen wie Krankheiten erlaubt waren. Aber der heutige Tag war definitiv ein Notfalltag, sogar ein Extremnotfalltag.

Oben im Flur hörte Rose leises Babyweinen. Iris war also wach. Bestimmt war Jasmin von dem Lärm oder der Hupe aus dem Schlaf gerissen worden.

Rose klopfte bei ihrer Schwester und wartete auf das »Ja«, das sie zum Eintreten aufforderte. Sie respektierten gegenseitig ihre Privatsphäre.

»Guten Morgen«, begrüßte Rose ihre Schwester, die im geblümten Flanellpyjama mit Jasmin im Arm auf dem grünen Samtsofa saß. »Stör ich?«

»Hallo, Schwesterlein ... du störst nicht, Fritz musste früh los, deshalb sind wir auch schon auf.« Iris griff nach der Flasche für Jasmin, die auf dem ovalen Couchtisch bereitstand. »Setz dich zu uns und berichte, wie es im Krankenhaus war. Du hast nach eurer Rückkehr gar nicht mehr geklopft.«

Rose setzte sich, legte die Tellerscherbe in den Schoß und unterdrückte einen tiefen Seufzer. Sobald sie dieses Zimmer betrat, fühlte sie sich mit Viola verbunden und vermisste sie dann umso mehr. Sie lächelte Jasmin an, die sie mit großen Augen musterte. Ihre kleine Nichte war zu einem entzückenden, lebhaften Mädchen herangewachsen, das vor einigen Tagen die ersten Schritte allein gemacht hatte. Der blonde Flaum auf ihrem Kopf war inzwischen eher honigblond und kräftig gewachsen; bald würde man ihr Spangen oder Schleifen ins Haar binden können.

Während Iris das Kind fütterte, erzählte Rose möglichst unaufgeregt von Nicos Unfall, von dem Koma und dass der Mediziner zuversichtlich sei.

Iris hörte schweigend zu, aber ihr Blick veränderte sich von anfänglichem Erstaunen zu Fassungslosigkeit. »Oh Rose, es tut mir so leid! Aber gib dir bitte keine Schuld. Es waren die Umstände, die Aufregung, der Regen. Oder einfach Schicksal.«

Rose schluckte die aufkommenden Tränen hinunter. »Ich weiß, es ist sinnlos, nach der Schuld und dem Warum zu fragen, aber Nico wäre niemals davongefahren, wenn ich nicht so überzogen reagiert hätte ...« Haltsuchend umklammerte sie die Tellerscherbe. Viel zu fest. Ein stechender Schmerz signalisierte ihr, dass sich die scharfe Kante in ihre Handfläche gebohrt hatte. Blut tropfte auf den hellblauen Frotteemantel.

Leise fluchend stand sie auf. »Ich brauch ein Pflaster!« Eilig rannte sie davon, ehe sie noch das schöne Sofa oder den hellen Kelim ruinierte.

Der Schnitt blutete heftig, ein Pflaster reichte nicht aus, und schon gar nicht konnte sie damit baden. Aber mit einem Verband, über den sie einen Latex-Einmalhandschuh zog, war zumindest eine Dusche möglich. Iris würde es gefallen.

Am frühen Nachmittag eilte Rose durch die Klinikgänge zu Nicos Zimmer. Sie konzentrierte sich einzig und allein auf ihr Vorhaben, für das sie sich selbst hinters Steuer gesetzt hatte, und hoffte, dass sie und Nico ungestört blieben.

Nico war inzwischen auf eine reguläre Station verlegt

worden. Nachdem Rose sich zu ihm durchgefragt hatte, verharrte sie einen Moment vor seiner Tür, atmete tief durch und trat nach kurzem Klopfen ein. Sie hatte damit gerechnet, dass Nico unverändert leblos und durch Schläuche mit Maschinen verbunden daliegen würde, trotzdem musste sie sich beherrschen, um nicht laut zu schluchzen. Der Anblick war nicht weniger erschütternd als in der Nacht, und ihr wurde einmal mehr bewusst, wie und warum er in diese Lage gekommen war. Dass er jetzt auf der Seite lag und ein dickes Stützkissen im Rücken hatte, milderte den neuerlichen Schock nur unwesentlich. Ihr schien es, als wäre der Mann, den sie heute hatte heiraten wollen, dem Tod näher als dem Leben. Aber der Arzt hatte ja versprochen, dass Nico wieder gesund würde, sie müsse sich nur gedulden.

Liebe ist wie der Spaziergang durch ein Paradies, dachte Rose unwillkürlich, in dem man alle Freuden dieser Welt erlebte, bei dem man aber auch von einer Sekunde zur anderen in die Hölle stürzen konnte. In die seelischen Abgründe der Verzweiflung, der Schuld und der Trauer.

Sie holte tief Luft, beruhigte sich und schaute sich nach einer Blumenvase um, konnte aber keine entdecken. Vermutlich befanden sie sich auf dem Flur in einem Regal, wie auf der Geburtsstation. Sie wollte sich später darum kümmern, der Strauß würde nicht sofort verwelken, auch wenn er eine Weile ohne Wasser auskommen musste.

Sie holte den Besucherstuhl vom Fenster ans Bett, zog ihren Trenchcoat aus, legte ihn über die Stuhllehne und setzte sich. »Hallo, mein Liebling, ich bin es dein Seepferdchen«, flüsterte sie und tastete vorsichtig nach seiner Hand.

»Weißt du, was heute für ein Tag ist?« Sie wartete, als hoffte sie auf Antwort.

Unser Hochzeitstag, würde Nico antworten, wenn er sie sehen könnte. Sie hatte sich sorgfältig geschminkt, das Haar hochgesteckt, wie er es liebte, und ihr Hochzeitskleid angezogen. Ein knielanges kleines Schwarzes, mit geradem Ausschnitt und Ärmeln aus feinem Seidengeorgette, das sie auch zu anderen Gelegenheiten würde tragen können. Ein Kleid nur für einen einzigen Tag wäre in ihren Augen eine echte Verschwendung gewesen.

»Ich werde nie vergessen, wie wir das Kleid zusammen ausgesucht haben«, sprach Rose leise weiter. »Beim Anprobieren habe ich gescherzt, dass es auch für Beerdigungen taugt. Du hast Tränen gelacht und von einem französischen Film mit dem Titel *Die Braut trug Schwarz* erzählt. Und jetzt sitze ich hier, ganz in Schwarz mit meinem Hochzeitbouquet auf dem Schoß, statt mit dir vor dem Standesbeamten zu stehen.«

Rose lauschte seinen Atemzügen, die eigentlich nicht Nicos waren, sondern die monotonen Geräusche einer Maschine.

»Der Arzt hat mir in der Nacht versichert, mit dir zu reden würde dir helfen, und ich solle dir möglichst nur Positives erzählen …« Sie seufzte. »Auf der Fahrt hierher habe ich darüber nachgedacht, dass ich deinen ›Verrat‹ nicht mehr so schlimm finde. Ich weiß jetzt, dass du mich nicht wirklich belogen hast und ich …« Sie brach ab, drückte ganz sacht seine Hand und sprach erst weiter, als sie keinen Gegendruck spürte. »… mich zuerst bei dir entschuldigen muss. Nico, es tut mir unendlich leid, dich in diese Lage gebracht zu haben. In meiner Wut habe ich dir nicht richtig zugehört, sondern vollkommen überreagiert. Und weil es nicht in meiner Macht steht, die Zeit zurückzudrehen, alles ungeschehen zu machen, will ich dir jetzt an deinem Krankenbett mein Jawort geben. Auch wenn es weder Standesbeamte noch Zeugen dafür gibt, werde ich mich an mein Versprechen halten.«

Tränen liefen über Roses Wangen. Ein übermächtiges Gefühl der Einsamkeit überfiel sie. Schluchzend kramte sie ein Taschentuch aus ihrer Handtasche und putzte sich die Nase, ehe sie mit ihrem Gelöbnis fortfahren konnte.

»Ich liebe dich über alles, und trotz aller ... Widrigkeiten schaue ich hoffnungsvoll in unsere gemeinsame Zukunft als Ehepaar. Ich verspreche dir, immer bei dir zu bleiben, in Wohlstand oder Armut, Gesundheit oder Krankheit. Hm ... das mit der Krankheit haben wir hoffentlich bald überstanden. Ich werde immer für dich da sein, dich trösten und in all deinen Plänen unterstützen.«

Rose legte den Brautstrauß auf dem Fußboden ab, beugte sich dann nach vorn und küsste Nico zärtlich auf den Handrücken.

»Ich würde dir ja gern einen richtigen Kuss geben, aber wir haben beide diese doofe Maske auf Mund und Nase, und der Herr Professor wäre bestimmt wütend, wenn ich deine abnehme. Vielleicht ein andermal ... Übrigens habe ich vom Poltergeschirr einen halben Teller aus dem Container gerettet, als Andenken. Und ich habe vergeblich nach den Ringen gesucht, aber ich dürfte dir deinen ohnehin nicht anstecken. Mein Eheversprechen ...«

»Was ist denn hier los?«

Eine resolute weibliche Stimme ließ Rose zusammen-zucken. Als sie sich umdrehte, erblickte sie eine etwa fünf-zigjährige Frau in der blauen Tracht des Pflegepersonals. Ihr rundes Gesicht war zur Hälfte von einer Maske verdeckt, ihre grauen Locken waren zu einem Dutt auf dem Ober-kopf gebunden, auf dem eine Hornbrille steckte.

»Ich bin Rose König, die …«

»… Verlobte, ich weiß. Ich bin Stationsschwester Hilde.« Sie blinzelte Rose freundlich zu. »Lassen Sie sich nicht stö-ren, ich wollte nur nachschauen, ob alles in Ordnung ist. Aber soweit ich sehe …«

»Ich … heute wäre unser Hochzeitstag gewesen«, erklärte Rose, auch wenn Schwester Hilde sich dafür bestimmt nicht interessierte.

Doch die Schwester betrachtete sie mit einem mit-fühlenden Blick und kam dann auf Rose zu. »Sie armes Kind, der schönste Tag im Leben ist es wohl nicht. Aber Schwarz zu tragen, ist doch etwas übertrieben, oder?«

»Das … das … ist mein Hochzeitskleid, wir haben es zu-sammen ausgesucht.« Rose kamen die Tränen.

Schwester Hilde nahm sie einfach in ihre kräftigen Arme und drückte sie an sich. »Alles wird wieder gut, versprochen. Er wird wieder ganz gesund, und dann können Sie heiraten, egal, in welcher Farbe.«

»Sind Sie sicher?« Rose wollte ihr ja gern glauben, aber niemand konnte in die Zukunft sehen.

»Das sagt mir meine fünfunddreißigjährige Erfahrung und meine Intuition. Ich spüre sehr deutlich, wer es schafft und wer zu schwach ist. Und dieser junge Mann hier wird eines Tages wieder ganz gesund sein. Darauf verwette ich mein Schwesterndiplom. Sie müssen dran glauben und Ihrem Verlobten das immer wieder sagen, das ist die beste Medizin.«

»Das mache ich«, versprach Rose.

»So ist es brav. Ich lasse Sie noch ein wenig allein. Wenn Sie Hilfe benötigen, Sie finden mich im Schwesternzimmer, die Tür steht immer offen, können Sie gar nicht verfehlen.«

»Hätten Sie vielleicht eine Vase für den Brautstrauß?«

»Bringe ich nachher vorbei.«

Rose nickte dankbar und erlaubte sich einen tiefen Seufzer, als Hilde das Zimmer verlassen hatte.

»Hast du gehört?«, flüsterte sie Nico zu. »Du wirst wieder ganz gesund, und wenn du mich dann noch willst, wird geheiratet und gefeiert und getanzt und geliebt. Den Brautstrauß lege ich auf den Nachtisch, Hilde stellt ihn dann in eine Vase. Falls du wach wirst, weißt du sofort, dass dein Seepferdchen dich besucht hat. Morgen komme ich wieder. Schlaf schön, mein Liebling.«

Auf dem Flur verdrehte sie die Augen über ihre letzten Worte. Zu einem Komapatienten *Schlaf schön* zu sagen, war doch ziemlich verdreht.

6

Auf der Rückfahrt nach Hause bemerkte Rose weder die malerische Spätnachmittagsstimmung noch die untergehende Sonne oder die grau-rosa Wolken am Himmel über dem milchig blauen Bodensee, der wie ein Aquarellgemälde wirkte. Sie dachte über die Worte der Stationsschwester nach. Konnte sie wirklich vorhersagen, wer überlebte und wer nicht? Rose hoffte es sehr, denn Hildes professionelle Meinung war tröstlich gewesen.

Rose dachte aber auch darüber nach, wie es mit der Pension weitergehen sollte. Was sie unternehmen konnte, um den Betrieb wieder in die Gewinnzone zu bringen. Über einen Verkauf hatte sie nicht zu entscheiden. Eines fernen Tages würden Iris und sie zwar das gesamte Unternehmen erben, aber bis dahin waren ihr Vater und Tante Annemarie die Inhaber. Jeder Interessent müsste zuerst die beiden überzeugen. Ihr Vater wäre möglicherweise einverstanden, hatte er die Leitung doch bereits an sie übergeben, und Florence zog es ohnehin zurück in ihre Heimat Frankreich. Tante Annemarie aber würde niemals zustimmen. Mit der Übernahme der Konditorei war für sie ein großer Traum in Erfüllung gegangen. Und sie machte ihre Sache prima, der Laden lief so gut wie nie zuvor, die Umsätze waren höchst erfreulich. Großvater Max König, der immer mächtig stolz auf die Konditorei gewesen war, wäre glücklich gewesen, wenn er noch erlebt hätte, wie seine Tochter Annemarie sich als Geschäftsfrau bewährte.

Als Rose durch den Haupteingang trat, hörte sie das Telefon klingeln. In professioneller Reaktion wollte sie ins Büro sausen und drangehen. Doch dann fiel ihr ein, dass der Anrufbeantworter eingeschaltet war.

Sehr geehrte Anrufer, liebe Gäste, heute ist der Betrieb wegen einer Familienfeier geschlossen. Morgen sind wir wieder für Sie da. Wenn Sie eine Nachricht hinterlassen möchten, rufen wir Sie gern zurück.

»Hallo, hier spricht Frau Spengler ... ja ... ähm ... leider ist niemand da ... ich rufe wegen der Weihnachtsfeier am sechsten Dezember an ... ähm ... wir, also ich hatte für fünfundzwanzig Personen im Wintergarten reserviert. Jetzt hat sich eine Änderung ergeben beziehungsweise sind wir inzwischen sechzig Leute. Ich hoffe, das geht in Ordnung. Würde mich freuen, wenn Sie mich zurückrufen, damit wir die Einzelheiten besprechen können. Auf Wiederhören. Hier war Frau Spengler ...«

Überrascht starrte Rose das Telefon an. Was für ein erfreulicher Anruf. Vor den Monaten, als mit der Pension auch der Wintergarten komplett hatte schließen müssen, war er an den Wochenenden regelmäßig für Privatfeiern ausgebucht gewesen, danach waren diese Buchungen leider zurückgegangen. Diesen Anruf nahm Rose jetzt als hoffnungsvolles Zeichen, dass es endlich wieder aufwärtsging. Sie griff zum Telefon, um Frau Spengler zurückzurufen und die Details abzusprechen.

Auf dem Weg in ihr Zimmer fühlte Rose neue Energie in sich aufsteigen. Die Einnahmen durch die Weihnachtsfeier würden sich sehr gut auf der Habenseite des Bankkontos machen. Und sie würde alles daransetzen, dass die Feier ein Erfolg wurde und sich herumsprach. Was sie aber noch dringender benötigte, waren Ideen, um Pensionsgäste anzulocken. Nicos Eltern hatten die Pension zu einem Wellnesstempel umgestalten wollen. Wäre das eine Möglichkeit, die sie auch in Eigenregie verwirklichen konnten? Wo gab es mehr »Wellness« als an diesem paradiesisch gelegenen Fleckchen Erde, auf dem die Pension König erbaut worden war?

Kreative Überlegungen stimmten Rose stets fröhlich, und plötzlich hatte sie auch keine Angst mehr vor der Zukunft. Alles würde gut werden. Nico würde wieder aufwachen und ganz gesund werden. Vielleicht nicht morgen, aber dann eben übermorgen. Daran wollte sie fest glauben.

Als sie ihr Hochzeitskleid auszog, klopfte es an der Tür. Kurz darauf trat ihre Mutter ins Zimmer, blieb aber in Türnähe stehen.

»Wie geht es dir? Wie war's in der Klinik? Annemarie hat mir erzählt, was mit Nico passiert ist.« Florence lächelte Rose tapfer an. Nur die Schatten unter ihren braunen Augen zeugten von einer sorgenvollen Nacht.

Rose hängte ihr Kleid sorgfältig auf den gepolsterten Bügel und diesen an die Tür des Kleiderschranks. »Nicos Zustand ist unverändert, er liegt da und schläft, nur von Maschinen am Leben gehalten …« Als ihr bewusst wurde, wie das Reden darüber sie wieder traurig werden ließ, wechselte sie rasch das Thema und erzählte von Schwester Hilde.

Florence kam auf sie zu, umarmte sie innig und küsste sie

auf die Wange. »Die Meinung einer Krankenschwester mit jahrzehntelanger Erfahrung ist bestimmt genau so viel wert wie eine ärztliche Diagnose. 'ast du 'unger? Der Besuch war bestimmt anstrengend …«

»Ein bisschen, vielleicht esse ich eine Kleinigkeit.« Rose nahm eine Jeans und einen warmen Rollkragenpullover aus dem Schrank.

Florence strich sich eine Strähne ihrer halblangen dunklen Locken hinters Ohr. »Eigentlich dachte ich an das … ähm …, was für den heutigen Tag geplant war.«

Rose ahnte, dass ihre Mutter vermeiden wollte, das Wort »Hochzeitsessen« auszusprechen. »Oh Mama, das habe ich total verdrängt. Du hast dir bestimmt viel Mühe damit gemacht.«

»Ach, nicht so tragisch«, winkte Florence ab, und wie es ihre Art war, hob sie die Hand und begann an den Fingern aufzuzählen: »Die Vorspeise, Artischockensalat mit Garnelen, ist noch nicht zubereitet, die können wir auch morgen essen. Nur das Kaninchen in Senfsauce, das du dir gewünscht 'ast, musste ich gestern schon braten, es braucht nur aufgewärmt zu werden. Dazu einen schlichten grünen Salat und Baguette, wie an ganz normalen Tagen. Um das Dessert 'at sich dein Vater gekümmert, Liebesknochen …«

»Danke, Mama, dann freue ich mich auf das Essen. Ich glaube, ich bin doch ziemlich hungrig. Und ich würde auch gern etwas besprechen.«

Florence musterte sie überrascht. »Geht es dir wirklich gut? Was du erlebt 'ast, war ja ein ziemlicher Schock. Du kannst es mir ruhig sagen …« Sie sah ihre Tochter durchdringend an.

Rose hatte dem gleichzeitig liebe- wie sorgenvollen Mutterblick nur selten widerstehen können, aber sie schaffte es abzuwiegeln. »Mit mir ist alles in Ordnung, es geht nur um einige grundsätzliche Dinge, die Pension betreffend. Aber das würde ich gern mit der ganzen Familie bereden.«

»*Bien, ma chérie* ...« Florence zuckte mit den Schultern. »Dann in einer 'alben Stunde im Salon.«

Rose ahnte, dass ihre Mutter verstimmt war, küsste sie sanft auf die Wange und entgegnete: »*Merci, Maman*. Ich ziehe mich nur schnell an, dann kann ich beim Tischdecken helfen.«

Rose griff nach den verschwitzten Sachen, die sie gestern Abend auf einen der beiden Bugholzstühle am Fenster geworfen hatte, um sie nun in die Schmutzwäsche zu befördern, und musste an das Wegschaufeln des Poltergeschirrs denken. Keine vierundzwanzig Stunden waren vergangen, seit sich ihr Leben so gravierend verändert hatte. Innerhalb weniger Minuten waren ihre Zukunftspläne zerbrochen wie Glas. Die Tellerscherbe, die der Fahrer für sie aus dem Container geholt hatte, lag auf dem Frisiertisch, als Mahnung, wie fragil das Glück doch war.

Im Wohnzimmer war die Familie vollständig versammelt. Iris saß bereits am Tisch und beschäftigte Jasmin im Hochstuhl mit einem robusten Papp-Bilderbuch über Enten, Gänse und Schwäne. Wasservögel kannte das kleine Mädchen von den Spaziergängen und betrachtete sie mit begeistertem Gebrabbel.

Tante Annemarie war dabei, das Geschirr aus der halbhohen, viertürigen Anrichte zu holen.

Rose bemerkte erleichtert, dass es nur das schlichte weiße Alltagsservice war und nicht das mit dem Goldrand für besondere Anlässe. Je weniger Aufhebens um das Abendessen gemacht wurde, desto eher vermochte sie ihre Tränen zurückzuhalten.

Ihre Eltern befanden sich in der angrenzenden Küche, wie sie durch die offen stehende Tür sehen konnte.

Keiner hatte sich in Schale geworfen. Es würde bestimmt ein halbwegs normaler Abend werden – abgesehen von dem heiklen Gesprächsthema.

»Kann ich noch was helfen?«, wandte Rose sich an Annemarie.

Annemarie wies mit einer Kopfbewegung zur Anrichte. »Besteck verteilen, hab's schon rausgelegt. Und wenn du noch einige von den dicken Papierservietten aus dem Wintergartencafé holen würdest. … Dann bekleckern wir die feinen Stoffservietten nicht mit der Senfsauce, die lässt sich nämlich nur mühsam rauswaschen.«

Rose nickt der Tante dankbar zu. Auch die Damastservietten waren feierlichen Anlässen vorbehalten. In Einheit mit Goldrandgeschirr, Silberbesteck und Kristallgläsern wäre daraus eine festliche Tafel geworden, die ihr allzu schmerzlich den besonderen Tag hätte bewusst werden lassen.

Kurz darauf servierte Florence den Hauptgang und verteilte ihn auf die Teller. Herbert schenkte Wasser und Wein ein, jeder bediente sich beim Salat und nahm vom Baguette, das nach französischer Tradition zum Kaninchen gereicht wurde.

Bis vor wenigen Minuten hatte Rose noch ein wenig Bammel vor dem Essen gehabt, doch jetzt war sie er-

leichtert; die Atmosphäre war völlig normal. Florence'
Kaninchen wurde gelobt. Herbert stochert zwar lustlos im
Salat, verlangte aber nach einer zweiten Portion Kaninchen und tunkte die Sauce mit dem Baguette auf, das er ge-
nießerisch verspeiste. Jasmin war mit Brei gefüttert worden
und kaute zufrieden auf ihrem Beißring. Annemarie neckte
ihren Bruder mit der Bemerkung, dass sie nachher auf den
Liebesknochen verzichten müsse, weil sie ja keinen Liebsten
habe. Wobei alle am Tisch wussten, dass Annemarie niemals Gebäck verschmähte. Nur Rose selbst aß schweigend
und wartete auf eine Gesprächspause, um ihre Idee vorzu-
tragen – die sich ergab, als Kaffee und Liebesknochen auf
den Tisch kamen.

»Also ... ich wollte ...«, begann Rose zaghaft, »von meinem Besuch in der Klinik erzählen.«

Iris lächelte sie mitfühlend an. »Das war sicher nicht einfach, schließlich wäre ...« Sie brach ab.

»... heute mein Hochzeitstag gewesen«, beendete Rose
den Satz. Dann berichtete sie von Schwester Hildes Zuversicht. »Das hat mich ein wenig getröstet, dennoch kann
niemand mit Bestimmtheit sagen, ob und wann Nico aufwachen und wieder ganz gesund sein wird. Aber er läge
nicht da im Krankenhaus, wenn *ich* nicht durchgedreht
hätte. Deshalb fühle ich mich schuldig.«

»Das ist doch Unsinn.«

»Es waren die Umstände, das Wetter und vor allem diese
Rakete von einem Auto ...«

»Ein bisschen Schuld trifft Nico selbst, er ist bestimmt
viel zu schnell gefahren, in dieser stürmischen Nacht, wo
Vorsicht wichtiger gewesen wäre als Schnelligkeit.«

Rose wollte ihre Tränen tapfer herunterschlucken, doch die tröstenden Bemerkungen ihrer Familie bewirkten stattdessen einen Weinkrampf. Sie musste sich erst die Nase mit der Papierserviette putzen, ehe sie weiterreden konnte. »An Nicos Bett habe ich lange über das nachgedacht, was die Ursache für unseren Streit war. Warum er jetzt im Koma liegt.«

»Du hast geglaubt, er wolle sich mit der Heirat in unsere Familie einschleichen, um auf diese Weise an das Anwesen zu kommen«, fasste Iris das gestrige Drama zusammen.

Rose schob den Teller mit dem Liebesknochen zurück. Vorhin war sie hungrig gewesen, doch das Gespräch schlug ihr nun doch auf den Magen. »Ich sehe mich immer wieder selbst, wie ich mir den Ring vom Finger streife. So grausam.«

Herbert stach mit der Kuchengabel auf seinem Liebesknochen herum. »Nun übertreib mal nicht, Kind. Immerhin hat der Mann dir nicht die Wahrheit gesagt. Da kann man so kurz vor der Hochzeit schon mal emotional reagieren.«

»Emotional«, wiederholte Florence bedächtig. »Das war unsere Rose immer schon.«

»Man beginnt eine Ehe einfach nicht mit Unwahrheiten«, fuhr Herbert fort. »Das ist der Tod der Liebe.«

Florence strich ihm sanft über den Arm. »Das 'ast du schön gesagt, 'erbert.«

»Und ich meine es auch so. Ich würde dir immer alles beichten.«

Rose hatte immer davon geträumt, eines Tages eine so liebevolle Ehe zu führen wie ihre Eltern. Herbert beichtete Florence wirklich immer alles. Außer vielleicht, dass er heimlich kleine Schnäpse trank, da nahm er es mit der

Wahrheit nicht so genau. Rose wusste nicht, ob ihre Mutter einfach nur großzügig darüber hinwegsah. Seit Tante Annemarie in der Wäsche ein leeres Fläschchen in seiner Hosentasche gefunden hatte, war es zumindest kein Geheimnis mehr.

»Eigentlich hat er nicht wirklich die Unwahrheit gesagt«, versuchte Rose einen neuen Einstieg. »Er hat mir nur etwas verschwiegen, und das ist doch ein Unterschied! Heute sehe ich das wie Nico, er hat ja versucht, es zu erklären, aber ich wollte nicht zuhören. Es tut mir unendlich leid, ihm so schlechte Absichten unterstellt zu haben. Meine übertriebene Reaktion war der Grund für *seine* Reaktion, ich bin mitschuldig, ganz egal, wie sehr die Umstände dazu beigetragen haben …«

»Mein armer Liebling, es 'at doch keinen Sinn, wenn du dich mit Vorwürfen quälst«, unterbrach Florence sie in sanftem Tonfall.

»Lass mich bitte ausreden, *Maman* … Ich bin nämlich noch nicht fertig.«

Alle Augen richteten sich gespannt auf Rose.

Sie holte tief Luft und erklärte dann mit fester Stimme: »Es betrifft Nicos Idee, die Pension an die Immobilienfirma seiner Eltern zu verkaufen, die daraus eine Wellnessoase machen wollten. Ich wage zu behaupten, dass ihr euch alle schon einmal vorgestellt habt, wie es wäre, das Gastgewerbe aufzugeben. Nicht immer abrufbereit zu sein, leben zu können wie ›normale‹ Menschen. Zwei oder auch drei Wochen Urlaub im Sommer, Feiertage und Wochenenden genießen. Wäre das nicht himmlisch?«

7

Rose wartete gespannt auf Reaktionen, doch alle am Tisch starrten sie nur an, als wäre sie nicht mehr bei Sinnen. »Ich meine das durchaus ernst. Vielleicht können wir einfach mal sachlich darüber reden«, sagte sie, um ihren Vorschlag zu bekräftigen.

»Sachlich? Was für ein hirnverbrannter Unsinn! Da gerinnt ja die Schlagsahne!«, polterte Annemarie schließlich los und schüttelte dabei den Kopf so heftig, dass sogar ihre kurz geschnittenen grauen Haare ein wenig in Bewegung gerieten. »Wie zur Hölle bist du denn auf diese verrückte Idee verfallen?«

»Rose, du bist einfach traumatisiert«, analysierte Iris. »Du meinst das nicht ernst. Hast du Nico nicht gleich beim ersten Kennenlernen erklärt, dass die Pension niemals verkauft werden würde?«

»Wie kannst du es wagen, das Wort *verkaufen* überhaupt auszusprechen! Nur über meine Leiche!«, rüffelte ihr Vater sie an. »Solange ich lebe, bleibt der Betrieb in Familienbesitz. Außerdem ist das immer noch Annemaries und meine Sache. Kapiert?«

»Genau! Wir sagen, wo's langgeht!« Annemarie verschränkte die Arme vor der Brust und nickte ihrem Bruder zu.

Rose lächelte schwach. »Die Besitzverhältnisse sind mir bestens bekannt, Papa – aber eben auch die Bücher.«

»Was willst du damit andeuten?« Herbert drückte die Brille fester auf seine Nase, als sähe er dann schärfer, und reckte kampfeslustig das Kinn vor.

»Dass die letzten beiden Jahre ein finanzielles Desaster waren. Ich muss dir doch nicht erklären, dass wir während der langen Schließzeiten im Winter nur leere Betten und keine Einnahmen hatten. Und staatliche Hilfen haben wir nie erhalten. Ganz im Gegenteil, das Finanzamt hält trotzdem die Hand auf. Ich konnte eine Fristverlängerung erreichen, aber wir mussten dennoch unsere Rücklagen für die laufenden Kosten verwenden. Wie jeder hier weiß, müssen die Zimmer trotz Leerstand regelmäßig gereinigt werden.« Rose zählte die routinemäßige Grundreinigung auf. »Staub wischen, Böden wischen, Betten lüften, Bäder reinigen. Und diese Arbeit wird von den Zimmermädchen erledigt, die bezahlt werden müssen.«

Iris hob den Beißring auf, den Jasmin auf den Fußboden geworfen hatte, wischte ihn sauber und gab ihn ihr zurück. »Mir musst du das nicht vorbeten, schließlich bin ich als Hausdame dafür zuständig und kenne den Arbeitsaufwand.«

»Das war nur ein Aufzählen der Fakten, keine Kritik«, entgegnete Rose und vergaß auch nicht, den Wintergarten zu erwähnen. »Frau Waltraud konnte die Schließung mit dem To-go-Verkauf ihrer Sandwiches überbrücken, denn auch das Terrassencafé war ja geschlossen. Und der …«

»Sag jetzt nicht, der Tortenhimmel sei auch in Gefahr«, mischte Annemarie sich wieder ein. »Der war ja nicht von den Schließungen betroffen, lief und läuft prächtig. Sogar besonders prächtig, weil die Menschen frustriert waren. Was hilft gegen Frust? Kuchen, Torten, Pralinen, Schokolade und was wir sonst noch zu bieten haben. In *meinen* Büchern finden sich also nur schwarze Zahlen.« Selbstbewusst hob Annemarie den Kopf, streckte ihren Arm über den Tisch und angelte sich den Teller mit Roses verschmähtem Liebesknochen.

»Ich weiß, der Tortenhimmel ist eine Goldgrube.« Rose stimmte der Tante gern zu. »Ohne die Einnahmen in der Konditorei wären wir längst bankrott wie etliche andere Familienbetriebe. Aber so schwer es mir auch fällt, das zu akzeptieren, unsere Verluste der beiden letzten Jahre sind kaum wieder aufzuholen. Erfreulich ist allerdings die Weihnachtsfeier …«

»Wie kommst du denn jetzt auf eine Weihnachtsfeier?«, unterbrach Florence sie irritiert.

»Eine Anwaltskanzlei möchte im Wintergarten Weihnachten feiern und hat vorhin die Gästezahl aufgestockt. Das bringt ein nettes Sümmchen in die Kasse …«

»Na also, es geht aufwärts, kein Grund durchzudrehen.« Iris nickte zufrieden. »Warum lässt du dich von Schuldgefühlen leiten? Unser Unternehmen besteht seit über sechzig Jahren, und du willst es verscherbeln, nur weil wir gerade nicht in Geld schwimmen? Großvater würde sich vermutlich im Grabe umdrehen.«

Die antike Standuhr, die noch von Max König stammte und mit der Neugestaltung der Rezeption in den Salon umgezogen war, schlug in dem Moment zwei Mal zur halben Stunde.

»Da! Hast du's gehört?« Herbert zeigte auf die Uhr in der Ecke neben der Anrichte. »Mein Vater meldet sich aus dem Jenseits. Er würde niemals einem Verkauf zustimmen! Das Anwesen ist sein Vermächtnis, und wir haben die Pflicht, es zu bewahren.«

Annemarie zog die Nase hoch, als kämpfte sie gegen Tränen. »Unsere Eltern haben mit zwei Fremdenzimmern angefangen, und ich kann mich gut erinnern, dass Mama die Bettwäsche noch mühsam in einem großen Bottich waschen musste und sie dann im Garten zum Trocknen aufgehängt hat. Herbert hat ihr die Wäscheklammern gereicht, als er gerade mal stehen konnte. Weißt du noch?«

»Hab's vergessen, aber wenn du das sagst, wird's schon stimmen«, murmelte Herbert und wetterte dann weiter: »Die Pension ist nicht nur eines der schönsten Gebäude am Bodensee, sie ist unser Zuhause, unser Heim, unsere Heimat!« Er griff nach der Papierserviette, nahm seine Brille ab und putzte sich lautstark die Knubbelnase. »Wo sollen wir denn hin? Was soll aus uns werden?« Fassungslos fixierte er Rose aus geröteten Augen.

»Sie hat es gar nicht so gemeint, sie macht sich einfach nur zu viele Sorgen, oder?« Florence schickte ihrer Tochter ein liebevolles Lächeln.

»Ich habe jedes Wort so gemeint, denn ich denke an die Zukunft, und wir müssen neue Wege beschreiten«, entgegnete Rose. »Von ›Verscherbeln‹ kann keine Rede sein, aber vom kaufmännischen Standpunkt aus wäre ein Verkauf die sinnvollste Lösung. Wir könnten bestimmt einen ordentlichen Preis erzielen. Oder wollt ihr in den nächsten zehn Jahren doppelt so viel arbeiten, weniger essen und nur noch sparen, sparen, sparen? Denn so lange wird es schätzungsweise dauern, um aus den Miesen herauszukommen.«

Annemarie schlug mit der flachen Hand auf den Tisch. »Zum Donnerwetter, Rose, würdest du bitte aufhören, nur die negativen Seiten zu sehen? Wie wäre es, wenn wir stattdessen überlegen, wie oder womit wir mehr Gäste anlocken und den Umsatz ankurbeln können?«

Jasmin, die seit geraumer Zeit nur ängstlich zugehört hatte, begann zu weinen.

»Hört sofort auf zu streiten«, verlangte Iris, nahm die Kleine aus dem Hochstuhl und zu sich auf den Schoß.

Herbert klopfte mit den Fingerknöcheln auf den Tisch. »Endlich ein vernünftiger Vorschlag, Schwesterherz.«

»Danke, Herbert.«

»Woran denkst du konkret, Tante Annemarie?«, erkundigte sich Rose freundlich. Sie war durchaus bereit, Vorschläge entgegenzunehmen, um die Stimmung aufzuhellen, sie dann aber mit passenden Argumenten abzulehnen. Denn jegliche Verbesserungen oder Werbemaßnahmen bedeuteten nur neue Kosten, und ihr war kein Trick bekannt, wie man aus einer leeren Kasse etwas herausnehmen konnte.

»Hm … mal überlegen …« Annemarie zog die Stirn kraus, als dächte sie angestrengt nach. »So unvermittelt kann ich natürlich keine innovativen Ideen aus dem Ärmel schütteln, aber gemeinsam finden wir doch bestimmt etwas, oder?« Hilfesuchend blickte sie Herbert, Florence und dann Iris an.

Florence schlug vor, die Speisekarte im Wintergarten zu erweitern oder französische Abende und – in Kooperation mit einem Weinhändler – besondere Weine anzubieten. Und an den vier Adventssonntagen wären weihnachtliche Menüs auch eine Möglichkeit zur Umsatzsteigerung.

»Gute Idee, vielleicht magst du mit Frau Waltraud mal darüber reden«, entgegnete Rose, wenngleich sie wusste, dass der Vorschlag nicht umsetzbar war. Die Pension war ein Garni-Betrieb, die beengte Wintergarten-Küche also nur für das Frühstück der Pensionsgäste und kleine Gerichte konzipiert. Weder die Räumlichkeiten noch die Ausstattung waren geeignet, um aufwendige Mahlzeiten oder ganze Menüs zuzubereiten. Ganz abgesehen vom Personal, das dazu nötig wäre. Aber das musste sie ihrer Mutter nicht sagen, Frau Waltraud würde ihr das sicher genau erklären.

»Eben ist mir was eingefallen!« Annemarie strahlte, als hätte sie das Rezept für eine kalorienfreie Torte erfunden. »Ich werde doch einen neuen Konditor einstellen, morgen führe ich ein erstes Gespräch mit einem interessanten Kandidaten …«

»Du hattest es schon erwähnt, unnötig, noch mal davon anzufangen«, maßregelte Herbert seine Schwester.

Annemarie überging seinen Protest mit einer abwiegelnden Handbewegung. »Und wer immer das sein wird, muss mit mir neue Wege beschreiten. Wir müssen moderner werden. Unsere Angebote sind zwar köstlich, aber zum großen Teil doch sehr traditionell, bis auf wenige Neuigkeiten, wie der von Viola kreierte Schneewittchenapfel. Ich würde zum Beispiel gern vegane Kuchen oder Torten anbieten. Das ist schon längst kein kurzfristiger Trend mehr, sondern ein riesiger Markt geworden. Unsere Verkaufskraft Paula berichtet immer wieder, dass auch nach anderen Besonderheiten gefragt wird, wie glutenfrei, ohne Zucker, Kuhmilch oder Sahne.«

Rose lobte auch diese Idee: »Neue Angebote schaden nie, und wenn sie doch nicht so gut ankommen, dann haben wir nicht viel investiert.«

Nur leider würden auch ein paar vegane Torten oder andere Spezialitäten das Ruder nicht herumreißen. Der Hauptumsatz war seit jeher mit Übernachtungen und dem Terrassencafé erzielt worden, und selbst wenn das Haus im Sommer vielleicht wieder voll ausgebucht sein würde – das Loch in der Firmenkasse war einfach sehr groß. Aber ein Traditionalist wie ihr Vater weigerte sich schon aus Prinzip, auch nur einen Gedanken an Änderungen zu verschwenden. Großvater Max hatte seinen Teil dazu beigetragen. Rose fiel ein, was er oft gesagt hatte, und wandte sich fragend an die Tischrunde: »Könnt ihr euch noch an Großvaters Hauptregel erinnern?«

»Daran erinnere ich mich sogar sehr gut«, antwortete Annemarie. »»Warum ändern, wenn alles funktioniert und die Kasse stimmt?‹«

»Ganz genau. Doch die Kasse stimmt eben *nicht*.« Rose schob ihren Stuhl zurück und stand auf. »Seid mir bitte nicht böse, aber ich bin erschöpft, ich muss mich hinlegen. Vielleicht reden wir morgen weiter.«

»Ich werde bestimmt nicht schlafen können, und meine Meinung ist morgen noch dieselbe.« Herbert trank sein noch halb volles Glas Wein in einem Zug aus.

Rose ging um den Tisch herum und drückte ihm ein Küsschen auf die leicht faltige Wange. »Schade, Papa, dass

du nicht mal darüber nachdenken magst. Gute Nacht allerseits ...« Damit verließ sie den Salon und stieg die frisch
gewachsten, nach Honig duftenden Treppenstufen hinauf.

In ihrem Zimmer zog sie nur die Jeans aus und fiel noch
im Pullover ins Bett.

8

Rose erwachte von einem kräftigen Hämmern, das sie zuerst als Albtraum wahrnahm, und benötigte einige Sekunden, um es als real zu deuten, und zu verstehen, dass jemand an der Tür war.

»Es ist offen!«, rief sie mit heiserer Stimme.

Die Tür ging einen Spalt auf, und Tante Annemarie lugte hindurch. Perfekt geschminkt, mit rotem Lippenstift, das kurze Haar mit Gel modisch-strubbelig gestylt, in roter Hose und einem bunt gemusterten Oberteil war sie das beste Beispiel, wie man auch mit über sechzig noch eine auffallend schicke Frau sein konnte. »Alles in Ordnung mit dir? Es ist schon acht, und du hast noch nie verschlafen. Deshalb wollte ich nachschauen.«

»Mist!« Rose sprang mit einem Satz aus dem Bett, musste sich aber gleich wieder hinsetzen. Ihr war schwindelig, vor ihren Augen tanzten schwarze Punkte, und sie hatte rasende Kopfschmerzen. Der Wein? Sie hatte doch nur ein Glas getrunken.

Annemarie kam zu ihr und befühlte die Stirn. »Fieber hast du keines, aber gesund schaust du auch nicht aus. Soll ich dir was bringen, oder brauchst du einen Arzt?«

Rose schüttelte schwach den Kopf. »Nein, nein, ich sause schnell unter die Dusche, dann bin ich wieder fit.«

Annemarie setzte sich zu ihr auf den Bettrand. »Wenn ich mich recht erinnere, hattest du die nächsten Tage als … ähm, Kurzurlaub geplant, oder? Dann kannst du auch liegen bleiben und dich ausruhen. Es war alles ein bisschen viel in letzter Zeit.«

Rose seufzte aus tiefster Seele, als ihr einfiel, dass heute ihr erster Tag mit Nico als Ehepaar gewesen wäre. Sie hatten eine kurze Hochzeitsreise geplant und mit dem Auto nach Wien fahren wollen. Auf Großvaters Spuren wandeln, im gemütlichen Beisl speisen, das berühmte Künstlercafé Hawelka besuchen. Großvater hatte oft vom Hawelka und den typischen Wiener Lokalen geschwärmt, in denen Gerichte wie Tafelspitz oder Marillenknödel serviert wurden. Vielleicht auch Schloss Schönbrunn besichtigen, ins Theater gehen, durch die Stadt flanieren und Großvaters uneheliche Tochter besuchen. Charlotte lebte mit ihrer Tochter Elisabeth in Wien und hatte sie schon oft eingeladen.

Rose spürte, wie ihr die Tränen kamen.

»Tut mir leid, ich wollte dich nicht traurig stimmen, sondern ablenken.«

»Womit denn? Eigentlich habe ich keine Zeit, am Nachmittag will ich in die Klinik fahren.«

»Ich dachte, du könntest mich bei dem Gespräch mit dem möglichen neuen Konditor unterstützen. Um zehn kommt ein Herr Müller, der sich um die Stelle bewirbt. Dein Besuch bei Nico wäre also nicht gefährdet … Falls du am Vormittag nichts weiter geplant hast, könnten wir den Kandidaten doch gemeinsam begutachten. Ich lege nämlich sehr viel Wert auf dein Urteil, und vier Augen sehen mehr als zwei. Alte Bauernregel …«

»In Ordnung, ich werde pünktlich da sein.« Rose freute sich auf die Ablenkung. Es würde guttun, sich vorübergehend auf etwas »Normales« konzentrieren zu können. Und mit einem neuen Konditor kamen immerhin neue Ideen in die Backstube.

Als Rose in einem frisch gebügelten dunkelblauen Kostüm, leicht geschminkt und das Haar im Nacken zusammengebunden, hinunter zum Tortenhimmel eilte, blitzte die Sonne zwischen einer Herde Schäfchenwolken hervor. Der See schimmerte im milchigen Novemberlicht, und der Duft von frisch gemähtem Gras verriet Rose, dass Horst den Rasenflächen einen letzten Schnitt vor dem Winter verpasst hatte.

Doch Rose hatte wenig Sinn für die sanfte Natur, den würzigen Duft nach Gras oder romantische Wolkengebilde am Himmel. Sie war abermals in Gedanken bei Nico, konnte einfach nicht aufhören, sich zu fragen, wie es ihm heute wohl ging und wann er aufwachen würde. Nicht einmal der köstliche Duft nach Vanille, süßer Sahne und Schokolade, der ihr beim Betreten des Ladens entgegenschlug, konnte sie so aufmuntern, wie es noch vor ein paar Tagen der Fall gewesen wäre. Nico hatte sie nicht mit einer Fitnessuhr traktiert, wie Philip es getan hatte, ihr letzter Freund und zugleich ein Personal Trainer, der gesteigerten Wert auf Gesundheit und Sport legte und Zucker verteufelte. Mit Nico war jeder Tag ein Genusstag, mit ihm gab es keine Diskussionen über Kalorien, das zweite Stück Kuchen oder wie wichtig Joggen für das allgemeine Wohlbefinden war. Mit Nico konnte sie das Leben genießen, und allein bei dem Gedanken an die Kuschelstunden auf dem bequemen Bett, die Küsse und Zärtlichkeiten, die sie dabei austauschten, verkrampfte sich ihr Magen, als versuchte er, einen Marmorblock zu verdauen.

Reiß dich zusammen, ermahnte sich Rose, als sie den Tortenhimmel betrat, das Leben geht weiter, und Nico lebt.

Ein grauhaariges Ehepaar stand vor der abgerundeten Glasabschirmung der cremeweißen Verkaufstheke. »Mein Mann ist Diabetiker«, bekannte die Dame und erklärte Paula, der Verkäuferin: »Er darf keinen Zucker essen, aber ich bin eine miserable Bäckerin, mir gelingen einfach keine Kuchen ohne.«

»Und ich bin ein Süßschnabel, ohne Kuchen ist das Leben bitter«, scherzte der Zuckerkranke.

»Im Moment kann ich Ihnen leider noch nichts Passendes anbieten«, bedauerte Paula. »Aber ich werde es der Chefin vorschlagen, und dann haben wir hoffentlich bald etwas Zuckerfreies im Angebot. Kommen Sie gern wieder vorbei, wenn Sie in der Gegend sind.«

Das Paar bedankte sich und verließ den Laden.

Rose hörte noch, wie der Mann scherzte: »Am Ende muss ich mir noch selbst einen Kuchen backen.« Und während sie sich selbst eine von den Pistazienmarzipan-Pralinen in den Mund schob, erfuhr sie von Paula, was Annemarie gestern Abend bereits erwähnt hatte.

»Weniger Zucker liegt absolut im Trend. Auch ohne zuckerkrank zu sein, lässt man sich dann ein Stück Kuchen leichter und vielleicht auch öfter genießen«, sagte Paula. »Spezielle Gebäcksorten werden sehr oft verlangt, und ein

Sortiment in dieser Richtung käme bei den Kunden garantiert gut an.«

»Vorausgesetzt, alles schmeckt immer noch genauso köstlich«, ergänzte Rose, verließ den Laden und lief außen herum in Annemaries kleines Büro, das sie von der Vorratskammer abgezweigt hatte und das auch über einen Hintereingang verfügt.

Seit Annemarie nach Violas tragischem Tod den Tortenhimmel übernommen hatte, verwaltete sie ihn vollkommen eigenständig und bestellte auch ihre Waren separat. All das hatte Rose vorher erledigt, die Änderung war also eine große Entlastung gewesen. Nur die Abrechnungen liefen nach wie vor über den zentralen Rechner.

Die Tante saß in einem schicken Chefsessel an einem Tisch, auf dem reichlich Platz für Aktenordner war.

»Nimm dir einen Stuhl …« Annemarie wies mit einer Kopfbewegung zu den schlichten Holzstühlen mit den Sitzpolstern, die an der Wand neben der Tür standen. »Der Kandidat muss jeden Moment kommen.«

Kaum hatte sie zu Ende gesprochen, klopfte es. Auf Annemaries »Herein« öffnete Paula die Tür.

»Vorn im Laden steht ein Herr Müller, wegen der neuen Stelle …«

»Kannst ihn hereinführen, wegen der Hygienevorschriften bitte über den Hintereingang. Wo vielleicht sein neuer Arbeitsplatz ist, zeige ich ihm dann später.

Moment …«, hielt sie Paula zurück. »Wie sieht Müller aus?«

»Nicht wie ein Kuchenjunkie, kein Bauch, kein Doppelkinn«, antwortete sie grinsend und zog die Tür ins Schloss.

Als Berthold Müller kurz darauf das Büro betrat, wurde Rose sofort klar, was Paula hatte ausdrücken wollen: Der landläufigen Vorstellung eines beleibten Konditors entsprach der groß gewachsene, schlanke Mittfünfziger auf keinen Fall. In dem grauen Anzug, einem blassrosa Hemd und der grau-weiß getupften Krawatte hätte er genauso gut Anwalt oder Zahnarzt sein können. Wenn er lächelte, wurden strahlend weiße Zähne sichtbar. Doch das Auffälligste waren seine türkisfarbenen Augen und der wache Blick.

Er nickte Annemarie zu und streckte ihr die Hand entgegen. »Freut mich, Sie kennenzulernen …« Dann schüttelte er auch Roses Hand.

Rose bemerkte Annemaries begeisterten Gesichtsausdruck. Die Tante deutete auf die Stühle an der Wand. »Bitte setzen Sie sich doch.«

»Ich bin so frei.« Herr Müller zog sich einen Stuhl an den Schreibtisch.

Rose lächelte. Wenn der Konditormeister sein Handwerk so gut verstand, wie er attraktiv war, sollte Annemarie ihn einstellen. Und noch etwas bemerkte Rose sofort, und es sprach unbedingt für Berthold Müller: kräftige Hände, die aussahen, als könnten sie zupacken, mit gepflegten Fingernägeln.

Unerwartet wandte Annemarie sich an Rose: »Dann will ich dich nicht weiter aufhalten, du musst bestimmt zurück an deine Bücher.«

Deutlicher hätte der Rauswurf nicht sein können, dachte Rose. Offenbar wollte Annemarie mit dem attraktiven Berthold Müller doch lieber allein sein.

»Vielen Dank«, Rose verabschiedete sich und ging noch

in den Laden, um sich von Paula ein Stück Sahnetorte einpacken zu lassen.

Den restlichen Vormittag verbrachte Rose in ihrem Büro hinter der Rezeption. Wild entschlossen, positiv zu denken und sich auch nicht von negativen Nachrichten entmutigen zu lassen, öffnete sie das Mailprogramm. Ah, zwei Anfragen von Durchreisenden, die regelmäßig im Haus logierten. Das war doch ein Anfang.

Als sie gerade die Post sichtete, wurde sie vom Klingeln des Telefons unterbrochen.

»Pension König, guten Morgen, Rose König am Apparat«, meldete sie sich mit einem Lächeln, getreu dem Motto ihres Großvaters: »Lächle, wenn du traurig bist, dann lächelt dir die Welt entgegen.«

»Guten Morgen, Winkler mein Name, ich würde gern ab Januar, direkt nach Neujahr, für längere Zeit am Bodensee logieren und suche ein schönes Zimmer mit Blick auf den See. Haben Sie da etwas frei, und wie wären die Konditionen?«

»Kleinen Moment, ich sehe gern einmal nach«, antwortete Rose professionell ruhig, obwohl sie am liebsten gejubelt hätte und genau wusste, welche Zimmer verfügbar waren. »Momentan kann ich unser schönstes Zimmer anbieten. Es liegt direkt zum See und hat einen eigenen Balkon. Auf unserer Homepage können Sie es sozusagen besichtigen.« Es war gerade mit der routinemäßigen Grundreinigung an der Reihe gewesen, nur die Bettwäsche musste aufgezogen werden.

»Ja, ich habe es bereits gesehen und gehofft, dass es dann

frei ist. Wenn ich es für drei Monate miete, kämen Sie mir da mit dem Preis entgegen?«

Rose schnappte lautlos nach Luft. Drei Monate! Das wurde ja immer besser. Erst die Anwaltskanzlei, dann zwei Durchreisende und nun auch noch ein Dauergast – innerhalb von zwei Tagen. Das war wie die »Kirsche auf der Torte«. Wäre sie abergläubisch gewesen, hätte sie gedacht, Großvater Max habe seine Finger im Spiel.

»Selbstverständlich kommen wir Ihnen da preislich entgegen. Vorher nur noch eine Frage: Ist das Zimmer für Sie so in Ordnung, oder benötigen Sie eine besondere Ausstattung?« Rose wollte den besten Service bieten, aber auch wissen, wer dieser Mann war. Noch nie hatte jemand für so lange Zeit gebucht.

»Nein, das Balkonzimmer ist perfekt, genau das, was ich suche. Ich bin Schriftsteller und brauche lediglich Ruhe zum Schreiben und eben den Blick aufs Wasser. Der inspiriert mich immens.«

»Mit Ruhe und Wasserblick können wir dienen, in den Wintermonaten ist es generell ruhiger«, antwortete Rose, ohne zu verraten, dass keine Gäste im Haus waren und sich daran wohl kaum etwas ändern würde. Obwohl … manchmal geschahen offenbar auch Wunder.

»Sehr schön, sehr schön«, entgegnete Herr Winkler.

Rose nannte den normalen Zimmerpreis, reduzierte ihn um zwanzig Prozent, und sie vereinbarten eine Vorauszahlung.

»Das passt. Ich schicke Ihnen eine E-Mail, und in Ihrer Antwort bestätigen Sie mir bitte die Einzelheiten«, bat der Schriftsteller.

»Sehr gern! Dann erwarten wir Sie also im neuen Jahr«, beendete Rose das Gespräch. Sobald die Mail einging, bestätigte sie die Konditionen.

Voller Zuversicht öffnete sie dann die restlichen Briefe, unter denen sich auch die zweite Mahnung des Herstellers der Minikühlschränke befand. Im Mai hatten sie die letzten drei Einzelzimmer mit neuen Kühlschränken ausgestattet und nicht sofort den vollen Betrag begleichen können. Wenn alles glattlief, konnte sie den offenen Betrag spätestens morgen überweisen.

Am Nachmittag, vierundzwanzig Stunden nach ihrem geplatzten Hochzeitstermin, lief Rose wieder durch die Klinikgänge. Dieses Mal nicht mit einem Blumenstrauß, sondern mit einem Karton voller köstlicher Tortenstücke in den Händen. Ein kleines Dankeschön für Stationsschwester Hilde, und auch die anderen Pfleger und Pflegerinnen würden sich bestimmt darüber freuen. Ganz uneigennützig war das Mitbringsel natürlich nicht – kleine Geschenke erhalten die Freundschaft, hieß es doch, und dieser leckere Kuchen erhöhte vielleicht die Aufmerksamkeit für Nico.

Für ihn hatte sie sich auch geschminkt und das halblange moosgrüne Hippiekleid mit dem weit schwingenden Rock und dem kleinen weißen Blumenmuster angezogen, das er so sehr an ihr liebte. Auch wenn er sie nicht sehen konnte, sie würde ihm genau beschreiben, wie sie aussah und dass sie ihr Haar heute offen trug.

Die Tür des Stationszimmers am Ende des Flurs war geöffnet. Schwester Hilde saß an einem schmalen Tisch, über einen Aktenordner gebeugt. Rose klopfte trotzdem an.

Die Krankenschwester hob den Kopf, blickte zur Tür und legte eilig die Maske an.

»Hallo, Schwester Hilde, ich habe für Sie und das ganze Team eine Kleinigkeit zum Kaffee. Als Dankeschön.« Rose hielt ihr den Karton entgegen.

Hilde musterte die goldene Schrift auf dem weißen Karton, murmelte: »Tortenhimmel«, und schaute Rose begeistert an. »Wer kann schon Nein sagen, wenn es Torte aus dem Himmel gibt? Herzlichen Dank!«

»Meine Familie betreibt die Konditorei Tortenhimmel in Auerbach.« Rose trat in den Raum und stellte den Karton auf eine freie Tischecke. »Darf ich nach Nicos Zustand fragen?«

Hilde nickte ihr freundlich zu. »Selbstverständlich, nur leider kann ich Ihnen nicht sehr viel dazu sagen, außer dass sich sein Zustand seit gestern nicht verändert, aber auch nicht verschlechtert hat. Und das ist auf jeden Fall eine gute Nachricht. Sie müssen Geduld haben und nicht die Hoffnung verlieren, auch wenn es schwerfällt. Aber weitere Auskünfte kann Ihnen natürlich nur der behandelnde Mediziner geben.«

»Ich fühle mich so hilflos und würde so gern etwas tun«, gestand Rose leise.

»Ihre Besuche sind garantiert heilsam, auch wenn er nicht wach ist, wird er spüren, dass Sie da sind«, erklärte Hilde mit ihrer warmen Stimme. »Bringen Sie persönliche Dinge mit; vielleicht Fotos von ihnen beiden, die Sie ihm dann beschreiben. Oder ein Buch, das er nicht zu Ende gelesen hat. Sie könnten ihm daraus vorlesen. Inzwischen weiß man von wiedererwachten Komapatienten, dass sie trotz der starken

Medikamente die Stimmen der Angehörigen erkennen und ihnen auch zuhören. Einige haben berichtet, wie beruhigend es war, vertraute Menschen um sich zu wissen, und dass ihre Anwesenheit ihnen das Gefühl der Sicherheit gegeben hat.«

»Danke. Vorzulesen ist eine gute Idee.« Rose wusste sofort, welches Buch sie morgen mitbringen wollte.

»Übrigens ... er hat bereits Besuch!«, rief Hilde ihr noch nach.

Rose ahnte, wen sie in Nicos Zimmer antreffen würde. Vor der Tür holte sie tief Luft, ehe sie kurz anklopfte und eintrat.

Ein Paar saß schweigend auf den Besucherstühlen an Nicos Bett, mit dem Rücken zu Rose.

Amber und Mark Weingold.

Rose verließ der Mut. Eben war sie noch sicher gewesen, Nicos Eltern gegenüberzutreten und sie um Verzeihung bitten zu können. Jetzt wünschte sie, wenigstens noch den Kuchenkarton in Händen zu halten – als hätte ein bisschen Pappe sie vor der gefürchteten Konfrontation mit Nicos Eltern schützen können, die ihr bestimmt die Schuld an dem Unfall gaben. Die sie vielleicht sogar hassten. Und ihr im schlimmsten Fall weitere Besuche verbieten konnten. Offiziell war die Verlobung gelöst, im Beisein aller Gäste hatte sie sich den Ring vom Finger gezogen. Rechtlich bestand also keine Verbindung mehr zwischen ihnen.

Rose musste sich erst kräftig räuspern, bevor sie ein klägliches »Hallo« zustande brachte.

Amber hatte sich bereits umgedreht, schob jetzt ihren Stuhl vorsichtig zurück, kam auf sie zu und sagte leise: »Hallo, Rose.«

Rose zitterte innerlich, wusste vor Nervosität nicht, was sie tun oder sagen sollte.

»Ich … ich … es tut mir so leid«, stammelte sie schließlich, doch ihre gewaltigen Schuldgefühle ließen sie gleich wieder verstummen. Jedes Wort hörte sich schal und falsch an, und keines würde das Unglück ungeschehen machen können.

Amber sah übernächtigt aus, ihre ungeschminkten, rot geschwollenen Augen verrieten, dass sie geweint hatte. Die dunkelblonden Locken wirkten glanzlos. »Es ist schön, dass du ihn besuchst.«

Auch in Roses Augen brannten Tränen, die sie nur mühsam zurückhalten konnte. »Ich würde alles dafür geben, wenn ich am Polterabend … nicht so übertrieben reagiert hätte. Ich … ich könnte verstehen, wenn ihr mich hassen …«

»Oh Rose, du bist doch nicht schuld«, unterbrach Amber die Selbstanklage und berührte Rose flüchtig am Arm. »Mach dir keine Vorwürfe. Es ändert nichts. Wir müssen uns damit abfinden, müssen nach vorn schauen.«

Auch Mark war aufgestanden und bot ihr seinen Stuhl an.

»Danke.« Rose war erleichtert, sich setzen zu können. Sie zitterte am ganzen Leib.

»Rose, ich wollte dir am Polterabend eigentlich noch etwas sagen«, begann Amber und erklärte, Nico hätte ihnen schon lange vorher mitgeteilt, dass die Pension unverkäuflich sei. »Er war uns gegenüber ehrlich …«

»Nur dir gegenüber hat er leider nicht erwähnt, in welchem Verhältnis er zu unserer Immobilienfirma steht«, ergänzte Mark. Er schien in den letzten zwei Tagen älter geworden zu sein, und trotz der dunkelbraunen Lederjacke sah er heute nicht mehr wie ein Rockstar aus. »Wir geben dir keine Schuld, Rose. Es waren unglückliche Verkettungen. Hätte er dir die Wahrheit über seine Familie gestanden, wäre der Unfall nie passiert.«

»Vielleicht hättest du ihn dann nicht heiraten wollen, aber er wäre nicht bei Regenwetter durch die Nacht gerast«, ergänzte Amber und nahm wieder auf dem Stuhl neben Rose Platz.

»Ich habe Nico immer gewarnt, nicht so schnell zu fahren, aber er hat noch nie auf seinen Vater gehört.« Mark lief unruhig auf und ab.

»Wie geht es ihm?«, wagte Rose endlich zu fragen, nachdem ihre Beklommenheit Nicos Eltern gegenüber nachließ. Auch wenn die Frage naiv war angesichts des Menschen, der vor ihr im Bett lag, angeschlossen an Maschinen, die ihn beatmeten und ernährten. Aber sie hoffte so sehr, dass Nicos Eltern genauere Auskünfte von Professor Ambach erhalten hatten als sie.

»Er schläft …« Amber lachte kurz auf und fügte schulterzuckend hinzu: »Sorry, englischer Humor …«

Mark nahm den leicht wackelig wirkenden Stuhl aus der Ecke, setzte sich ans Bett und berichtete von einem langen Gespräch mit dem behandelnden Arzt. »Er hat uns genau über Nicos Verletzungen aufgeklärt, warum er ins Koma versetzt wurde. Und obwohl er uns keine übertriebenen Hoffnungen machen wollte, sind wir zuversichtlich. Ich denke, er ist hier in guten Händen.«

»Wir müssen Geduld haben, was mir als Mutter besonders schwerfällt.« Amber lächelte tapfer.

Mark stand wieder auf, stellte sich hinter seine Frau und legte ihr liebevoll eine Hand auf die Schulter.

Rose spürte die Verzweiflung von Nicos Eltern. Doch welche tröstenden Worte hätte ausgerechnet *sie* ihnen sagen können?

Sie zog es vor zu schweigen, lauschte den monotonen Geräuschen der Maschinen, beobachtete die sich bewegenden Lichtpunkte auf den Monitoren, die ihr mitteilten, dass es Nico gut ging. Dass sein Zustand zumindest stabil war – wie Mediziner das gern ausdrücken – und sie im Moment wohl nicht mehr erwarten durfte. Plötzlich fiel ihr ein, dass Amber und Mark ja nicht in Deutschland zu Hause waren, und überlegte, ob sie ihnen Quartier in der Pension anbieten sollte. »Wo … wo wohnt ihr jetzt eigentlich?«, fragte sie.

»In einem Hotel in Konstanz, ganz in der Nähe«, antwortete Mark. »Wir wollen Nico natürlich jeden Tag besuchen, und falls sich sein Zustand ändert, sofort hier sein.«

»Selbstverständlich.« Entmutigt stand Rose auf. »Ich … ich würde ihn auch gern weiter besuchen, wenn ihr nichts dagegen habt.«

Amber und auch Mark musterten sie irritiert. »Was sollten wir dagegen haben?«

»Ähm … offiziell bin ich doch nicht mehr …« Rose stockte, kam sich albern vor.

»Weil du die Verlobung gelöst hast?«, folgerte Mark.

Rose nickte. »Es war dumm und unüberlegt, ich schäme mich dafür«, gestand sie kleinlaut. »Trotzdem … es geschah vor etlichen Zeugen und ist sozusagen amtlich … also … wenn ihr darauf bestehen würdet.«

»Aber Rose, das ist doch Unsinn.« Amber schaute sie freundlich an. »Nico liebt dich über alles, sonst wäre er nicht so kopflos in die Nacht gerast. Und ich bin sicher, wenn er aufwacht, wird er sofort nach dir fragen. Den Ring hat er übrigens an sich genommen. Eines Tages, meinte er, würde er ihn dir wieder an den Finger stecken.«

Rose spürte einen dicken Kloß im Hals. »Wirklich?«

»Ja, das hat er gesagt«, bestätigte Mark.

Zuversichtlich verabschiedete sich Rose. Egal, wie lange es dauerte, bis Nico aufwachen würde, sie wollte warten.

9

Iris öffnet das Fenster, um die milde Novemberluft hereinzulassen. Der wolkenlose Himmel über Auerbach leuchtete
in einem tiefen, klaren Herbstblau, das dem Bodensee dieses
beliebte Postkartenflair verlieh. Sehen konnten Iris den See
allerdings nicht, denn das kleine Gästezimmer, in dem sie
sich befand, lag auf der anderen Seite des Hauses. Neugierig
blickte sie über das Dach hinunter auf den Platz vor der
Pension, wo im Sommer die Gäste parken konnten. Heute
stand nur der Lieferwagen der Konditorei dort. Rose war
also mit dem Viertürer ins Krankenhaus gefahren.

Vier Tage waren seit dem Unfall vergangen, und Nicos
Zustand war wohl unverändert. Die Heilung verlief einfach nicht so rasch, wie Rose sich das wünschte. Iris ahnte,
was ihre Schwester durchmachte, verstand ihre Ungeduld
und wie sehr sie unter ihren Schuldgefühlen litt. Allein ihre
Bitte, über den Verkauf der Pension nachzudenken, zeugte
von Roses aufgewühlter Verfassung. Seit dem Abendessen
vor drei Tagen hatte ihre Schwester zwar nicht mehr darüber gesprochen, dennoch suchte sie gemeinsam mit Annemarie nach einer zündenden Idee, den Irrsinn abzuwenden.

Aber heute hatte sie den Kopf nicht frei, um sich inten-
siver damit zu beschäftigen, sie hatte Wichtigeres zu tun.
Voller Tatendrang rieb sie sich die Hände, motivierte sich

mit einem »Dann mal los« und betrachtete die »Baustelle«. Horst hatte das ausgeräumte Gästezimmer so genannt, das nun zum Schlafzimmer für Jasmin umfunktioniert werden sollte. Iris hatte der Familie erklärt, wie frustrierend es sei, abends nicht fernsehen oder Musik hören und sich mit Fritz nur im Flüsterton unterhalten zu können. Nun bekam Jasmin also ein eigenes Zimmer als »Weihnachtsgeschenk«. Seit geraumer Zeit wachte sie nachts kaum noch auf, ein Babyphon würde also vollkommen genügen, um sie sofort zu hören. Und dann endlich würden Iris und Fritz ihre Liebesnächte nicht mehr nur wispernd und im Dunkeln verbringen müssen.

Iris tauchte den flachen Pinsel in den Eimer mit der vanillegelben Wandfarbe. Die mühsamen Vorarbeiten, wie den Fußboden abzudecken und die Sockelleisten, Fenster- und Türrahmen mit Malerkrepp abzukleben, hatte Horst erledigt und ihr erklärt, wie sie beginnen sollte. Zuerst mit dem Pinsel die Stellen um den Lichtschalter und die Steckdosen vorstreichen, die für die Lammfellrolle zu schmal waren. Dasselbe Vorgehen seitlich der Fenster- und Türrahmen und über den Sockelleisten. Danach konnte sie mit dem eigentlichen Streichen loslegen.

»Hey, du hast ja schon ohne mich angefangen«, ertönte die dunkle Stimme von Fritz, der in abgewetzten Jeans und einem verwaschenen T-Shirt den kleinen Raum betrat.

»Nur mit Kleinigkeiten.« Iris deponierte den Pinsel auf dem umgedrehten Deckel des Farbeimers, um Fritz zu umarmen. Seit der Nacht nach dem Polterabend hatten sie sich nicht mehr gesehen. Er war frisch rasiert und duftete nach Zedernholz. »Hm, du riechst köstlich.«

Schmunzelnd strich Fritz sich über das glänzende Kinn und nahm die randlose Brille ab. »Eine Dame, die mir sehr am Herzen liegt, hat sich neulich über meinen Dreitagebart beschwert und gesagt, er würde beim Küssen kratzen. Das kann ich natürlich nicht zulassen.«

»Die Dame wird sich bei Gelegenheit gesondert bedanken«, stieg Iris auf den Scherz ein.

»Wo ist Jasmin?«, erkundigte sich Fritz, als er Iris nach einigen leidenschaftlichen Küssen wieder losließ.

»Meine Eltern machen mit ihr einen Spaziergang zum Friedhof, Viola und auch die Großeltern besuchen. Mein Vater schiebt den Wagen, und Mama fotografiert ihn.«

Fritz griff nach der Brille, die er auf dem schmalen Fensterbrett deponiert hatte. »Ein wenig lebt Viola in Jasmin weiter, auch wenn das nur ein schwacher Trost ist. Und heute bekommt die Kleine ihr eigenes Schlafstübchen, auch das würde Viola bestimmt freuen.«

»Das würde es«, stimmte Iris ihm zu und dachte, wie sehr Viola auch Fritz als Ersatzvater akzeptieren würde. Wie liebevoll er mit dem Kind umging, mit ihm spielte oder vorlas, zeigte, wie sehr er die Kleine liebte. Ein warmes Gefühl durchströmte sie, als sie sich mit einem Kuss für seine Hilfe bedankte.

»Wände anstreichen ist eine meiner kleinsten Übungen. Habe ich dir eigentlich schon erzählt, dass ich mir während meines Studiums einige Monate bei einem Malermeister was dazuverdient habe? Damals hätte mein Leben um ein Haar eine völlig andere Wendung genommen.«

»Nein, aber das klingt nach einer spannenden Geschichte … ich würde sie gern hören.« Iris schnappte sich wieder den Flachpinsel, um an der Steckdose eine Stelle auszubessern.

»Also, ich war im Rückstand mit der Miete für meine Studentenbude …« Fritz bückte sich nach dem noch unbenutzten Rundpinsel, der auf dem Abstreifgitter lag. »Ein Kommilitone vermittelte mir den Job als Anstreicher bei seinem Onkel, einem Malermeister mit eigener Firma. Und diese Arbeit gefiel mir so gut, dass ich noch weitermachte, als ich die Miete bereits verdient hatte.«

Iris unterbrach ihre Arbeit. »Du als Maler und Anstreicher? Das klingt zu verrückt, um es zu glauben.«

»Doch, doch, glaube es nur. Ehrliche körperliche Arbeit, von der man am Abend rechtschaffen müde ins Bett fällt, ist nicht zu verachten. Aber das war nicht der Grund …«

»Ach, ich hatte mich schon gewundert.«

»Es war die Tochter des Malermeisters.« Fritz tauchte den Pinsel in die gelbe Wandfarbe und malte ein großes Herz an die Wand, das von einem Pfeil durchbohrt wurde. »Der Meister fand, ich mache mich prächtig als Anstreicher, und da er keinen Sohn als Nachfolger hatte, wollte er mir seine Tochter anbieten. Ich hätte einheiraten und später die Firma übernehmen können und wäre heute bestimmt ein reicher Mann. Handwerk hat goldenen Boden, wie man weiß. Malermeister Friedrich Kreuzer, wie klingt das?« Grinsend schaute er Iris an.

Iris hatte längst bemerkt, dass er ihr einen Bären aufband. »Und wie hieß die schöne Tochter des Malermeisters?«

Fritz kratzte sich übertrieben theatralisch am Oberkopf. »Ähm, lass mal überlegen … Claudia? Nein. Franziska? Auch falsch. Jetzt hab ich's: Arabella. Nee, ich könnte mich niemals in eine Arabella verlieben. Lange Story, kurzes Resümee. Ich liebe nur eine, und seitdem habe ich alle anderen Namen vergessen.« Er malte *Iris* in das Herz.

Iris ließ ihren Pinsel sinken und wischte sich eine Träne aus dem Augenwinkel. »Das ist die schönste Geschichte, die ich jemals gehört habe. Könnte glatt aus einem Roman stammen.«

»Das Leben schreibt einfach die besten Geschichten.« Fritz pinselte noch ein Pluszeichen und dann seinen Namen in das Herz. »Wenn ich da an unsere Liebesgeschichte denke …« Er schaute sie verliebt an. »Wird es ein Happy End geben, oder kann es noch ein großes Melodram mit dir und deinem Ex werden?«

Iris tauchte den Pinsel in die Farbe, trat an die Wand mit dem Herzen, malte *Jasmin* dazu und darunter *Happy End.* »Sobald mein Ex seinen Starrsinn aufgibt. Das gesetzliche Trennungsjahr haben wir inzwischen hinter uns. Es fehlen nur noch die unterschriebenen Scheidungspapiere.« Sie drehte sich wieder zurück zur Wand, schrieb in großen Buchstaben: *Iris liebt Fritz!*

Fritz zog sein Handy aus der Gesäßtasche und machte ein Foto von der gemalten Liebeserklärung, bevor sie gemeinsam die restliche Arbeit erledigten.

Nach einer Stunde erstrahlte das fünfzehn Quadratmeter große Zimmer in zartem Gelb. Arm in Arm betrachteten Iris und Fritz ihr Werk.

»Gar nicht übel«, urteilte Iris. »Jetzt noch die Rolle und die Pinsel auswaschen, putzen, einräumen – und bald können wir den ersten ungestörten Abend verbringen.«

»Das nenne ich Motivation.« Fritz entfernte sämtliche

Klebestreifen und rollte sie mitsamt der Abdeckfolie zusammen. »Ich finde, wir sollten Probe liegen.« Er nahm die Brille von der Nase und setzte sie nach gründlicher Reinigung wieder auf.

»Du meinst, hier auf dem Fußboden? Aber wozu denn?«

»Um herauszufinden, wo der beste Platz für das Bett ist. Jasmin ist noch zu klein, um das entscheiden zu können.« Fritz setzte sich in eine Zimmerecke. »Komm zu mir, meine Schöne …« Er klopfte mit der flachen Hand auf die Holzdielen neben sich.

Iris lachte amüsiert auf. »Wenn du meinst.«

Fritz legte sich zurück und breitete einen Arm aus. »Hier, ein Kopfkissen …«

Iris machte es sich bequem, und minutenlang schauten sie an die Decke, bis Fritz sagte: »Du hast mir noch gar nicht erzählt, wie das Abendessen an Roses Hochzeitsabend gelaufen ist. Sicher war sie sehr traurig.«

»Sie hat sich tapfer geschlagen, sogar extrem tapfer«, sagte Iris und berichtete über Roses Ansinnen, die Pension zu verkaufen.

»Die Arme, bestimmt war es eine Kurzschlussreaktion, was völlig normal wäre …«

»Das denke ich auch, aber wir werden das natürlich zu verhindern wissen. Annemarie und ich überlegen schon, wie wir sie wieder zur Vernunft bringen. Auch wenn Rose nicht die Eigentümerin ist – wenn sich ein Gerücht über einen möglichen Verkauf verbreitet, könnte uns das erheblich schaden. Dann bleiben auch noch die letzten Gäste weg, weil sie glauben, wir existierten nicht mehr.«

»In solch schwierigen Situationen beraumt unser Chef

eine Krisensitzung in der Redaktion an. Dabei wurde schon so manches ›Feuer‹ gelöscht, bevor es Schaden angerichtet hätte.« Fritz erklärte, wie so eine Sitzung ablief.

Iris hörte aufmerksam zu. Was Fritz ihr vorschlug, wäre unter Umständen tatsächlich geeignet, den Betrieb zu retten. »Großartige Idee«, sagte sie und konnte es kaum erwarten, sie in die Tat umzusetzen. Sie dachte auch an den Schwur, den sich die Schwestern gegeben hatten, als Viola noch lebte. Sie wollten immer füreinander da sein und sich in allen Notlagen beistehen. Und Rose befand sich in einer extremen Notlage, aus der sie ohne Hilfe nicht wieder herausfand.

»Andererseits, wenn ich genau darüber nachdenke …«, begann Fritz nach einer Weile wieder, ohne den Satz zu beenden.

Iris geduldete sich, doch als Fritz anhaltend schwieg, fragte sie: »Andererseits – das klingt ziemlich negativ?«

»Ehrlich gesagt, sind meine Gedanken eher … sagen wir mal … ketzerisch«, antwortete Fritz zögernd.

Iris hatte einen seltsamen Unterton in seiner Stimme vernommen und war alarmiert. Sie rollte sich zur Seite, setzte sich in den Schneidersitz und schaute ihn an. »Raus damit, du kannst nicht solche Andeutungen machen und dann plötzlich schweigen.«

Fritz stemmte sich auf einen Ellbogen und setzte sich dann ebenfalls in den Schneidersitz. »Okay, aber auf deine Verantwortung.«

»Bitte mach es nicht so spannend.«

»Vielleicht wäre ein Verkauf gar keine so üble Idee!«

Iris starrt ihn ungläubig an.

»Überlege doch mal …«

»Was?«, unterbrach sie ihn, rappelte sich auf und sagte kühl: »Wenn du allen Ernstes glaubst, wir sollten verkaufen, hast du keine Ahnung von Familientraditionen. Wir haben Verpflichtungen. So einfach ist das alles nicht.« Sie drehte sich um und ging zum Fenster.

»Bitte, Iris, wenn das, was du vorhin an die Wand gemalt hast, die Wahrheit ist, dann höre mir bitte zu.«

Iris schwieg aufgewühlt.

»Wir wollen doch heiraten, sobald du geschieden bist, richtig?« Fritz war aufgestanden und jetzt dicht bei ihr.

Sie drehte sich abrupt um. »Worauf willst du hinaus?«

Zaghaft legte er ihr die Hände um die Taille. »Ganz einfach: Solange ihr diese Pension ›an den Hacken‹ habt – verzeih mir den harten Vergleich –, wird sie immer Vorrang haben. Du wirst immer ein Teil dieses Betriebs sein, aber niemals ein eigenes Familienleben führen können. Und wenn du ehrlich bist, dreht sich dein ganzes Leben immer nur um die Gäste, ob die Zimmer tipptopp sind und die Kasse stimmt. Aber was ist mit eurem Privatleben? Wann dürft ihr in den Urlaub fahren? Wann dürft ihr euch erholen? Wann selbst einmal Gäste sein?«

Iris hatte eher widerwillig zugehört. Doch sosehr sich alles in ihr aufbäumte, sie musste ihm zustimmen. Das waren ja auch Roses Argumente gewesen. Für sie und auch die anderen gab es keine Feiertage, keine Wochenenden und auch keinen Urlaub. Kein Privatleben. Der Betrieb hatte immer Vorrang. Ruhiger war es nur in den Wintermonaten, dann war Zeit für ein wenig Erholung, obgleich sich auch das von einem Tag auf den anderen ändern konnte. Im Gastgewerbe gab es keine Garantie, und zurzeit waren sie auf jeden Euro angewiesen. Doch das hätte sie niemals laut ausgesprochen. Es hätte geheißen, die Familie zu verraten, und das brachte sie nicht übers Herz.

Fritz lächelte sie liebevoll an. »War es nicht dein größter Wunsch, eine eigene Familie mit Kindern zu haben?«

»Ich *habe* eine Tochter«, sagt sie.

»Ich weiß«, sagte er leise. »Und ich liebe die zauberhafte kleine Jasmin, als wäre sie mein eigenes Kind. Aber ich erinnere mich, dass du von mehr als einem geträumt hast.«

Iris nickte schweigend und musste ihre Tränen zurückhalten. Zu deutlich war die Erinnerung an ihren ersten gemeinsamen Spaziergang mit Jasmin, als Fritz den Kinderwagen auf der Seepromenade entlanggeschoben hatte. Damals hatte sie vorsichtig eine Hand unter seinen Arm gelegt und sich vorgestellt, mit ihm einen Neuanfang zu wagen. Die Vorstellung von einem geregelten Familienleben, von einem weiteren Kind, brachte ihre Abwehr zum Bröckeln. Wie immer eigentlich. Doch sie musste den Tatsachen ins Auge blicken, auch wenn sie dies bislang tunlichst vermieden hatte. Ihr großer Traum würde sich niemals realisieren lassen. Es sei denn, sie »kündigte« ihrer Familie.

Könnte ich das tatsächlich tun …?, fragte sie sich mit dem nächsten Atemzug.

Sie hatte es schon einmal getan; damals, als sie Christians Frau geworden und voller Hoffnung mit ihm nach Köln gegangen war. Dass er keine Kinder zeugen konnte, war erst drei Jahre später ans Licht gekommen.

»Verzeih, wenn ich dich verärgert habe«, entschuldigte

sich Fritz. »Das lag nicht in meiner Absicht, aber ich wollte ehrlich sein und dir keine Märchen erzählen, die hast du dir lange genug von deinem Ex anhören müssen.«

»Du hast mich nicht verärgert.« Iris wusste, dass Fritz ihr niemals wehtun würde, dass er sie ehrlich liebte und für immer mit ihr zusammen sein wollte. Und sie wusste auch, dass er recht hatte; solange sie Teil dieser »Firma« war, würde sie ihr Privatleben zurückstellen müssen. Das neue Zimmer für Jasmin änderte daran nur wenig.

Sie holte tief Luft und sah Fritz direkt in die Augen. »Würdest du noch etwas warten? Ich werde alles unternehmen, um spätestens im Frühjahr geschieden zu sein, dann können wir heiraten. Sollte die Pension bis dahin noch in Familienbesitz sein, werde ich … werde ich kündigen. Dann muss die Familie wohl ohne mich zurechtkommen.«

Fritz schaute sie ungläubig an. Doch seine goldbraunen Augen glänzten begeistert hinter der randlosen Brille. »Im Frühjahr?«

»Im Frühjahr«, wiederholte Iris, um es nochmals zu betonen, und besiegelte ihr Versprechen mit einem langen Kuss.

10

Behutsam streichelte Rose über Nicos Hand, die unbeweglich auf der weißen Bettdecke lag. Vorsichtig fuhr sie mit den Fingern um die Zugangsnadel herum, die in seinem Handrücken steckte.

»Hallo, ich bin es, dein Seepferdchen. Wie geht es dir heute? Gestern haben deine Eltern und ich die Besuchszeiten verabredet. Sie werden am Vormittag und ich am Nachmittag hier sein, damit wir nicht alle auf einmal hier sind. Aber das hast du bestimmt gehört und freust dich hoffentlich …«

Rose brach ab und wartete auf eine Reaktion, obwohl sie wusste, wie unsinnig das war. Nico lag immer noch im tiefen Koma oder in der Langzeitnarkose, wie es medizinisch korrekt hieß, und er würde nicht antworten, sosehr sie auch darauf hoffte. Also dachte sie sich selbst Antworten aus, um die Illusion eines Gesprächs zu erzeugen und kein trauriges Selbstgespräch zu führen.

Gute Lösung, hätte er antworten können, *ich kann mich ja ohnehin nur mit einer Person unterhalten. Und am liebsten rede ich natürlich mit dir, mein Seepferdchen.*

»Und jetzt die Neuigkeiten, mein Liebling«, übernahm Rose wieder das Gespräch. »Gestern kam ich ja nicht dazu, wegen deiner Eltern … also, ich habe bei meiner Familie ganz vorsichtig den Verkauf der Pension angesprochen ...«

Vergiss es, ich bin nicht einverstanden.

Rose wusste, Nico würde protestieren und ihr versichern, dass dieses Thema *kein* Thema mehr zwischen ihnen sei, wie er ihr am Polterabend geschworen hatte.

»Ich weiß, ich weiß, du willst nicht darüber reden«, fuhr Rose fort. »Aber es gibt einen Punkt, den wir unbedingt berücksichtigen sollten: Du und ich und auch meine Familie könnten in finanzieller Hinsicht profitieren. Aber vor allem wäre es ein Gewinn für uns beide. Wir hätten viel Zeit füreinander, und das wäre doch einfach himmlisch.«

Zärtlich wanderte ihr Blick über die Verletzungen in Nicos Gesicht. Sie kannte inzwischen jede noch so kleine Schramme, beobachtete bei jedem Besuch ungeduldig die minimalen Veränderungen. Und ihr schien, als veränderte sich die große Wunde über der linken Augenbraue langsam. Der Schorf darüber wirkte heute dunkler als gestern, ein Zeichen der Heilung. »Weißt du, was mein Großvater zu uns Kindern gesagt hat, wenn wir Verletzungen hatten?«

Nein, erzähl mal.

»Wenn es juckt, dann ist es der Wundbeiß, der alles wieder heile macht.«

Sehr hübsche Geschichte, die erzählen wir eines Tages unseren Kindern.

»Das machen wir«, murmelte Rose und betrachtete die wenigen unverletzten Stellen in seinem Gesicht, die wie gebuttertes Pergamentpapier glänzten. Schwester Hilde hatte ihr von einer speziellen Salbe erzählt, mit der die Haut und die Schnittwunden behandelt wurden. »Und wie stehst du unter diesem Aspekt zum Verkauf?«, kam sie auf ihr ursprüngliches Thema zurück.

Mehr Lebensqualität wäre natürlich ganz wunderbar, aber ich würde mich immer schuldig fühlen, du hast mir deutlich genug erklärt, wie sehr deine Familie an eurem Anwesen hängt. Und dann sind da ja noch immer Annemarie und Herbert, die man überzeugen müsste.

»Ich weiß …«, seufzte Rose und nahm dann das Buch zur Hand, das sie mitgebracht hatte. Einen Krimi, dessen Handlung im Wiener Hotel Sacher angesiedelt war. In jener Luxusherberge, die eng mit Großvater Max' Vergangenheit verflochten war. »Es wird wohl noch eine Weile dauern, bis wir wie geplant im Sacher oder im Hawelka bei Kaffee und Kuchen sitzen können, deshalb wollte ich mit dem Roman ein wenig österreichische Atmosphäre in dieses Zimmer bringen.«

Ich bin gespannt …

»Dann pass gut auf …« Rose begann zu lesen, und erst achtzehn Seiten später klappte sie das Buch zu. »Ich glaube, du bist müde, ich lese morgen weiter. Schlaf gut, mein Liebling.« Sie streichelte seine Hand und hauchte ihm einen Kuss entgegen. Dann verließ sie das Zimmer und schloss leise die Tür.

Auf dem Klinikflur holte sie einige Male tief Luft. Solange sie an Nicos Bett saß, nahm sie sich zusammen, gestattete sich keine Schwäche oder gar Tränenausbrüche. Eine Heulsuse hätte ihm wenig geholfen, unter Umständen seine Genesung sogar behindert.

Abermals beschloss Rose, tapfer zu sein und sich nicht

unterkriegen zu lassen. Sie würde es schon schaffen und damit ein wenig ihre Schuld abtragen.

Die Rückfahrt nach Hause führte teilweise am See entlang. Leichte Nebelschwaden hingen über dem Wasser, und mit dem diffusen Licht der Dämmerung entstand eine ganz eigene melancholische Stimmung. Blaue Stunde, die Zeit zwischen Tag und Nacht. Die Zeit, in der man, Nicos Meinung nach, »einen Gang zurückschalten« und mit einem Drink in der Hand in den Feierabend hinübergleiten sollte.

Rose seufzte, warum nur hatte Nico am missglückten Polterabend in den höchsten Gang geschaltet? In Zukunft würde sie ihn nie wieder ans Steuer lassen, und wenn er sie ehrlich liebte, würde er akzeptieren, von ihr chauffiert zu werden.

Zu Hause angekommen, wollte Rose die blaue Stunde mit einer Kanne Kräutertee genießen. Sich aufs Bett legen und einfach mal nichts tun. Vielleicht einen der Filme anschauen, die sie schon mit Nico gesehen hatte, und sich vorstellen, er läge neben ihr.

Vorher eilte sie noch kurz in ihr Büro, um nach dem Rechten zu sehen. Trotz aller Dramen und Sorgen durfte sie die laufenden Geschäfte nicht vernachlässigen. Ein heruntergewirtschaftetes Unternehmen lockte weder Interessenten noch Gäste an.

Der Anrufbeantworter hatte keine Nachrichten für sie. Dann konnte sie sich also sofort mit dem Tee in ihr Zimmer verziehen. Das Abendessen würde sie ausfallen lassen, sie war nicht hungrig.

Vor der Tür zum Salon hörte Rose typisches Baby-brabbeln. Iris war mit Jasmin da.

Auch Tante Annemarie saß am großen Esstisch; heute in einem eisblauen Shirt, das toll zu ihren grauen Haaren passte, und einer dunkelblauen Jeans. Sie hatte Jasmin auf dem Schoß, und vor ihr auf dem Tisch lag ein Bilderbuch. Annemarie nahm die Lesebrille ab. »Schau mal, Jasmin, da kommt deine Tante Rose.«

Jasmin drehte den Kopf zur Tür.

Rose setzte sich mit an den Tisch. »Hallo, meine Süße, lest ihr dein Lieblingsbuch vom Gute-Nacht-Hasen?«

Jasmin strahlte sie an, klopfte mit ihrem Händchen auf das Buch und antwortete mit ihrem Brabbeln.

Rose erhob sich wieder. »Ich wollte mir nur rasch einen Tee kochen.«

Iris kam mit einer rosa getupften Schale in den Händen aus der Küche. Sie hatte einen hellgrauen Jogginganzug an, war ungeschminkt, und ihr Haar wirkte leicht fettig; ganz die berufstätige Mutter, der am Abend Äußerlichkeiten egal waren. »Bleib doch ein paar Minuten …«

Rose gab nach. »Na gut, eine halbe Stunde schaffe ich noch.« Sie holte sich ein Glas Apfelsaft aus dem Kühl-schrank.

Iris setzte ihre Tochter in den Hochstuhl, stellte die Schale mit dem Grießbrei auf die Ablage und sagte: »Hier, mein Schatz, allein essen. Seit sie in die Kita geht, be-herrscht sie das schon ziemlich gut.«

Verzückt beobachtete Rose, wie das kleine Mädchen den Löffel fest in die Hand nahm und vorsichtig in den Brei steckte. Das meiste fiel zwar wieder zurück in die Schüssel, aber ein bisschen blieb auf dem Löffel und landete auch in Jasmins Mund. »Das klappt ja schon ganz gut«, lobte sie und wandte sich dann an Annemarie. »Also, du willst sicher etwas erzählen?«

»Ich habe Berthold Müller eingestellt«, antwortete Annemarie.

»Dann konnte er dich von seinen Qualitäten überzeugen?«, mutmaßte Rose. »Ich fand ihn auf jeden Fall sehr sympathisch, soweit sich das in der kurzen Zeit beurteilen ließ.«

Annemarie überging ihre Anspielung auf den sanften Hinauswurf. »Der Mann ist mindestens so kompetent wie Herbert oder Großvater. Bis vor etwa einem Jahr hatte er nämlich noch eine eigene Konditorei in Lindau.«

Rose trank einen großen Schluck Apfelsaft. »Das sind doch prima Voraussetzungen. Aber warum musste er schließen?«

»Erinnerst du dich an das Mäuse-Drama?«, fragte Iris, während sie eine Ladung Grießbrei vom Tisch wischte.

»Nur zu gut.« Rose seufzte. »Jemand hatte behauptet, im Schaufenster unserer Konditorei Mäuse gesehen zu haben, und uns das Gesundheitsamt auf den Hals gehetzt.«

»Genau das ist auch Berthold Müller passiert. Bei ihm waren es Ratten, die angeblich gesehen wurden, und als der Inspektor zur Kontrolle im Haus war, fand er tatsächlich eine tote Ratte in der Vorratskammer. In Müllers Konditorei hatte es dreißig Jahre lang niemals Beanstandungen gegeben. Stets makellose Betriebsführung und jede Menge Stammkunden. Und da sollen sich plötzlich diese Viecher eingenistet haben? Einfach lächerlich. Doch nachdem das bekannt geworden war, liefen die Kunden davon. Er konnte die Gerüchte nicht entkräften und musste schließlich aufgeben.«

»Das riecht doch nach Sabotage«, sagte Rose.

»Es stinkt zum Himmel!«, echauffierte sich Annemarie. »Und wenn man weiß, dass Müllers Konditorei in der exklusiven Lindauer Maximilianstraße lag und sein Ladengeschäft kurz danach von einer Bäckereikette übernommen wurde … ein Schelm, wer Böses dabei denkt.«

»Das tut mir sehr leid für Herrn Müller«, sagte Rose.

»Er hat diesen Albtraum inzwischen einigermaßen verdaut, möchte nicht zurückschauen und sich stattdessen der neuen Aufgabe mit ganzer Kraft widmen. Und ich freue mich riesig auf die Zusammenarbeit, er hat nämlich super Ideen«, verkündete Annemarie mit einer Begeisterung, als hätte sich der Umsatz bereits verzehnfacht.

»Toll.« Rose war erschöpft und nur mäßig interessiert.

»Willst du denn gar nicht wissen, was Herr Müller vorschlägt?«, setzte Annemarie beleidigt nach.

Rose nickte schwach. Neugierig war sie schon, aber sie war wirklich müde, und außerdem konnte jede brauchbare Idee ihre eigenen Pläne durchkreuzen.

Annemarie erzählte von Stehtischen vor der Konditorei, die sie aufzustellen gedachten. »Unter der Woche hat nicht jeder Zeit, sich auf die Terrasse zu setzen, aufs Wasser zu starren und den Enten beim Tauchen zuzugucken. Manche wollen in der Mittagspause nur schnell einen Kaffee trinken und sich einen Imbiss oder ein Stück Kuchen gönnen. Andere finden vielleicht keinen Platz auf der Terrasse, haben aber Appetit auf unsere Köstlichkeiten. Diese

Wünsche würden wir gern erfüllen. Und zwar ohne die ekligen Pappbecher oder umweltschädliches Wegwerfgeschirr. Ganz im Sinn der Nachhaltigkeit.«

»Ich finde, das ist eine großartige Möglichkeit, den Umsatz zu steigern«, stimmte Iris zu, während sie Jasmin nun doch selbst fütterte. »Und ich frage mich, warum *wir* nicht längst auf diese Idee gekommen sind.«

»Besser spät als nie, oder, Rose?« Annemarie musterte sie mit leuchtenden Augen.

»Hm«, stimmte Rose müde zu.

»Also bitte, ein bisschen mehr Begeisterung könntest du schon zeigen.«

»Entschuldige, ich bin einfach nur am Ende, die Besuche bei Nico sind sehr anstrengend … aber ja, Stehtische werden bestimmt gut ankommen, besonders bei den ewigen Rauchern«, gab Rose nun auch zu und lächelte ihre Tante verbindlich an. »Um die Genehmigung für die Tische kümmerst du dich selbst?«

Annemarie winkte lässig ab. »Das dürfte schnell erledigt sein, es ist ja alles unser eigener Grund und Boden. Probleme gäbe es nur, wenn wir uns auf einem Bürgersteig, einem Platz oder sonst einer öffentlichen Fläche breitmachen wollten.«

Rose leerte ihr Glas und erkundigte sich dann, wie hoch die Kosten sein würden.

»Ah, jetzt ist die Buchhalterin wach geworden«, neckte Annemarie sie. »Aber darum musst du dich nicht sorgen. Wetterfeste Stehtische kosten um die siebzig Euro das Stück, und wir wollten mit drei Tischen anfangen – erst mal testen, wie es läuft.«

»Eine Kaffeemaschine, Kaffeetassen, Espressotassen, Kuchenteller, Besteck und eine kleine Spülmaschine müssen natürlich auch angeschafft werden«, ergänzte Iris.

»Das ist doch alles im Café vorhanden! Für eine Testphase muss man das doch nicht gleich neu kaufen«, gab Rose zu bedenken.

»Stimmt schon«, antwortete Iris. »Aber dann würde Paula nur hin und her rennen. Und wenn du dich erinnerst, müssen wir ohnehin eine Ladung Geschirr bestellen, beim Polterabend ist doch das Regal von der Wand gefallen.«

Diese Scherben hatte Rose tatsächlich vergessen. »In Ordnung, dann schreibt mir auf, was benötigt wird.«

»Wunderbar.« Annemaries Gesicht lief vor Begeisterung rot an. »Wir haben alles schon recherchiert, insgesamt sollte der Spaß nicht mehr als fünfhundert Euro kosten. Die Ausgaben haben sich in spätestens einem Monat amortisiert. Zudem werden wir in den nächsten Tagen das erste zuckerfreie Gebäck anbieten. Herr Müller hat einige Rezepte, die er natürlich erst ausprobieren möchte, aber dann legen wir los.«

»Ich bin gespannt, ob ihr mit diesem Budget auskommt. Redet mit Waltraud, die kennt sich mit professionellen Kaffeemaschinen aus, die sind meist recht teuer«, sagte Rose und erhob sich, um endlich in ihr Zimmer zu gehen.

»Moment, Moment«, hielt Annemarie sie zurück. »Das war noch nicht alles.«

»Noch mehr Ideen?«

»Die beste Idee aller Zeiten kommt jetzt erst!«, sagte die Tante, und ihre Augen glänzten wie die eines Kindes an Weihnachten.

Rose setzte sich wieder. »Und?«

»Ein Backbuch!«

»Ein Backbuch?«, wiederholte Rose und verstand nicht, was sie mit so einem Buch zu tun hatten, auch wenn die Familie zwei Konditormeister vorweisen konnte. Außerdem gab es doch längst so viele Backbücher wie Sand am Meer.

»Ich merke, dir fehlt es an Fantasie.« Annemarie schenkte ihr ein fast mitleidiges Lächeln. »Aber das macht nichts, die hat mein neuer Konditor zur Genüge. Der Mann sprudelt nur so vor Kreativität. Einfach großartig. Also, wir sind natürlich nicht so naiv zu glauben, dass die Welt genau auf *unser* Backbuch wartet. Er meint, wir sollten dafür auf Instagram aktiv werden, das bringe jede Menge Aufmerksamkeit. Wenn das Buch Rezepte aus der Konditorei Tortenhimmel enthält und wir es im Laden, im Terrassencafé und natürlich auch in der Pension verkaufen, müsste es eigentlich laufen.«

»Werden Bücher nicht für gewöhnlich von Verlagen herausgebracht?«

»Schon gut, zappel doch nicht so …« Iris nahm Jasmin, die zu quengeln begonnen hatte, aus dem Hochstuhl. »Bei der Verlagssuche kann Fritz uns behilflich sein, und wenn sich keiner findet, bleibt immer noch Selfpublishing, das ist heutzutage auch keine Schande.« Iris stellte Jasmin auf die Füße und nahm sie an der Hand. »Schön langsam, mein Schatz … immer einen Fuß nach dem anderen … sehr gut machst du das! Und noch einen Schritt …«

Rose fielen inzwischen fast die Augen zu, und sie versuchte, sich mit einem Lob zu verabschieden. »Eure Energie ist bewundernswert, ganz ehrlich.«

Auch wenn diese Pläne von dem neuen Konditor stammten, Annemarie war durchaus eine Frau mit Kreativität. Früher, in den Schulferien, hatte die Tante oft mit ihr und ihren Schwestern etwas unternommen. Aber ein normaler Ausflug oder Freibadbesuch wäre der Tante viel zu banal gewesen. Sie bastelte Flaschenpost mit ihnen, organisierte eine Nacht auf einem der letzten traditionellen Fischerboote, und als Viola ganz verrückt nach Graffiti war, fand Annemarie eine Wand, die sie besprühen durfte.

»Übrigens, wenn das Buch ein Bestseller wird, dann kommt irgendwann richtig Geld ins Haus und hilft uns, den Konkurs abzuwenden.« Annemarie schnappte sich die Schüssel von Jasmin und machte sich genüsslich über die Reste her. »So ein leckerer Brei … Hmhm, den darf man nicht verkommen lassen.«

Rose nickte. »Dann wünsche ich viel Erfolg.« Obwohl sie nicht glaubte, dass sich Annemaries und ihre eigenen Ambitionen deckten. Zu unterschiedlich waren ihre Träume.

Annemarie war zufrieden und wunschlos glücklich, seit sie Chefin der Konditorei geworden war. Von so einem Betrieb hatte sie schon als junge Frau geträumt. Ihr vorheriger Job als Hausdame der Pension – die Arbeit der Zimmermädchen zu überwachen, für die Wäsche und einwandfreie Zimmer verantwortlich zu sein – war so unkreativ, wie Steine am Seeufer zu zählen. Nun konnte sie schalten und walten, wie sie es sich vorstellte. Herbert würde von den Stehtischen wohl auch begeistert sein. Bei dem Gedanken an ihren Vater fiel Rose ein, dass er ja Mitbesitzer der Konditorei war. »Und was sagt mein Vater zu den Neuigkeiten?«, fragte sie deshalb.

»Wir haben noch nicht mit ihm darüber geredet. Aber was soll er dagegen haben?«, antwortete Iris.

»Weiß nicht«, antwortete Rose, und gerade als sie aufstehen wollte, öffnete sich die Tür, und die Eltern traten ein.

Offensichtlich kamen sie von einem Spaziergang, was Rose aus den leicht geröteten Gesichtern und der legeren Kleidung schloss.

Herbert schaute mit leicht zusammengekniffenen Augen von Annemarie zu Rose, dann zu Iris, die mit Jasmin um den Tisch lief, und wieder zurück zu Annemarie. »Was wird hier ausgeheckt? Wenn ihr den Betrieb hinter meinem Rücken verkaufen wollt, vergesst es.«

Annemarie schleckte genüsslich einen winzigen Rest Grießbrei vom Löffel. »Wie kommst du denn darauf?«

»Reiner Instinkt.« Herbert beäugte seine Schwester voller Misstrauen, während er und Florence am Tisch Platz nahmen.

Rose ahnte, dass er Annemarie kein Wort glaubte, zu oft hatte sie ihn schon angeschwindelt oder sich andere Scherze erlaubt. Die uralte Bruder-Schwester-Rivalität ließ ihn stets wachsam sein.

»Ich bin eigentlich nur hier, um mir Tee zu kochen«, erklärte Rose, um die Situation zu beruhigen.

»Siehst du, alles ganz harmlos«, trumpfte Annemarie auf, aber es war unverkennbar, dass sie sich ein Grinsen verkniff. »Jasmin hat ihre Abendmahlzeit bekommen, ich durfte den Rest aufessen, und Rose ist müde, weil die Besuche im Krankenhaus so anstrengend sind.«

»Mag sein, aber *du* verschweigst mir etwas«, erwiderte Herbert zweifelnd. »Das spüre ich so deutlich, als wäre mir jemand auf die Füße getreten.«

»Na gut, wenn deine Hühneraugen aufmucken, muss ich dir das große Geheimnis wohl verraten.« Annemarie schnaufte theatralisch. Und während sie ihrem Bruder von den Stehtischen berichtete, verdüsterte sich seine Miene zusehends.

»Was ist das denn für eine Schnapsidee?«, polterte er los, sobald die Schwester geendet hatte. »Sollen unsere Kunden etwa bei Wind und Wetter vor der Konditorei rumstehen? Wir sind doch keine Fast-Food-Bude, wo man sich auf die Schnelle einen Kaffee in den Hals kippt …«

»Du liebe Zeit, wie altmodisch du bist, Bruderherz! Es soll Menschen geben, die gern eine Zigarette zum Kaffee genießen, du rauchst doch auch Zigarre.«

»Ist mir egal, wie du mich nennst, und meine Zigarren würde ich niemals an einem Stehtisch rauchen. Deshalb werden vor meiner Konditorei auch nicht solche hässlichen Dinger aufgestellt«, schimpfte er.

Erschrocken berührte Florence ihn sanft am Oberarm. »Reg dich bitte nicht so auf, 'erbert.«

»Genau, höre auf deine Frau, Herbert. Und falls du es vergessen hast, *ich* leite jetzt den Tortenhimmel, und *meine* Kunden werden sich über die Stehtische freuen. Nebenbei bemerkt, sind diese Tische eine Errungenschaft der modernen Zeit, und wir müssen mit dieser Zeit gehen, sonst werden wir eines Tages als hoffnungslos antiquiert belächelt.«

»Antiquiert?« Herbert schnaufte entrüstet. »Ich hab mich wohl verhört. Wir sind nicht antiquiert, sondern traditionell. Das ist ein enormer Unterschied und außerdem ein Qualitätsmerkmal. In Österreich wären wir schon längst zur königlich-kaiserlichen Hofkonditorei ernannt worden, aber leider haben wir keine Monarchie mehr.« Er beendete seinen Einwand mit einem tiefen Seufzer.

»Ah, der Traditionsschimmel geht mal wieder mit dir durch.« Annemarie wischte sich eine Lachträne aus dem Augenwinkel. »Wenn du meine Meinung hören willst: Traditionen sind nicht immer nur positiv. Denk nur mal an Roses Polterabend, auf die Folgen dieser ›Tradition‹ hätten wir alle gern verzichtet.«

Herbert wurde rot vor Ärger. »Das ist ja wohl nicht zu fassen«, blaffte er seine Schwester an. »Jetzt bin ich schuld, dass Nico meiner Tochter nicht die Wahrheit gesagt hat?«

Rose verdrehte innerlich die Augen. Offenbar hatten die beiden Hitzköpfe aus dem Blick verloren, dass Nicos Beichte nicht das Geringste mit der Tradition eines Polterabends zu tun hatte.

Jasmin begann zu weinen. Iris nahm sie auf den Arm und tröstete sie mit leiser Stimme.

»Hört sofort auf zu streiten, ihr macht der Kleinen Angst«, mahnte Rose mit gedämpfter Stimme.

Florence schob ihren Stuhl zurück und forderte Herbert auf, ihr in die Küche zu folgen, wo sie sich ums Abendessen kümmern wollte. Ohne Widerworte kam er ihrem Wunsch nach.

Rose hörte das Telefon an der Rezeption läuten und war erleichtert, endlich einen triftigen Grund zu haben, um zu verschwinden.

Es war Herr Winkler, der sich erkundigte, ob es Probleme bereiten würde, wenn er unter Umständen noch einen größeren Tisch zum Schreiben benötigte.

»Überhaupt nicht«, antwortete Rose, obwohl sie wusste, dass nirgendwo ein größerer Tisch herumstand.

Herr Winkler bedankte sich und kündigte an, den vollen Betrag für die drei Monate noch heute zu überweisen.

Rose bedankte sich ebenfalls und versprach, sich um den Tisch zu kümmern. Notfalls würde sie einen gebrauchten erstehen. Für einen Dauergast lohnte sich eine kleine Extraausgabe.

Als sie aufgelegt hatte, sehnte sie sich endgültig nur noch nach ihrem Bett. Auf halber Treppe fiel ihr ein, dass sie den Tee vergessen hatte, den sie aber auch aus dem Wintergarten mitnehmen konnte. Das Café war bis zwanzig Uhr geöffnet und Frau Waltraud bestimmt noch in ihrer Küche.

Als Rose endlich in die Kissen sank, die erste Tasse heißen Tee genoss und in ein Sandwich biss, musste sie zugeben, dass eine Ferienpension mit eigenem Café ein wundervoller Luxus war, den sie vermissen würde. Nicht zuletzt war es ja auch ihre Heimat. Vielleicht fand sich doch ein Weg, den Betrieb zu retten. Vielleicht waren die Stehtische ein gewinnbringender Anfang. Vielleicht geschah auch ein Wunder. Daran zu glauben und darauf zu hoffen schadete ja nicht.

11

Iris schloss den Reißverschluss von Jasmins wetterfestem rotem Overall, in dem sie so niedlich aussah wie ein kleiner Zwerg, zog ihr die wasserdichten Stiefel und eine Fleecemütze an. »So, mein Schatz, jetzt kannst du im Sand spielen oder durch Pfützen krabbeln und bleibst trotzdem trocken.«

Sie hatte ihre Eltern gebeten, mit dem Kind auf den nahe gelegenen Spielplatz zu gehen; Sandkuchen backen war Jasmins neueste Leidenschaft. Ihre Mutter wusste natürlich, dass die Bitte ein Vorwand war, und hatte ihr verschwörerisch zugezwinkert. Herbert sollte die Lieferung der Stehtische nicht mitbekommen, und Iris wollte beim Aufstellen der Tische und beim Bewirten der ersten Gäste helfen. Nicht zuletzt tat Herbert die frische Luft mindestens genauso gut wie Jasmin. Florence hatte schon mehrmals berichtet, wie sehr er es genoss, mit Jasmin im Sand zu buddeln.

Als Iris in dunkelblauen Jeans, einer schwarzen Jacke mit Reißverschluss und einem grau-roten Schal um den Hals das kleine Büro von Annemarie betrat, knallte die gerade ihr Handy recht unsanft auf den Schreibtisch.

»Das war der Fahrer mit den Stehtischen, er steht im Stau und meinte, es würde doch vier Uhr werden.«

»Das dauert doch gar nicht mehr so lange, und kurz darauf genehmigen wir uns den ersten Kaffee draußen«, versuchte Iris, die Wogen zu glätten.

Annemarie schnaufte immer noch frustriert. »Aber um vier Uhr wird es doch schon langsam dunkel, da brauchen wir eigentlich nicht mehr anzufangen.«

»Was machen denn die Kreationen von Herrn Müller?«, wechselte Iris das Thema. Ihrer Erfahrung nach nützte es wenig, sich zu ärgern.

Wie auf Zuruf öffnete sich die Tür, und Konditormeister Müller, der gleich Mitte November im Tortenhimmel angefangen hatte, betrat das winzige Büro. Er hatte eine weiße, locker fallende Hose an und ein kurzärmliges weißes Baumwollshirt, das sich ein wenig über seiner Mitte spannte. In den Händen trug er einen Teller, in den Augen funkelte ein freundliches Lächeln.

»Wären die Damen vielleicht zu einer Verkostung bereit?« Er stellte den Teller ab. »Dattelkonfekt, zuckersüß, aber ohne raffinierten weißen Zucker.«

»Die sehen ja köstlich aus.« Annemarie griff sofort nach einer der Pralinen, probierte vorsichtig ein Stückchen und verdrehte verzückt die Augen. »Hm …«

Auch Iris bediente sich und war begeistert. »Sehr lecker. Erzählen Sie mir etwas über die Zutaten, Herr Müller?«

»Sehr gern! Zuerst natürlich Biodatteln, die jetzt im Herbst überall frisch angeboten werden«, begann er. »Entsteint, gefüllt mit einer Knuspermischung aus Nüssen und gepufftem Amaranth, getaucht in zuckerfreie Schokolade, verziert mit einem Hauch Goldstaub.«

»Himmlisch«, urteilte Annemarie. »So eine kleine Leckerei hätte ich gern als Willkommensgruß an den Stehtischen

angeboten, aber der Verkehr macht mir einen Strich ...«
Ein Hupkonzert unterbrach sie. »Das müssen doch schon
die Stehtische sein!«

Zu dritt eilten sie nach draußen. Ein mittelgroßer Trans-
porter hatte vor der Konditorei angehalten, und der Fahrer war bereits mit dem Ausladen beschäftigt. Herr Müller
packte mit an, und das Ganze dauerte nicht länger als ein
paar Minuten. Knapp zehn Tage nachdem die neue Idee
geboren war, standen drei metallisch glänzende Tische vor
dem Laden.

Die milde Herbstluft lud dazu ein, den Nachmittags-
kaffee im Freien zu trinken und die letzten Strahlen der
untergehenden Novembersonne zu genießen.

Iris lehnte sich an den mittleren Tisch. »Ich hätte gern
einen Cappuccino!«, rief sie Annemarie zu, die mit Herrn
Müller den Nebentisch testete.

Die Tante grinste vergnügt. »Sehr gern, Gnädigste, bitte
bemühen Sie sich in den Laden, wir haben Selfservice. Für
uns bitte zwei Milchkaffee.«

»Dann übernehme ich mal den Selfservice«, flachste Iris
zurück und begab sich in die Konditorei.

Iris beobachtete Paula, die gekonnt an der Profimaschine
hantierte und die bestellten Getränke in Minutenschnelle
fertig hatte. Der glänzende Kaffeezubereiter mit Dampfdüse
zum Aufschäumen der Milch hatte das veranschlagte Budget natürlich schnell in die Höhe getrieben, und mit dem
benötigten Kaffeegeschirr, dem Besteck plus einer Spülmaschine war die Summe auf das Dreifache geklettert. Nur
die Aschenbecher waren ein Geschenk der Firma, bei der
sie die Stehtische gekauft hatten. Aber Annemarie wollte

sich die gute Laune offenbar nicht mit schnöden Kosten-aufstellungen verderben lassen, denn sie strahlte übers ganze Gesicht, als Iris den Cappuccino brachte.

Annemarie nickte ihr dankend zu. »Einfach großartig, und diese schicken Aschenbecher ... Vielleicht fange ich doch wieder mit dem Rauchen an.«

Iris löffelte gerade die Milchschaumreste aus der Tasse, als die Eltern mit Jasmin vom Spielplatz zurückkehrten. Gewöhnlich fuhren sie von der Rückseite ans Haus; heute jedoch – als hätte Herbert etwas geahnt – kamen sie zum Haupteingang und damit auch zum Tortenhimmel. Herbert schob den Kinderwagen, und als er die Stehtische erblickte, beschleunigte er das Tempo.

Direkt vor Iris blieb er stehen, sagte: »Jasmin war ganz brav, wie immer«, und drehte sich zu Annemarie um.

»Wir hatten viel Spaß«, fügte Florence noch hinzu.

Jasmin streckte Iris die Arme entgegen. Iris löste den Sicherheitsgurt und nahm ihre Tochter auf den Arm.

»War's schön in der Buddelkiste?«, empfing Annemarie ihren Bruder.

Herbert überging die provozierende Frage. »Du hast es also tatsächlich gewagt«, schnaufte er mit drohendem Unterton.

»Wie du siehst. Schauen doch todschick aus, oder? Komm, trink was mit uns. Als ehemaliger Chef des Torten-himmels solltest du die Tische mit uns einweihen«, schmei-chelte Annemarie. »Magst du einen Milchkaffee und dazu einen Schokoberg? Den unser Vater direkt nach deiner Ge-burt für dich kreiert hat? Herr Müller hat sie heute Morgen frisch zubereitet.«

Herbert wurde schwach. »Meinetwegen ...« Etwas unsicher blickte er Florence an.

Seine Frau lächelte. »Was 'ältst du davon, 'erbert, wenn wir uns einen teilen?«

Meine raffinierte Mutter, dachte Iris amüsiert und dass »'erbert« dem Lächeln seiner Frau noch nie hatte widerstehen können.

»Jasmin braucht bestimmt eine frische Windel, und sie wird müde sein«, bemerkte Iris, als der Kopf der Kleinen auf ihre Schulter sank.

»Sie hat die Banane und die Dinkelkekse gegessen, die du eingepackt hattest«, berichtete Florence und streichelte sanft über Jasmins Rücken. »*Bonne nuit, ma petite.*«

Iris bedankte sich fürs Aufpassen und verabschiedete sich.

Leicht schnaufend, erreichte sie wenige Zeit später das Dachgeschoss. »Du wirst langsam richtig schwer«, sagte sie zu Jasmin und küsste sie auf die von der Frischluft gerötete Wange. »Wenn ich daran denke, wie klein du warst, wie zerbrechlich du ausgesehen hast in dem Brutkasten und was wir alle für Ängste ausgestanden haben! Aber das liegt alles weit hinter uns, bald kannst du die vier Treppen allein hochlaufen. Es sei denn, wir hätten einen Papa mit viel Kraft in den Armen.« Den letzten Satz hatte sie, ohne nachzudenken, ausgesprochen, und ihr wurde bewusst, dass Fritz unablässig in ihrem Kopf herumspukte.

Seit Jasmin ihr eigenes Schlafzimmer hatte, fühlten sich die Abende mit Fritz beinah wie ein ganz normales Familienleben an. Iris spürte ein warmes Gefühl in ihrem Magen, das sich bis in ihr Gesicht ausbreitete.

Doch gleich darauf fröstelte sie; der Weg bis zu diesem Leben würde sehr steinig werden – und der größte Stein war ihr Nochehemann. Christian hatte die Scheidungspapiere nach wie vor nicht unterschrieben.

Während Iris ihre Tochter wickelte und dazu »Kommt ein Vogerl geflogen« summte, überlegt sie, Beate, Christians Mutter, anzurufen. Das Verhältnis zu ihrer Schwiegermutter war stets sehr herzlich gewesen, vielleicht gelang es ihr, ihren sturen Sohn zur Einsicht zu bewegen.

Während Iris sich Formulierungen für das Gespräch überlegte, merkte sie, wie kindisch es wäre, sich bei Beate auszuweinen. Gutes Verhältnis hin oder her, die Angelegenheit betraf nur Christian und sie selbst.

Später, wenn Jasmin schlief, wollte sie ihn anrufen und versuchen herauszufinden, wo das Problem lag. Warum er nicht unterschreiben wollte, obwohl er damals doch sofort eingewilligt hatte.

Iris musste sich fünf Klingelzeichen lang gedulden, bis Christian sich mit einem kühlen »Bonhoff« meldete.

Verwundert fragte sie sich, warum er das tat – als hätte er ihren Namen nicht auf dem Display gesehen –, und war versucht, das Gespräch zu beenden, bevor es begonnen hatte. Doch dann zwang sie sich zu diplomatischer Freundlichkeit. »Hallo, Christian, hier ist Iris.«

»Oh hallo, Iris … bitte entschuldige, ich hab das Handy unter einem Berg Papiere hervorgezogen und das Gespräch, ohne hinzusehen, angenommen. Wie schön, von dir zu hören! Wie geht es dir? Ich wollte mich auch schon seit Tagen bei dir melden …«

Iris glaubte ihm zwar kein Wort, freute sich aber über den verbindlichen Tonfall. Offensichtlich war er gut gelaunt. Vermutlich hatte er in alter Gewohnheit die Beine auf den Schreibtisch gelegt, nippte zwischendurch an einem stillen Mineralwasser und naschte Walnüsse, seine Nervennahrung und besonders förderlich fürs Gehirn, wie er gern betonte.

»Ja, wir haben tatsächlich lange nichts voneinander gehört, wie geht es dir?«, erwiderte sie freundlich, als wären sämtliche Streits, Missverständnisse und Vorwürfe vergessen und vergeben.

»Viel Arbeit wie eh und je, du weißt ja, wie es in unserer Branche zugeht ... neulich hatten wir einen herzkranken Gast, der kurz vor Mitternacht an der Bar zusammengebrochen ist, dergleichen treibt das Stresslevel in die Höhe ... Aber erzähl du mal, wie geht es dir und deiner Tochter? Ist sie gesund und munter?«

Iris konnte kaum fassen, dass Christian sich tatsächlich nach Jasmin erkundigte, und antwortete zögernd, dass es ihnen sehr gut ginge.

»Ach, das freut mich wirklich sehr. Wie ich gehört habe, ist das erste Jahr für Mutter und Kind oft das schwierigste. Schließlich müssen sich beide ja erst aneinander gewöhnen.«

»Hm«, murmelte Iris und fragte sich, was passiert war, das Christian zu einem verständnisvollen, ja beinahe mitfühlenden Mann hatte werden lassen. Sie erkannte ihn kaum wieder. Oder gab es eine neue Frau in seinem Leben, die das Wunder bewirkt hatte? Das herauszufinden, ohne eifersüchtig zu erscheinen, war allerdings schwierig, und sie hatte keine Ahnung, wie sie es am besten anstellen sollte.

»Was kann ich denn für dich tun?«, wechselte Christian nun das Thema, unverändert in freundlichem Tonfall.

»Ich will dich nicht lange mit Small Talk aufhalten.«

»Schade, ich hätte gern noch …«, sagte er gut gelaunt.

»Ich rufe wegen der Scheidungspapiere an«, fiel Iris ihm ins Wort. Schluss mit diesem albernen Geplänkel, dachte sie.

»Ach so … die Papiere«, wiederholte er nachdenklich. »Genau darüber wollte ich auch mit dir reden.«

»Wunderbar, dann hast du unterschrieben?«

»Äh … nein … ich finde nämlich …«, stammelte er, und erst nach einigen Schluckgeräuschen – vermutlich trank er etwas – raunte er: »Ich finde, wir sollten unserer Ehe noch eine Chance geben!«

Iris fühlte sich, als hätte ihr jemand einen Schlag auf den Kopf verpasst. Sie benötigte ein, zwei Sekunden, um zu verstehen – oder auch nicht zu verstehen. Die Scheidung war doch längst beschlossene Sache, woher also dieser Sinneswandel? Zornig fuhr sie ihn an: »Das ist wohl ein Scherz?«

»Oh nein, mit der Liebe scherzt man nicht«, entgegnete er beinahe sanft.

Iris hatte genug von diesem »falschen Christian« und wurde laut: »Bist du betrunken?«

»Gutes Stichwort.« Ein leises Lachen drang an ihr Ohr. »Wie wäre es, wenn wir uns bei einer Flasche Wein zusammensetzen und über alles reden, was bisher nie ausgesprochen wurde?«

Iris überlegte für den Bruchteil einer Sekunde, ob sie antworten sollte, doch dann drückte sie das Gespräch einfach weg. Vermutlich hatte sie den falschen Zeitpunkt erwischt, eine andere Erklärung fiel ihr nicht ein.

Kopfschüttelnd legte sie das Telefon zur Seite und goss sich Tee aus der Thermoskanne ein, die sie sich wie jeden Abend nach dem Essen mit nach oben genommen hatte. Doch je länger sie über diese seltsame Unterhaltung nachdachte, umso mehr hatte sie das Gefühl, mit einem Fremden geredet zu haben. Gleichzeitig schlug ihr Bauchgefühl Alarm. Was beabsichtigte Christian mit diesem Blödsinn von wegen »der Ehe noch eine Chance geben«? Die Gefühle, die sie einmal für ihn gehabt hatte, waren nicht mehr da, und es gab auch keine Gemeinsamkeiten mehr. Beim nächsten Gespräch würde sie sich gar nicht erst auf sein Gesäusel einlassen, sondern klare Zusagen fordern. Nach über einem Jahr war das nicht zu viel verlangt.

Iris gelang es, sich mit einem Buch abzulenken. Der Roman über ein ungleiches Paar war spannend und unterhaltsam, brachte sie aber auch zu der Überlegung, ob Christian und sie überhaupt je zusammengepasst hatten.

Sie beide kamen, trotz des gemeinsamen beruflichen Hintergrunds, aus völlig unterschiedlichen Welten. Er das Einzelkind aus der Großstadt, verwöhnt von Eltern und Verwandtschaft; sie die Älteste von drei Mädchen aus der Kleinstadt, die seit ihrer Kindheit beigebracht bekommen hatte, nicht nur um die eigenen Wünsche zu kreisen.

Iris musste sich eingestehen, dass die Ehe nur so lange glücklich gewesen war, wie für Christian alles nach seinen Wünschen gelaufen war und er allein ihr gemeinsames Leben bestimmt hatte. Egal, ob es sich um die Anschaffung der Möbel für ihr Loft im oberen Geschoss des Kölner Hotels oder um ihre Freizeitgestaltung gehandelt hatte.

Mit Abscheu erinnerte sie sich an das Telefonat, in dem

sie ihm von Violas Tod berichtet hatte und dass sie Jasmin adoptieren wollte. Ohne lange zu überlegen, hatte er tatsächlich verlangt, sie solle zu ihm nach Köln zurückkommen – ohne das Baby, um das sich doch ihre Eltern oder Rose kümmern konnten. Er hatte nicht nachvollziehen können, dass sie Violas letzten Wunsch erfüllte und dieses Kind niemals aufgeben würde.

Nein, Christian und sie waren kein ideales Paar gewesen, zu unterschiedlich waren ihre Träume. Während sie schon mit fünfzehn von einer Familie mit drei Kindern geträumt hatte, war sein einziges Ziel die Position des Hoteldirektors. Anfangs hatte ihr diese Vorstellung auch gefallen, aber heute war ihr wie nie zuvor bewusst geworden, dass sie mindestens zwei von den drei Jahren ihrer Ehe blind vor Verliebtheit gewesen war und ihre eigenen Träume verdrängt hatte.

Ein Geräusch aus dem Babyphon schreckte Iris auf. Sie eilte über den Flur, um nach Jasmin zu sehen. Obwohl ihre Tochter das kritische erste Jahr überstanden hatte, fürchtete Iris noch immer den plötzlichen Kindstod, der so heimtückisch wie unerklärlich war. Doch Jasmin lag friedlich schlafend in ihrem Gitterbett, hatte bestimmt nur gehustet. Wie niedlich sie aussah, und wie süß sich eine blonde Haarsträhne auf der winzigen Stirn kringelte!

Zurück in ihrem Zimmer, sah Iris, dass Fritz angerufen, aber keine Nachricht hinterlassen hatte. Ungeduldig rief sie zurück, konnte es kaum erwarten, seine Stimme zu hören.

Fast genau mit diesen Worten begrüßte Fritz sie, und gleich danach erkundigte er sich, wie es Jasmin gehe und wie ihr Tag gewesen sei.

»Jasmin schläft wie ein Engel, ich war gerade bei ihr«, antwortete Iris und erzählte dann von der Diskussion mit Christian.

»Lass mich raten: Er hat von uns erfahren und ist eifersüchtig.«

An Eifersucht hatte Iris überhaupt noch nicht gedacht. »Das ist kaum möglich, ich habe ihm nichts von uns erzählt. Keine Ahnung, wie oder von wem er es sonst erfahren haben sollte.«

»Vielleicht war es sein Instinkt, der ihn alarmiert und seinen Neid auf dein neues Leben geweckt hat«, mutmaßte Fritz.

»Christian war noch nie eifersüchtig, das wäre dann ein ganz neuer Zug an ihm.«

»Menschen ändern sich, das soll immer mal wieder vorkommen. Erst als du erklärt hast, die Ehe wirklich beenden zu wollen, wurde ihm vermutlich klar, dass er dich immer noch liebt und zurückgewinnen möchte …« Fritz stockte. »Was ich gut verstehen könnte. Aber das muss natürlich auf Gegenseitigkeit beruhen. Tut es das? Hast du vielleicht doch noch Gefühle für ihn?«

Iris lachte. »Fritz, was für eine absurde Idee! Ich liebe *dich*, ehrlich und aufrichtig, und jetzt schau bitte sofort auf dein Handy, da findest du meine gemalte Liebeserklärung, die du selbst fotografiert hast.«

»Ach, du hast mir eine Liebeserklärung gemalt? Kann mich gar nicht mehr erinnern.« Er lachte leise. »Ich liebe dich auch, aber manchmal habe ich Angst, dass Christian uns auseinanderbringen könnte …«

»Oh Fritz, das wird nie geschehen, versprochen. Nach

dem heutigen Telefonat mit diesem Egoisten wurde mir bewusst, dass ich auch ein bisschen in die Vorstellung verliebt war, eines Tages Frau Hoteldirektor zu werden. Aber außer der beruflichen Gemeinsamkeit gab es nichts, was uns verbunden hätte. Und ich bin mir ganz sicher, dass ich ihn nie so geliebt habe, wie ich dich liebe.«

12

Rose lockerte das Spannbettlaken um die Matratze und zog es mit einem kräftigen Ruck ab. Sie hatte das Laken behalten, solange es nach Nicos Aftershave duftete, aber leider war der Geruch inzwischen verflogen, und es war reif für die Wäsche.

Rose entfernte auch den Matratzenschoner, dem eine Wäsche ebenfalls nicht schaden konnte. Dabei flatterte ein Stück Papier zu Boden. Sie schien einen ihrer Notizzettel aufgewirbelt zu haben, die sie momentan überall deponierte, um sich selbst zu motivieren.

Rose bückte sich nach dem Zettel. Doch es war nicht ihre Handschrift, sondern die von Nico – mit einer seiner Liebesbotschaften.

Der glücklichste Tag in meinem Leben war der Tag, an dem ich dir begegnet bin!

Rose erinnerte sich noch sehr deutlich an jenen Tag. Nico kam an die Rezeption, legte seine Visitenkarte auf den Tresen und bat mit frechem Grinsen um ein Rendezvous. Niemals hätte sie es für möglich gehalten, sich in ihn zu verlieben und ihn sogar heiraten zu wollen. Ein selbstsicherer Kerl, der überhaupt nicht ihr Typ war und der kein bisschen zu ihrer Vorstellung von dem Mann passte, mit dem sie alt werden wollte.

Doch mit seiner romantischen Art hatte er es geschafft, sie in kurzer Zeit zu verzaubern. Vollkommen überwältigt war sie, als er ihr wortlos eine Tageszeitung auf den Tresen legte. Neugierig blättere sie darin und fand eine Anzeige, mit einem roten Herzen, darin die Namen Rose und Nico. Genau solche Herzen hatten Verliebte früher in Baumstämme geritzt.

Als er wieder auftauchte, sagte Rose ja zu einem Treffen. Beim ersten Glas Wein erzählte er, dass er lange darüber nachgedacht habe, in welchen Baum er das Herz und die Namen ritzen sollte, es sich dann aber anders überlegt habe. Schließlich wäre es möglich gewesen, dass sie den betreffenden Baum vielleicht nie entdeckte, und das wäre doch schade. Ein Namensherz in der Zeitung sei natürlich nur ein magerer Ersatz, aber Zeitungspapier würde immerhin zum Teil aus Holz hergestellt. Sobald sie sich unter einem Baum geküsst hätten, würde er ihre Namen in dessen Stamm verewigen.

»Rose! Rose!« Jemand hämmerte an die Tür, und da sie nicht direkt antwortete, stand plötzlich Iris in einem dunkelblauen Kostüm mit weißer Hemdbluse im Zimmer. Diese »Uniform« trug sie am Vormittag in ihrer Funktion als Hausdame. Irritierend waren nur die rosa Gummihandschuhe, die sie in der rechten Hand hielt. »Da bist du ja!«

»Brennt der Dachstuhl, oder warum veranstaltest du so einen Krach?«

Iris wedelte mit den Gummihandschuhen. »Komm bitte mit in die erste Etage, dann zeige ich dir, wo es *brennt*!«

»Kannst du das nicht allein erledigen?«

»Könnte ich, aber du bist die Geschäftsführerin dieses Ladens, und in dieser Funktion betrifft die Sache sowohl dich *als* auch mich.« Iris betrachtete sie mit der gestrengen Miene einer Lehrerin, die eine faule Schülerin tadelt.

»Okay, aber ich möchte noch mein Bett fertig beziehen«, sagte Rose.

Iris nickte, musterte sie aber mit hochgezogenen Augenbrauen. »Und vergiss nicht, dir was Offizielleres anzuziehen, auch wenn der nachtblaue Pyjama mit den weißen Pünktchen sehr niedlich ist.«

»Ach so, der …« Zärtlich strich Rose über einen Ärmel. Der Schlafanzug gehörte Nico, und darin zu schlafen tröstete sie ein wenig. »Dann sollte ich wohl auch kurz unter die Dusche springen.«

»In Ordnung, bis gleich.« Iris drehte sich auf den Absätzen ihrer schwarzen Pumps um und marschierte aus dem Zimmer.

Rose duschte, putzte sich die Zähne und frisierte ihr langes blondes Haar zu einem ordentlichen Nackenknoten. Noch das schwarze Kostüm mit weißer Bluse und ein paar Pumps angezogen – höher und eleganter als die von Iris –, und sie war bereit.

Sie war nun doch gespannt, was es im ersten Stock so Wichtiges zu bestaunen gab, denn dort war nur das Balkonzimmer von einem jungen, verliebten Paar belegt, das gestern überraschend angekommen und auch schon wieder abgereist war. Wenn dieses teuerste Zimmer des Hauses frei war, bot sie es den Gästen immer zuerst an.

Rose sah schon aus der Entfernung, dass es noch nicht gereinigt war; vor der offen stehenden Tür wartete Iris mit den Zimmermädchen Marcella und Antonella neben dem Servicewagen.

»Hast du dein Handy dabei?« Iris warf, während sie sprach, einen anerkennenden Blick auf Roses Kleidung – ein Zeichen, dass sie vorzeigbar aussah.

»Ja, aber wozu denn?« Rose hob es in die Höhe. »Zur Dokumentation.« Iris wies mit ausgestrecktem Arm auf die offene Tür.

Kurz darauf stand Rose sprachlos neben Iris in dem etwa dreißig Quadratmeter großen Raum. Seit sie die Pension König leitete, hatte sie schon viel gesehen, aber das übertraf alles. Das Doppelbett war mit Blumenblättern übersät, wovon einige hässliche Flecke hinterlassen hatten. Die Wände waren mit großen und kleinen Herzchen bedeckt, und über dem Bett, eingerahmt von einem großen Herzen stand: *Liebe am Bodensee.*

»Na, was sagst du?«

»Mir fehlen die Worte.«

Rose dachte sofort an die Kosten, die die Reinigung von alldem verursachen würde. Die Bettwäsche bekamen sie vermutlich wieder sauber. Aber die Wände?

»Lässt sich das entfernen?«, fragte sie Iris und trat selbst an die Wand. »Verdammter Mist, das ist ja Lippenstift!«

»Ja, großer Mist«, stimmte Iris ihr mit besorgter Miene zu. »Den kann man nicht mal mit scharfer Lauge abwischen. Die Wände wären hinterher rosarot. Im Badezimmer finden sich auf den Fliesen auch reichlich Herzchen, aber die sind hoffentlich einfach zu entfernen. Doch die Wände müssen wir wohl frisch streichen. Vielleicht sogar zweimal, damit es auch deckt.«

»Na super, das ist doch bis Neujahr kaum zu schaffen! Ich muss sofort Herrn Winkler anrufen …«

»Wer ist das?«, wollte Iris wissen.

»Ein Schriftsteller, der ab Januar für drei Monate hier logieren und schreiben möchte. Aber sicher nicht in einem Herzchenzimmer. Das würde höchstens Teenager begeistern«, antwortete Rose.

»Bis Januar ist doch noch Zeit, das schaffen wir locker, wenn wir alle mithelfen«, beruhigte Iris sie. »Horst ist superschnell, ich kann helfen, Fritz vielleicht auch.«

»Ich werde den Gast aber dennoch informieren, falls ein Anstrich nicht deckt und wir es nicht bis Anfang Januar schaffen, man weiß nie.« Rose schoss ein Foto von der Botschaft über dem Bett, bevor sie sich auf den Weg nach unten begab. Im Gehen hörte sie noch, wie Iris die Zimmermädchen anwies, vorerst in den anderen Zimmern weiterzumachen.

Sie schrieb eine freundliche Mail an Herrn Winkler, schilderte den Vorfall so unaufgeregt wie möglich und versicherte, dass das Balkonzimmer rechtzeitig renoviert werden würde. Sie informiere ihn nur vorsichtshalber, da es eventuell bei seinem Einzug noch nach Farbe riechen könne. Das Foto sandte sie im Anhang mit, um die seltsame Geschichte zu dokumentieren. Ohne Beweis hätte er vielleicht gedacht, sie sei übergeschnappt, und seine Anzahlung zurückverlangt.

Etwa eine Stunde später, Rose war gerade mit der Kontrolle einer Rechnung für den Tortenhimmel beschäftigt, rief Herr Winkler an.

Sie versicherte erneut, dass alles unternommen werde,

das Zimmer rechtzeitig zu renovieren, wurde aber von ihm unterbrochen.

»Sie glauben gar nicht, was für eine Freude Sie mir mit dieser Story machen!« Er klang nahezu euphorisiert.

»Wirklich?« Rose war nicht sicher, ob er es ironisch gemeint hatte.

»Ja, tatsächlich. Was Sie nicht wissen können – ich schreibe an einem Roman, in dem es um Liebe geht, und diese *Dekoration*, um es mal so zu bezeichnen, hat mich direkt inspiriert.«

Rose fiel ein Stein vom Herzen. »Das freut mich, Herr Winkler! Ich wollte Ihnen auch nur Bescheid geben, für den Fall, dass Sie allergisch gegen Farbgeruch sind.«

»Nicht dass ich wüsste. Aber ich überlege gerade, ob mir diese verrückte Wandbemalung nicht so gut gefällt, dass ich sie gern behalten würde.«

»Sie scherzen!«, entfuhr es Rose.

»Ganz und gar nicht«, entgegnete der Schriftsteller und bat dann, mit der Renovierung noch zu warten. Er wolle das Foto noch einige Male betrachten und morgen endgültig Bescheid geben.

»Wir warten selbstverständlich gern«, sagte Rose und verabschiedete sich freundlich.

Was für ein verrückter Morgen, dachte sie und rief sofort Iris an, um sich mit ihr für einen kleinen Imbiss im Wintergartencafé zu verabreden, wo sie ihr von dem Gespräch erzählen wollte.

Rose und Iris hatten die freie Auswahl unter den Tischen mit Blick auf den Bodensee. Am Vormittag war das Wintergartencafé oft noch leer. Die tief stehende Dezembersonne strahlte von einem blassblauen Himmel auf das Wasser, und die milde Luft lockte die ersten Spaziergänger auf die Sitzbänke. Weiter draußen glitt der Katamaran *Constanze* vorbei, gut zu erkennen an den knallroten Streifen, der stündlich zwischen Friedrichshafen und Konstanz verkehrte. Dicht am Seeufer hatten Wasservögel die Schnäbel unter dem Gefieder versteckt und schliefen.

»Künstler ticken eben anders als wir Normalos«, stellte Iris fest, nachdem Rose ihr von Herrn Winklers Ansinnen erzählt hatte. »Wenn wir jetzt nicht streichen müssen, wäre das doch prima, oder?«

Rose biss in ein Schokoladencroissant. Die Hörnchen schmeckten in letzter Zeit doppelt so gut wie früher, stellte sie auch heute wieder fest und nahm sich vor, den neuen Konditor zu fragen, was sein Geheimnis war. Außerdem war das Gebäck es wert, dass sie auf ihrer Homepage dafür werben konnte. »Ja, für den Moment geht es«, antwortete sie. »Doch ewig kann es nicht so bleiben, irgendwann müssen die Wände geweißelt werden. Aber lassen wir uns von Herrn Winklers Entscheidung überraschen.«

Iris zuckte mit den Schultern, während sie einen Löffel Zucker in den Cappuccino rührte. »Gut, warten wir ab. Aber ich denke, wir sollten dieses Pärchen anschreiben und für die Kosten aufkommen lassen.«

»Gute Idee.«

Iris sprang von ihrem Stuhl auf. »Lass uns gleich die Adresse heraussuchen …«

Im Büro hinter der Rezeption trat Iris ungeduldig von einem Bein aufs andere, bis Rose das Anmeldebuch aus der Schublade geholt und die aktuelle Seite aufgeschlagen hatte.

»Hier ...« Rose deutete auf den Eintrag. »Anna und Hans Schulze.«

»Klingt für mich wie Herr und Frau Mustermann«, sagte Iris lachend und fragte, woher die beiden kamen.

»Die Postleitzahl ist unleserlich, und der Ort könnte Dorren oder Dossen sein, nie gehört ... keine Ahnung, ob der überhaupt existiert. Ausweise habe ich mir dummerweise nicht geben lassen. Die beiden wirkten aber vollkommen normal.«

»Mach dir keine Vorwürfe«, tröstete Iris sie. »Ist ja ohnehin nicht mehr zu ändern. Vorkasse hast du aber verlangt?«

»Selbstverständlich. Die beiden kamen gestern am späten Nachmittag mit kleinem Gepäck und haben für eine Übernachtung ohne Frühstück bezahlt, in bar, weil sie gegen fünf Uhr aufbrechen und niemanden wecken wollten«, antwortete Rose und seufzte aus tiefster Brust, ehe sie hinzufügte: »Ungewöhnlich waren nur die fünfzig Euro, die er vorab für die Minibar hingelegt hat. Der Rest sei dann für die Putzkolonne. Ich fand das sehr nobel ... vielleicht hätte mich das Wort ›Putzkolonne‹ hellhörig werden lassen müssen.«

13

Iris verspürte einen Kloß im Hals, wie jedes Mal, wenn sie Jasmin in der Kita ablieferte. Wenn sie ihre Tochter aus dem wasserdichten Anzug schälte, ihr die Hausschuhe anzog und zum Abschied das kleine Gesicht mit Küsschen bedeckte. Und wie jeden Morgen fühlte sie sich wie eine Rabenmutter. Beruhigt war sie erst, wenn sie sah, dass Jasmin aufgeregt auf ihre Freundin Maja zutapste und sie, weil beide noch nicht sprechen konnten, lachend umarmte. Oft plumpsten die zwei dann auf ihre Windelpopos, um sich gleich darauf mit den herumliegenden Spielsachen zu beschäftigen. Spielzeug hatte Jasmin natürlich auch zu Hause genug, aber keine gleichaltrigen Freunde oder Freundinnen. Niemanden auf Augenhöhe, mit dem sie sich hätte messen können.

Iris hatte lange überlegt, ob sie Jasmin schon mit einem Jahr in eine Einrichtung bringen sollte, doch inzwischen wusste sie trotz zeitweiliger Skrupel, dass sie die richtige Entscheidung getroffen hatte. Mit Jasmin waren es acht Kinder in der privaten Kita, die von zwei Betreuerinnen geleitet wurde. Nach dem Mittagessen holte Iris ihre Tochter wieder ab, und bis dahin konnte sie in aller Ruhe ihre Arbeit als Hausdame erledigen. Die in den letzten Wochen täglich in höchstens drei Stunden erledigt gewesen war.

Nur heute würde sie in dem Balkonzimmer, das sie gestern zunächst einmal schockiert verlassen hatte, etwas länger für die Entfernung der Lippenstiftherzen im Badezimmer benötigen. Denn die mussten allein aus hygienischen Gründen beseitigt werden, auch wenn sie dem Schriftsteller sicher gefallen hätten. Marcella und Antonella würden unterdessen das Bett frisch beziehen und das Zimmer wie gewohnt reinigen.

Einige Zeit später, während sie in dem Bad beschäftigt war, musste Iris plötzlich an den Abend nach Großvaters Beerdigung denken. Christian war aus Köln angereist, und sie wollten in diesem Zimmer übernachten, in dem sie auch ihre Hochzeitsnacht verbracht hatten. Aber aus einer innigen Nacht wurde nichts, sie gerieten wieder einmal in Streit um ihre Kinderlosigkeit und warum er sich einem Test verweigerte. Wie aus dem Nichts hatte Christian sich an eine junge Frau erinnert, die er geschwängert haben wollte. Womit »bewiesen« sei, dass er Kinder zeugen könne. Seltsamerweise war ihm der Name der Frau entfallen – für Iris die Bestätigung, dass er sich die Geschichte ausgedacht hatte. Und wie sich später herausstellte, war es tatsächlich ein Produkt seiner Fantasie.

Iris wünschte, sie könnte die hin und wieder auftauchenden Erinnerungen an die Ehe mit Christian ebenso wegschrubben wie die Lippenstiftherzen.

Die Fliesen glänzten gerade wieder wie neu, als ein »Halloooo ... jemand zu Hause?« sie aus ihren Gedanken holte. Der Ruf kam von der Rezeption. Rose war beim Steuerberater, und die Eltern waren beim Arzt. Herberts leichter Infarkt nach Großvaters Tod war ein Alarmzeichen gewesen, das Florence Angst gemacht hatte. Seitdem achtete sie wie eine Oberschwester auf ihren geliebten 'erbert und schleppte ihn regelmäßig zur Nachkontrolle.

Iris zog die Gummihandschuhe aus und lief zwei Stufen auf einmal nehmend nach unten. Vielleicht waren es unangemeldete Gäste.

Vor dem Tresen wartete eine groß gewachsene junge Frau neben einem Metallkoffer. In ihrem schwarzen Rollkragenpullover, der schwarzen Hose, schwarzen Stiefeletten mit Absatz und einem lässigen schwarzen Mantel, der nicht zugeknöpft war, wirkte sie wie einem Modemagazin entsprungen. Auch ihr Haar war schwarz, leicht wellig und kurz geschnitten. Nur die vollen Lippen leuchteten in Knallrot aus dem schönen Gesicht.

»Tut mir sehr leid, dass Sie warten mussten«, entschuldigte sich Iris, während sie auf die junge Frau zutrat, die sie auf höchstens dreißig schätzte. Ihrem glamourösen Aussehen nach zu urteilen, war sie auf der Suche nach dem nächsten Grandhotel. »Was kann ich für Sie tun?«

»Servus, Iris, erkennst du mich denn nicht?«, fragte die Fremde in unverkennbarem charmantem Wiener Tonfall.

Iris überlegte einen Augenblick, und dann fiel es ihr wie Schuppen von den Augen: Vor ihr stand Elisabeth Strasser, die Tochter von Großvaters unehelicher Tochter Charlotte und somit die Enkelin des Großvaters! Ihre Cousine … oder Großcousine. …

»Elisabeth! Aber natürlich, entschuldige, ich hab dich im ersten Moment nicht erkannt. Du hast dich ziemlich verändert, dein langes Haar abgeschnitten, und überhaupt schaust du sehr elegant aus. Herzlich willkommen, Elisabeth!« Iris breitete die Arme aus, um die Cousine zu begrüßen.

»Lissi, bittschön.« Die junge Frau umarmte Iris und küsste sie links und rechts auf die Wangen. »Musst schon entschuldigen, dass ich euch so einfach überfalle. Aber es ist was geschehen …« Sie zog den Mantel aus und schnaufte, als wäre ihr heiß.

Iris zuckte innerlich zusammen. »Hoffentlich nichts Dramatisches«, sagte sie betont ruhig, fürchtete sich aber dennoch vor der Antwort. Niemand hatte im Moment Bedarf an noch mehr Dramen. »Lass uns ins Wintergartencafé gehen, dort kannst du mir alles in Ruhe erzählen. Dein Gepäck stellen wir solange im Büro unter.«

»Ich staune, wie warm es hier noch ist! In Wien ist es schon ziemlich kalt«, erzählte Lissi auf dem Weg ins Café.

»Der Bodensee speichert die Sommersonne und funktioniert in den Wintermonaten wie eine Heizung«, erklärte Iris. »So richtig eisig wird es hier also selten, und dann auch nur ganz kurz, sonst wären die Palmen auf der Insel Mainau schon längst eingegangen.«

»Einfach paradiesisch«, befand Lissi, als sie in den lichtdurchfluteten Wintergarten traten, der von der Dezembersonne aufgeheizt wurde. Es waren nur wenige Gäste anwesend, und sie setzten sich an einen der Tische an den bodentiefen Fenstern.

Herr Otto eilte herbei, und auch er erkannte Lissi, die letztes Jahr einmal zu Besuch hier gewesen war, nicht wieder.

Lissi bat um Milchkaffee und einen Käse-Schinken-Toast. Iris bestellte Cappuccino und ein Salamisandwich.

»Dann bin ich mal gespannt auf die Neuigkeiten«, sagte Iris, als Herr Otto sich entfernt hatte.

»Ja ... also, es ist so ...«, begann Lissi zögerlich. »Meine Eltern sind in die Wachau umgesiedelt. Der Papa hat ein Weingut geerbt und will ab sofort nur noch Winzer sein und dort leben ...«

»Und du kannst dir nicht vorstellen, ebenfalls dort zu leben«, folgerte Iris aus Lissis überraschendem Auftauchen.

»Eher ned, und ich mag auch keinen Wein ...«, gestand ihre Cousine. »Ich hätt natürlich in der Wiener Wohnung bleiben können, aber das wär mir zu öd ... und ... na ja, und da hab ich meinen Job gekündigt und gedacht, ich mach mich auch auf zu neuen Ufern und schau mal am Bodensee vorbei ... Bist mir nicht bös, dass ich euch einfach so überfalle?«

Herr Otto servierte die Bestellung und wünschte »Guten Appetit«. Lissi bedankte sich höflich und stürzte sich ausgehungert auf den duftenden Toast.

Iris genehmigte sich einen Löffel Zucker in den Cappuccino. »Auerbach ist zwar keine Großstadt, aber ›Ufer‹ findest du hier kilometerweit, und du gehörst ja praktisch zur Familie. Also noch einmal herzlich willkommen! Du kannst bleiben, solange du magst.«

»Danke schön, das ist sehr lieb ...« Lissi biss erneut in den Toast, bevor sie kauend weitersprach: »Ich kann auf einem Sofa schlafen.«

»Kommt nicht infrage, die Saison ist ja vorbei«, winkte Iris ab und erklärte, ihr reichlich freie Zimmer anbieten zu können. Als Hausdame kannte sie den Belegungsplan natürlich genau.

Eine halbe Stunde später marschierten sie die honigfarbene Holztreppe hinauf. Iris wollte die Cousine in einem der Einzelzimmer im zweiten Stock einquartieren. Auf dem Weg dorthin kamen sie an dem Balkonzimmer vorbei.

Lissi blieb stehen, lugte neugierig hinein, erblickte die Herzen an einer Wand und stürmte in den Raum. »Der Wahnsinn, das ist der Wahnsinn!«, rief sie.

Iris musste grinsen. Wie Großvater Max immer gesagt hatte: Selbst die schlimmsten Nachrichten über Mord und Totschlag klangen auf Wienerisch oft wie ein Kuchenrezept. »Wir konnten es auch nicht glauben und sind immer noch geschockt. Die letzten Gäste haben es so hinterlassen«, sagte sie dann.

»Na bittschön, das ist doch echt der Wahnsinn. *Liebe am Bodensee* …« Lissis braune Augen glänzten freudig. »Bitte, Iris, darf ich das Zimmer haben?«

»Nicht dein Ernst.« Iris war sicher, Lissi erlaube sich einen Scherz.

»Doch, ich find's wahnsinnig leiwand.«

»Leinwand?«

»Nein, leiwand …« Lissi lachte vergnügt auf. »Das ist wienerisch und soll heißen: super, toll oder auch mega.«

Verunsichert betrachtete Iris ihre Cousine. Dem begehrlichen Blick nach zu schließen, schien sie es tatsächlich ernst zu meinen.

»Leider ist das Zimmer ab Anfang Januar reserviert, und wenn der Gast eine Renovierung wünscht, müssen wir sogar bis dahin noch streichen«, klärte Iris die begeisterte Cousine auf.

Lissi wirkte ehrlich enttäuscht. »Das versteh ich natürlich, aber es ist schad, hier hätte es mir gefallen. Weißt du, ich bin süchtig nach Romantischem.«

Iris war es längst in Fleisch und Blut übergegangen, sich niemals über Gäste zu wundern, und Lissi war im Grunde ein Gast. Aber dass diese so überaus cool wirkende junge Frau eine romantische Ader hatte, darauf wäre sie im Traum nicht gekommen. »Na, sei nicht enttäuscht, ich zeig dir ein anderes Zimmer, das dir gewiss auch gefallen wird.«

Iris brachte die Romantikerin dann wie geplant im zweiten Stockwerk in einem Zimmer mit Seeblick unter, das ebenfalls das Prädikat »leiwand« bekam. Kurz darauf erfuhr sie von Rose, dass sich der Schriftsteller wieder gemeldet hatte und allen Ernstes glaubte, die »Verzierungen« im Balkonzimmer würden ihm zu wundervollen Ideen verhelfen.

Ob er recht behielt, würde sich zeigen.

Lissi war von der Familie freudig begrüßt worden, doch mit ihrem überraschenden Erscheinen tauchte auch die alte Frage wieder auf: Wollte Charlotte, Lissis Mutter und grundsätzlich Miterbin des Betriebs, vielleicht doch nicht auf ihre Rechte verzichten? Charlotte hatte ihren Erbteil nur mündlich ausgeschlagen, eine notarielle Niederschrift existierte nicht. Lissi hätte also womöglich anstelle ihrer Mutter doch auf einem Anteil bestehen können. Bislang hatte sie zwar nichts in dieser Richtung geäußert, war aber sehr an allen Vorgängen und besonders an der Konditorei interessiert.

Einige Tage nach Lissis Ankunft fand dann das offizielle Begrüßungsabendessen im Kreis der Familie statt.

Florence hatte das traditionelle französische Geflügelgericht *coq au vin* zubereitet, zu dem Baguette und Salat gereicht wurden. Herbert hatte zur Feier des Tages einen Schokokuchen mit flüssigem Kern gebacken.

»Danke, Onkel Herbert, so einen leckeren Schokokuchen habe ich überhaupt noch nie gegessen.« Lissi verdrehte schwärmerisch die Augen. Dann kramte sie ein rotes Buch in Schulheftgröße aus ihrer Handtasche. »Mein Gastgeschenk: Das Rezeptbuch von meinem Großvater Georg Haas – der ja gar nicht mein leiblicher Großvater war.« Sie lächelte, ehe sie mit feierlicher Geste das Buch in der Mitte des Tisches platzierte.

Iris wusste sofort, dass dies *das* berühmte Buch war, von dem Max König oft erzählt hatte. In dem die überlieferten Rezepte notiert waren, nach denen er während seiner Zeit in Wien gebacken und das angeblich dem Chefkonditor des Hauses Sacher gehört hatte.

Herbert starrte das abgegriffene Buch an wie ein Wunder. »Es existiert tatsächlich! Ich habe mich oft gefragt, ob es nicht doch ein Fantasieprodukt war, weil unser Vater kein einziges Rezept daraus abgeschrieben hatte. Ein, zwei Rezepte hatte er sich zwar gemerkt, aber angeblich keines davon schriftlich notiert, und auch im Nachhinein wollte er keines aufschreiben, um es vor dem Vergessen zu bewahren.«

»Schier unglaublich.« Annemarie schielte mit begehrlichem Blick auf das Buch und griff dann einfach danach. »Ich darf doch?«, fragte sie erst, als sie es schon in Händen hielt.

Lissi nickte gelassen. »Bittschön, Tante ... Du bist doch auch meine Tante?«

»Einfach nur Annemarie, dann müssen wir uns um den verwandtschaftlichen Grad keine Gedanken machen.« Vorsichtig blätterte sie die Seiten um, legte das Buch dann wieder in die Tischmitte und fragte Lissi: »Welches Rezept ist ein typisch österreichisches?«

»Entweder die Malakofftorte, du weißt schon, diese himmlisch köstliche Mandel-Sahne-Bombe, das Rezept steht auch in dem Buch ... Oder die Cremeschnitten, die hat Großvater jedes Jahr zu meinem Geburtstag zubereitet.«

»Cremeschnitten kenne ich auch noch aus meiner Kindheit, leider sind sie aus unserem Sortiment verschwunden«, sagte Annemarie und schlug spontan vor, die Schnitten und die Malakofftorte in das regelmäßige Angebot der Konditorei aufzunehmen. Herbert stimmte sofort zu.

Lissi bot an, die Torte zuzubereiten. »Das ist kinderleicht, die wird nur geschichtet, muss nicht gebacken werden.«

Doch Annemarie widersprach ihr sofort. »Das wird nicht gehen. Berthold ... ähm ... ich meine, Herr Müller, mein neuer Konditormeister, wäre da weniger erfreut. Tut mir leid, Lissi, aber in der Backstube bestimmt nur er, und alles, was wir im Tortenhimmel anbieten, wird von ihm oder Alex, unserem Gesellen, hergestellt. Aber wir freuen uns, wenn du für die Familie backen möchtest.«

»Das versteh ich ...« Lissi grinste verschmitzt und wandte sich dann an Annemarie. »Ich hab eine Idee! Würde Herr Müller sich vielleicht auf einen Wettbewerb einlassen? Wir backen beide das Gleiche, bieten es den Kunden zum Verkosten an, und es wird abgestimmt, welches besser geschmeckt hat.«

Annemarie überlegte einen Moment. »Was für ein lustiger Vorschlag, und gar nicht mal so dumm … Wie wäre es, wenn wir das öffentlich machen? Vor dem Tortenhimmel an den Stehtischen lassen wir die Kunden verkosten …«

»Du immer mit deinen Stehtischen«, fiel Herbert seiner Schwester ins Wort. »Probieren und vergleichen innerhalb der Familie lasse ich mir gefallen, aber doch nicht öffentlich! Was soll denn die Kundschaft von uns denken?«

»Dass sie umsonst Torte essen dürfen!«, konterte Annemarie und brachte damit alle zum Lachen.

»Es könnte eine super Werbeaktion werden, die im Nachgang die Kasse klingeln lässt«, fand Iris und zwinkerte Rose zu. »Ein bisschen PR und mehr Einnahmen sind doch immer willkommen.«

Rose nickte. Sie schien zu verstehen, worauf Iris anspielte, sagte aber nichts dazu. Es war wohl nicht der richtige Moment, um wieder einmal über »verkaufen oder nicht« zu sprechen.

Florence lächelte in die Runde und sagte: »Mir würde es gefallen, wenn ich kostenlos Kuchen essen dürfte.«

Herbert grummelte noch kurz vor sich hin, aber wie so oft, wenn seine geliebte Florence einer Idee zustimmte, wollte er sich nicht querstellen.

14

Backen hatte noch nie zu Roses Lieblingsbeschäftigungen gehört, dennoch wollte sie Lissi dabei helfen. War es doch eine gute Gelegenheit, noch einmal Selbstgebackenes an das Pflegepersonal in der Klinik zu verschenken. Jeden Tag, wenn Rose bei Nico zu Besuch erschien, war sie froh und dankbar dafür, wie besonnen sich die Schwestern um ihn kümmerten. Aber das Mitbacken hatte noch einen Vorteil: Sie konnte dabei die neue Verwandte besser kennenlernen und vielleicht herausfinden, was sie im Schilde führte. Lissi war ihr nicht unsympathisch, kam ihr aber unberechenbar und ein wenig überspannt vor. Auch Iris fürchtete, dass Lissi womöglich das Thema Erbschaft noch einmal ansprechen und den Anteil ihrer Mutter doch ausbezahlt haben wollte. Was bei der aktuellen Finanzsituation die absolute Katastrophe wäre, und dass sie in dem Fall das Anwesen endgültig würden verkaufen müssen. Und das, wo sie inzwischen doch dazu tendierte, den Betrieb zu retten!

Ja, sie hatte sich umentschieden. Auslöser war der Schriftsteller gewesen, der erste Langzeitgast überhaupt. Und da sich in den letzten Tagen noch weitere Gäste angemeldet hatten und somit die Hälfte der Zimmer bis März belegt war, wusste Rose, dass es sich lohnte zu kämpfen.

Der Kundenfänger-Wettbewerb, wie Annemarie das Event bezeichnete, sollte am späten Vormittag des folgenden Tages, einem Samstag, wie geplant an den Stehtischen stattfinden. Gewöhnlich war es der umsatzstärkste Tag der Woche, an dem sich die Leute mit Gebäck fürs Wochenende eindeckten. Die Kostproben würden sicher reißenden Absatz finden.

Meister Müller hatte es zunächst rundweg abgelehnt, sich auf unprofessioneller Ebene zu messen. Lissi würde sich dabei doch nur blamieren, das wolle er dem Mädchen nicht antun, sagte er. Annemarie hatte ihm selbstverständlich zugestimmt, auch wenn es schade sei. Ein bisschen Wirbel, um neue Kunden zu gewinnen, wäre im Moment sehr willkommen, aber sie verstehe ihn, hatte sie hinzugefügt. Das Argument hatte die beabsichtigte Wirkung, Meister Müller war plötzlich doch einverstanden, schlug aber vor, statt der Malakofftorte die Cremeschnitten zu backen, da die sich einfacher in Miniportionen teilen ließen.

Rose war mit Lissi am Freitagmittag nach Konstanz in einen gut sortierten Supermarkt gefahren. Lissi wollte fair sein, wie sie es ausdrückte, und sich nicht an den Vorräten der Konditorei bedienen.

Zuerst suchte sie ziemlich lange nach Ribiselgelee, und Rose konnte ihr erst helfen, als sie herausfand, dass es sich um Johannisbeergelee handelte. Dann steuerte Lissi auf das Kühlregal zu und las die Einkaufsliste vor. »Wir brauchen Milch, Eier, Sahne und Blätterteig.«

»Du willst Fertigteig verwenden?« Verwundert beobachtete Rose, wie Lissi tatsächlich vier Packungen davon in den Einkaufswagen legte. Auch wenn sie selbst wenig

Ahnung von der Backkunst hatte – fertigen Teig hatte keiner der Konditoren aus der Familie je verwendet.

»Der hier enthält reine Butter und ist nicht von selbst hergestelltem Blätterteig zu unterscheiden. Folglich müssen wir uns nicht mit dem zeitraubenden Tournieren plagen«, erklärte Lissi mit selbstsicherem Schmunzeln.

»Tournieren? Nie gehört«, sagt Rose.

»Dabei wird Fett durch eine spezielle Falttechnik zwischen die Teigschichten eingearbeitet. Ich beherrsche diesen Vorgang zwar auch, aber es dauert ewig, und wir wären locker fünf Stunden beschäftigt«, antwortete Lissi.

»Lass das ja nicht Konditormeister Müller oder meinen Vater hören, Letzterer würde dir sofort die Blutsverwandtschaft absprechen.«

»Ich werde mich hüten! Diese Dogmen kenne ich noch von meinem Großvater: Kein wahrer Meister würde jemals Fertigprodukte verwenden. Nur Frisches und nach alter Handwerkstradition Zubereitetes sei ehrlich. Also, ich finde das rückständig, man kann es sich ruhig einfacher machen, am Ende zählt doch das Ergebnis. Schmecken muss es halt.«

»Das sollte es, und wenn es eines der Rezepte aus dem berühmten roten Buch ist, schmecken die Cremeschnitten bestimmt.« Rose hatte zu wenig Ahnung, um sich ein Urteil erlauben zu können, doch sie bezweifelte, dass Georg Haas, Lissis Großvater, Fertigteig verwendet hatte. Am Ende zählte ohnehin das Urteil der Kundschaft, und darauf war sie sehr neugierig.

Als sie zu Hause in der Küche die Einkäufe auspackten, erklärte Lissi, wie sie beginnen würden. »Als Erstes machen wir uns an die Zubereitung der Vanillecreme. Eigentlich ginge das auch mit einem simplen Vanillepudding aus dem Packerl, aber wir wollen es nicht übertreiben mit den Fertigprodukten.«

Rose hörte staunend zu, während Lissi den Vorgang erklärte: »Eigelbe, Maisstärke, circa ein Viertel der Milch und eine Prise Salz mit dem Schneebesen vollkommen glatt rühren, bis keine Klümpchen mehr …«

»Salz?« Rose war verwirrt.

»Das Salz betont die Süße«, erklärte Lissi. »Das ist wie im Leben: Glück empfinden wir nur, wenn wir auch mal unglücklich waren«, fügte sie altklug hinzu und fuhr dann fort mit der Anleitung: »Inzwischen die restliche Milch mit Zucker und dem Mark einer Vanilleschote zum Kochen bringen. Aufpassen, dass sie nicht überkocht. Wenn sie blubbert, nimmst du den Topf von der Herdplatte.«

Das war Roses Aufgabe und tatsächlich kinderleicht. Sie hatte dennoch großen Spaß dabei, und zudem war es wieder einmal eine Gelegenheit, das Bild von Nico im Krankenbett aus ihren Gedanken zu vertreiben.

»Jetzt gieße ich die Milch-Eier-Masse dazu und erwärme alles bis kurz vor dem Siedepunkt. Aufpassen, dass es nicht kocht, sonst stockt das Ei, und die Creme ist unbrauchbar …«

Klingt ein bisschen wie Rührei, dachte Rose, hütete sich aber, das laut auszusprechen, um nicht wie ein dummes Kind zu erscheinen.

Vor der Weiterverarbeitung wurde die Vanillecreme in eine Schüssel gefüllt, mit Frischhaltefolie gut abgedeckt und zum Auskühlen zwei Stunden zur Seite gestellt. Inzwischen kamen die Blätterteiglagen nacheinander auf Backbleche, wurden mit einer Gabel mehrmals eingestochen und mit Backpapier bedeckt. Darauf legte Lissi jeweils noch einen Gitterrost, was ein extremes Aufgehen des Teigs verhindern sollte.

Während der Backzeit bereitete sie »Einspänner« zu: Espresso in einer Henkeltasse mit einer dicken Haube aus Schlagobers.

Rose war schon vom Anblick begeistert und löffelte zuerst etwas von der Schlagsahne ab, bevor sie den Kaffee probierte.

Während die beiden Frauen genüsslich die Wiener Spezialität tranken, fragte Rose die Cousine nicht ganz ohne Hintergedanken, ob sie Wien nicht vermisste.

»Hm ...« Lissi ging vor dem Herd in die Hocke und starrte durch die Glastür auf ihren Blätterteig.

Rose hatte das deutliche Gefühl, als wollte Lissi nicht darüber reden. »Entschuldige, sicher hast du Heimweh, und das stelle ich mir schrecklich vor – rein theoretisch, ich habe ja immer nur in Auerbach gelebt.«

Lissi stand wieder auf und grinste. »Na ja, ein bisserl Heimweh hab ich schon, aber ich bin auch froh, aus Wien weg zu sein. Da war nämlich so ein Typ ...«

»Ah, jetzt kapiere ich.« Rose war erleichtert, dass Lissi nicht in Tränen ausbrach, denn Liebeskummer war noch schlimmer als Heimweh, wie sie selbst erfahren hatte.

»Nicht, was du denkst ... Es war keine unglückliche Liebe, eher das Gegenteil. Der Kerl hat mich verfolgt, beinahe gestalkt. Auch deshalb wollte ich weg, um diesen Irren loszuwerden. Aber jetzt genug von mir, wir haben Wichtigeres zu tun, als über Probleme mit Männern zu tratschen. Außerdem weiß ich, dass du sonst nur anfängst, darüber nachzudenken, wie es Nico geht.«

Rose überging Lissis letzte Bemerkung. Denn egal womit sie sich gerade beschäftigte, in Gedanken war sie immer bei Nico. Eilig trank sie den Einspänner aus, stellte die leere Tasse auf der Anrichte ab und klatschte in die Hände. »Dann los, ich bin bereit.«

Lissi nahm die fertigen Blätterteigböden aus dem Backrohr. Nach einigen Minuten Abkühlung wurde eine Hälfte mit aufgekochtem Johannisbeergelee, die andere Hälfte mit Zuckerglasur bestrichen. Rose schlug zwei Liter Sahne steif, während Lissi die abgekühlte Vanillecreme mit dem Schneebesen aufrührte, ehe sie dann die Creme samt einigen aufgelösten Gelatineblättern unter die Sahne hob.

Anschließend erklärte Lissi die nächsten Schritte: »Jetzt den abgekühlten Blätterteig in vier gleich große Stücke schneiden, zwei der Hälften mit der Sahnecreme bestreichen, die anderen beiden in vier mal vier Zentimeter große Stücke teilen und auf die Sahnecreme legen. So sind die Minischnitten bereits vorbereitet und lagern über Nacht im Kühlschrank.«

Rose hatte staunend zugehört. Bei Lissi klang es so einfach wie Milch für Cappuccino aufschäumen. Allein hätte sie sich niemals an diese Cremeschnitten gewagt. Zu groß wäre die Gefahr gewesen, dass sie den Blätterteig zu lange im Rohr ließ, den Zucker für die Vanillecreme vergaß, die Creme beim Kochen anbrannte oder zu einem dicken Klumpen wurde.

Rose erinnerte sich gut an ihren einzigen Kochversuch, mit

dem sie Nico hatte beeindrucken wollen. Nach einem Abend voller Leidenschaft waren sie beide gegen Mitternacht hungrig geworden. In Waltrauds Kühlschrank beschränkte sich das Angebot auf ein einsames Salamisandwich. In zwei Hälften geschnitten, reichte es gerade mal als Appetitanreger. »Ich mach uns ein Omelett«, hatte Rose großspurig verkündet, mutig vier Eier in eine Schüssel geschlagen, wobei eines prompt nur zum Teil in der Schüssel landete. Der Rest lief am Schüsselrand entlang auf die Arbeitsfläche. Nico war schnell mit einem Küchenpapier zur Stelle gewesen und fand, sie wären ein Spitzenteam, und kleine Pannen gehörten zum Leben. Auf die Frage, ob die Eier nur einfach in eine Pfanne gegossen würden, hatten beide keine Antwort, aber da es »Omelett« hieß, konnten unmöglich nur die Eier allein genügen. Nico meinte, Schinken, Käse und Zwiebeln würden passen, und das Ganze zu würzen, wäre auch eine gute Idee. Aber wann kamen diese Zutaten in die Pfanne? Salz und Pfeffer schon in die flüssige Eiermasse? Und wenn ja, wie viel davon? Um das herauszufinden, wäre Abschmecken eine Möglichkeit gewesen, doch bei der Vorstellung, glibberiges Ei zu kosten, schüttelten sie sich beide.

Lange Geschichte, kurzes Ergebnis: Das Omelett war total verbrannt, weil die Temperatur zu hoch eingestellt war. Die zu spät hinzugefügten Zwiebelstücke waren noch roh, und die Schinkenwürfel hatten sie vergessen, in die Pfanne zu geben. »Was für ein Glück«, sagte Nico lachend, als er Rose mit den Stückchen fütterte. »Stell dir vor, wir hätten den Schinken auch noch verbrannt!« Rose fand, ihr größtes Glück war dieser Mann, der jeder noch so verrückten Situation etwas Positives abgewinnen konnte. Aber beim nächsten nächtlichen Hungeranfall hatten sie doch den Pizzaservice angerufen.

Die Erinnerung an diesen lustigen Abend ließ sie lautlos seufzen. Sie hatte so große Sehnsucht nach Nico, konnte es kaum erwarten, ihn wieder zu besuchen. Wenn sie ihm von der Pension oder den kommenden Gästen erzählte oder aus der Tageszeitung vorlas, fühlte sie sich oft wie in dem Märchen von Dornröschen: Nico war derjenige, der schlief, und sie diejenige, die täglich eine dichte »Dornenhecke« aus Geduld bezwingen musste. Also bemühte sie sich, tatsächlich geduldig zu warten, dass er endlich aus der Langzeitnarkose aufwachte. Und er würde aufwachen, das versicherte ihr der Arzt immer wieder.

Am Samstagmorgen kroch die Sonne spät über die Bergkette am anderen Seeufer. Rosa gefärbte Schleierwolken lösten sich nach und nach auf. Bald spiegelte sich ein tiefblauer Himmel in dem spiegelglatten See, es war fast windstill, und die milde Luft lockte die Menschen aus ihren Wohnungen auf die Promenaden. Mütter und Väter spannten die Sonnenschirme an den Kinderwagen auf, die größeren Kinder rissen sich die Mützen von den Köpfen oder rasten auf ihren Fahrrädern vorneweg. Die älteren Herrschaften ließen sich auf den Bänken nieder und hielten die Nasen in die Sonne. Dazu schnatterten die Wasservögel so aufgeregt, als begänne der Frühling Anfang Dezember.

Annemarie prophezeite am Frühstückstisch, dass es ein spannender Wettbewerb werden würde. Sie habe die Cremeschnitten ihres Konditors gesehen, und es müsse mit dem Teufel zugehen, wenn Lissi gegen einen Meister gewänne. »Obwohl ich dir das natürlich wünsche«, fügte sie noch hinzu.

Rose fand, es klang ehrlich. Andererseits war die Tante seit der Übernahme der Konditorei zur toughen Geschäftsfrau mutiert, die sicher mehr an ihrem eigenen Erfolg als an dem von Lissi interessiert war. Der Probierwettbewerb war Werbung, die Kundschaft würde darüber reden, und darauf hatte es Annemarie abgesehen.

Das Event sollte ab elf Uhr beginnen. Lissi hatte die vier mal vier Zentimeter großen Cremeschnitten bereits mit einem scharfen Messer halbiert und auf vier großen Edelstahltabletts hübsch angerichtet. Einen Teil davon durfte Rose am Nachmittag in die Klinik mitnehmen.

Jetzt marschierte Lissi, wie jeden Tag ganz in Schwarz gekleidet, aber ohne Make-up, mit zwei Tabletts über den Parkplatz zum Tortenhimmel. »Konditormeister Müller wird große Augen machen, dass ich es überhaupt geschafft habe«, sagte sie schmunzelnd.

Rose, im offiziellen dunkelblauen Kostüm mit weißer Hemdbluse, hielt das dritte Tablett in Händen. Sie war sehr auf das Gebäck des Meisters gespannt und natürlich darauf, wie es schmeckte. Erfahrung im Backen hatte sie nicht, dafür umso mehr im Verkosten. Ihre Geschmacksnerven waren verwöhnt von den meisterlichen Kreationen der Familie, allen voran der ihrer begabten Schwester Viola, die sich in zahlreichen Wettbewerben oft gegen die nicht minder qualifizierte Konkurrenz durchgesetzt hatte. Viola hätte aus klassischen Cremeschnitten außergewöhnliche Kunstwerke gezaubert und den Zuckerguss mit Blumen oder kleinen Zeichnungen verziert.

Annemarie war gerade dabei, die Stehtische zu platzieren. In einem leuchtend orangefarbenen Kleid mit knallroten Ohrringen wirkte sie wie eine Sonnenblume auf zwei Beinen. Die grünen Pumps bildeten den perfekten Kontrast.

»Sehr ansprechend, meine Kleine, wirklich sehr hübsch.« Annemarie betrachtete Lissis Dekoration und schien wirklich zufrieden zu sein. »Bringt die Tabletts erst mal nach hinten in die Backstube, Herr Müller soll sie in die Kühlung stellen. Ist ja noch etwas Zeit. Ich dachte, wir fangen in einer halben Stunde an. Aber geht durch den Hintereingang und mein Büro in die Backstube, der Laden ist voller Kunden.«

»Machen wir«, trällerte Lissi so fröhlich, als wäre der Sieg bereits ihrer.

In der Backstube empfing sie ein freundlich lächelnder Konditormeister in weißer Hose und einem weißen Kurzarmshirt. Seine türkisfarbenen Augen glänzten, sein rundes Gesicht war leicht gerötet, und Rose hatte den Eindruck, als wäre die ganze Sache für Müller ein einziger Spaß.

»Bitte wenn Sie so freundlich wären, die Tabletts noch in die Kühlung zu stellen.« Lissi klang beinahe schüchtern.

Sieh an, dachte Rose, kein siegessicherer Jubel mehr.

»Sehr gern, und ich freue mich schon auf die Verkostung«, sagte Müller in väterlichem Tonfall und bat, dass sie die Tabletts auf dem Arbeitstisch abstellten.

»Sie gewinnen bestimmt«, entgegnete Lissi bescheiden.

Drei Stunden später waren nur noch zehn Probierschnitten übrig. Fünf von jeder Sorte.

Rose und Lissi hatten das Event ein paar Schritte von den Stehtischen entfernt beobachtet. Iris war noch mit der

Vorbereitung einiger Zimmer beschäftigt, weil sich spontan noch Gäste angemeldet hatten, und die Eltern waren mit Jasmin zu einem Spaziergang aufgebrochen.

Wie von Annemarie vorhergesagt, war das Interesse groß, bei kostenlosem Gebäck wurde gern zugelangt. Rose hatte auf ihrem Tablett eine zweispaltige Liste mit jeweils einem passenden Foto der Cremeschnitten eingerichtet, in der die Kunden für ihre Lieblingsschnitte abstimmen konnten. Konditormeister Müller lag weit vorn.

»Beide sehen köstlich aus«, sagte jetzt eine Dame in den Fünfzigern, die beim Verzehr genüsslich die Augen schloss und dann abschließend urteilte: »Aber die mit der zarten Schokoladenverzierung in der Glasur schmeckt noch besser, die Creme ist noch sahniger und der Blätterteig knuspriger.«

»Selbst wenn die restlichen fünf Stimmen an dich gehen, kannst du nicht mehr aufholen. Tut mir echt leid«, bedauerte Rose an Lissi gewandt.

»Logisch gewinnt der Meister, schließlich bin ich nur eine blutige Anfängerin.« Lissi wirkte keineswegs enttäuscht.

»Ich hätte es dir gewünscht«, setzte Rose noch nach, die Lissi während des gemeinsamen Backens ehrgeiziger eingeschätzt hatte.

»Es ist genau so gelaufen wie geplant.« Lissis Augen leuchteten, als hätte sie gewonnen.

Rose wurde nicht schlau aus der jungen Österreicherin. War sie einfach nur fair, oder hatte sie Hintergedanken? »Wolltest du etwa verlieren?«

Lissi nickte knapp und flüsterte ihr dann zu: »In Kürze wirst du erfahren, warum.«

Rose war vollkommen verwirrt. Lissi hatte ihre Niederlage beabsichtigt? Sehr mysteriös.

Gegen vierzehn Uhr war das Event vorbei, und die Prognose bestätigte sich.

Annemarie verkündete stolz: »Die Cremeschnitten des Konditormeisters Müller wurden überwiegend favorisiert!«

Lissi und Müller schüttelten sich die Hände, und Rose machte mit dem Handy Fotos, die mit den Bildern von den neu ins Sortiment aufgenommenen Cremeschnitten auf dem Instagram-Profil sehr wirkungsvoll aussehen würden.

»Vielen Dank, dass Sie zu diesem Wettbewerb überhaupt bereit waren«, sagte Lissi zu Berthold Müller, was in Roses Ohren fast unterwürfig klang.

»War mir ein Vergnügen«, beteuerte er mit strahlendem Siegerlächeln.

»Sehr freundlich. Ihre Cremeschnitten waren aber auch ein Gedicht«, sagte Lissi und fügte mit schüchternem Lächeln hinzu: »Wäre bei Ihnen ein Ausbildungsplatz frei, würde ich mich sofort bewerben.«

Rose staunte. Lissi war achtundzwanzig Jahre alt, hatte ein abgeschlossenes Studium in Ökotrophologie und erfolgreich für einen großen Süßwarenkonzern in Wien gearbeitet. Warum sollte sie denn plötzlich eine Ausbildung beginnen? Bei null anfangen?

Auch Konditormeister Müller musterte Lissi überrascht, schien kurz zu überlegen und sagte schließlich: »Das müssten Sie mit der Chefin besprechen. Und jetzt entschuldigt mich bitte, die Jubiläumstorte für eine Brauerei wartet auf mich. Die hätten gern ein riesiges Bierfass mit ihrem Wappen in Gold …« Er nickte allen zu, und weg war er.

Rose wollte immer noch nicht glauben, was Lissi da eben von sich gegeben hatte. »Das war jetzt aber ein Scherz, oder?«

Lissi lachte leise. »Nein, es war mein voller Ernst, und genau deshalb wollte ich auch den Wettbewerb. Sich einfach bei Annemarie bewerben, das kann doch jeder. Ich hingegen wollte durch innovative Ideen und besonderen Einsatz auffallen. Und außerdem habe ich durch diesen Qualitätsvergleich Müllers Meisterschaft noch einmal bestätigt, und das wird Annemarie doch sicher gefallen. Der fertige Blätterteig war natürlich Absicht, ich wollte ja, dass meine Schnitten verlieren.«

»Ziemlich raffiniert«, sagte Rose anerkennend.

»Ach was.« Lissi machte eine abwehrende Handbewegung. »Nur ein kleiner Trick, um mein Ziel zu erreichen. Immerhin will ich ja seit meiner Kindheit Konditorin werden, nur hat meine Mutter mir abgeraten, als es das Café Haas nach Großvaters Tod nicht mehr gab. Ich wollte Meister Müller auf mich aufmerksam machen, und das ist mir gelungen. Im Übrigen war es eine tolle Werbeaktion, die ziemlich viele Kunden erfreut hat, oder?«

15

Rose grinste immer noch vergnügt vor sich hin, als sie sich kurze Zeit später auf den Weg in die Klinik begab. Sie hatte den Vormittag ohne trübe Gedanken verbracht und stattdessen den Wettbewerb genossen. Machte Backen tatsächlich glücklich? Angeblich tat es das, auch wenn sie es sich nur schwer vorstellen konnte. Aber auf Lissi schien es zuzutreffen; sich einen Wettstreit einfallen zu lassen, um dadurch vielleicht einen Kindheitstraum zu verwirklichen, war zudem mehr als zielstrebig.

Rose konzentrierte sich darauf, die Kuchenschachtel mit den Cremeschnitten für die Krankenschwestern nicht schräg zu halten oder gar damit zu stolpern. Sie wollte das empfindliche Blätterteiggebäck unbeschädigt überreichen.

Stationsschwester Hilde betrachtete den Inhalt der Kuchenschachtel mit verträumtem Blick. »Cremeschnitten, wie lecker! Die kenne ich noch aus meiner Kindheit, gab's bei uns immer zum Sonntagskaffee.« Sie angelte eines der Gebäckstücke heraus, biss herzhaft hinein und wechselte dann unvermittelt das Thema. »Ihrem Verlobten geht es besser.«

Rose schnappte nach Luft. Seit Wochen wartete sie auf diese Botschaft. »Wirklich?«, fragte sie.

»Ganz ehrlich, bei meiner Schwesternehre.« Schwester Hilde trat an ein Waschbecken und säuberte ihre Hände.

Rose fühlte ihr Herz im Turbotempo schlagen. Was für wundervolle Neuigkeiten! Aufgeregt sprudelte sie los: »Ist er schon wach? Kann ich mit ihm reden? Wird er mich erkennen?«

»Immer langsam, junge Frau«, dämpfte die Schwester ihre Freude. »In diesem Zustand bedeutet ›besser‹ nicht gleich ›wach sein‹, sondern dass die Verletzungen verheilen und sich der Gesamtzustand verbessert, was wir an den Messwerten sehen. Und das ist ein hoffnungsvolles Zeichen. Deswegen beginnen wir auch langsam damit, die Narkose zu reduzieren. Professor Ambach wird Ihnen das genauer erklären, aber leider ist er heute Nachmittag nicht auf der Station. Sie müssen sich bis Montag gedulden.«

»Aber ich darf Nico doch trotzdem besuchen?«

»Selbstverständlich, das müssen Sie sogar, denn gerade Ihre regelmäßigen Besuche unterstützen und beschleunigen die Heilung.« Hilde deutete auf den Inhalt des Kuchenkartons. »Genau wie jeder Bissen dieser Köstlichkeit mein Stresslevel senkt. Das ist biologische Medizin, und dafür danke ich Ihnen sehr. So, und jetzt schnell zu Ihrem Schatz, der wartet bestimmt schon sehnsüchtig auf Sie.«

Gespannt öffnete Rose die Tür zu Nicos Zimmer. Enttäuscht musste sie erkennen, dass er tatsächlich unverändert an den Schläuchen hing und die Besserung für einen medizinischen Laien tatsächlich nicht sichtbar war. Sie musste einfach den Worten der Stationsschwester vertrauen und weiter hoffen.

Rose eilte mit großen Schritten zu Nico. »Hallo, mein

Liebling, ich bis es, dein Seepferdchen«, begrüßte sie ihn wie bei jedem ihrer Besuche. »Ich habe gehört, deine Verletzungen heilen ab, und du wirst bald gesund, das ist einfach wunderbar und aufregend und überhaupt … ach, ich könnte vor Freude tanzen! Moment …« Sie überlegte, ob sie es tun sollte. Warum eigentlich nicht? Sie waren allein im Zimmer, und wenn Nico es unterbewusst spüren konnte, würde es ihm gefallen.

Also zog sie den moosgrünen Regenmantel aus und deponierte ihn auf einem der beiden Besucherstühle. Darunter hatte sie ein wadenlanges dunkelblaues Kleid mit weitem Rock und kleinem Blumenmuster an. Ein paarmal auf ihr Handy getippt, und schon hatte sie den gesuchten Song gefunden. *I will always love you* – dieses wunderschöne Lied hatten sie zusammen für ihren Hochzeitstanz ausgesucht.

Das Handy legte sie auf Nicos Nachtkästchen, streichelte ihm sanft über die Wange und flüsterte: »Erinnerst du dich?«

Sie wartete die ersten Takte ab, begann die Melodie zu summen, drehte sich dann langsam, breitete die Arme aus und schwebte schließlich geradezu durchs Zimmer, bis ihr schwindelig wurde.

Atemlos brach sie ab und setzte sich zu Nico ans Bett. Sie wollte fragen, wie es ihm gefallen habe, wollte wieder eines ihrer einseitigen Gespräche führen, als sie überrascht bemerkte, dass an seinem linken Augenwinkel eine winzige Träne schimmerte. Oder brachte ihn die ins Zimmer scheinende Sonne zum Schwitzen? Nein, Nicos Stirn war trocken. Aber es konnte auch ein Rest der Tränenflüssigkeit sein, die ihm vom Pflegepersonal in die Augen geträufelt wurde, damit die nicht austrockneten.

Rose wollte dennoch daran glauben, dass er wegen des Songs geweint hatte, und merkte, wie auch ihre Augen feucht wurden. »Ich weiß«, flüsterte sie ergriffen. »Dir hat unser Lied gefallen, und du kannst es kaum erwarten, endlich diese verdammten Schläuche loszuwerden. Mir geht es genauso, und es wird Zeit, dass du aus dem Bett springst und wir heiraten können. Diese Selbstgespräche sind auf Dauer nämlich ganz schön langweilig, auch wenn ich mir längst nicht mehr so doof dabei vorkomme wie in den ersten Tagen …« Sie brach ab und beobachtete Nico ganz genau. Hoffte auf eine Reaktion in seinem Gesicht, ein Signal, ein winziges Zucken um die Mundwinkel. Doch nichts dergleichen geschah. Sie musste sich wohl mit der inzwischen getrockneten Träne zufriedengeben.

Tapfer schluckte Rose die Enttäuschung hinunter. Es war verdammt schwer, den Kopf oben zu halten, nicht den Mut zu verlieren, obwohl sie sich so sehr nach einer starken Schulter sehnte. Nach Nicos Schulter. Aber sie wollte nicht undankbar sein. Schwester Hilde hatte gesagt, die Heilung schreite voran, und daran wollte sie sich klammern wie an den berühmten Strohhalm.

»So!«, schnaufte sie aus tiefster Brust, um sich zu motivieren. »Und jetzt erzähle ich dir noch, was in der Pension und im Tortenhimmel los war.«

Während sie ausführlich jedes Detail berichtete, natürlich auch von dem Cremeschnitten-Wettbewerb, musste sie immer wieder grinsen und schließlich laut lachen. Am Ende erzählte sie noch, dass sie sich im Zusammenhang mit dem Backen an das verunglückte Schinkenomelett erinnert hatte. »Ein Therapeut würde uns vermutlich zu einem

Kochkurs raten, aber ich fände es schade, dann würde es solche Erlebnisse nicht mehr geben. Ich war noch nie eine Küchenfee, Kochen langweilt mich, und meiner Mutter könnte ich ohnehin nicht das Wasser reichen. Du hast mich auch nie dazu gedrängt, und kleine Snacks gibt's bei Waltraud im Wintergarten. Also, wozu sollte ich mich an den Herd stellen?«

Ich habe dich sowieso viel lieber in meinen Armen, glaubte Rose ihn antworten zu hören.

Eine Weile blieb Rose noch an Nicos Bett sitzen, genoss den Kaffee, den sie wie jeden Tag in einer Thermosflasche mitgebracht hatte, und verabschiedete sich erst, als die Flasche leer war. »Bis morgen, mein Liebling, und ruh dich aus.« Alberne Abschiedsworte, die zu einem vertrauten Ritual geworden waren, ihr das Gefühl vermittelten, Nico wäre beim nächsten Besuch wach und würde sie mit »Hallo, mein Seepferdchen, ich hab schon auf dich gewartet« begrüßen.

Rose parkte den Wagen vor der Pension, stellte den Motor ab und blieb hinterm Steuer sitzen. Wie nach jedem Besuch in der Klinik musste sie erst einmal wieder zu sich kommen, ihre Gedanken sortieren, tief durchatmen.

Nachdenklich betrachtete sie das Pensionsgebäude. Oben sah man die Privaträume der Familie, deren Fenstergauben wie kleine Nasen herausragten. Rechts, im niedrigen Seitenflügel der Tortenhimmel, Großvaters Herzensprojekt. Links vom Gebäude der Wintergarten. Der sonnengelbe Anstrich des Gebäudes war vor etwa drei Jahren erneuert worden, und die weißen Sprossenfenster mit den klassischen Fensterläden vermittelten selbst in der Dämmerung das Gefühl von Sommerurlaub. Doch am schönsten fand Rose den goldenen Schriftzug *Pension König* über dem Rundbogeneingang, an dessen Tür ein grün-rot-goldenes Adventsgesteck befestig war.

Seit drei Generationen war die jetzt im Dezember weihnachtlich geschmückte Pension in Familienbesitz, und alles Glück und Leid ihrer Familie, auch das ihres eigenen Lebens, war mit diesem Haus verbunden. Wäre sie nicht ein Mitglied dieser Gastwirtsfamilie, hätten Nico und sie sich vermutlich niemals kennengelernt. Iris hätte keine Hotelfachschule besucht, sich nicht in den schnöseligen Christian verliebt und müsste nun keine schmerzhafte Scheidung durchstehen. Und Viola wäre keine Konditorin geworden. Ob sie noch leben würde – niemand konnte es wissen. Wie überhaupt niemand die Zukunft vorhersehen konnte, nicht einmal, was in der nächsten Stunde beim Abendessen geschehen würde, ging es Rose durch den Sinn, und sie hoffte plötzlich, dass sich während ihrer Abwesenheit keine Dramen ereignet hatten. Seit Nicos tragischem Unfall war sie übervorsichtig geworden. Erschrak während der Autofahrten wegen Kleinigkeiten, wo sie früher nur mit der Wimper gezuckt hätte.

Ach was, es wird schon alles in Ordnung sein, beruhigte sie sich nun. Der Probierwettbewerb war ein voller Erfolg gewesen und die Stimmung der anderen sicher bestens. Vielleicht würde sogar aus diesem Anlass etwas Besonderes aufgetischt und eine exquisite Flasche Wein geöffnet werden.

Rose eilte zuerst nach oben in ihr Zimmer, um sich abzuschminken. Sie hatte es sich angewöhnt, nicht nur perfekt gekleidet, sondern auch mit dezentem Make-up in die Klinik zu fahren. Nico konnte jederzeit aufwachen, dann sollte er sie nicht in einem ollen Jogginganzug sehen oder die dunklen Schatten unter ihren Augen, die deutlichen Spuren sorgenvoller Nächte.

Als Rose wenig später die Tür zum privaten Salon öffnete, war Annemarie dabei, das Goldrandgeschirr auf der blütenweißen Damastdecke zu verteilen. Auch der Kasten mit dem Silberbesteck stand geöffnet auf der seitlichen Anrichte, daneben eine Batterie frisch geputzter Kristallgläser.

»Was gibt's denn zu feiern?«

»Den besten Umsatz seit Wochen.« Annemaries goldbraune Augen strahlten glücklich. »Bis Ladenschluss waren auch die frischen Kuchen und Torten ausverkauft. Wir konnten nur noch das Sortiment an Pralinen und Plätzchen anbieten.«

»Ein grandioser Erfolg«, fügte Lissi hinzu, die sich augenscheinlich Mühe gab, aus den glatt gebügelten Stoffservietten etwas Hübsches zu falten.

Soweit Rose es beurteilen konnte, lagen Lissis Talente aber nicht auf diesem Gebiet. »Das klingt wundervoll, herzlichen Glückwunsch, Lissi, ist ja zum Teil auch dein Verdienst ... Kann ich noch etwas helfen?«

Annemarie bat Rose, die Getränke aus der Küche zu holen, wo Florence noch mit dem Kochen beschäftigt war. Trotz des edlen Geschirrs gäbe es aber kein Drei-Gänge-Menü, sondern nur Tagliatelle in einer Soße aus frischen Tomaten, reichlich Parmesan und dazu grünen Salat. »Herbert wollte aber die Gelegenheiten nutzen und ein feines Tröpfchen kredenzen«, erklärte sie beim Abzählen der Gedecke. »… sechs, sieben, acht!«

Nach Roses Wissen waren sie mit Lissi sechs Personen. »Sind das nicht zwei Gedecke zu viel?«

»Wir bekommen Besuch.« Annemarie zupfte mit den Fingern ihre kurzhaarige Gelfrisur zurecht. »Iris hat Fritz eingeladen und ich Berthold … ähm, Herrn Müller.«

»Immerhin ist er der Champion.« Lissi starrte verzweifelt auf die zerknüllte Serviette in ihren Händen. »Also damit gewinne ich garantiert keinen Preis.«

»Ist doch auch nicht nötig«, tröstete Rose sie und empfahl, die Servietten einfach zu einem Dreieck zusammenzulegen. »Wir nehmen sie ja gleich wieder auseinander.«

Gemeinsam falteten sie Dreiecke, verteilten sie neben den Tellern, legten das Besteck darauf und stellten die Gläser rechts über den Tellern dazu.

Rose verspürte seit Langem einmal wieder Hunger und freute sich auf einen großen Teller Nudeln. Die hoffnungsvolle Nachricht über Nicos Zustand hatte sie optimistisch gestimmt, und sie wagte, sich auf Weihnachten zu freuen. Bis dahin waren es noch drei Wochen, genug Zeit für die Ärzte, um ein kleines Wunder zu vollbringen. Bei der Vorstellung, mit Nico unter einem üppig geschmückten Tannenbaum zu sitzen, vielleicht sogar als Ehepaar, huschte ein verträumtes Lächeln über ihre Lippen.

Zwei Teller Tagliatelle später lehnte Rose sich entspannt in ihrem Stuhl zurück. Sie hatte sogar ein Glas Wein getrunken, das erste seit Nicos Unfall. »Das war köstlich, danke, Mama.«

Florence nickte zufrieden und blickte fragend in die Tischrunde. »Möchte jemand noch etwas? Es ist genug da.«

Berthold Müller und Annemarie, die nebeneinander-saßen, baten jeweils noch um eine halbe Portion und wickelten dann in überraschender Symmetrie die Nudeln auf. Annemarie war sichtlich bemüht, den roten Lippenstift nicht zu verschmieren – so vorsichtig, wie sie die Gabel in den Mund schob.

Die beiden wären ein schönes Paar, stellte Rose fest. Müller, mit seinen türkisblauen Augen und den grauen Schläfen, war ein attraktiver Mann, dem der hellgraue Anzug hervorragend stand. Und wenn sie ihr Gefühl und Annemaries regelmäßige »Versprecher« nicht täuschten, bahnte sich da tatsächlich etwas an. Die beiden verstanden sich offenbar sehr gut, waren wohl längst beim Du, und eigentlich bestand kein Grund, daraus ein Geheimnis zu machen. Womöglich ging es Müller aber zu schnell, sich so kurz nach Eintritt in den Betrieb mit der Chefin zu duzen.

»Wie war's in der Klinik?«, wandte sich Iris an Rose.

»Die Stationsschwester meinte, den Messwerten nach zu urteilen gehe es Nico besser …« Leise erzählte Rose von ihrem Hochzeitstanz und der vermeintlichen Träne. »Vielleicht habe ich mir das auch nur eingebildet, weil es ein Zeichen gewesen wäre, dass er die Musik gehört hat«, schloss sie.

»Es war bestimmt keine Täuschung.« Iris lächelte ihr aufmunternd zu. »Sicher wird er bald aufwachen, glaub einfach daran …« Sie brach ab und lauschte auf das Geräusch, das aus dem Babyphon auf der Anrichte kam.

»Das war nur ein tiefer Atemzug«, sagte Fritz, was Iris mit erleichtertem Nicken bestätigte.

Nachdem alle die köstliche Crème Caramel verspeist hatten, klopfte Annemarie mit dem Messerrücken an ihr Weinglas, räusperte sich und sagte mit ernster Miene: »Ich bitte um eure Aufmerksamkeit!«

Verwundert und gespannt richteten sich alle Augen auf sie.

»Zuerst möchte ich mich ganz offiziell bei Herrn Müller und Lissi für den gelungenen Probierwettbewerb bedanken. Und dann noch verkünden, dass Lissi ab Montag ein Praktikum im Tortenhimmel beginnt ... vorerst auf drei Monate begrenzt. Danach kann sie entscheiden, ob es ihr Traumjob ist und sie eine Ausbildung machen möchte.«

Lissi verzog den Mund zu einem schüchternen Lächeln, aber ihre dunklen Augen glänzten, und ihr Gesicht schimmerte rosig vor Aufregung, als sie leise sagte: »Ich kann es kaum erwarten, und ich werde meine Meinung nach drei Monaten bestimmt nicht ändern. Ich finde Backen und alles rund um dieses Thema einfach leiwand.«

Die Familie kannte inzwischen Lissis österreichische Bezeichnung und freute sich darüber, wie die lächelnden Mienen verrieten.

Herr Müller blickte kurz zu Annemarie, als stimmte er ebenfalls zu. Seine rechte Hand lag ganz entspannt in der Nähe des Weinglases, bereit, es zu ergreifen und auf die Ankündigung anzustoßen.

»Und ich denke ...« Annemarie blickte in die Runde, bevor sie weiterredete: »... dass der heutige Erfolg Beweis genug dafür ist, sich mit voller Kraft darauf zu konzentrieren, die Geschäfte noch mehr anzukurbeln.«

»Ankurbeln ist ein prima Motto«, sagte Rose zustimmend. »Und bei der Gelegenheit kann ich auch gleich vermelden, dass es mit den Zimmerbuchungen aufwärtsgeht. Für die Urlaubszeit sind wir zwar noch nicht ausgebucht, aber ich denke, es wird schon werden. Allerdings …« Sie atmete tief durch. »Ich war ja neulich beim Steuerberater, und der hat mir noch mal bestätigt, dass wir noch im Minus stehen. Deshalb ist jeder Vorschlag willkommen, der mehr Gäste und mehr Einnahmen verspricht.«

»Wie läuft es eigentlich auf Instagram?«, meldete sich Herr Müller zu Wort.

»Lässt sich nach so kurzer Zeit noch nicht beurteilen«, antwortete Iris. »Rose und ich haben das Profil ja erst vor Kurzem eingerichtet, wir müssen uns etwas gedulden.«

»Und wenn möglich jeden Tag Fotos hochladen und die Hashtags nicht vergessen«, ergänzte Fritz.

»Häschtäck?«, wiederholte Herbert und musterte Fritz, als redete der Journalist in einer seltenen Fremdsprache. »Was ist das jetzt wieder?«

»Vergleichbar mit Mundpropaganda, nur eben online. Im Internet verbreiten sich Meldungen durch ein besonderes Zeichen schneller«, erklärte Fritz.

»Guter Vergleich«, bestätigte Berthold Müller und erzählte dann, dass er sich neue Ideen für die Konditorei überlegt habe. »Klassiker im Miniformat! Zum Beispiel Frankfurter Kränzchen, Schwarzwälderchen oder Käseküchlein. Ein großer Trend sind auch essbare Blüten, was ich übrigens auch auf Instagram entdeckt habe. Denn diese turmhohen

Torten, nur mit essbaren Blüten verziert, sind zurzeit ein absolutes Muss und natürlich sehr fotogen.«

Herbert hatte mit hochgezogenen Augenbrauen zugehört und klopfte nun mit den Knöcheln auf den Tisch. »Donnerwetter, da haben Sie ja reichlich geplant.« Ob er es begeistert oder eher ablehnend meinte, war nicht genau herauszuhören.

Annemarie veranlasste der Kommentar ihres Bruders aber zu einem breiten Grinsen. Sie war sichtlich stolz auf ihren neuen Mitarbeiter.

»Beeindruckend, Herr Müller«, fand auch Rose und bat den Konditor, sie jeweils zu informieren, sobald es etwas zu fotografieren gab.

16

Rose liebte den frühen Sonntagmorgen, wenn die Familie noch schlief und sie in einem gemütlichen Jogginganzug als Erste das Wohnzimmer betrat. Wenn es noch dunkel, der Esstisch noch ungedeckt und es im ganzen Haus still war.

Träge knipste sie das Deckenlicht an und ging zum Fenster, um frische Luft hereinzulassen. In dieser Sekunde schlug die antike Standuhr in der Ecke sieben Mal. Unwillkürlich musste Rose an die Nacht vor Iris' Hochzeit denken, als sie und ihre beiden Schwestern sich versprochen hatten, immer füreinander da zu sein. Damals hatte die Uhr noch im Foyer gestanden.

Rose schob die Vorhänge zurück, öffnete das Doppelfenster und atmete tief ein. Die Wasservögel schienen auch noch zu schlafen, kein Schnattern war zu hören, nur ein leises, vertrautes Geräusch – das der Wellen, die ans Ufer schwappten. Zu sehen war der See von hier aus nicht, dafür erspähte Rose noch einen letzten Stern am klaren Himmel.

Es würde ein sonniger Sonntag werden, einer, den man gemächlich im Familienkreis begann. An dem man Freunde treffen oder auf der Promenade spazieren gehen konnte. Oder, wie sie, den Liebsten besuchen. Sie freute sich schon sehr auf den Besuch bei Nico. Vielleicht geschah heute das so sehnlichst erhoffte Wunder. Vielleicht schlug er heute die

Augen auf. Vielleicht blickte er sie heute endlich wieder an. Das war ihr tägliches Mantra, mit dem sie sich immer wieder aufs Neue motivierte.

Doch zuerst hatte sie Appetit auf ein kräftiges Frühstück.

Während der Hochsaison war das Sonntagsfrühstück eine Angelegenheit von zehn, fünfzehn Minuten. Auch an Sonntagen warteten dann unzählige Aufgaben, und jeder wollte so schnell wie möglich an die Arbeit. Jetzt, in den Wintermonaten, konnte das Frühstück ein Weilchen ausgedehnt werden, denn der Cafébetrieb erwachte erst um neun.

Entspannt stellte Rose fest, dass sie nicht an Arbeit denken musste und einen freien Sonntag genießen durfte.

Sie schloss das Fenster und begann, den Frühstückstisch zu decken.

Rose hatte gerade alle Gedecke verteilt und legte noch das Besteck dazu, als Annemarie eintrat. Und erst einmal herzhaft gähnte.

»Guten Morgen«, begrüßte Rose die Tante. »Gut geschlafen?«

Annemarie streckte sich. »Dir auch einen guten Morgen ...« Sie schlurfte in die angrenzende Küche, wo sie erneut gähnte. »Entschuldige, ich hab eine aufregende Nacht hinter mir.«

»Was ist passiert?« Rose verkniff sich die direkte Frage, ob Annemaries Aufregung mit Konditormeister Müller zu tun hatte. Möglich wäre es, den Blicken nach zu urteilen, die sich die beiden gestern Abend zugeworfen hatten, dachte sie, innerlich lächelnd.

»Ich war auf Instagram, um mir das mal genauer anzusehen, diese Häschtäcks und den ganzen Kram. Ist ja schon irre, was da so passiert. Irgendwie haben wir das verschlafen.« Sie holte Kaffeepulver aus dem Küchenschrank und drehte sich zu Rose um. »Soweit ich es kapiert habe, muss man mindestens einmal täglich Fotos hochladen, sonst bringt das nichts. Was meinst du?«

»Ja, es ist viel Arbeit, aber ich denke, es kann sich lohnen.« Rose staunte über ihre Tante, die mit einundsechzig Jahren kein bisschen alt oder tantenhaft wirkte. Und viel jünger aussah, wenn sie geschminkt und farbenfroh gekleidet war. Im Moment trug auch sie nur einen bequemen Jogginganzug.

»Wenn ich kann, helfe ich gern.« Annemarie stemmte die Fäuste in die rundlichen Hüften. »Was andere können, das können wir schon lange.«

Rose nickte zustimmend. »Unbedingt. Aber jetzt habe ich Lust auf frische Brötchen.« Sie begab sich in ihr Büro, wo sie zwanzig Euro aus der allgemeinen Kasse nahm. Bäcker Wyss war die letzte Bäckerei in Auerbach, die sonntags ab acht Uhr frische Backwaren anbot.

Rose schlüpfte in die blaue Steppjacke, die über der Lehne des Schreibtischstuhls hing, und verließ das Haus. Zur Bäckerei Wyss im alten Teil von Auerbach waren es zu Fuß nur wenige Minuten, ein schöner Spaziergang, um endgültig wach zu werden.

Schon aus der Entfernung sah Rose die Warteschlange vor dem Laden. Sie rechnete mit zwanzig Minuten, bis sie an der Reihe war, stellte sich aber dennoch brav an. Noch bevor sie den Laden betreten konnte, wurde sie von einer älteren Frau mit akkurat geschnittener Bobfrisur angesprochen.

»Rose König?« Sie blieb dicht vor Rose stehen, eine große Papiertüte an die Brut gepresst, und musterte sie neugierig.

»Ähm … ja … Guten Morgen«, grüßte Rose, hatte aber keine Ahnung, woher die Dame sie kannte. Vermutlich aus dem Café.

»Wie geht es Ihnen? Ich hab das mit dem Unfall von Ihrem Verlobten gehört, es tut mir so leid! Muss schwer sein, so etwas durchzustehen. Sie sind ja beide noch so jung und dann schon so ein Unglück …«, plapperte die Frau los.

»Es geht ihm schon besser.« Rose hatte ungewollt ehrlich geantwortet, der Wortschwall gab ihr keine Gelegenheit, sich eine ausweichende Antwort gegenüber der Fremden zu überlegen.

»Das freut mich. Die Hauptsaison ist ja auch vorbei, bestimmt sind kaum Gäste im Haus …« Die Frau musterte Roses Jogginghose. »Also haben Sie ja genug Zeit, sich um Ihren Verlobten zu kümmern.«

Die Schlange rückte vorwärts. »Wir sind auch in der Nebensaison gut belegt. Aber ich habe heute meinen freien Sonntag«, konterte sie mit fester Stimme und verzog den Mund zu einem leicht gequälten Lächeln.

»Tatsächlich?« Zweifelnd zog die Frau ihre Stirn kraus. »In der kalten Jahreszeit reisen die Menschen doch lieber in den Süden ans Meer, wo es wärmer ist und sie baden können.«

»Unsere Stammgäste sind uns treu geblieben«, entgegnete Rose. Das war schließlich keine Lüge.

»Das freut mich«, behauptete ihr Gegenüber und zog mit den Worten »Dann wünsche ich einen schönen Sonntag« von dannen.

»Ebenso!«, rief Rose ihr nach.

Als sie mit diversen frischen Brötchen nach Hause kam, saß die Familie bereits bei Kaffee, Toast, Vollkornbrot und Rührei am Tisch. Iris wischte Jasmin das mit Haferbrei beschmierte Gesicht mit einer Stoffwindel sauber. Annemarie strich konzentriert Marmelade auf eine gebutterte Scheibe Vollkornbrot, und Herbert stöhnte beim Anblick der ihm wohlbekannten Tüte von Bäcker Wyss bedauernd: »Schade, jetzt hab ich schon ein Brot gegessen, aber vielleicht …« Florence schien in Gedanken versunken, denn sie reagierte nicht auf Herberts indirekte Frage und rührte weiter in ihrer Kaffeetasse.

Rose füllte den Inhalt der Tüte in ein Körbchen aus dem Küchenschrank, stellte es mittig auf den Esstisch und setzte sich auf ihren angestammten Platz neben Iris. Fritz schien sich bereits verabschiedet zu haben, sonst hätte er auf diesem Stuhl gesessen, den Rose ihm, wenn er da war, gern überließ.

In diesem Moment betrat Lissi den Salon. Augenscheinlich kam sie frisch aus der Dusche, ihr kurzes schwarzes Haar schimmerte noch feucht, das Gesicht glänzte rosarot, als hätte sie es ordentlich geschrubbt, und mit ihr wehte ein Hauch von Zitronenduft in den Raum.

»Guten Morgen«, grüßte sie fröhlich, setzte sich auf den Stuhl neben Annemarie und rief beim Anblick des Brotkorbs begeistert: »Leiwand, jetzt fühl ich mich gleich wie zu Hause! Bei uns gab's sonntags auch immer ein gemeinsames Frühstück mit frischen Kaisersemmeln.«

»Hast du Heimweh?«, fragte Herbert, schaute Lissi aber nicht an, sondern griff flugs nach einem der beiden Milchbrötchen.

Iris nahm das andere, brach es auseinander und gab Jasmin ein kleines Stück in die Hand.

Florence achtete nicht auf das Geschehen am Tisch, hörte scheinbar auch nicht zu. Rose fragte sich, was ihre Mutter wohl beschäftigte, dass sie so abwesend war. Gewöhnlich beteiligte sie sich bei Tisch an den Gesprächen oder bedachte Herbert mit liebevoll-mahnenden Blicken, wenn er seinen Teller volllud oder einen Nachschlag verlangte.

»Meine Liebe, magst du eine Hälfte mit Marmelade?« Herbert wollte sich auf diesem raffinierten Umweg vermutlich noch nachträglich die Erlaubnis holen.

Florence schreckte hoch. »Ähm … ja danke.«

Herbert legte eine üppig mit Butter und Erdbeermarmelade bestrichene Brötchenhälfte auf Florence' Teller. »Du bist so still, beschäftigt dich was? Oder hast du schlecht geschlafen?«

»Ich habe von Frankreich geträumt«, antwortete Florence und lächelte versonnen.

»Schön«, erwiderte Herbert knapp.

»Wir waren aber in diesem Traum nicht im Urlaub dort …«

»Was sollten wir denn sonst dort gewollt haben?«, wunderte sich Herbert.

Florence ließ sich Zeit mit der Antwort, biss zuerst in das Marmeladenbrötchen und kaute genüsslich, bevor sie sagte: »Wir waren nach Frankreich übersiedelt.«

Messer wurden klappernd auf die Teller abgelegt, und alle Köpfe wandten sich neugierig Florence zu.

Sie lächelte versonnen. »Es war ein bunter, sonniger Traum voller Farben. Wir hatten ein sehr schönes Häuschen in Meeresnähe, haben die frische Luft genossen, und du wolltest mir einen Rosengarten anlegen.«

»Das haben wir hier doch auch alles! Der Bodensee ist das größte Binnengewässer Deutschlands, es gibt Sandstrände, bei Stürmen hatten wir schon Wellen von drei Metern Höhe, also wie am Meer. Warum sollten wir umziehen?«

»Ja, 'erbert, es ist wunderschön hier, und du weißt, ich liebe den See, aber wir könnten unsere alten Tage doch trotzdem in meiner 'eimat verbringen! Das 'ast du mir übrigens in den Flitterwochen versprochen, wenn du dich erinnerst.«

»Hab's nicht vergessen …« Herbert mümmelte an seinem Marmeladenbrötchen. »Aber wir sind gerade erst sechzig, also in den besten Jahren, bis wir ›alt‹ sind, vergehen noch Jahrzehnte.«

Rose sah ihre Mutter schmunzeln. Herberts vehementer Widerstand schien sie nicht zu irritieren.

Jasmin durchbrach die Stille mit einem Hustenanfall, sie hatte sich verschluckt. Iris reagierte leicht panisch, klopfte dem Kind kräftig auf den Rücken, doch es half nicht, Jasmin hustet weiter und rang nach Luft. Iris riss sie aus dem Hochstuhl, packte sie an den Füßen und drehte sie kopfüber. Das schien zu funktionieren, denn plötzlich spuckte Jasmin eine Teigkugel aus, und der Anfall war vorbei.

Alle atmeten erleichtert auf. Das war noch mal gut gegangen.

»Bitte …«, meldete sich Lissi zu Wort, während sie Butter auf eine Brötchenhälfte strich. »Wenn ich einen Vorschlag machen dürfte …«

Annemarie schaut sie verwundert an. »Wozu?«

Lissi häufte einen Löffel Marmelade auf die Butter. »Zu Instagram.«

»Schieß los«, forderte Annemarie sie auf. »Rose und ich haben heute Morgen auch schon darüber geredet.«

»Wir sollten ein Foto von uns allen reinstellen.«

»Du meinst, wir sollen uns fotografieren?« Herbert wischte den Klecks Marmelade, der noch auf dem Teller klebte, mit dem Finger auf.

Die Idee wurde einstimmig gutgeheißen, auch der Vorschlag, als Hintergrund für das Foto den See zu wählen. Sogar der fotoscheue Herbert war begeistert.

»Ich hätt da noch eine Frage«, setzte Lissi erneut an. »Annemarie und Herbert sind doch die Eigentümer des Ganzen hier, richtig?«

Annemarie nickte. »Unser Vater hat uns beiden den Betrieb schon zu Lebzeiten überschrieben. Warum?«

»Na ja … also …« Lissi schien nach den passenden Worten zu suchen. »Meine Mutter Charlotte ist ja auch ein Kind von Max König … wenn auch unehelich. Aber ich hab überlegt …«

Rose spürte deutlich, dass der unausgesprochene Rest von Lissis Satz über dem Esstisch schwebte wie das berühmte Damoklesschwert, und fühlte sich in ihrer Vermutung bestätigt, die sie schon seit Lissis Ankunft in der Pension umtrieb. Auch wenn Charlotte ihren Pflichtteil am Erbe mündlich abgelehnt hatte, war Lissi als Max' Enkelkind vielleicht anderer Meinung. Jetzt fragte sie sich plötzlich, ob die Geschichte von den in die Wachau verzogenen Eltern überhaupt stimmte. Sie hatte es nicht angezweifelt. Vielleicht hätte sie es nachprüfen sollen.

Rose fand den Zeitpunkt für das heikle Thema ein wenig unglücklich, aber irgendwann wäre es ja doch zur Sprache gekommen, warum also nicht jetzt?

»Ich weiß, dass Großvater Max meiner Mutter nur einen Brief hinterlassen hat, in dem aber nichts über ein Erbe stand. Ich erinnere mich auch, dass die Mama gesagt hat, sie möcht nichts haben, und weil Großvater mir ja das hier geschenkt hat ...« Sie hob den linken Arm hoch, an dessen Handgelenk ein goldenes Gliederarmband baumelte.

»Ganz genau, das haben wir ja schon bei eurem ersten Besuch gesehen«, sagte Annemarie schmallippig.

Schweigend warteten alle, was Lissi eigentlich sagen wollte. Die goss sich in aller Seelenruhe noch eine Tasse Kaffee ein, als wollte sie sich für den Angriff stärken, bevor sie Annemarie herausfordernd anschaute und fortfuhr: »Würde Mama trotz ihrer Ablehnung immer noch ein Pflichtteil zustehen?«

Geschockt starrten die anderen Familienmitglieder Lissi an, als hätte sie gefordert, anstelle ihrer Mutter jetzt sofort ausbezahlt zu werden. Selbst wenn die Möglichkeit theoretisch bestand, würde Lissi die Pension damit in den Ruin treiben.

17

Schluchzend presste Rose das durchnässte Taschentuch auf den Mund. Sie konnte nicht aufhören zu weinen. Egal, wie sehr sie versuchte, sich zu beherrschen, sie war einfach zu aufgewühlt. Zu glücklich.

Worauf sie seit Wochen gehofft hatte, war heute geschehen: Nico war wach! Als sie ins Zimmer kam, hatte er sie angelächelt, als wäre nie etwas gewesen. Als hätte er nicht wochenlang im Koma gelegen. Als wäre der schreckliche Unfall nie passiert.

Jetzt saß sie an seinem Bett und hielt seine Hand, und weil seine Stimmbänder noch eingerostet waren, krächzte er: »Nicht weinen, mein Seepferdchen.« Die Worte kamen so undeutlich aus seinem Mund, dass Rose sie erraten musste. Aber das war unwichtig. Er hatte das Schlimmste überstanden! War aufgewacht. Würde wieder vollkommen gesund werden.

Rose hatte diesen Moment herbeigesehnt wie sonst noch nie etwas in ihrem Leben. Bis heute hatte sie gebangt und sich alle möglichen Horrorszenarien ausgemalt. Trotz aller Maschinen gab es keine verlässlichen Informationen über den tatsächlichen Zustand einer Person in Langzeitnarkose. Und bis zu diesem erlösenden Moment, in dem Nico wieder wach wurde, war nicht vorherzusagen, wie es ihm danach ging. Natürlich hatte Rose sich selbst immer wieder Mut gemacht und sich vor Augen gehalten, dass Nico vor dem Unfall ein gesunder junger Mann gewesen war. Dass die Medizin mit den Hochleistungsgeräten, den Medikamenten und allem voran durch die ärztliche Kunst Wunder vollbringen konnte. Trotzdem hatte sie permanent unter Strom gestanden, und erst jetzt spürte sie, wie die Anspannung nachließ und sie aufatmen konnte.

»Alles wird gut«, versicherte sie, obwohl Nico noch blass und abgemagert war. Kein Wunder, so eine Langzeitnarkose sei ja auch keine Urlaubsreise, hatte Schwester Hilde gescherzt, und dass Nico nun richtig aufgepäppelt werden müsse. Nahrhafte Cremeschnitten könnten helfen.

Nico zog die Stirn kraus und blinzelte in die Nachmittagssonne, die schräg in den Raum fiel. Nach einigen Sekunden sagte er einzelne Worte, die sich für Rose nach »Verlobung … Ring« anhörten.

»Wir haben uns gestritten …« Rose erzählte von ihrem heftigen Streit am Verlobungsabend, der begonnen hatte, als sie erfuhr, wer seine Eltern waren. »Ich habe dir den Ring vor die Füße geworfen und bin weggelaufen. Deine Eltern haben mir später erzählt, du hättest ihn an dich genommen und eingesteckt. Dann musst du in dein Auto gestiegen und mit hohem Tempo davongerast sein, anders ist der Unfall nicht zu erklären. In dieser Nacht hat es heftig geregnet, da entsteht schnell Aquaplaning. Du bist von der Straße abgekommen und gegen einen Baum gerast. Zum Glück war im Fahrzeug hinter dir ein Mann, der die Rettung angerufen hat und bei dir geblieben ist, bis sie vor Ort war.«

Aufstöhnend, als erinnerte Nico sich, presste er seinen

Kopf in das Kissen und schloss die Augen. Als er sie wieder öffnete, sprach er langsam und von Atempausen unterbrochen über seine Empfindungen während der Langzeitnarkose. Er sei immer wieder in ein schwarzes Loch gefallen, habe andere Male versucht, mit dem Kopf eine mächtige Mauer zu durchstoßen. Aber auch Musik, Roses Stimme und die seiner Eltern habe er gehört. Manchmal habe er geglaubt, keine Luft mehr zu bekommen, ersticken zu müssen und zu sterben. Der Arzt habe ihm erklärt, dass diese traumatischen Erstickungsängste durch den Wechsel des Beatmungsschlauchs ausgelöst worden waren.

Die Übergangsphase vom Schlafen zum Wachsein war vor knapp einer Woche eingeleitet worden. Langsam waren die Medikamente reduziert, regelmäßig die Reflexe überprüft und der Beatmungsschlauch kurzzeitig entfernt worden. Auch dadurch hatte Nico unter Erstickungsanfällen gelitten. Doch nun war der Albtraum fast vorbei.

Rose hatte ihn natürlich auch während dieser Übergangsphase täglich besucht und bemerkt, wie Nico mehr und mehr auf Geräusche reagierte, den Kopf drehte, wenn sie das Zimmer betrat, und dass sein Mund zuckte, wenn sie ihn ansprach.

Rose war Professor Ambach vorhin auf dem Flur begegnet, und er hatte ihr die Vorgehensweise erklärt, mit der man Patienten langsam wieder ins Leben zurückholte. Nico werde wieder vollständig gesund, hatte der Mediziner anschließend versprochen.

»Werden wir noch vor Weihnachten heiraten können?«, hatte Rose ihn gefragt. Er wusste, dass der Unfall am Verlobungsabend geschehen war.

»Bis dahin sind es ja nur noch zwei Wochen, da kann ich Ihnen leider keine Hoffnungen machen«, hatte Professor Ambach bedauert. »Ihrem Verlobten steht eine wochen-, vielleicht sogar monatelange Phase der Rehabilitation bevor, die er anfangs im Rollstuhl verbringen wird. Die Muskulatur ist durch das lange Liegen geschwächt, sie muss unter Anleitung trainiert und auch das Laufen mithilfe eines Rollators wieder erlernt werden. Das Sprechen muss er ebenso üben. Sie können ihn dabei unterstützen, indem Sie sich gedulden und nicht auf Termine drängen.«

Rose suchte jetzt nach einem frischen Taschentuch in ihrer Handtasche. »Ich bin so glücklich, dass du das Schlimmste überstanden hast und bald wieder ganz gesund sein wirst!« Wieder füllten sich ihre Augen mit Tränen. Lautstark putzte sie sich die Nase, und mit dem Prusten gelang es ihr, die Tränenflut zu stoppen. »Ich liebe dich so sehr ...«

Nico drückte ihre Hand. »Www rrrückt.«

Rose wusste, dass er »Ich liebe dich wie verrückt« sagen wollte, und lächelte selig.

»So, ihr Turteltäubchen, heute ist leider nur ein kurzer Besuch erlaubt«, ertönte überraschend die Stimme von Stationsschwester Hilde, deren Klopfen Rose nicht bemerkt hatte. »Der Patient muss vor der Abendvisite noch ein Stündchen schlafen.« Entschlossenen Schrittes kam sie ans Bett, griff nach dem Tablett, das noch vom Mittag auf dem Rollbeistelltisch stand, und sagte an Rose gewandt: »Schütteln Sie ihm bitte noch mal das Kopfkissen auf, bevor Sie gehen.«

»Mach ich gern.« Als Hilde das Zimmer wieder verlassen

hatte, schüttelte Rose das Kissen auf, umarmte Nico vorsichtig und küsste ihn. »Bis morgen um die gleiche Zeit, mein Liebling.«

Nico lehnte sich zurück. Er schien tatsächlich erschöpft zu sein. Doch plötzlich richtete er sich wieder auf, griff nach Roses Arm und krächzte: »Ring ... Hosentasche ...«

»Wenn er in deiner Hosentasche war, müsste er bei deinen Eltern sein. Sie haben deine Kleider mitgenommen. Die waren ziemlich schmutzig, soweit ich weiß«, sagte Rose.

Nico sagte etwas, das Rose als »Schlaues Seepferdchen« verstand, wobei er schon fast wieder so verschmitzt grinste wie damals, als er ihr die Visitenkarte auf den Tresen gelegt und um eine Verabredung gebeten hatte.

Rose fiel es nicht leicht, sich schon wieder zu verabschieden, doch wenn Nico Ruhe benötigte, war das wichtiger. Sie schlüpfte in ihren schwarz-rot karierten Wollmantel, schnappte sich die rote Handtasche und gab Nico ein letztes Küsschen. »Bis morgen.«

Glücklich summend, schlenderte sie durch die langen Klinikgänge. Was für ein Tag, was für wundervolle Nachrichten, und auch wenn die Hochzeit noch warten musste, war sie überglücklich.

Auf dem großen Parkplatz hatte gerade eine Limousine gehalten, die der von Nicos Eltern ähnelte. Rose schirmte mit der Hand die Augen vor der Abendsonne ab, die ihr direkt ins Gesicht schien. Ein Mann in Lederjacke und Jeans stieg aus dem Wagen, umrundete ihn und öffnete dann die Beifahrertür. Es war tatsächlich Mark Weingold, der seiner Frau Amber beim Aussteigen behilflich war.

Rose eilte den beiden entgegen. »Hallo, wie geht es euch?

Habt ihr es schon erfahren?«, sprudelte es aus ihr heraus. »Nico ist aufgewacht! Er wird wieder ganz gesund. Ich bin so aufgeregt! Wir haben uns unterhalten. Ein bisschen holprig zwar, aber er lacht schon wieder!«

Mark hatte ihr mit einem Lächeln zugehört. »Ja, wir wissen es seit heute Morgen, der Arzt hat uns angerufen.«

»Es ist einfach wundervoll, ich kann euch gar nicht sagen, wie glücklich ich bin. Ich hätte mir ein Leben lang Vorwürfe …« Rose brach ab. Sie wollte nicht wieder über Schuld sprechen, Mark und Amber hatten ihr schon so oft versichert, sie sei trotz der unschönen Szene nicht verantwortlich für den Unfall.

»Es ist alles gut, Rose«, sagte Amber auch jetzt wieder und streichelte ihr liebevoll über den Arm.

»Amber hat recht, reden wir nicht mehr darüber«, meinte auch Mark. »Nico wird wieder ganz gesund, deshalb lass uns das Thema vergessen und stattdessen in die Zukunft schauen. Ihr werdet sicher neue Pläne schmieden …«

Rose nickte gerührt. »Nico hat sich sogar an den Verlobungsring erinnert und nach ihm gefragt.«

»Ein großartiges Zeichen, dass seine Erinnerungen zurückkehren, bedeutet es doch, dass sein Gehirn unbeschädigt ist. Es wäre zu grausam gewesen, wenn …« Mark stockte.

Rose wusste, was er hatte sagen wollen. Und es war deutlich zu erkennen, dass Nicos Eltern genauso erleichtert über den erfreulichen Zustand ihres Sohnes waren wie sie.

»Ich muss leider los, und ihr wollt bestimmt so schnell wie möglich zu Nico, auch wenn ihr wie ich wohl nur kurz bleiben dürft«, verabschiedete sie sich.

Mark drückte ihr die Hand, und Amber küsste sie sanft auf die Wange. »Bis bald, Rose, und fahr vorsichtig.«

Rose stieg in ihren Wagen und atmete einige Male tief durch. Vielleicht schaffte sie es eines Tages, diese grässlichen Schuldgefühle zu überwinden. Spätestens wenn Nico ihr den Verlobungsring wieder an den Finger steckte.

Versonnen startete sie den Motor, legte die Hände aufs Lenkrad und stellte sich vor, dass der traumhafte Weißgoldring mit dem Diamanten am Ringfinger ihrer linken Hand glitzerte.

18

»Willst du, Rose König, den hier anwesenden Nico Weingold zu deinem Mann nehmen, so antworte mit Ja.«

»Ja, ja, ja!«, rief Rose, damit es auch jeder der festlich gekleideten Hochzeitsgäste verstehen konnte.

Heute wurden sie und Nico endlich getraut. Sie hatten den Wintergarten für die Zeremonie ausgewählt, der von einer Hochzeitsplanerin wunderschön dekoriert worden war – Blumengirlanden an den Fenstern, opulente Sträuße auf den Tischen und überall Kerzen, die weiches Licht verbreiteten.

Jetzt würde Nico sein Jawort geben. Aufgeregt drehte Rose sich zu ihm um. Aber wo war er? Panisch ließ sie ihren Blick durch den Wintergarten schweifen, konnte ihn aber nicht entdecken. »Nico! Nico!«, schrie sie. Plötzlich schien ihr die Sonne direkt ins Gesicht, jemand schüttelte sie, und aus der Ferne rief ein Mann ihren Namen.

Rose schlug die Augen auf.

»Alles in Ordnung, mein Seepferdchen?«

»Was … was ist los?« Keuchend realisierte Rose, dass sie geträumt hatte. Und statt des traumhaften Wickelkleids aus roségoldenem Satin, in dem sie ihr Jawort gegeben hatte, lag sie in einem hellblauen Pyjama im Bett. Es war nur ein Traum gewesen, aber wenigstens war Nico neben ihr. Er musste von ihrem Geschrei wach geworden sein, hatte das Licht angeknipst und sie aufgeweckt.

Jetzt rutschte er zu ihr und nahm sie in den Arm. »Du hattest einen Albtraum und hast laut nach mir gerufen.«

»Das war kein Albtraum.« Sie kuschelte sich ganz dicht an ihn. Sie war so dankbar, dass er die sechs Wochen Genesungszeit in der Rehaklinik gut überstanden hatte und nun nur noch zweimal wöchentlich in einer Physiotherapiepraxis behandelt wurde! Alles war in Ordnung, auch wenn es mit der Weihnachtshochzeit nicht geklappt und er ihr den Ring noch nicht wieder angesteckt hatte. Aber ihn daran zu erinnern kam natürlich nicht infrage, da war sie altmodisch. Und womöglich brachte es Unglück? Nicht zuletzt dieser Gedanke hielt sie davon ab.

Nico strich ihr eine Haarsträhne aus der Stirn. »Was hast du denn geträumt? Du bist ganz verschwitzt und klangst auch ziemlich panisch, als wollte dir jemand was antun.«

»Oh …« Rose überlegte. Sollte sie ihren Traum erzählen? Könnte Nico dann auf die absurde Idee verfallen, sie habe sich das nur ausgedacht, um ihn zu drängen? Andererseits hatten sie sich auch versprochen, keine Heimlichkeiten mehr voreinander zu haben.

»Nun erzähl schon.« Er hatte ein Taschentuch aus der Nachttischschublade genommen und trocknete ihre Stirn.

»Na gut, aber versprich mir, dass du dich zu nichts gedrängt fühlst …«

»Natürlich nicht. Ich schwöre. Bei meiner Gesundheit.« Theatralisch legte er die Hand auf seine Brust, und seine tiefblauen Augen schimmerten in dem schwachen Nachttischlicht. »Allerdings, wenn ich es recht überlege …« Er zog sie fester an sich und raunte dicht an ihrem Ohr: »Ich wüsste da schon etwas, zu dem du mich jederzeit drängen darfst.«

»Hm«, murmelte Rose zustimmend und wusste natürlich genau, worauf Nico anspielte. Ihr Liebesleben war – mit ärztlicher Erlaubnis – fast wieder normal, nur die »Ekstase«, wie Nico wilde Liebesnächte bezeichnete, mussten sie sich noch verkneifen.

»Also …«

»Ich habe geträumt, wir stünden vor dem Traualtar, und ich hab Ja gesagt, oder eher, ich habe Ja gerufen, worauf du plötzlich verschwunden warst …«

Nico lockerte seine Umarmung, rückte ein wenig von ihr ab und schaute sie leicht verwundert an. »Meine süße Rose, ich liebe dich wie verrückt, das weißt du doch. Nachdem ich dich so hintergangen habe, bin ich schon glücklich, dass du mich nicht zum Teufel gejagt hast. Dich noch mal um deine Hand zu bitten, habe ich nicht gewagt. Aber wenn du mich tatsächlich heiraten würdest … das wäre … also, ich wäre der glücklichste Mensch auf Erden, um diese angestaubte Floskel zu bemühen.« In einer fließenden Bewegung rutschte er vom Bett hinunter auf die Knie und griff nach ihrer Hand. »Rose König, hiermit frage ich dich: Willst du meine Frau werden? Ich verspreche dir, dich nie und nimmer zu verlassen, dich nie wieder zu belügen und bis zu meinem letzten Atemzug als treuer Gefährte an deiner Seite zu stehen.«

»Ja! Ich will deine Frau werden«, antwortete Rose und spürte, wie ein angenehmes Kribbeln über ihren Rücken lief. »Allerdings unter einer Bedingung …«

»Alles, was du möchtest!« Er küsste sie sanft auf den Handrücken und verzog dann das Gesicht, als hätte er Schmerzen. »Lange darfst du aber nicht mehr überlegen, die Knochen knacksen schon bedenklich.«

Rose hielt ihm ihre linke Hand vor die Nase. »Schau genau hin, fehlt da nicht etwas?«

Nicos Blick wanderte zwischen Roses Hand und ihrem Gesicht hin und her, dann schlug er sich auf die Stirn: »Der Ring! Ich Dussel, ich dachte, den hätte ich dir längst wieder angesteckt. Oh, Rose, meine Geliebte, überlege es dir besser noch mal. Ich bin gebrechlich und leide offenbar auch noch unter Vergesslichkeit. Wer weiß, was bei diesem Unfall alles beschädigt wurde, was die Ärzte nicht entdeckt haben!«

Rose lachte amüsiert; sie liebte Nicos alberne Seite. Er konnte dunkle Stunden aufhellen, die unangenehmsten Situationen leicht erscheinen lassen und nahm das Leben von der heiteren Seite. »Dann muss ich dich erst recht heiraten, damit du keine Dummheiten anstellen kannst. Also doppeltes Ja! Und jetzt den Ring.«

»Kommt sofort!« Nico rappelte sich hoch und humpelte zu Roses Vergnügen laut stöhnend zu der Schubladenkommode. »Wenn ich mich recht erinnere, habe ich ihn hier versteckt, nachdem meine Eltern ihn mir zurückgegeben hatten.« Er zog die unterste Lade auf, wühlte zwischen T-Shirts und angelte das dunkelrote Kästchen hervor, an das Rose sich auch noch in hundert Jahren erinnern würde.

Mit zwei Schritten war Nico wieder bei ihr und schaute sie zögernd an. Rose erahnte seine stumme Frage. »Vergiss den Kniefall, einfach anstecken.« Glücklich lächelnd streckte sie ihm ihre Hand entgegen.

»Diesmal hab aber *ich* eine Bedingung!«

»In Ordnung. Bedingung gegen Bedingung, das ist nur fair.« Ungeduldig wackelte Rose mit den Fingern.

»Dass du ihn nie wieder vor meinen Augen abnimmst. Ein zweites Mal würde ich das nicht ertragen – und meine geliebte Großmutter würde sich im Grabe umdrehen.«

»Nie wieder, versprochen!«

Während Nico den Ring auf Roses Finger schob, sagte er mit ernster Miene: »Hiermit nehme ich dich zur Frau und verspreche dir, ein treuer Ehemann zu sein und dich niemals irgendwo allein stehen zu lassen wie in deinem Traum.«

Rose hielt die Hand unter den Schirm der Nachttischlampe. »Ach, Nico, er ist einfach wunderschön! Deine Großmutter hatte einen wirklich exquisiten Geschmack. Schade, dass sie nicht mehr lebt. Ich hätte sie gern kennengelernt.«

»Sie war eine außergewöhnliche und eigenwillige Frau, ich habe sie sehr geliebt. Und ich bin sicher, sie hätte dich gemocht. Schon allein, weil ich ihr Lieblingsenkel war. Was hältst du davon, wenn wir leise nach unten schleichen, und ich erzähle dir bei echt englischem *early morning tea* noch mal Geschichten von Grandma Gwendolin?«

»Ich bin dabei!«

Eilig schlüpften sie beide in Jeans und Pullis, die Dusche wurde auf später verschoben, und liefen Hand in Hand drei Stockwerke nach unten.

Es war still im Haus, sie hatten die private Küche ganz für sich allein – wie ein normales Liebespaar, das in einer Wohnung und nicht in einer Pension lebte. Vielleicht würde sie eines Tages tatsächlich den Familienbetrieb verlassen, dachte Rose. Für Nico würde sie es tun.

Während er sich um den Tee kümmerte, holte Rose zwei bunte Henkeltassen aus dem Schrank. Obwohl sie beide nicht kochen konnten, waren sie ein eingespieltes Küchenteam. Auch eines der Dinge, die sie an Nico liebte. Er fragte nicht lange, ob er helfen konnte, oder setzte sich an den Tisch und wartete, bis sie den Tee hinstellte, sondern packte mit an.

Fünf Minuten später saßen sie über Eck am Esstisch im privaten Salon, und jeder hatte eine dampfende Tasse Tee vor sich. Rose gab zwei Teelöffel Zucker in ihre und rührte langsam um. Nico musterte sie erwartungsvoll. »Ich hoffe, er schmeckt.«

Rose nahm vorsichtig einen kleinen Schluck, er war noch sehr heiß. »Sehr aromatisch, kein Vergleich zu dem langweiligen deutschen Beuteltee. Bestimmt ist der Tee ›bei Hofe‹ auch nicht besser ... Schade, dass ich noch nie in England war.«

»Na, zum Teil ist das auch meine Schuld. Ich weiß sehr gut, dass wir meine Eltern vor der Verlobung besuchen wollten, ich es dann aber verhindert habe.«

»Ja, sehr schade ...« Rose versagte es sich, die Gründe dafür noch mal zu thematisieren; Nico hatte Termine vorgeschoben, denn bei einem Besuch bei seinen Eltern wäre herausgekommen, dass sein Vater hinter der Immobilienfirma steckte, die an der Pension interessiert gewesen war.

Nico griff nach ihrer Hand. »Dann müssen wir das endlich ändern! Was hältst du davon, wenn wir im Mai heiraten und anschließend unsere Hochzeitsreise nach Devon machen? Um diese Jahreszeit ist es dort besonders zauberhaft.«

»Das wäre ... ach, einfach wunderschön.« Rose war hin und weg von Nicos Vorschlag und hätte am liebsten sofort die Koffer gepackt. »Aber im Mai beginnt die Hochsaison, und wir hoffen ja alle, bis dahin ein volles Haus zu haben. Die Hoffnung ist berechtigt, denn das Jahr fing doch wirklich gut an. Denk nur an den Schriftsteller, der sich im Herzchenzimmer so wohlfühlt. Wenn alle Zimmer belegt sind, müssen wir sowohl die Hochzeit als auch eine Reise verschieben …«

Nico hatte wieder nach seiner noch halb vollen Teetasse gegriffen, die ihm jetzt aus der Hand rutschte. Ein goldgelber See ergoss sich auf dem Esstisch, aus dem sich feine Dampfwölkchen nach oben schlängelten.

»Ich Dussel!« Er schnellte von seinem Stuhl hoch, eilte in die Küche und war im Nu mit einer Rolle Küchenpapier zurück. »Tut mir leid, aber so früh am Morgen verkrafte ich solche Scherze nicht.« Sorgfältig wischte er die Pfütze auf und trocknete die noch feuchte Stelle mit einem zweiten Stück Papier.

Rose beobachtete ihn zärtlich. »Du bist eine sehr gute Putzhilfe, notfalls könntest du bei uns anfangen. Aber das war kein Scherz …«

Nico legte das zerknüllte Küchenpapier achtlos zur Seite, ließ sich auf den Stuhl fallen und schaute sie irritiert an. »Warum dann alles verschieben? Zumindest die Hochzeit bekommen wir doch auch bei laufendem Pensionsbetrieb hin! Wenn es also ein Problem gibt, welches auch immer, sag es mir bitte.«

Rose schaute ihm tief in die Augen. »Es gibt kein Problem. Aber ich will eine richtig schöne Hochzeit mit anschließender Hochzeitsreise, und nicht nur zwischen der Abfertigung von Gästen mit dir zum Standesamt sausen.«

In dem Moment betrat Iris den Raum, an der Hand ihre Tochter.

Freudig quietschend tippelte Jasmin auf Nico zu und hielt ihm den Plüschhasen, ihr momentanes Lieblingstier, entgegen.

Nico begrüßte die Kleine mit einem strahlenden »Guten Morgen, kleines Häschen« und hob sie auf seinen Schoß. Die nächsten Minuten ließ er das Stofftier auf dem Tisch hopsen und erzählte dabei die Geschichte vom kleinen Hasen Schnuppernase, der über die Wiese hoppelte und nach saftigen Gräsern suchte. Und wenn er eine Blume entdeckte, die besonders gut duftete, futterte er sie sofort auf. Denn duftende Blumen waren laut Nico für Hasen wie leckere Tortenstücke für Menschen.

»Dein Nico wird mal ein prima Vater«, flüsterte Iris Rose zu, bevor sie in die Küche verschwand, um den Frühstücksbrei für Jasmin anzurühren.

Rose schmolz dahin. Wie liebevoll Nico mit der Kleinen umging, war einfach hinreißend und weckte bei ihr sofort den Kinderwunsch. Aber zuerst musste sie den Laden wieder in Schwung bringen, dann wurde geheiratet, und erst dann wollte sie an Kinder denken. Immer schön der Reihe nach, ein bisschen altmodisch war sie nämlich doch.

19

Iris stellte eine kleine Schüssel mit Haferflocken in warmer Milch vor Nico und Jasmin ab und legte Jasmins Löffel, nach dem die Kleine sofort griff, daneben. »Vielleicht setzen wir Jasmin besser in den Hochstuhl, Nico, sonst versaut sie noch deine Hose. Sie liebt es, selbst zu essen, aber die Hälfte rutscht oft noch vom Löffel.«

»Ach was«, winkte Nico ab. »Klecksen am Morgen vertreibt Kummer und Sorgen. Außerdem war ich noch nicht unter der Dusche, ich stelle mich gleich mit den Klamotten darunter, dann geht die Reinigung in einem Aufwasch.«

Iris nickte grinsend. »Wenn du dir das antun möchtest, kann ich in Ruhe Kaffee kochen und schon mit den Vorbereitungen fürs Frühstück anfangen.«

»Mach ich gern! Wir kriegen das mit dem Haferbrei schon geregelt, nicht wahr, mein kleines Hoppelhäschen?« Zärtlich strich Nico über Jasmins blonde Haare, die Iris auf dem Oberkopf mit einer Blumenspange gebändigt hatte.

Aufatmend bedankte sich Iris für die Hilfe. Sie konnte eine kurze Pause vom Mutterdasein gut gebrauchen – und eine Extradosis Koffein, um wach zu werden. Sie hatte kaum geschlafen und fühlte sich, als wäre sie meilenweit durch den See geschwommen. Schuld daran war aber keine

Liebesnacht mit Fritz, sondern ein Telefonat mit ihrem Nochehemann.

Spät am Abend hatte Christian angerufen, offensichtlich angetrunken, und hatte dummes Zeug geschwafelt, von wegen, er wolle definitiv keine Scheidung. Er würde sie noch immer lieben, sie jede Sekunde vermissen, und sie sollten doch noch einmal einen Versuch wagen. Iris konnte nicht aufhören, sich über so viel Schwachsinn zu wundern und sich zu fragen, was in ihn gefahren war. Christian schien vollkommen vergessen zu haben, warum sie sich getrennt hatten. Dass sie ihn seit November mehrmals angerufen hatte, um ihn an die noch nicht unterschriebenen Scheidungspapiere zu erinnern. Dass sie für nichts auf der Welt gewillt war, Jasmin wegzugeben, um wieder mit ihm in Köln zu leben. Dass sie ihn nicht mehr liebte. Sie war glücklich am Bodensee mit ihrer Tochter und Fritz, und das würde sie niemals aufs Spiel setzen.

»Soll ich helfen?« Rose stand plötzlich neben ihr an der Arbeitsfläche.

Iris erschrak, hatte sich aber schnell wieder im Griff. »Ähm … ja … vielleicht die Rühreier machen … liegt alles schon bereit.«

Rose schlug zehn Eier in die Schüssel. »Geht es dir gut, du wirkst so abwesend …«

»Alles bestens«, antwortete sie knapp. Sie war viel zu erschöpft, um jetzt das Problem »Christian« zu diskutieren, und es würde auch keine neuen Erkenntnisse bringen. Solche Gespräche hatten sie bereits unzählige Male geführt – nach Violas Tod, als es um Jasmins Adoption ging und Christian das partout nicht akzeptieren wollte. Der Tod seiner Schwägerin und das Schicksal eines mutterlosen Neugeborenen hatten ihn nicht sonderlich berührt. Damals hatte sie sich gefragt, ob er schon immer so gefühllos gewesen und warum ihr das nicht eher aufgefallen war.

»In Ordnung«, sagte Rose jetzt. »Dann hat es sicher nichts zu bedeuten, dass du Kaffeemehl für einhundert Tassen in den Filter, aber kein Wasser in den Tank gefüllt und die Maschine trotzdem eingeschaltet hast.«

Iris zuckte müde mit den Schultern. »Ups, jetzt hast du mich erwischt. Ich erzähle es dir später …« Sie schaltete die Kaffeemaschine wieder aus, kam aber nicht dazu, Wasser einzufüllen, weil ihr Handy klingelte. Genervt zog sie es aus der hinteren Hosentasche.

Schon wieder Christian! Sie zeigte Rose den Apparat. »Er ruft gerade ständig an.« Sie verdrehte die Augen und meldete sich kurz angebunden: »Was ist?«

Rose stellte grinsend eine Pfanne auf die Herdplatte.

»Guten Morgen, liebe Iris, wie geht es dir? Gut geschlafen?«, hörte sie Christian säuseln.

»Was willst du schon wieder?«, brummte Iris unfreundlich. Seine Frage ließ sie unbeantwortet.

»Ich wollte hören, ob du deine Meinung nach unserem gestrigen Gespräch noch einmal geändert hast.«

»Nein!«

»Nein, weil du noch nicht darüber nachdenken konntest, oder nein …«

»Nein, weil ich dazu bereits alles gesagt habe und meine Meinung wirklich nicht mehr ändern werde. Ich erwarte, dass du endlich die Papiere unterschreibst!«, unterbrach sie ihn. »Wir hatten vereinbart, nach einem Trennungsjahr eine einvernehmliche Scheidung durchzuziehen. Ohne getrennte Anwälte, ohne Aufwand …«

»Bitte, Iris, lass uns doch …«

Sie holte Luft und fiel ihm erneut ins Wort. »Rede ich in einer Sprache, die du nicht verstehst, oder was ist los?«

»Ich liebe dich noch immer …«

Iris hatte genug von diesem Schwachsinn, drückte das Gespräch einfach weg und knallte das Telefon auf die Arbeitsplatte.

»Probleme?« Rose gab ein Stück Butter in die Pfanne.

Iris schüttelte den Kopf und konzentrierte sich auf die wichtigen Dinge, zum Beispiel den Wassertank zu befüllen und schnellstens die Maschine einzuschalten, damit sie endlich Kaffee bekam. »Christian will eine neue Chance. Er muss verrückt geworden sein, anders kann ich mir seine ›neu entflammte Liebe‹ nicht erklären.«

»Weiß Christian von deiner Beziehung zu Fritz?«

»Nein. Jedenfalls habe ich nichts erwähnt und gebe mir Mühe, mich nicht durch eine unachtsame Bemerkung zu verraten«, antwortete Iris. »Doch selbst wenn er etwas ahnt, wäre sein Verhalten lächerlich. Wir sind seit über einem Jahr getrennt, und so wie ich Christians Wirkung auf Frauen kenne, hat er längst eine neue Freundin. Attraktive Männer wie er bleiben doch selten lange allein.«

Rose schwenkte die langsam zerlaufene Butter. »Soll ich jetzt die Eier da einfach reinschütten?«

»Erst noch mit einer Gabel aufschlagen … lass mal.« Iris griff nach der Schüssel, so konnte sie sich kurz abreagieren.

»Tut mir leid, du kennst ja meine Kochkünste, ich bin keine große Hilfe am Herd.« Rose hob bedauernd die Hände.

»Schon gut, Kochen wird allgemein überschätzt«, tröstete Iris ihre Schwester. »Aber warum hast du gefragt, ob Christian von Fritz weiß?«

»Weil er dann eifersüchtig sein könnte«, mutmaßte Rose. »Solange ihr nicht geschieden seid, glaubt er vielleicht, die älteren Rechte zu haben. Das ist doch auch so ein Männerding – was sie nicht selbst haben können, soll auch kein anderer bekommen.«

»Daran hat Fritz auch schon gedacht, und es trifft ziemlich genau auf Christian zu …« Iris seufzte. Dass er tatsächlich eifersüchtig sein könnte, behagte ihr gar nicht.

»Ah, hier riecht es ja schon lecker nach Kaffee! Guten Morgen, liebe Kinder.«

Iris blickte über die Schulter. Herbert stand mitten in der Küche und nahm die Brille von der Knubbelnase, als könnte er dann besser riechen. »Guten Morgen, Papa, gut geschlafen? Setz dich, der Kaffee ist gleich fertig. Rühreier auch.«

Als Nächste betrat Annemarie die Küche. Selbst am frühen Sonntagmorgen leuchteten ihre Lippen knallrot, und der orangefarbene Pullover war ausgesprochen kleidsam. »Hast du Rühreier gesagt? Hoffentlich sind noch Eier da, ich wollte Pfannkuchen machen.«

Während sich die Morgensonne durch die Wolken kämpfte und dann durch das Küchenfenster alles in kühles Winterlicht tauchte, philosophierten Herbert und Annemarie über die Frage, ob Rühreier nicht Pfannkuchen ohne Mehl, also glutenfreie Pfannkuchen wären. Annemarie war der Meinung, dass der Geschmack ein vollkommen anderer sei, das müsse sie ihm als Konditormeister ja wohl nicht erklären.

Als Florence erschien, beendete sie die laut gewordene Unterhaltung allein durch ein freundliches Lächeln, das Herbert augenblicklich besänftigte.

Iris flüsterte Rose zu, dass sie hoffte, eines Tages auch so eine harmonische Ehe wie ihre Eltern führen zu können, was ihre Schwester mit einem sehnsüchtigen Seufzer kommentierte.

An diesen Wunsch erinnerte sich Iris, als sie am Abend mit einem Buch auf das Sofa sank. Fritz war für ein paar Tage beruflich verreist, und Jasmin war heute sehr schnell eingeschlafen. Iris freute sich auf zwei, drei entspannte Lesestunden mit einem Sachbuch über die ersten drei Jahre im Leben eines Kindes. Doch sie hatte kaum die erste Seite aufgeschlagen, als ein Motorengeräusch sie aufhorchen ließ. Angemeldete Pensionsgäste waren es nicht, das hätte sie gewusst, denn dann hätte sie ja die Zimmer entsprechend vorbereitet und kleine Blumensträuße auf die Tische gestellt.

Sie legte das Buch zur Seite, ging zum Fenster, von dem aus sie auf den Parkplatz vor dem Haupteingang sehen konnte, und öffnete den Vorhang.

Als sie den roten Porsche sah, musste sie nicht warten, bis der Fahrer ausgestiegen war, um zu wissen, wem dieser Wagen gehörte: Christian! Sie ahnte, dass er der Überzeugung war, sein Überraschungsbesuch würde sie beeindrucken, könne sie sogar umstimmen. Fehlte nur noch, dass er sein Kommen durch anhaltendes Hupen kundtat! Aber dazu war er dann doch zu sehr Hotelier; die Ruhe der Gäste durfte nicht gestört werden. Überrascht war sie von seinem männlichen Ego, das ihn zu solch verrückten Aktionen verleitete. Na, er würde sich wundern, was er damit erreichte. Nämlich nichts!

Iris unterdrückte den Impuls, nach unten zu laufen und ihn sofort wieder wegzuschicken.

Es dauerte keine Minute, bis die an der Rezeption stehende Tischglocke erklang. Ungeduldig, beinahe aggressiv, schrillten die Glockentöne aus dem Erdgeschoss durch das stille Haus. Schließlich brüllte er sogar: »Hallooohooo!« Rücksicht auf eventuelle Gäste? Fehlanzeige.

Dann verstummte die Tischglocke. Stattdessen rief er sie auf dem Handy an.

Iris hätte ihn gern mit »Idiot, du weckst Jasmin auf« begrüßt, meldete sich aber mit einem knappen »Ja.«

»Hallo, Iris«, hauchte er. Sein dunkles Timbre ließ fast ihr Handy vibrieren.

»Was gibt's?«

»Ich stehe unten an der Rezeption, würdest du bitte runterkommen?«

»Christian, lass die Scherze, ich habe keine Zeit für solchen Blödsinn.« Iris war entschlossen, ihn auflaufen zu lassen.

»Kein Scherz. Meine Sehnsucht nach dir war übermächtig, deshalb bin ich einfach in den Wagen gestiegen und … *et voilà*. Komm bitte runter, damit ich dich in meine Arme schließen kann.«

Iris musste sich beherrschen, ihn nicht anzuschreien, und ihm somit die Gelegenheit zu geben, sie als »hysterisch« zu bezeichnen. »Wenn du glaubst, meine Meinung ändern zu können, dann irrst du dich. Steig einfach wieder in deinen Wagen und fahr nach Hause.«

»Iris, das kannst du nicht von mir verlangen! Ich habe eine sechsstündige Autofahrt ohne Pause hinter mir.« Seine Stimme triefte vor Entrüstung und Verzweiflung.

Sie verkniff sich ein Lachen. Es war einfach zu albern. Aber irgendwie musste sie ihn loswerden.

»Christian«, begann sie ruhig. »Meine Meinung hat sich seit gestern Abend nicht geändert. Ich werde das Kind nicht wieder hergeben. Es gibt nichts zu bereden, wir sind lange genug getrennt von Tisch und Bett, sogar sehr weit entfernt voneinander, und ich möchte nach wie vor die Scheidung. Bitte akzeptiere das und unterschreibe endlich die Papiere.«

Schweigend schnaufte er mehrmals ins Telefon. »Bekomme ich wenigstens einen Kaffee und einen Snack als Wegzehrung? Sonst schlafe ich am Steuer ein.«

Was für eine durchsichtige Masche, dachte Iris amüsiert. Normalerweise hätte sie ihn ins Wintergartencafé geschickt, wo Waltraud ihm eine »Wegzehrung« zubereitet und Herr Otto sie ihm serviert hätte. Aber das Café war natürlich schon geschlossen. Sie überlegte, ihm Konstanz zu empfehlen, wo es genug Auswahl an Kneipen oder Restaurants gab, doch dann entschied sie sich um. Wenn er schon mal da war, konnte sie ihn vielleicht mit geduldigem Zureden zur Unterschrift der Scheidungspapiere bringen.

20

Iris schrak aus dem Tiefschlaf hoch. Jasmins herz-
zerreißendes Weinen drang aus dem Babyphon, das auf dem
Nachttisch lag. Die Uhr zeigte kurz vor sieben, die übliche
Zeit, zu der Jasmin wach wurde. Doch selten schrie sie so
jämmerlich. Ihr armer Liebling, hoffentlich weinte sie noch
nicht lange! Der Gedanke, als Mutter zu versagen, hatte sie
wieder einmal fest im Griff. Doch jetzt war keine Zeit, sich
mit Selbstvorwürfen zu quälen.

Hektisch wollte sie sich aus der Bettdecke schälen, die
sich seltsamerweise um ihren Körper gewickelte hatte.
Doch dann bemerkte sie geschockt, dass es nicht die Decke
war, die sie festhielt. Es war der Arm eines Mannes – der
von Christian –, und sie war nackt. Entsetzt presste sie die
Hand auf den Mund, um nicht laut zu schreien. Gleichzeitig schoss eine mächtige Welle Adrenalin durch ihre
Adern, beschleunigte ihren Herzschlag, und als sie schließlich neben dem Bett stand, zitterten ihre Knie.

Aber zuerst musste sie sich um Jasmin kümmern, was
in der Nacht geschehen war, würde sie danach klären. Sie
konnte sich an nichts erinnern, abgesehen von einigen
Obstlern, die sie zur Beruhigung getrunken hatte. Aber
warum sie überhaupt zum Schnaps gegriffen hatte, konnte
sie genauso wenig beantworten wie die Frage, wie Chris-

tian in ihr Bett gekommen war. Sie hatte ihn doch gestern in einem der Zimmer einquartiert! Er musste sich heimlich in ihr Zimmer geschlichen haben, eine andere Erklärung fiel ihr nicht ein.

Hastig schlüpfte sie in den Pulli und die Jogginghose, die sie am Abend zuvor angehabt hatte, und hetzte über den Flur ins Kinderzimmer. Es brach ihr das Herz, als sie sah, wie ihre kleine Tochter tränenüberströmt im Bett saß und ihr die Ärmchen entgegenstreckte.

Sie nahm Jasmin auf den Arm und redete beruhigend auf sie ein. »Mein armer Schatz, musst nicht mehr weinen … Jetzt bekommst du schnell eine frische Windel, und dann sieht deine kleine Welt schon wieder viel freundlicher aus.«

Wie jeden Morgen war Jasmins Windel triefend nass, und der Schlafanzug hatte dunkle Flecken; augenscheinlich war einiges danebengegangen. Sobald Jasmin auf dem Wickeltisch lag, hörte sie auf zu weinen. Iris drückte ihr ein kleines Stofftier in die Hand und sang mit bebender Stimme das Hänschen-klein-Lied.

Mit diesem Morgenritual aus Singen, Windel wechseln, Waschen und Anziehen begann der Tag normalerweise ganz entspannt, aber nach diesem albtraumhaften Erwachen stand sie unter Strom. Unablässig fragte sie sich, wie Christian in ihr Bett gekommen und was genau passiert war. Hatten sie miteinander geschlafen? War sie betrunken gewesen und hatte etwa eingewilligt? Und die schrecklichste aller Fragen: Wie würde Fritz reagieren, wenn er davon erfuhr?

Sie nahm Jasmin mit ins Bad und setzte sie mit einem Bilderbuch auf die flauschige Bademasse; dann konnte sie duschen. Unter dem heißen Wasser tauchten die ersten unscharfen Bilder auf: Christian, der sie verliebt anschaute, als sie im Wintergarten saßen, wo er eine Tasse Kaffee trank, dazu ein Sandwich verdrückte und von einem gemeinsamen Leben faselte, und … Himmel, nein … plötzlich Jasmin doch adoptieren wollte! Und noch mehr Kinder, wenn sie unbedingt von einer großen Familie träumte.

Iris drehte das kalte Wasser auf, um dieses schräge Hirngespinst zu vertreiben, doch es ließ sich nicht abschütteln. Sie erinnerte sich jetzt deutlich. Rasch drehte sie das Wasser ab, wickelte sich in das Badetuch, setzte sich einen Moment auf den Wannenrand und strengte sich an, sich an den Rest des Abends und die restliche Nacht zu erinnern. Da war dieser eine Obstler, nachdem Christian das Wort Adoption gesagt hatte. Ihr war dermaßen übel geworden, dass sie einen Beruhigungsschnaps gebraucht hatte. Und dann noch einen, als er versuchte, ihre Hand zu küssen. Womöglich war das zu viel gewesen, seit Jasmin bei ihr war, hatte sie keinen Alkohol mehr getrunken. Oder waren es doch mehr als zwei Schnäpse gewesen? Hatte Christian ihr etwa unbemerkt irgendwelche Tropfen verabreicht und sich dann heimlich in ihr Zimmer geschlichen? So musste es gewesen sein. Dieses Szenario war zumindest eine logische Erklärung, die erneut folgenden Gedanken nach sich zog: *Hatte sie mit ihm geschlafen?*

Panik erfasste sie.

Nein, das war unmöglich, selbst im angetrunkenen Zustand hätte sie sich gewehrt, und sosehr sie Christian auch ablehnte, hielt sie ihn nicht für einen Vergewaltiger. Nur eben für vollkommen übergeschnappt.

»Plötzlich will er dich sogar adoptieren«, sagte sie leise zu

Jasmin, die sie anlächelte und ihr das Bilderbuch entgegenstreckte. »Ja, meine Süße, wir schauen es gleich an.«

Iris zog frische Unterwäsche an, die sie in einer der Schubladen der Wickelkommode verstaut hatte, und etwas widerwillig die Jogginghose und den Pulli von gestern darüber. Wie sie ihren hinterhältigen Nochehemann loswerden sollte, würde sie später überlegen. Zuerst musste Jasmin etwas zu essen bekommen.

In der Küche war es dunkel, die Familie schien sich noch in den Privaträumen aufzuhalten. Die Hausgäste wurden von Waltraud und Herrn Otto mit Frühstück versorgt.

Iris setzte Jasmin in das kleine Laufställchen, das sie hier deponiert hatte, damit ihre Tochter sicher aufgehoben war, solange sie selbst am Herd stand. Sofort begann Jasmin zu weinen, sie mochte es gar nicht, wenn sie allein dort spielen sollte. Doch mit Topf und Kochlöffel ließ sie sich bestechen. »Hau richtig drauf, dann werde ich vielleicht wach«, murmelte Iris.

Jasmin trommelte begeistert auf den Topfboden, und Iris konnte ungestört das Geschirr von gestern aus der Spülmaschine räumen und Frühstück zubereiten. Versunken in die monotonen Abläufe der Küchenarbeit und die Suche nach einer Lösung für das Christian-Problem, hörte sie nicht, dass die Tür geöffnet wurde.

»Guten Morgen, die Damen ... was für ein heimeliger Anblick!«

Iris schaute über die Schulter, erwiderte Christians Gruß aber nicht und wünschte ihm stattdessen nur eine gute Fahrt.

»Wer ist denn diese süße kleine Maus?«

Iris fuhr herum, funkelte ihn an und raunte leise: »Wage es nicht, sie anzufassen.«

Christian hob entschuldigend die Hände. »Ohne Erlaubnis? Niemals. So viel verstehe ich auch von Kindern. Aber sie ist wirklich sehr niedlich. Wie heißt du denn?«

Iris bändigte ihren Impuls, ihn anzuschreien und ihn notfalls mit Körpereinsatz hinauszuwerfen, um Jasmin nicht zu verängstigen. »Du weißt ganz genau, wie sie heißt. Außerdem kann sie noch nicht sprechen, egal wie sehr du sie auch anschleimst.«

Die Kaffeemaschine begann zu blubbern, und Christian ging ein paar Schritte auf Iris zu. »Weiß ich doch, war nur ein hilfloser Versuch, Konversation zu betreiben. Wie geht es dir? Ich hoffe gut, nach *dieser* Nacht.«

»Was soll die Anspielung?« Iris konzentrierte sich darauf, ruhig zu atmen.

Christian versuchte, ihr in die Augen zu schauen, und als sie in die andere Richtung blickte, flüsterte er heiser: »Es war eine wunderschöne Nacht. Genau das habe ich so sehr vermisst.«

Das Geräusch des durchlaufenden Wassers und der aufsteigende Duft von frisch gebrühtem Kaffee belebten Iris' Sinne, und mit einem Mal war sie hellwach. »Es ist absolut *nichts* geschehen, du hast dich einfach in mein Bett geschlichen, als ich geschlafen habe«, erklärte sie kühl.

»Blödsinn.« Er trat noch näher auf sie zu. »Du liebst mich noch, das habe ich deutlich gespürt, als du in meinen Armen gestöhnt hast.«

»Sollte das tatsächlich die Wahrheit sein, dann hast du mich im Schlaf ...« Iris stockte.

»Was habe ich?«

»Vergewaltigt!«, raunte sie fast unhörbar und forderte ihn nun doch auf, sofort das Haus zu verlassen.

»Iris, für wen hältst du mich?« Entrüstet zog er die leicht gebräunte Stirn kraus. »So etwas habe ich nicht nötig, das solltest du wissen.«

»Verschwinde, und zwar sofort, oder ich rufe die Polizei!« Demonstrativ griff sie nach ihrem Smartphone, das auf der Arbeitsplatte lag.

»Beruhige dich bitte, es gibt keinen Grund, dass wir uns streiten.« Christian schaute sie mit erstaunt hochgezogenen Augenbrauen an, als sei das nur ein kleiner Ehestreit.

»Ich gebe dir drei Sekunden.« Iris bebte vor Wut, begann zu zählen, wurde laut und vergaß, dass Jasmin Angst bekam, wenn jemand seine Stimme erhob. Doch es war bereits zu spät: Die Kleine weinte. Iris holte ihre Tochter aus dem Laufstall und küsste ihr die Tränen von den Wangen. »Schon gut, mein Schatz, alles ist gut.«

»Deshalb musst du nicht so dramatisch werden«, sagte Christian in belehrendem Ton. Er drehte sich um, durchquerte die Küche und blieb an der Tür noch einmal stehen. »Übrigens, ich werde nicht in die Scheidung einwilligen, denn falls es dir nicht bewusst ist: Diese Nacht gilt als Versöhnung und das Trennungsjahr somit als hinfällig.« Damit verschwand er in der Dunkelheit des Flurs.

Fassungslos starrte Iris ihm nach. Versöhnung? Hatte er es darauf angelegt, hatte deshalb den weiten Weg auf sich genommen? Aber wie hätte er planen können, dass sie gemeinsam im Bett landeten? Nein, geplant hatte er das sicher nicht, aber gehofft. Ihr wurde übel bei dem Gedanken, dass sich die Scheidung durch diesen Vorfall noch länger hinzog. Dass Fritz davon erfahren könnte und die Beziehung darüber zerbrach. Nur mit allergrößter Selbstbeherrschung und um Jasmins willen schaffte sie es, nicht in Tränen auszubrechen.

»Wir werden erst mal frühstücken, und dann sehen wir weiter«, flüsterte sie der noch immer aufgeregten Jasmin zu, küsste sie auf die Stirn, stellte sie dann auf den Fußboden und band ihr das Lätzchen um. Dieses Signal dafür, dass es jetzt Haferflocken in warmer Milch gab, zauberte ein glückliches Lächeln in das runde Kindergesicht. »Na, dann los, mein Liebling«, sagte Iris und stellte ihre Kaffeetasse und die Haferflocken auf ein Tablett. Sie selbst würde später etwas essen, Christians Auftritt hatte ihr den Appetit verdorben.

Iris wurde ruhiger, als sie beobachtete, wie selbstständig Jasmin inzwischen die Haferflocken löffelte. Zum Teil hatte das der Ansporn durch die anderen Kinder in der Kita bewirkt, aber auch Florence' Ratschlag, Jasmin einfach machen zu lassen. Sollten am Ende die Flocken in den Haaren kleben, wäre es schließlich kein Malheur.

Nach dem letzten Schluck Kaffee bekam Iris Schluckauf. So heftig, dass Jasmin zu lachen anfing, weil sie wohl glaubte, das sei ein lustiges Spiel.

»Das sind bestimmt die Nachwirkungen von gestern«, grummelte Iris, wütend über sich selbst. Nie wieder Obstler, schwor sie und beschloss, die Flasche zu kontrollieren. Soweit sie sich erinnerte, war sie noch fast voll gewesen.

Als Jasmin ihre Schüssel geleert hatte, nahm sie das Kind an die Hand und marschierte mit ihr in den Wintergarten.

Wie jeden Morgen war um diese frühe Stunde wenig Betrieb. Nur Herr Otto breitete weiße Damastdecken über die Tische, darauf hatte Großvater Max bestanden – das wäre Tradition im Hotel Sacher in Wien, und so sollte es auch in seinem Café König aussehen. Auch wenn es recht kostspielig war – weiß gedeckte Tische verbreiteten einen Hauch von Luxus und hellten ein Lokal optisch auf. Abends wurden die Decken auf Flecken kontrolliert und wenn nötig ausgetauscht. Leider ließen sich peinliche Nächte nicht so einfach austauschen wie benutzte Tischdecken, dachte Iris seufzend.

Herr Otto verteilte noch Kerzen, die eine heimelige Stimmung erzeugten. Denn die dünnen Sonnenstrahlen, die sich durch tief hängende Wolken drängten, genügten nicht, um den weitläufigen Raum zu erhellen.

Sie hatte mit Christian am Fenster gesessen, und genau an diesem Tisch saß nun der Dauergast des Hauses Herr Winkler. Der Schriftsteller gehörte zu den Frühaufstehern, joggte morgens weite Strecken am See entlang und erschien täglich als Erster zum Frühstück.

Geschirr, Gläser und die Flasche Obstler waren längst abgeräumt, sie würde die Flasche aber sicher wiederfinden, die Auswahl an Obstbränden war überschaubar.

Kurz darauf musste Iris feststellen, dass die Flasche etwa zu einem Drittel geleert war. Sie hatte also doch mehr als zwei Schnäpse getrunken. Jetzt erinnerte sie sich auch, dass Christian sie gewarnt hatte, das Zeug sei stark. Trotzig hatte sie geantwortet, er habe ihr gar nichts zu sagen, und hatte mehr getrunken, als sie vertrug.

Nachmittags meldete sich Fritz. Iris' Herz schlug einige Takte schneller, als sie seinen Namen auf dem Display sah. Iris freute sich riesig über seinen Anruf und darüber, seine Stimme zu hören. Gleichzeitig meldete sich ihr schlechtes Gewissen. Und das scheußliche Wort Versöhnungssex leuchtete in ihren Gedanken auf wie eine Warnblinklampe, die auf einen schrecklichen Unfall aufmerksam machte. Aber es war nichts passiert, Christian hatte sie nur provozieren wollen.

»Ich bin wieder zurück! Wie geht es denn meinen beiden Lieblingsfrauen?«, begrüßte Fritz sie.

»Hallo, Lieblingsmann.« Iris entspannte sich. Fritz wusste nichts von Christians Besuch und würde auch nie davon erfahren. Wer sollte es ihm verraten, wenn nicht sie selbst? Diese angeblich so heiße Versöhnungsnacht hatte keine Bedeutung, und ob Christian und sie tatsächlich Sex gehabt hatten – *sie* erinnerte sich nicht. Christian hatte sie vielleicht nur ausgezogen, um sich als großer Verführer zu gebärden. Zugetraut hätte sie es ihm. An ihrer Liebe zu Fritz änderte sich dadurch aber nichts. »Ich hab dich sooo vermisst«, sagte sie liebevoll.

»Ich dich auch, und ich finde, wir sollten das Versäumte schnellstens nachholen …«

Iris spürte einen wohligen Schauer. »Woran denkst du denn?«

»Bis du bereit für eine Überraschung?«

Iris zuckte zusammen. Bitte nicht, hätte sie am liebsten geantwortet, vorerst hatte sie genug von Überraschungen. Doch sie vertraute Fritz. »Das klingt ja aufregend.« Was auch immer er beabsichtigte, er würde sie niemals so austricksen, wie Christian es getan hatte.

»Dann würde ich euch in einer halben Stunde mit dem Wagen abholen, wenn das nicht zu schnell ist.«

Das wurde ja immer mysteriöser, dachte Iris. »Du hast doch gar kein Auto.«

»Die Dinger gibt es zu leihen«, antwortete Fritz lachend und verabschiedete sich dann: »Bis später, ich freu mich … Übrigens, im Wagen ist auch ein Kindersitz.«

Iris antwortete leise: »Ich liebe dich.«

»Ich dich auch, und die kleine Maus dazu. Bis nachher …«

Iris hatte lange überlegt, ob sie sich schminken und mehr als üblich zurechtmachen sollte, es dann aber gelassen. Sonst benutzte sie auch nur Wimperntusche, wenn sie spazieren gingen oder wenn sie Fritz am Abend besuchte. Nein, sie würde sich nicht aufbrezeln, sondern die Iris bleiben, in die er sich verliebt hatte.

»Und? Wohin entführst du uns?«, fragte sie neugierig, als Jasmin im Kindersitz angeschnallt war und sie auf dem Beifahrersitz des unauffälligen dunkelblauen Wagens Platz nahm.

»Noch verrate ich es nicht. Und damit die Überraschung auch gelingt, müsstest du dir die Augen verbinden.« Er reichte ihr ein schwarzes Tuch. »Keine Angst, nur für zehn Minuten, wir bleiben in Auerbach, und das Dorf ist ja nicht sehr groß, wie du weißt.«

Schmunzelnd faltete Iris das Tuch zusammen und band es sich um den Kopf. »Na, dann los, ich kann es kaum erwarten.«

Fritz startete den Wagen. Iris fühlte sich ein wenig hilflos, spürte aber auch ein vorfreudiges Kribbeln im Magen. Sie war sehr gespannt, was Fritz vorhatte.

Aus den Straßengeräuschen, den einzelnen Autohupen oder den Stopps, vermutlich an Ampeln, konnte sie nicht entnehmen, wohin sie fuhren. Wie versprochen war es aber nur ein kurzer Weg. Iris realisierte, dass Fritz anhielt, den Motor abstellte und dann verkündete: »Wir sind da.«

Iris nahm das Tuch ab und erkannte sofort, wo sie waren. »Ähm … so richtig überrascht bin ich jetzt aber nicht.«

Fritz beugte sich zu ihr, küsste sie auf die Wange und flüsterte: »Abwarten.«

Jasmin war trotz der kurzen Fahrt eingeschlafen, und sie wachte auch nicht auf, als Fritz sie vorsichtig aus dem Sitz nahm. »Du müsstest bitte die Haustür aufsperren. Der Schlüssel ist in meiner Jackentasche«, sagte er leise zu Iris.

Sie zog den Schlüssel zu Fritz' Wohnung aus seiner Tweedjacke. Sie war nicht zum ersten Mal hier, die ersten gemeinsamen Nächte hatten sie in seiner Dreizimmerwohnung verbracht. Sie lag im dritten Stock unterm Dach, zu erreichen über eine breite Holztreppe, die Fritz mit der schlafenden Jasmin in den Armen leichtfüßig hinaufstieg.

Einen winzigen Augenblick fragte sich Iris, ob es sich so anfühlen würde, wenn Fritz ihr Ehemann wäre. Sie kämen gerade mit Jasmin vom Spielplatz zurück, sie wäre mit dem ersten gemeinsamen Kind schwanger, und Fritz erlaubte es nicht, dass sie Jasmin noch hochhob, wollte sie am liebsten in Watte packen.

Innerlich schmunzelnd, schloss Iris die schlichte, hellgrün gestrichene Wohnungstür auf.

Dahinter betrat man eine rechteckige Diele, von der aus

man in Küche, Bad, Gästetoilette und die einzelnen Zimmer gelangte. Vom Wohnzimmer aus hatte man einen herrlichen Blick auf den See und die noch schneebedeckte Bergkette im Hintergrund. In der Diele war wenig Platz für eine Garderobe, Fritz hatte das Problem mit gusseisernen Blumenmotivhaken gelöst, die an den schmalen Wänden zwischen den Türen angebracht waren, und die Tür zum Badezimmer mit einem Spiegel verkleidet.

»Nach links«, murmelte Fritz, als Iris ihn fragend anschaute.

»In dein Arbeitszimmer?«

Fritz nickte. »Meine Steuererklärung ist fällig, ich dachte, wir beide könnten …« Er sprach mit leiser Stimme, den vergnügten Unterton hörte Iris trotzdem heraus.

Gespannt öffnete sie die Tür. Es war ein sonniges Zimmer, das nach Süden wies und von dem aus man in den gepflegten Garten der Hausbesitzer schauen konnte.

»Na, was sagst du?«

Iris fehlten die Worte. »Oh Fritz, ich bin überwältigt.«

Es war ein Kinderzimmer geworden, und zwar das Abbild von Jasmins Zimmer in der Pension.

»Wenn es dir gefällt, könnten wir doch mal ein Wochenende bei mir verbringen, dann würde sich Jasmin auch heimisch fühlen«, erklärte Fritz.

»Gefallen?« Iris musste sich kräftig räuspern, weil sie vor Rührung kaum sprechen konnte. »Ich bin hingerissen! Es ist wunderschön, und ich würde vorschlagen, du legst sie gleich hin.«

Behutsam legte Fritz die noch immer schlafende Jasmin in ihr zweites Bett, wo sie weiterschlief.

21

Ende März stand Rose im Schlafanzug am Fenster und beobachtete, wie der Tag erwachte. Sie war vor Aufregung seit sechs Uhr putzmunter, eine Stunde vor ihrer normalen Aufstehzeit.

Bald würde es hell werden – über der Bergkette war bereits ein feiner rosaroter Streifen zu sehen, so rosarot wie ihre Stimmung. Ein Gefühl von Zufriedenheit überkam sie. Ich bin überglücklich, dachte sie, und dass sie alles dafür tun würde, dieses Glück nicht in Gefahr zu bringen. Die schlimmsten Wochen ihres Lebens waren vorbei, das Bangen um Nico, die schlaflosen Nächte, die Albträume von seinem Tod und endlich die Erleichterung über seine Genesung.

Inzwischen hatte Nico auch die ambulanten Physiobehandlungen hinter sich und war ganz offiziell gesund, von Professor Ambach höchstpersönlich bestätigt. Und es gab für Nico keinen Grund, sich nicht wieder ins Leben zu stürzen, wie der Professor es ausgedrückt hatte. Allerdings sollten in regelmäßigen Abständen weiterhin Kontrolluntersuchungen ambulant durchgeführt werden.

Sich ins Leben stürzen – das würden sie tun, und auch im Mai heiraten – Hochsaison hin oder her. Einen Kompromiss hatten sie aber eingehen müssen: Keine Hochzeitsreise während der Hochsaison, deshalb wurde die nun vorgezogen. Iris und die Eltern würden sich während ihrer Abwesenheit um die Gäste in den zehn belegten Zimmern kümmern und den Schriftsteller gebührend verabschieden. Herr Winkler hatte tatsächlich volle drei Monate inmitten von Lippenstiftherzen seinen Liebesroman verfasst und schwärmte in höchsten Tönen von der inspirierenden Atmosphäre im Balkonzimmer. Erst vor zwei Tagen hatte er angekündigt, die Pension in seiner Danksagung am Ende des Buches zu erwähnen. Ein so nettes Kompliment hatte Rose lange nicht gehört und sich ausgiebig dafür bedankt. Bis zum Erscheinungstermin dieses Romans, der *Honeymoon am Bodensee* heißen würde, vergingen aber noch einige Monate. Ihr eigener *Honeymoon* dagegen begann morgen früh.

Rose freute sich wie ein Kind. Es war der erste Urlaub seit … Sie erinnerte sich nicht, jemals in Urlaub gefahren zu sein, wie andere Menschen das jährlich taten. Koffer zu packen, in ein Auto, ein Flugzeug oder einen Zug zu steigen und die Sorgen zurückzulassen. Solange sie denken konnte, bedeutete Urlaub für *sie* – wie für alle Mitglieder der Familie König –, zwei, drei freie Tage zu haben, morgens mal ausschlafen, im See schwimmen oder nachmittags eine Stunde in der Sonne liegen zu können. Wohl kaum jemand würde das als richtigen Urlaub bezeichnen, egal wie wunderschön es am Bodensee war. Wenn man hier geboren und aufgewachsen war, sehnte man sich ab und zu mal nach einer weniger vertrauten Idylle.

»Rose? Was machst du denn dort am Fenster, noch dazu barfuß?« Nico setzte sich auf und streckte die Arme nach ihr aus. »Komm doch wieder ins Bett. Ich finde, wir könnten noch ein bisschen in ›Ekstase‹ verfallen. Oder ich wärme deine kalten Füße, die sind doch garantiert eisig. Und als dein Zukünftiger gehört das zu meinen Pflichten.«

Rose ging langsam auf ihn zu. »Ist das eine englische Regel für verheiratete Männer?« Sie stand jetzt direkt vor dem Bett, stemmte die Fäuste in die Hüften und schaute ihn herausfordernd an. »Dann hätte ich das gern schriftlich.«

»Bekommst du. Allerdings ist das unnötig. Was ich dir nämlich verschwiegen habe …« – er beugte sich vor, packte sie an den Händen und zog sie in seine Arme – »ist Folgendes: Mit dem Ring von Grandma Gwendolin gehören wir für alle Zeiten zusammen. Auch ohne Segen von oben oder von irgendwelchen Ämtern.«

Rose genoss die morgendlichen Plänkeleien, die so oft in Leidenschaft endeten. »Das wäre wunderschön, ich möchte nämlich mein Leben mit dir verbringen.«

»Dann sind wir uns ja einig.« Er drückte sie fest.

Rose hatte nur noch einen winzigen Einwand. »Wir müssen noch Koffer packen.«

»Später, später …«

Sie hörte noch, wie Iris und Jasmin über den Flur liefen, dann ließ sie sich von ihren Gefühlen hinreißen.

Als Rose und Nico später in die Küche kamen, wurde das Frühstücksgeschirr gerade von Florence und Herbert abgeräumt. Beim Eintreten prallten sie beinahe mit Annemarie zusammen, die im Laufschritt den Raum verließ und ihnen noch vergnügt zuzwinkerte: »Ah, die Turteltauben. Auch schon wach?«

»Schon längst«, konterte Rose gut gelaunt und wünschte Annemarie einen wunderschönen Tag.

Nico wollte sich ums Frühstück kümmern, Rose sollte sich setzen und einfach nichts tun, bat er.

Rose nahm am Esstisch Platz, an dem nur noch Lissi saß, die mittlerweile ganz offiziell eine Ausbildung zur Konditorin begonnen hatte. Zum Glück hatten sich damals, als Lissi unvermittelt doch noch einmal den Erbanspruch ihrer Mutter zum Thema gemacht hatte, die Wogen sofort wieder geglättet. Herbert hatte ihr relativ ruhig erklärt, dass Charlotte natürlich ihren Pflichtteil einklagen könne, wenn sie darauf angewiesen sei. Doch Lissi hatte darauf abwiegelnd geantwortet: »Ach was, es war doch nicht ernst gemeint!«

Jetzt murmelte die junge Frau vergnügt: »Die ist doch selbst bis über beide Ohren verliebt ...«

Rose wusste natürlich auch, dass zwischen Annemarie und Konditormeister Müller die Chemie stimmte. Die zwei gehörten zusammen wie Schlagsahne auf Sachertorte – so hätte es Großvater Max ausgedrückt.

Lissi stellte ihre Kaffeetasse auf den Teller und sagte im Aufstehen: »Der Meister singt den ganzen Tag kitschige Schlagerlieder vor sich hin, und wenn die Chefin reinkommt, wird er völlig nervös, erteilt Aufträge doppelt und dreifach und so weiter ... der Wahnsinn.«

Rose stützte ihr Kinn auf die Faust und hörte neugierig zu, was Lissi aus der Backstube berichtete. »Dann passt gut auf, dass er nicht Zucker und Salz verwechselt. Damit der gute Ruf der Konditorei nicht leidet – falls du planst, sie eines Tages zu übernehmen.«

Rose wusste, wie provozierend ihre Bemerkung war. So

ganz hatte sie Lissis seltsame Bemerkung damals nicht vergessen.

Doch Lissi ging gar nicht darauf ein, sondern sagte: »Nach England würde ich auch gern mal fahren. Die Kuchen und Torten dort … leiwand!« Sie nickte Rose zu, wünschte ihr einen schönen Tag, trug einige Teller in die Küche, und räumte sie ordentlich in die Spülmaschine ein, wie Rose von ihrem Platz aus beobachten konnte.

Nico kam mit einem Tablett an den Tisch. Kaffee und Rührei auf einer Scheibe Vollkornbrot, was sie gern zum Frühstück aß, und für sich selbst hatte er einen Toast mit Käse und Wurst zubereitet. Auch die bereits abgeräumte Zuckerdose hatte er wieder mitgebracht. »Hast du dich gut mit Lissi unterhalten?« Er stellte das Tablett ab und professionell, wie es Herr Otto nicht besser gekonnt hätte, platzierte er alles auf dem Tisch.

»Lissi würde auch gern mal nach England fahren, weil die Backwaren dort so köstlich sein sollen.«

Nico setzte sich. »Stimmt, englische Kuchen und Kekse sind berühmt, du wirst begeistert sein. Und Lissi werden wir eines von den traditionellen Backbüchern mitbringen. Vielleicht eignet sich das eine oder andere Rezept für den Tortenhimmel. Annemarie ist doch immer noch auf dem Erneuerungstrip, um den Umsatz weiter zu steigern.«

Rose rührte zwei Löffel Zucker in ihren Kaffee. »Gute Idee, so ein Buch könnte sogar auch die Arbeit am Tortenhimmel-Backbuch beflügeln.« Das Projekt war leider ins Stocken geraten. Von den Verlagen hatten sie nur Absagen erhalten, es gäbe ja bereits Unmengen an Backbüchern, und es würden nur noch die von berühmten Konditoren oder

Köchen gekauft. Die Idee, es dann im Selbstverlag herauszubringen, war fürs Erste verschoben worden, weil das zu viel Arbeit bedeutete.

Rose war nervös. Der Sicherheitsgurt klickte nicht richtig ein, bestimmt war er defekt, und das ausgerechnet an ihrem Platz. Wenn das Flugzeug abstürzte, dann …

»Lass mich mal.« Nico erledigte das Problem mit einer Lässigkeit, die nur Vielflieger besaßen.

»Ich dachte, er wäre kaputt«, murmelte Rose betreten und lehnte sich zurück.

Sie war noch nie geflogen, aber das wollte sie jetzt nicht thematisieren. Völlig reiseunerfahren war sie natürlich nicht, sie kannte Rimini, die zauberhafte italienische Stadt an der Adriaküste. Dort hatte sie aber nicht in der südlichen Sonne am weißen Sandstrand gelegen, sondern war durch die Ausstellungshallen der *Sigep*, einer Fachmesse für Speiseeis-, Bäcker- und Konditorenhandwerk gelaufen. Herbert hatte sie einmal zu dieser Messe mitgenommen, die jedes Jahr im Frühjahr stattfand.

»Ein Glas Champagner?«

Rose blickte auf und in das hübsche Gesicht einer jungen Dunkelhaarigen in der dunkelblauen Lufthansa-Uniform. Sie balancierte auf einem Tablett zwei Gläser, in denen das edle Getränk perlte, dazu eine Silberschale mit frischen Erdbeeren. Nicos Eltern hatten First-Class-Tickets spendiert, und Schampus zum zweiten Frühstück war da offensichtlich das Normalste der Welt. Rose lächelte und nickte zustimmend. Man sollte alles im Leben einmal probiert haben, hieß es doch.

»Auf uns, mein geliebtes Seepferdchen!« Nico hielt ihr sein Glas entgegen.

»Auf dich und mich.« Rose probierte einen Schluck und war sicher, noch nie so etwas Köstliches getrunken zu haben. Vielleicht lag es an der speziellen Atmosphäre oder an Nico, aber niemals würde sie diesen Moment …

»Hicks …«

»Oh, das bringt Glück! Woran hast du gerade gedacht?«

Zwischen Lachen und Schluckauf antwortete Rose: »An … hicks … nichts … hicks.« In Wahrheit hatte sie darüber nachgedacht, ob das einzige kleine Schwarze, das sie eingepackt hatte, ausreichen würde. Ob Jeans, Shirts und Pullis auf einem englischen Landsitz überhaupt angemessen waren.

Nico warf ihr einen belustigten Blick zu. »Was hast du gestern Nachmittag gemacht? Nicht nachdenken, nur schnell erzählen.«

»Ähm … hicks … Koffer gepackt, und ich … hicks … hab nicht genug …«

»… Klamotten dabei?«, beendete Nico den Satz, lachte und beugte sich ganz nah zu ihr. »Dann werden wir uns eben überwiegend im Bett aufhalten, da genügt Natur pur.«

Rose presste sich die Hand auf den Mund, um nicht loszuprusten. Eine Sekunde später war der Schluckauf vorbei.

Am Flughafen in London wurden sie von einem Fahrer abgeholt, der in einer auf Hochglanz polierten schwarzen Limousine vorgefahren war. Als Nico ihn dann auch noch mit »Hallo, James« begrüßte und ihm das Einladen des Gepäcks überließ, überkam Rose das Gefühl, eine englische

Lady zu sein, die von ihrem Butler abgeholt wurde. Was für ein Klischee.

Die Fahrt nach Exeter, in dessen Nähe sich das Anwesen der Weingolds befand, würde mindestens viereinhalb Stunden dauern, wie Nico ihr gestern erklärt hatte. Bald nachdem James das pulsierende London durchquert hatte, glitt der Wagen durch eine Landschaft, zu der Rose kein anderes Adjektiv als »romantisch« einfiel. Schmale Straßen gesäumt von halbhohen Steinmauern, erbaut aus soliden Felsbrocken. Schafherden auf sanften grünen Hügeln, von Hunden zusammengehalten. Pittoreske Küstenortschaften, deren weiß gekalkte oder unverputzte Steinhäuser sich dicht aneinanderschmiegten.

Rose vermochte sich kaum sattzusehen, bemerkte aber auch, wie erschöpft sie war. Die unzähligen neuen Eindrücke schienen sie zu überfordern, und der Champagner zum zweiten Frühstück machte sich bemerkbar. Sie lehnte ihren Kopf an Nicos Schulter, und während sie noch dachte, dass sie sich tatsächlich auf ihrer vorgezogenen Hochzeitsreise in England befand und das mit offenen Augen genießen sollte, wurden ihre Lider schwer.

Sie träumte, dass sie und Nico in einer goldenen Kutsche zur Trauung fuhren. Sie in einem voluminösen weißen Kleid, ein gigantischer Berg aus Tüll und Spitze, in dem sie sich kaum bewegen und erst recht nicht ohne Hilfe aufs Klo gehen konnte – und davon wurde sie wach. »Sind wir da?«, fragte sie verschlafen, aber Nico musste sie enttäuschen. Es würde noch eine halbe Stunde dauern. Flüsternd erzählte sie Nico deshalb von ihrem wirren Traum und dass sie tatsächlich zur Toilette müsse.

»Mein armer Liebling, ich versichere dir, dass ich bombastische Hochzeitskleider albern finde und du keines tragen musst ... James, bitte bei nächster Gelegenheit einen Stopp einlegen.«

Wenig später hielt der Wagen vor einem hundert Jahre alten Pub. Als Rose aus dem *bathroom* mit Blümchentapete in den Gastraum zurückkehrte, stand Nico am Tresen und nahm vom Wirt ein Glas Bier entgegen.

»Englisches Bier! Darauf freue mich seit unserem Abflug. Anzuhalten war eine sehr gute Idee, mein Seepferdchen. Und ich würde vorschlagen, wir nehmen hier einen späten Lunch ein.«

Typisch Nico, in jeder Situation das Positive sehen, dachte Rose. Keine Gelegenheit verstreichen lassen, das Leben zu genießen, und nur so viel arbeiten wie nötig. Rose wusste längst, dass er nicht das Geld für eine Miete erarbeiten musste. In Stuttgart hatte er in einer Wohnung gelebt, die seinen Eltern gehörte, und in Auerbach hatte er eine Wohnung kaufen wollen. Pläne, die der Unfall zunichtegemacht hatte. Wo und wie sie später leben wollten, diese Frage würden sie nach der Hochzeit besprechen.

22

Mit der Dämmerung erreichte der Wagen das Anwesen der Weingolds. Wie Rose vermutet hatte, war es in Natur noch eindrucksvoller als auf den Handybildern, die Nico ihr gezeigt hatte. Allein die Zufahrt, kiesbedeckt und breit wie eine Dorfstraße, zeugte von einem Wohlstand, der über ihre Vorstellung hinausging. Das Gebäude war zweistöckig – dicke Mauern aus Steinquadern, mit Erkern und Türmchen, einem dunkelrot gedeckten Dach und weißen Facettenfenstern. Der Eingang befand sich in einem Vorbau, links und rechts daneben Rhododendronbüsche, darüber ein Balkon, umrahmt von einer niedrigen Säulenbalustrade.

Rose war nach dem Aussteigen vor der Limousine stehen geblieben. »Noch nie habe ich so ein wunderschönes Haus gesehen«, flüsterte sie andächtig.

»Wenn du willst, können wir hier leben.« Nico griff nach ihrer Hand. »Aber lass uns zuerst meine Eltern begrüßen.«

»Warum nicht?«, erwiderte Rose, auf seinen Scherz eingehend. Denn er hatte garantiert gescherzt, wie er es gern tat – zu welchem Thema auch immer.

Sie wollte sich intuitiv zum Kofferraum umwenden, aber James kümmerte sich bereits um das Gepäck. Sich an diesen Luxus zu gewöhnen würde gewiss lange dauern, war sie doch bis vor nicht allzu langer Zeit diejenige gewesen, die für ältere Gäste schon mal die Koffer in die Zimmer getragen hatte.

Gespannt ließ Rose sich ins Haus führen. Der Vorbau entpuppte sich als weitläufige Diele, groß wie der Wintergarten zu Hause, sandfarbene Steinfliesen, ein antikes Sofa mit hellroten Samtpolstern, flankiert von wertvoll aussehenden Kommoden aus honigfarbenem Holz. Rose vermutete in den Schubladen Handschuhe, Schals und Kopfbedeckungen. Ein Kamin, umrahmt von grauem Steinkapitell, darüber ein Spiegel im verschnörkelten Goldrahmen, der seiner Größe nach aus einem Schloss stammen musste.

»Da seid ihr ja endlich!« Mark und Amber kamen ihnen entgegen. »Wie war die Fahrt?«

Aufatmend stellte Rose fest, dass Amber in Jeans, einem schlichten hellblauen Pulli und simplen Lederslippern ganz und gar nicht wie eine Millionärin, sondern eher wie eine Studentin aussah. Da musste sie sich in ihrer einfachen Garderobe nicht *underdressed* fühlen.

»Tut mir leid, dass wir euch nicht persönlich abholen konnten. Wir hatten einen Notartermin, der sich nicht verschieben ließ«, erklärte Mark.

»James hat euch gut vertreten«, sagte Nico.

Mark nickte dem Chauffeur zu. »Die Koffer bitte nach oben in Nicos Schlafzimmer.«

»Ich kann das doch selbst erledigen«, mischte Nico sich ein.

»Nichts da, du wirst hier keinen Finger rühren und dich gründlich erholen«, widersprach Mark und umarmte seinen Sohn.

Amber begrüßte Rose mit Küsschen auf die Wangen. »Herzlich willkommen, und bitte fühle dich ganz wie zu Hause.«

Mark schloss sich der Bitte seiner Frau an und betonte, wie sehr er sich über den Besuch freue.

Rose bedankte sich lächelnd. Die ersten Minuten nach der Ankunft fühlte sie sich noch etwas fremd, aber sie würde sich in diesem Traumhaus und in dieser Traumgegend an Nicos Seite garantiert rasch eingewöhnen. Und einmal nicht an die Arbeit oder die Pension denken, sondern sich einfach durch den Tag treiben lassen.

Nico schlug vor, nach oben zu gehen und auszupacken.

»Soll ich dir das Mädchen schicken?«, fragte Amber, als sie sich zum Gehen wandten.

Rose brauchte einen Moment, ehe sie begriff, was Amber ihr anbot. »Ähm ... vielen Dank, nicht nötig.«

»Dann sehen wir uns später zum Dinner.« Ambers freundliche Miene verriet nicht, ob sie über Roses Ablehnung irritiert war.

Der Weg zu Nicos Schlafzimmer führte über zwei Absätze einer breiten Treppe in die erste Etage. Durch ein Oberlicht fiel etwas Tageslicht auf die mit weinrotem Teppich ausgelegten Stufen. Sehr edel, fand Rose und dachte gleichzeitig, wie viel Arbeit es machen musste, die Stufen abzusaugen. Sie schalt sich töricht und zwang sich, den antrainierten »Kontrollblick« einfach mal auszublenden. Eilig griff sie nach Nicos Hand, der vor ihr hinaufging.

Er sah Rose an. »Wir sind gleich da«, keuchte er übertrieben, als müssten sie einen hohen Berg erklimmen und wären außer Puste.

Wie zu erwarten, war Nicos Schlafzimmer nicht nur ein winziges Kämmerchen. Das überbreite Bett mit dem geschwungenen Kopf- und Fußteil stand mittig an der Wand und wirkte deshalb nicht zu wuchtig. Davor befand sich eine gepolsterte Bank. Als Nachttische dienten Kommoden, deren Schubladen mit Griffen und Verzierungen aus Messing beschlagen waren. Darauf Messinglampen mit weißen Seidenschirmen. In der·Ecke neben dem Fenster ein stummer Diener. Ein Schreibtisch mit gepolstertem Armlehnstuhl am Fenster, aus dem man einen weiten Blick in die Landschaft hatte. Ergänzt wurde die Einrichtung von einem dunkelbraunen Ledersofa, auf dem antik aussehende bestickte Blumenkissen lagen. Davor ein niedriger Tisch mit frischem Obst in einer Silberschale. Nicht ein einziges Möbelstück auf dem hellen Teppichboden wirkte neu. Ein Blumenstrauß auf dem breiten Fenstersims verbreitet sanften Duft.

Nico schloss die Tür. »Willkommen in meiner bescheidenen Bude.«

Rose blickte ihn fragend an und prustete dann los. »Ich kenne deinen Humor und dein Understatement ja zur Genüge, aber das ist die Übertreibung des Jahres. Es gibt da ein Sprichwort: Bescheidenheit ist eine Zier, doch weiter kommst du ohne ihr. Diese ›bescheidene Bude‹ ließe sich problemlos in eine Zweizimmerwohnung umgestalten, mit Bad und Küche.«

»Apropos Bad, hier geht's lang.« Nico deutete auf eine weiße Tür, die Rose noch gar nicht bemerkt hatte. »Vielleicht ein Bad für mein Seepferdchen? Ich würde mich auch als Bademeister anbieten.«

Eine Woche später hatte Rose sich langsam an das Nichtstun gewöhnt. Daran, verwöhnt zu werden. Sich um nichts kümmern zu müssen. Und besonders an den *early morning tea*. Hatte sie sich in den ersten Tagen noch jeden Morgen nach dem Aufwachen ungläubig die Augen gerieben, als es um acht an der Tür klopfte, freute sie sich inzwischen darauf. Tee im Bett, der Inbegriff von Luxus.

Tagsüber unternahmen sie Ausflüge an die wildromantische Küste, spazierten durch idyllische Fischerdörfer oder barfuß am Strand durch die Wellen. Rose war hingerissen von den idyllischen Cottages, beeindruckenden Herrensitzen und den verwitterten Burgruinen. Die Grafschaft Devon war ihrem Empfinden nach eine zauberhafte Gegend und musste den Vergleich mit dem Bodensee nicht scheuen.

Nico zeigte ihr Exeter, die Hauptstadt der Grafschaft Devon, erzählte vom Wahlspruch der Stadt, *Semper fidelis*, was »für immer treu« bedeutete. Deshalb gehörten auch Männer, die hier geboren wurden, zu der Sorte Immertreu, ergänzte er augenzwinkernd. »Ich bin die treuste Seele, die du dir vorstellen kannst, und dass ich dich einmal belogen habe, war die berühmte Ausnahme von der Regel. Großes Exeter-Ehrenwort.«

Als Nico Rose fragte, ob sie es sich vorstellen könnte, hier zu leben, musste sie nicht lange nachdenken. Ein Leben ohne Geldsorgen, in einem Traumhaus zu wohnen, sich alles leisten zu können, wonach einem der Sinn stand, und das an der Seite der großen Liebe ihres Lebens? Ja! Natürlich überlegte sie auch, wie sie sich würde beschäftigen können. Auf Dauer war es vermutlich langweilig und unbefriedigend, immer nur spazieren zu gehen, sich in den Wellen abzukühlen oder Rosen zu beschneiden. Sie hatte ihr Leben lang gearbeitet, und solange sie keine Kinder hatten, wollte sie nicht untätig herumsitzen.

Eine erste Idee überkam Rose, als sie einmal von hohen Klippen aus aufs Meer schauten und dann das Picknick auspackten, das die Köchin ihnen vorbereitet hatte. Selbstverständlich in einem stilvollen Korb aus geflochtenen Weidenruten, der mit feinem Porzellan, Gläsern und Silberbesteck ausgestattet war. Nur die Käse-Schinken-Sandwiches aus dreieckigen Toastscheiben waren nicht unbedingt Roses Geschmack. Doch sich darüber zu beschweren, wäre ihr nie in den Sinn gekommen, sie wusste sich schließlich zu benehmen, und auch, wie sehr Nico die zutiefst englische Tradition des Picknicks liebte. Auf der Fahrt hierher hatte er ihr erzählt, dass schon Jane Austen in ihrem Roman *Emma* über ein geselliges Beisammensein in der freien Natur geschrieben hat. Darüber, Avancen anzudeuten oder falsche Hoffnungen zu wecken.

»Schmeckt es dir heute nicht?«, fragte Nico, als sie das Sandwich nur zur Hälfte aß.

»Ich hätte nichts gesagt, aber da du fragst: Es ist nicht so ganz mein Fall. Bei dem englischen Toastbrot muss ich immer an deutsches Brot denken. Das würde ich sehr vermissen, falls wir eines Tages hier leben.« Sie blickte nachdenklich über das Meer. »Man könnte es natürlich ...«

»Raus damit, nur keine Scheu! Falls du eine Geschäftsidee hast – daran bin ich immer interessiert, auch wenn sie im ersten Moment utopisch sein mag.«

»Deutsches Sauerteigbrot und Vollkornbrot in einer

eigenen Bäckerei herzustellen, natürlich mit einem deutschen Bäcker. Meinst du, solche Brote fänden hier genügend Abnehmer?«

Nico musterte sie mit leuchtenden Augen und küsste sie dann auf die Wangen. »Bestimmt! Eine wundervolle Idee, ganz wundervoll, mein Liebling, das ist eine gute Idee. Ich muss dir gestehen, wenn ich etwas an Deutschland liebe, dann ist es euer Brot. Diese unvergleichliche Vielfalt … mein Lieblingsbrot ist das mit Walnüssen. Und dann Butter und etwas Salz darauf … köstlich.« Er griff nach dem halben Sandwich, das sie auf einem Teller abgelegt hatte. »Das hier mag den Hunger stillen, die Sandwiches von Waltraud dagegen sind nicht nur sättigend, sondern auch noch gesund *und* – nicht zu vergessen – ein Hochgenuss für die Geschmackssinne.«

»Dir gefällt meine Idee? Aber ganz einfach wird es sicher nicht …« Rose führte in allen Einzelheiten aus, wie viel Arbeit der Aufbau eines solchen Betriebs und seine Verwaltung bedeutete und dass ein normales Familienleben dann garantiert für eine lange Zeit zu kurz käme.

Nico grinste sie belustigt an. »Habe ich dir schon gesagt, wie sehr ich dich liebe?«

»Du nimmst mich nicht ernst«, schmollte Rose.

Nico rückte dicht an sie heran, nahm sie in die Arme. »Ganz im Gegenteil, mein Seepferdchen. Ich weiß natürlich von Anfang an, dass du es nicht auf mein Geld abgesehen hast. Aber das benötigen wir, um so ein Projekt auf die Beine stellen zu können.«

»Also bitte … Was hat das denn mit deinem Geld zu tun, das im Moment noch deinen Eltern gehört? Sie müssten also zuerst sterben, woran wir gar nicht denken wollen, ehe du über viel Geld verfügen könntest, nicht wahr?«

Nico öffnete die Thermoskanne mit dem schwarzen Tee und füllte zwei Tassen. »Meine Eltern leben hoffentlich noch sehr lange. Aber ich muss sie nicht beerben, sondern kann sie einfach um ein Darlehen bitten, womit wir die Bäckerei samt deutschem Bäcker auf die Beine stellen könnten. Und um ein richtiges Familienleben mache ich mir keine Sorgen. Wir arbeiten nämlich nicht selbst im Laden, dafür gibt es Personal. Wir schaffen Arbeitsplätze, und das ist ein weiterer Pluspunkt. Wenn wir über reichlich Startkapital verfügen, ist das Ganze ein Klacks. Zufrieden?« Er reichte Rose eine Tasse.

Sie nickte. Alles selbst machen zu wollen war mal wieder typisch für sie. »Das klingt gut, und Geld zu leihen grundsätzlich auch, es kommt aber auf die Zinsen an.«

»Von dir nehme ich in Vertretung meiner Eltern Naturalien, und gern eine kleine Anzahlung«, entgegnete Nico in bester Laune.

Seine Forderung endete in einer nicht ganz jugendfreien Rangelei.

Am Abend, bei traditionellem Lammbraten mit Kartoffelmus, grünen Bohnen und Yorkshire Pudding – Nicos Lieblingsgericht –, erzählten sie von ihrem Picknick, bei dem sie von deutschem Brot gesprochen hatten, und kamen dann auf die Bäckerei-Idee zu sprechen. Auch Amber und Mark erinnerten sich an Waltrauds köstliche Sandwiches.

»In London bekommt man garantiert deutsches Brot«, mutmaßte Mark.

»Ich habe aber hier in der näheren Umgebung noch keine spezielle Bäckerei entdecken können«, bemerkte Amber, räumte jedoch ein, selten Lebensmittel einzukaufen, das würde vom Personal erledigt.

Nico pikste drei Bohnen auf und tunkte sie in Kartoffelbrei. »Wir haben überlegt, eines Tages vielleicht hier zu leben«, fuhr er fort, ehe er die Gabel in den Mund schob.

»Das wäre wundervoll …« Amber betrachtete ihren Sohn mit liebevollem Lächeln und wandte sich dann Rose zu. »Dann habt ihr einen Käufer für die Pension gefunden?«

»Das Thema ist nicht mehr aktuell. Und die Zimmerbelegung für die nächsten Wochen lässt auf eine gute Saison hoffen«, antwortete Rose, tupfte sich den Mund mit der Serviette ab und nahm noch einen Schluck von dem leichten Weißwein.

»Trotzdem kamen wir auf die Idee, vielleicht eine deutsche Bäckerei hier in der Gegend zu eröffnen«, übernahm Nico das Gespräch. »Rose sagt, sie sei nicht der Typ, um lange zu faulenzen.« Er strich ihr liebevoll über den Arm.

»Ach, eine Weile würde ich es schon genießen, mir die wunderschöne Gegend anzusehen und mich mit allem vertraut zu machen, aber nicht auf Dauer … Mein Großvater hat immer gesagt: Müßiggang ist aller Laster Anfang. Er war ein bisschen altmodisch, aber ohne seinen Fleiß und den seiner Frau gäbe es die Pension König nicht.«

»Ich würde euch gern unterstützen«, sagte Amber und schlug vor, sich nach einem geeigneten Ladenlokal umzusehen. »Ganz unverbindlich, nur zur ersten Orientierung. Eine Ehe mit einem gemeinsamen Projekt zu beginnen bringt bestimmt Glück.«

Nico griff den Vorschlag seiner Mutter euphorisch auf. »Solange wir noch hier sind, könnten wir entsprechende Immobilien besichtigen und Pläne schmieden!«

Rose verspürte einen dumpfen Druck im Magen – schon wieder würden sie den zweiten Schritt vor dem ersten tun. Noch waren sie nicht einmal verheiratet. Das Schicksal konnte tückisch sein, niemand wusste das besser als sie. Dennoch rang sie sich ein freundliches Lächeln ab. »Ich freue mich über eure Begeisterung, aber sollten wir nicht ...«

»Keine Angst«, unterbrach Nico sie. »Anschauen verpflichtet uns zu nichts.«

23

Gedankenversunken schlenderte Iris Richtung Friedhof, um die Großeltern und Viola zu besuchen. Der alte Dorffriedhof hinter den weiß gekalkten Mauern war morgens um halb neun der ruhigste Ort in ganz Auerbach. Beisetzungen fanden nur noch in Familiengräbern statt.

In stillem Zwiegespräch begrüßte sie die Großeltern und erzählte Viola dann von ihrer Tochter. »Jasmin geht es prächtig, vor wenigen Minuten habe ich sie in die Kita gebracht«, flüsterte sie und berichtete, was für ein glückliches und geselliges Kind die Kleine war und dass sie am liebsten mit anderen Kindern spielte. Iris erzählte auch von Fritz, den Viola noch kennengelernt hatte.

Auf dem Rückweg am See entlang setzte Iris sich auf eine Bank, wo sie in Ruhe über ihr Problem nachdenken konnte, das sie seit Tagen beschäftigte. Ein paar Minuten hatte sie noch Zeit, bis sie sich ins Tagesprogramm stürzen musste. Zuerst mit Antonella und Marcella die Zimmerreinigungen erledigen, anschließend die Rezeption übernehmen, solange Rose im Urlaub war, und sich um ab- und anreisende Gäste kümmern.

Sinnierend blickte Iris in den wolkenverhangenen Himmel. Eine leichte Brise kräuselte die Wasseroberfläche, auf der die Linienschiffe ruhig dahinglitten. In Sichtweite mühte sich ein Segler, über den sich die kreischenden Möwen amüsierten.

Auch sie fühlte sich, als versuchte sie, den Wind zu fangen, doch es fehlten die Segel, die sie unterstützen und weg von Christian treiben würden. Tränen der Wut brannten plötzlich in ihren Augen. Eilig zog sie das Päckchen Taschentücher aus ihrer Windjacke und musste schmunzeln, als mit der Packung auch eine Fingerpuppe zum Vorschein kam. Seit sie Mutter war, steckte überall kleines Spielzeug, und auch sonst war sie stets für alle Eventualitäten gerüstet, mit Trinkflasche, Feuchttüchern und Keksen im Buggy. Sie hätte glücklich und zufrieden sein sollen. Mit Jasmin hatte sich ihr größter Traum erfüllt, und der Mann an ihrer Seite liebte sie über alles. Wie sehr, das war ihr erst so richtig bewusst geworden, als Fritz sie in seine Wohnung entführt hatte. Ein wohliges Gefühl überkam sie, wenn sie an den Moment dachte, als er die Tür zu dem neuen Kinderzimmer für Jasmin geöffnet hatte.

Seitdem hatten sie einige Probenächte, wie Fritz es nannte, in seiner Wohnung verbracht, und Iris wäre liebend gern für immer bei ihm eingezogen. Doch solange sie nicht von Christian geschieden war, konnte sie dem Wunsch einfach nicht nachgeben. Fritz akzeptierte das, auch wenn er es sich anders vorgestellt hatte. Von Christians Erpressungsversuch mit dem angeblichen Versöhnungssex hatte sie ihm nicht erzählt, das Ganze war einfach zu lächerlich. Inzwischen hatte sie auch herausgefunden, dass Sex im Trennungsjahr kein Beweis tatsächlicher Versöhnung und sozusagen »erlaubt« war. Solange die Partner weiterhin in getrennten Wohnungen lebten, werteten die Gerichte das als Ausrutscher. Sie und Christian lebten sogar in sehr weit voneinander entfernten Wohnungen, diese seltsame Nacht würde niemals als Versöhnung gewertet werden. Doch leider war inzwischen ein Umstand eingetreten, den Christian zu seinem Vorteil nutzen würde, sobald er davon erführe.

Es begann zu tröpfeln, und Iris machte sich eilig auf den Weg nach Hause.

Sie kam zwanzig Minuten zu spät, die Zimmermädchen warteten bereits mit dem Servicewagen auf sie.

»Tut mir sehr leid«, entschuldigte sich Iris und versprach ein Stück Kuchen zur Pause.

Sie überprüfte den Reinigungsplan, aus dem sie ersehen konnte, wie viele Zimmer in der ersten Etage belegt waren, und informierte die beiden darüber, welche der Gäste erst gegen elf abreisen würden.

Iris übernahm ebenfalls eine Zimmerreinigung und stürzte sich regelrecht in die Arbeit. Wieder einmal bemerkte sie, wie wunderbar ablenkend körperliche Anstrengung wirkte. Lüften, das Bettzeug kräftig aufschütteln, Matratzen auf Schädlinge kontrollieren, Böden saugen oder putzen, Bäder säubern, Staub wischen. Frische Bettwäsche wurde erst bei Neubelegung oder großer Verschmutzung aufgezogen.

Dreißig Minuten später hatten sich ihre trüben Gedanken verzogen wie die abgestandene Luft durch das offene Fenster, und das Doppelzimmer war wieder klinisch sauber. Die momentanen Bewohner waren ein älteres Ehepaar, sehr liebe, unkomplizierte Stammgäste, die jedes Jahr im Frühjahr zwei Wochen buchten.

Wenn Iris zurückdachte, musste sie zugeben, dass sich der Ärger mit unliebsamen Gästen über die Jahrzehnte in Grenzen gehalten hatte. Viele kamen seit Jahren, früher mit ihren Kindern, und waren dem Haus bis ins Rentenalter treu geblieben. Einen ganz besonderen Gast würde sie nie vergessen. Iris erinnerte sich sogar noch an seinen Namen: Alexander Steinbacher. Anfangs hatten Rose und sie ihn verdächtigt, hinter den verleumderischen Bewertungen – schmutzige Zimmer, alte Matratzen und dergleichen – auf den einschlägigen Reiseportalen zu stecken. Bis sich herausstellte, dass es sich bei seinem Besuch um ein Liebesdrama handelte.

Steinbacher hatte als junger Mann mit seiner frisch angetrauten Frau einen Kurzurlaub im Balkonzimmer verbracht. Damals waren beide noch Studenten gewesen, hatten wenig Geld und konnten sich keine lange Hochzeitsreise leisten. Fünfundzwanzig Jahre später kam er wieder, um in diesem Zimmer seine Silberhochzeit zu feiern – ohne seine Frau, die kurz vor diesem Jubiläum verstorben war. Am Sterbebett hatte er ihr versprochen, dennoch an den Bodensee zu fahren, und Wort gehalten. Steinbacher hatte Horst beauftragt, fünfundzwanzig Rosen einer bestimmten Sorte zu besorgen, hatte dann die Rosenköpfe abgeschnitten und sie in den Bodensee geworfen – in Erinnerung an fünfundzwanzig gemeinsame, glückliche Jahre mit seiner verstorbenen Gattin.

Iris überkam Gänsehaut, wenn sie daran dachte, wie sehr Steinbacher seine Frau geliebt haben musste. Wie sehr er um sie getrauert hatte.

Sie packte die Putzutensilien auf den Servicewagen und

schob ihn zum Balkonzimmer. Nachdem der Schriftsteller abgereist war, hatte Horst sich an das Streichen der Wände gemacht. Erst mal an einer Wand zur Probe, um zu sehen, ob diese Spezialfarbe bereits nach einem Anstrich tatsächlich so stark deckte, wie vom Hersteller versprochen.

Gespannt schloss Iris das Zimmer auf. Die gute Nachricht: Es roch nicht nach Farbe. Die schlechte: Der Lippenstift schimmert noch leicht durch. Auf den ersten Blick waren nur Schatten zu erkennen, doch bei genauerem Hinsehen waren die Herzchen nicht zu verleugnen. Horst würde eine zweite Farbschicht auftragen müssen.

Sie rief ihn über das Handy an und berichtete von der Situation.

»Hab's mir schon angesehen, da muss ich auf jeden Fall noch mal drüber, aber dann sollte das Malheur behoben sein«, sagte Horst und fügte hinzu, dass er es am Montag erledigen wolle, weil an dem Tag meist kaum Ausfahrten anfielen.

Die Zuversichtlichkeit in seiner Stimme beruhigte Iris. Mit etwas Glück würde das schönste Zimmer des Hauses bald wieder zu vermieten sein.

24

Eines Abends, als Iris gerade ihrer Tochter die Gutenacht-
geschichte vom schlaflosen Bären vorlesen wollte, versagte ihre Stimme. Ihr Hals kratzte. Nach mehrmaligem
Räuspern ging es wieder einigermaßen. Womöglich war es
doch zu voreilig gewesen, im noch relativ kühlen See zu
schwimmen. Seit ihrer Jugend war sie von März bis November regelmäßig morgens in den See gesprungen – diese
Gewohnheit war nur während der Zeit in Köln und durch
die unerwartete Mutterschaft unterbrochen worden. Doch
seit Jasmin am Vormittag in der Kita versorgt wurde, ergab
sich oft eine halbe Stunde, in der Iris ein paar Bahnen ziehen konnte.

Nachdem Jasmin eingeschlafen war, schaltete Iris das
Babyphon ein, steckte das Empfangsgerät in die Hosentasche und verließ leise das Zimmer. Fritz wollte in etwa
einer Stunde kommen, bis dahin konnte sie noch Husten-
tee kochen.

Auf dem Weg in die Küche meldete sich Fritz mit einer
Nachricht auf ihrem Handy.

*Hallo, Liebling, bei dir alles okay? Ich muss leider einen er-
krankten Kollegen vertreten, es könnte sehr spät werden, deshalb schlafe ich lieber in meiner Wohnung. Wir sehen uns aber
auf jeden Fall morgen. Big Love*

Schade, aber dann freue ich mich auf morgen, schrieb sie zurück und fügte noch drei Herz-Emojis hinzu.

In der Küche traf sie ihre Mutter an, die gerade dabei war, die Spülmaschine auszuräumen.

»Hallo, Mama …« Iris musste husten. »Ich will mir noch einen Tee kochen.«

»Ist Jasmin gut eingeschlafen?«, fragte Florence und betrachtete Iris dann mit diesem durchdringenden Mutterblick, der mehr sah als jeder Blick durchs Mikroskop. »Bei dir auch alles in Ordnung, *chérie*?«

Iris nickte schwach. »Ist sicher nur eine leichte Erkältung. Ich lege mich gleich hin, dann geht es mir morgen bestimmt wieder besser.«

»Den Tee kann ich kochen«, bot Florence an und ließ sich nicht abwimmeln, als Iris ablehnte. »Ich bringe ihn dir nach oben.«

»Danke schön.« Iris wusste, dass sie nicht nur wegen des Tees kommen wollte.

Wenig später klopfte es leise an ihre Tür.

»Ja bitte!«, rief Iris.

Ihre Mutter kam herein und schob die Tür mit dem Fuß zu. »Salbeitee mit etwas Zitrone, 'at schon meine *Maman* für mich gekocht. Der 'ilft schnell und schmeckt.« Sie stellte ein Tablett mit einer Tasse und einer kleinen Teekanne auf der niedrigen Rattankommode neben dem Bett ab. Dann setzte sie sich auf die Bettkante und schenkte lächelnd ein.

»*Merci, Maman*, ich liebe deinen Salbeitee.« Iris war in einen Schlafanzug geschlüpft und hatte sich ins Bett gelegt, obwohl es erst sieben war. Sie hoffte, ihre Mutter würde das als Signal verstehen, dass ihr nicht nach Reden zumute war.

Florence nickte zwar, überzeugt schien sie aber nicht zu sein, wie Iris am prüfenden Blick erkannte. »Und jetzt raus mit der Sprache, was ist wirklich los?«

Iris griff nach der Teetasse, pustete über die Oberfläche und trank einige kleine Schlucke, während sie überlegte, ob ihre Mutter Rat wüsste.

»Weißt du, *ma chérie* ...« Florence streichelte Iris' Hand. »Es gibt zwei Dinge, die Menschen sprachlos machen – Geburt und Tod. Gestorben ist niemand, das wüsste ich, also kannst du nur schwanger sein.«

Iris schaffte es gerade noch, die Tasse auf dem Tablett abzustellen, so sehr zitterte ihre Hand. »Wie ... wie ... kommst du denn auf die Idee?«

»Das war leicht zu erraten, deine 'aut ist rosig, und deine Augen glänzen. Aber ich verstehe nicht, warum du darüber offenbar nicht ganz glücklich bist. Fritz ist ein wundervoller Mann, er wird zu dir stehen ... oder ... *mon dieu* ...« Erschrocken riss sie die Augen auf. »Ist es nicht von ihm?«

»*Maman*, was denkst du denn von mir?«, entrüstete sich Iris. »Selbstverständlich ist es von Fritz ... aber ...« Und dann erzählte sie ihrer Mutter die peinliche Geschichte von Christians Überraschungsbesuch, der tatsächlich von niemandem bemerkt worden war. »Würde er mitbekommen, dass ich schwanger bin, würde er es garantiert zu seinem Vorteil nutzen. Auch wenn seit einem Test bekannt ist, dass er zeugungsunfähig ist.«

»*Quel malheur!*«

»Ein ganz großes Malheur«, stimmte Iris seufzend zu.

»Fritz weiß also noch nichts von seinem Glück?« Florence

hatte das Problem mit dem Spürsinn einer dreifachen Mutter auf den Punkt gebracht.

Iris schüttelte den Kopf; ihr kamen die Tränen. »Ich weiß es selbst erst seit einer Woche. Ich war seit ein paar Tagen überfällig, und als der Babytest positiv war, konnte ich es kaum glauben. Aber wenn ich es Fritz erzähle, muss ich auch diese peinliche Nacht beichten. Dabei kann ich mich genau erinnern, dass in jener Nacht nichts passiert ist. Tatsache ist, solange wir verheiratet sind, ist Christian vor dem Gesetz automatisch der Vater, Zeugungsunfähigkeit hin oder her. Ich habe mich erkundigt, und wie es aussieht, ist das Fakt.«

Florence hatte aufmerksam zugehört. »Aber du freust dich doch auf das Baby, nicht wahr?«

»Oh, *Maman*, natürlich, du weißt, wie sehr ich mir immer Kinder gewünscht habe!«

»Dann 'erzlichen Glückwunsch, *ma chérie*.« Florence umarmte ihre Tochter. »Und ich freue mich sehr, wieder Großmutter zu werden. Was für ein Glück ich 'abe!« Sie blickte kurz ins Leere, und Iris wusste genau, ihre Mutter dachte an Viola. Doch dann war sie wieder beim Thema. »Was denkst du, wie Fritz die Neuigkeit aufnehmen wird?«

»Er hat genau wie ich immer von einer Familie mit Kindern geträumt, aber …«

»Dann vergiss das Aber und sprich mit ihm, er wird sich bestimmt auch riesig freuen. Ewig kannst du die Schwangerschaft sowieso nicht verbergen, und dann musst du es ihm sagen. Warum also nicht gleich?« Florence lächelte.

»Ich weiß, dass mein Bauch bald wachsen wird, aber er könnte glauben, dass ich ihn betrogen habe. Oder zumindest wird es ihn auch schwer treffen, wenn Christian Vaterschaftsansprüche geltend macht.«

Florence erhob sich, lief zum Fenster und blickte hinaus, kam nach einer Weile wieder zu Iris ans Bett und setzte sich. »Fritz muss keine Einzelheiten erfahren. Sollte jene Nacht bei der Scheidungsverhandlung zur Sprache kommen, steht Aussage gegen Aussage. Christian 'at, offiziell in einem Pensionszimmer übernachtet, und von der Schwangerschaft erzählst du ihm natürlich nichts. Mit etwas Glück bist du geschieden, ehe das Kind zur Welt kommt.«

»Danke, *Maman.*« Das Gespräch mit Florence hatte Iris' Angst weggewischt wie ein starkes Desinfektionsmittel einen Bakterienherd. Morgen würde sie Fritz alles erzählen. Zuerst natürlich die freudige Nachricht – die unangenehme war dann der berühmte Wermutstropfen im süßen Cocktail.

Iris genoss den Salbei-Zitronen-Tee und überlegte, auf welche Art sie Fritz die Überraschung beibringen sollte. Vielleicht mit einem Geschenk? Ein paar Babyschuhen? Oder mit einem Aufkleber fürs Auto: *Baby an Bord?* Nein, das war doof. Ein Foto von ihrem Bauch? Der war leider noch zu flach. Vielleicht einfach mit den Worten: »Ich habe eine Überraschung für dich«, und ihn dann raten lassen.

Sie entschied sich am Ende für eine Rassel. Fritz würde ausflippen. Sie sah ihn vor sich, wie er zuerst die Rassel anstarren, dann sie mustern und schließlich begreifen würde. Und wenn der Freudentaumel ihn so richtig gepackt hatte, würde er auch die weniger schöne Neuigkeit verkraften, dachte sie.

Im nächsten Moment schreckte eine Autohupe sie auf.

Christian!, war reflexartig ihr erster Gedanke, und sie rannte zum Fenster und schaute auf den Parkplatz.

Kein Porsche, was für eine Erleichterung, sondern eine schwarze Limousine mit einem Stuttgarter Kennzeichen. Gäste? Nein, die letzten angemeldeten Gäste hatten gestern eingecheckt.

Der Fahrer stieg aus, ging um den Wagen herum und öffnete die Tür zum Fond.

Welch hohe Herrschaften waren denn da im Anmarsch?, fragte sich Iris und dachte, dass sie bestimmt enttäuscht sein würden, weil niemand auf das Hupen reagierte. Doch dann erkannte sie die vermeintlichen Herrschaften. Rose und Nico.

Ihre Schwester war zurück. Iris schlüpfte in ein Paar Sneakers, zog einen Pulli über den Schlafanzug, schnappte sich das Babyphon und lief los.

Unten angelangt, sah sie, dass die Eltern ihr zuvorgekommen waren und die Eingangstür geöffnet hatten. Florence umarmte Rose so fest, als wäre sie nicht nur zwei Wochen, sondern zwei Jahre unterwegs gewesen. Herbert klopfte Nico lässig auf die Schulter. »Na, dann kommt mal rein, ich hole das Gepäck aus dem Wagen.«

»Nicht nötig«, winkte Nico ab. »Der Fahrer erledigt das.«

»Wie feudal, mit eigenem Chauffeur, wie bei Königs«, raunte Iris Rose zu, als sie sich umarmten, und beobachtete, wie besagter Chauffeur vier Gepäckstücke aus dem Kofferraum nahm und vor den Eingangsstufen abstellte.

Nico drückte dem Mann einen Geldschein in die Hand und wünschte gute Rückfahrt.

»Ist nur ein Leihwagen, Nico hatte keine Lust, von

Stuttgart aus weiter mit dem Zug zu fahren.« Rose drückte Iris ganz fest. »Hach, ist das schön, wieder zu Hause zu sein! Ich habe euch vermisst. Wie geht es meiner kleinen Nichte?« Sie musterte das Babyphon in Iris' Hand. »Brave Mama.«

Iris blinzelte eine Träne weg. »Wir haben dich auch vermisst. Jasmin geht es hervorragend. Sie wird sich riesig freuen, euch zwei morgen am Frühstückstisch zu sehen.«

Noch ehe Rose etwas erwidern konnte, fuhr ein Taxi vor. Alle reckten die Köpfe und staunten, als zuerst Berthold Müller dem Taxi entstieg und nach ihm Annemarie aus dem Fond krabbelte. Müller im dunklen Anzug mit offenem Kragen, Annemarie in einem kniekurzen roten Kleid, aufgestylt mit reichlich Schmuck.

»Huhu!«, rief Annemarie aufgekratzt, während sie sich bei Müller unterhakte und mit ihm auf das Haus zusteuerte.

Herbert runzelte die Stirn. »Wo kommt ihr denn her?«

»Von einem Event.« Annemarie grinste. »Hallo, Rose, hallo, Nico, seid ihr auch gerade eingetroffen? Dann sollten wir alle zusammen noch einen Begrüßungsdrink zu uns nehmen. Oder ist schon Schlafenszeit, Brüderchen?«

Herbert kratzte sein unrasiertes Kinn und murmelte etwas, das Iris nicht genau verstand. Es hatte aber nach »Alte Betriebsnudel« geklungen.

»Dann mal rein in die gute Stube«, übernahm Iris das Kommando und musste im nächsten Moment wieder husten. Eigentlich gehörte sie endlich ins Bett, aber sie war neugierig, was Rose zu erzählen und was Annemarie mit »Event« gemeint hatte.

Während Nico, Herbert und auch Berthold Müller die

Koffer drinnen abstellten, entschuldigte sich Iris kurz, um nach Jasmin zu sehen und eine Jeans anzuziehen.

Wenige Minuten später saßen alle Familienmitglieder im Salon auf dem gemütlichen Sofa und den Sesseln. Florence fragte, ob sie Rotwein oder Weißwein holen sollte, doch Annemarie bestand auf Prosecco, es gebe etwas zu feiern.

Herbert war sofort dafür, als Annemarie auch noch andeutete, es gebe gute Neuigkeiten, was die Pension anbetraf, und begab sich höchstpersönlich in den Weinkeller. Er kehrte mit zwei Flaschen Prosecco zurück und erklärte: »Eine als Reserve, nur für alle Fälle.«

Florence und Rose hatten inzwischen Sektgläser, eine Schale mit Erdnüssen und eine mit Salzbrezeln auf dem Couchtisch verteilt.

Nach dem Anstoßen wurden Rose und Nico offiziell willkommen geheißen. Iris trank nur einen winzigen Schluck und entschuldigte sich damit, dass sie Halsschmerzen habe und ihr eher nach heißem Tee sei. Florence lächelte wissend.

Die ersten Gläser waren schnell geleert, Annemarie öffnete die zweite Flasche, die ja sonst warm würde, wie sie sagte, was schade wäre.

»Also«, begann sie dann. »Wir waren bei einer Dichterlesung in Konstanz ...«

Herbert sah sie belustigt an. »Seit wann interessierst du dich für Gedichte?«

»Das sagt man doch nur so! Eine Autorin hat aus ihrem Roman vorgelesen, eine schöne Geschichte über eine Konditorei, deshalb hat es uns interessiert. Aber darum geht es gar nicht, sondern um den Veranstaltungsort, also die

Buchhandlung in Konstanz, wo das Ganze stattgefunden hat.«

»Willst du umsatteln auf Bücher?« Herbert hatte sein Glas in einem Schluck geleert, und so vergnügt, wie er kicherte, schien der Alkohol bereits zu wirken.

»Nein, du Simpel, jetzt hör einfach mal zu …« Annemarie bedachte ihn mit einem strengen Blick, ehe sie weiterredete. »Also, Berthold kennt den Inhaber der Buchhandlung sehr gut …« Sie drehte sich zu Herrn Müller um, der ihr zunickte.

»Alexander Winterberg ist ein alter Schulfreund«, erklärte der Konditor. »Er veranstaltet regelmäßig Lesungen und schickt mir Einladungen dazu. Oft sind es Buchpremieren mit ausgewählten Gästen, bei denen dann auch Canapés und Getränke serviert werden.«

Wie aufs Stichwort hob Herbert sein leeres Glas. »Ich könnte noch ein Schlückchen vertragen …« In gewohnter Manier schob er die Brille auf der Knubbelnase zurecht. »Zur Feier von Roses und Nicos Rückkehr.«

Während Florence amüsiert schmunzelnd nachschenkte, sagte Annemarie, sie und Berthold hätten ein neues Geschäftsfeld aufgetan. Dabei himmelte sie ihren Konditormeister wie üblich an. Berthold sagte nichts dazu, er lächelte nur auf eine Art, die Iris als Zustimmung verstand.

Herbert trank einen Schluck und wandte sich dann Annemarie zu. »Ich bin ja nur ein einfacher Konditor und Gastwirt, aber was Bücher mit uns zu tun haben sollen, kapiere ich nicht. Es sei denn, ihr wollt auch Torten in Buchform backen, was natürlich überhaupt keine Schwierigkeit bedeutet. Die Schrift aus Marzipan, Fondant oder gespritzter Schokolade, ganz wie es beliebt. Da habe ich schon andere Herausforderungen gemeistert.« Er setzte sich aufrecht hin, hob den Kopf und wuchs in seinem Sessel ein paar Zentimeter.

»Torten in Buchform … ganz heiße Spur, Brüderchen.« Annemarie nahm ebenfalls einen Schluck, ehe sie fragte: »Noch mehr Ideen?«

»Jetzt rück endlich raus mit eurem Vorschlag, bevor ich alt und grau werde.«

Iris amüsierte sich über die Kabbelei der Geschwister und hatte wieder einmal das Gefühl, beide genossen den Schlagabtausch, das verbale Kräftemessen, das für die Familie oft kurzweiliger war als eine gesittete Unterhaltung.

»Du wirst doch nicht alt, Herbertchen, sondern mit jedem Tag jünger. Auf die Jugend.« Annemarie grinste ihren Bruder liebevoll an und trank erneut einen großen Schluck, bevor sie weitersprach. »Aber jetzt mal ordentlich Schlagsahne an die Sachertorte … Wir haben dem Buchhändler angeboten, dass er größere Veranstaltungen auch bei uns im Wintergarten abhalten kann … für einen ersten Probelauf sogar kostenlos. Er müsste keinen Eintritt verlangen, die Gäste müssten nur den Verzehr, sprich Häppchen und Getränke bezahlen … Waltraud freut sich bestimmt, wenn sie etwas außer der Reihe zubereiten darf.«

Berthold hatte sein Glas geleert, stellte es auf dem Tisch ab und räusperte sich. »Die Idee mit der Torte in Buchform werde ich meinem Freund vorschlagen, wenn mal wieder aus einem dieser Romane gelesen wird, bei denen am Ende auch Rezepte zu finden sind. Das ist nämlich gerade ein großer Trend.«

»Also, was denkt ihr?« Annemarie musterte alle der Reihe nach. »Und was sagst du, Rose, als Geschäftsführerin? Gute Idee oder gute Idee?«

»Ja, doch, klingt interessant. Ich überlege nur …« Rose drehte ihr Glas zwischen den Fingern.

»Was gibt's denn da zu überlegen?« Annemarie schüttelte genervt den Kopf. »Gäste im Haus bedeutet Geld in der Kasse, und dagegen gibt es keine Einwände, oder?«

»Das stimmt, aber was machen wir mit den anderen Tagesgästen?«

»Jetzt siehst du aber ein Problem, wo keins ist, Rose«, mischte Herbert sich ein. »Oft nimmt der Betrieb doch ab sechs Uhr merklich ab, und um sieben sind dann kaum noch zwei, drei Tische besetzt. Außerdem könnte man die Gäste vielleicht auch motivieren, zu der Veranstaltung zu bleiben!«

Annemarie klopfte mit ihren rot lackierten Fingern auf den Tisch. »Hab ich also dafür eure Zustimmung?«

»Mir gefällt die Idee«, sagte Iris.

Ihre Tante rieb sich die Hände. »Sehr schön, sehr schön, dann telefoniere ich mit dem …«

Sie wurde vom leisen Quietschen der sich öffnenden Tür unterbrochen.

Abrupt drehten sich alle um. Lissi erschien im Türrahmen, und gleich dahinter eine elegante ältere Dame in einem Kamelhaarmantel, das grau melierte Haar zu einem Nackenknoten frisiert. Lissi hakte sich bei ihr ein und zog sie in den Raum. »Servus, miteinander! Wie schön, dass ihr alle hier seid, das passt gut … Ihr erinnert euch an meine Mutter?«

Charlotte lächelt sichtlich verkrampft. »Guten Abend.«

Aus dem Babyphon ertönte Weinen. Iris schnellte von ihrem Sessel hoch, entschuldigte sich und lief aus dem Raum. Warum Charlotte so plötzlich auftauchte, noch dazu unangekündigt, würde sie früh genug erfahren. Erst mal musste sie Jasmin beruhigen.

25

Rose war über Charlottes Besuch nicht weniger erstaunt als die anderen. Die Frage »Warum dieser Überraschungsbesuch?« hing wie in einer riesigen Sprechblase in der Luft.

Nur Florence begrüßte Charlotte, wie es sich für eine Gastgeberin geziemte. »'erzlich willkommen, wir freuen uns! 'erbert, würdest du unserem Gast den Mantel abnehmen?«

»Selbstverständlich.« Herbert erhob sich, deutete eine kleine Verbeugung an und half Charlotte aus dem sandfarbenen Mantel.

Rose stellte Nico vor, den Charlotte bei ihrem ersten Besuch nicht kennengelernt hatte, und bemerkte aus den Augenwinkeln, wie begeistert Annemarie Lissi anstrahlte. Nicht zum ersten Mal überkam sie das Gefühl, Lissi sei wie die Tochter, von der Annemarie immer geträumt hatte, und die nun auch noch Konditorin werden wollte. Offensichtlich war sie darüber sehr glücklich.

»Charlotte, möchtest du etwas essen? Du bist sicher 'ungrig nach der Reise.« Florence plauderte locker wie mit einer lieben Verwandten, über deren Besuch sie sich ehrlich freute.

Rose bewunderte ihre Mutter, die sich ihre wahren Gefühle nicht anmerken ließ. Denn alle anderen im Raum starrten die österreichische Verwandte eher an wie die böse

Fee, die nicht zur Taufe eingeladen war und im nächsten Moment alle mit einem Fluch belegen würde, in ihrem Fall also ihren Pflichtteil einfordern. Hatte Charlotte vergessen, dass sie bei ihrem damaligen Besuch versichert hatte, nichts beanspruchen zu wollen? Auch fragte Rose sich, warum Charlotte sich nicht angekündigt hatte. Wollte sie nur ihre Tochter Lissi besuchen, ein paar Tage Urlaub machen – oder eben doch Ansprüche stellen?

Mittlerweile hatte Herbert seiner Halbschwester seinen eigenen Sitzplatz angeboten und fragte an Florence gewandt, ob er noch eine Flasche aus dem Keller holen sollte.

Charlotte setzte sich und hielt sich an ihrer voluminösen Handtasche fest, als fürchtete sie Diebe. »Bitte keine Umstände …«

Herbert nahm die leeren Proseccoflaschen auf den Arm wie ein Baby. »Es ist ein hervorragender Tropfen, kein Zuckerwasser, von dem man am nächsten Tag einen Brummschädel hat.«

»Danke schön, Herbert, das ist sehr freundlich, aber Lissi und ich waren essen, und ich hatte bereits zwei Gläser Wein. Aber zu einem Wasser würde ich nicht Nein sagen …«

Lissi eilte in die Küche und kam mit zwei Gläsern Wasser zurück. »Bestimmt wundert ihr euch, dass meine Mutter so überraschend zu Besuch gekommen ist …«

Rose schaute hilfesuchend zu Florence. Die wischte einen Wassertropfen mit ihrer Serviette auf. »Wir freuen uns, schließlich gehören deine Mutter und auch du zur Familie.«

Lissi fand das »leiwand«, und Charlotte atmete sichtlich auf. »Danke, das ist sehr lieb. Ich hatte ein wenig Bedenken, einfach so hereinzuplatzen …« Sie stellte ihre Handtasche auf den Fußboden und trank einen Schluck Wasser.

»Hereinplatzende Gäste sind immer ein Anlass zur Freude«, sagte Herbert, wobei er sein Glas musterte, das längst leer war. »Außerdem ist das unser Geschäft.« Kaum ausgesprochen, merkte er, dass seine Worte auch falsch verstanden werden konnten, und räusperte sich. »Du bist natürlich kein Gast wie andere … ähm … ich meine, die Zahlenden.«

»Lass gut sein, 'erbert, wir haben verstanden – und auch ein freies Zimmer«, beendete Florence Herberts unglücklichen Versuch, Charlotte zu erklären, dass sie natürlich nicht für ihre Übernachtungen bezahlen musste.

»Wenn es keine Umstände macht, nehme ich gern an. Ich kann aber auch in einem Hotel in der Nähe logieren, das wäre kein Problem.«

»Das ist wirklich nicht nötig«, versicherte nun auch Rose freundlich. Aber dass Charlotte nicht nur Zeit mit ihrer Tochter verbringen wollte, das spürte Rose selbst im kleinen Fingernagel.

Obgleich immer noch nicht geklärt war, ob Charlotte die böse Fee oder nur eine liebevolle Mutter war, die ihre Tochter besuchte, gähnte Rose demonstrativ hinter vorgehaltener Hand. »Verzeihung, die Reise war sehr anstrengend, ich bin reif fürs Bett. Gute Nacht allerseits.« Ihr war nicht entgangen, wie still Nico während der letzten halben Stunde geworden war. Sie waren sehr früh aufgestanden und endlose Stunden unterwegs gewesen. Auch er war gewiss erschöpft, und sie sehnte sich danach, in Nicos Armen einzuschlafen. Morgen war auch noch ein

Tag, und dann würde sich hoffentlich aufklären, was Charlotte wollte. Sie hatte gern alles in Ordnung, wie eine vorbildliche Buchführung. Nichts machte sie so nervös wie eine Katastrophe, die spürbar im Anmarsch war. Erst recht, wenn diese Katastrophe einen teuren Kamelhaarmantel trug und harmlos lächelte.

Wenig später kuschelte Rose sich in Nicos Arme. »Endlich! Ich war kurz davor umzukippen.«

»Ich auch.« Er küsste sie auf die Stirn. »Und das ist nun die berühmte uneheliche Tochter deines Großvaters, von der du mir erzählt hast?«

»Das ist sie, und ich fürchte, sie wird nun doch ein Stück vom Kuchen, also von der Firma, haben wollen.«

»Wenn sie beweisen kann, dass sie tatsächlich Max' Tochter ist ...«

»Was willst du denn damit andeuten?« Rose wand sich abrupt aus Nicos Armen, setzte sich auf und starrte ihn ungläubig an.

»Na ja ...« Nico hob den Kopf, stützte sich auf den Ellbogen und schaute sie fragend an. »Habt ihr jemals nach Beweisen gefragt? Wo sind DNA-Analysen, wo Urkunden?«

Rose brauchte eine Sekunde, bis sie merkte, dass Nico es ernst meinte. Lachend küsste sie ihn auf die Wangen. »Mein Geliebter, was würde ich nur ohne dich tun? Wir haben nie überprüft, ob Charlottes damalige Erzählung stimmt, dass sie erst von einem Anwalt von ihrem deutschen leiblichen Vater erfahren hat. Und ob das Tagebuch ihrer Mutter, in dem sie Hinweise auf ihn gefunden hat, echt ist. Gleich morgen werde ich mich darum kümmern.«

»Immer gern, mein geliebtes Seepferdchen. Schlaf gut.« Er gähnte herzhaft und drehte sich zur Seite.

»Gute Nacht, Liebling«, flüsterte Rose, knuffte ihr Kopfkissen zurecht und schloss die Augen. Natürlich war es Quatsch, was Nico da angedeutet hatte, dennoch war es wie ein Floh im Ohr, der sie wach hielt. Sie fragte sich, ob Charlotte und Lissi Betrügerinnen sein könnten. Aber Charlotte sah der Frau auf dem alten Foto doch sehr ähnlich, auch wenn sie inzwischen viele Jahre älter war. Und um einen Gentest machen zu können, hätten persönliche Dinge von Max König vorhanden sein müssen – Rasierapparat, Kamm oder ein benutztes Taschentuch. Nichts davon war verfügbar. Nicht einmal von den alten Kleidungsstücken hatte Annemarie etwas behalten wollen. Sie hatte die guten Sachen an die Caritas verschenkt und den Rest entsorgt. Großvaters Asche auszugraben würden seine Kinder niemals gestatten, vorausgesetzt, Asche eignete sich überhaupt für einen DNA-Abgleich. Rose dachte noch einmal an das Tagebuch, das Charlotte von Elfie, ihrer Mutter, gefunden hatte. Darin hatte Elfie über ihre Liebe zu Max geschrieben und dass sie ein Kind von ihm erwartete. Das konnte sich doch niemand ausdenken. Charlotte war definitiv die Tochter von Max König. Rose atmete tief durch, und dann fiel ihr noch ein, dass auch ein vergleichender DNA-Test mit Annemarie und Herbert eine Verwandtschaft bestätigen könnte.

Geweckt wurde sie am nächsten Morgen von leisem Klopfen. Sie rollte sich aus dem warmen Bett, schlüpfte in den hüftlangen Strickpulli, den sie am Abend aufs Sofa geworfen hatte, und ging nachschauen, wer gefühlt mitten in der Nacht störte. Es war Iris, mit zwei Tassen Kaffee auf einem kleinen Tablett, die sie anstrahlte.

»Wie spät ist es denn?«, fragte Rose.

»Kurz vor neun, ich wollte nur nachsehen, ob es euch gut geht. Ihr habt gestern ziemlich übermüdet ausgesehen.«

»Das waren wir auch. Danke …« Rose nahm das Tablett entgegen und stellte es auf dem Fußboden ab. »Wo ist meine kleine Nichte? Gestern war es ja zu spät, wir konnten sie gar nicht begrüßen.«

»Die spielt schon seit einer halben Stunde mit ihren Freunden in der Kita. Bis später dann …« Iris wandte sich zum Gehen.

»Warte!« Rose hielt ihre Schwester zurück und blickte kurz über die Schultern zu Nico. Von ihm waren nur die zerzausten Haare zu sehen. Sie trat in den Flur, und um ihn nicht zu wecken, zog sie die Tür ins Schloss. »Ist Charlotte noch da?«

Iris musterte Rose amüsiert. »Du stellst Fragen! Natürlich ist sie noch da. Als ich den Kaffee für euch geholt habe, saß sie mit Lissi am Esstisch im Salon. Warum?«

Rose zog die Augenbrauen hoch. »Findest du es nicht seltsam, dass sie hier so urplötzlich auftaucht? Es zeugt eigentlich nicht von besonders guter Kinderstube, die Verwandtschaft einfach zu überfallen. Ich habe das dunkle Gefühl, sie will doch was von uns. Du nicht?«

»Stimmt schon, ich war auch ziemlich überrascht … aber lass uns nachher über ihren Besuch reden, wenn ich mit der Wäsche fertig bin.«

»Wäsche?« Rose rieb einen Fuß an dem anderen. Es war

definitiv noch keine Barfußzeit. »Noch nicht ganz wach ...«
Iris streichelte ihr kurz über die Wange. »Wir sind zur
Hälfte ausgebucht.«

»Wirklich? Das ist ja großartig ...«

»Allerdings!« Iris strahlte sie an. »Auch das Balkonzimmer ist wieder vermietet, Horst hat es geschafft, die
Herzchen mit einem zweiten Anstrich verschwinden zu
lassen, und gestern haben sehr liebe Stammgäste, ein Ehepaar, eingecheckt.«

»Was würden wir ohne Horst machen, er ist einfach un-
bezahlbar«, sagte Rose dankbar.

»Du sagst es, ich kann nur hoffen, dass er uns noch lange
erhalten bleibt. Aber trinkt erst mal euren Kaffee, wir sehen
uns nachher.«

»Ja, dann bis später. Danke für den Kaffee und danke,
dass du mich vertreten hast ...« Rose öffnete leise die Tür,
huschte zurück ins Zimmer und stellte den Kaffee auf die
kleine Kommode neben dem Boxspringbett. Mit einem
wohligen Seufzer schlüpfte sie unter die Decke. Erst mal
aufwärmen.

»Hey, Eiswürfelalarm!«, protestierte Nico.

Rose flüsterte ihm leise »Lust auf Kaffee?« ins Ohr und
kuschelte sich an ihn. »Wir haben verschlafen.«

»Lust schon, aber auf etwas anderes«, war die Antwort,
mit der er sie an sich zog.

Als sie sich voneinander lösten, war der Kaffee kalt geworden. Vor dem Frühstück wollte Rose aber noch unter
die Dusche. Nico fand, das sei eine gute Idee, und folgte ihr.
Danach hatten beide einen Mordshunger.

Im privaten Salon wurden Rose und Nico vom Duft frisch gebratener Eier empfangen.

Doch von den anderen Familienmitgliedern war niemand mehr zu sehen. »Wie peinlich, jetzt ahnt jeder, was wir so lange getrieben haben.«

»Korrigiere mich, wenn ich mich täusche. Aber sind wir nicht ganz allein in diesem Zimmer?« Nico breitete die Arme aus und drehte sich einmal um sich selbst.

»Ja ... schon«, gab Rose zu und strich sich über das glatt geföhnte blonde Haar, das glänzend auf ihre Schultern fiel. »Aber wir haben nicht mit der Familie gefrühstückt, und sie werden sich ihren Teil denken.«

Nico zupfte an seinem dunkelblauen V-Pulli, richtete den offen stehenden Hemdkragen, strich sich mit den Fingern erst über die Augenbrauen, dann durchs Haar und fragte grinsend: »Besser so?«

Rose verkniff sich ein Lachen und küsste ihn zärtlich. »Das meine ich doch nicht. Außerdem mag ich deine Strubbelfrisur.«

»Als halber Engländer finde ich es durchaus reizvoll, sich an die altmodische Etikette zu halten. Andererseits leben wir nun wirklich in modernen Zeiten, und jeder weiß, dass wir in einem gemeinsamen Bett schlafen. Und jetzt mache ich uns ein kräftiges Frühstück, damit wir fit für die nächste Runde sind. Eier?«

»Mindestens zwei.«

Gemeinsam bereiteten sie ein üppiges Frühstück zu, das fast schon als Mittagessen gelten konnte.

Rose bestrich gerade die dritte Scheibe Vollkornbrot mit Butter, als Iris eintrat.

Nico erhob sich höflich und schob ihr einen Stuhl zurecht. »Hunger, liebe Schwägerin in spe?«

»Oh, danke schön, sehr aufmerksam.« Iris setzte sich und musterte Nico leicht irritiert. »Leider kommen die altmodischen Kavaliere ansonsten langsam aus der Mode.«

»Nicht bei uns.« Nico eilte in die Küche und kam mit einem Gedeck zurück. »Wir haben uns eben entschlossen, wieder mehr Wert auf Etikette zu legen. Kaffee?« Nico schenkte ein und zwinkerte Rose zu.

Rose unterdrückte einen wohligen Seufzer. Nico war einfach ein Traummann.

Sein Handy piepste, und er warf einen Blick auf das Display. »Mist, ich habe den Kontrolltermin bei Professor Ambach vergessen.« Rasch rief er im Krankenhaus an und verabschiedete sich dann mit einem Kuss auf Roses Wange. »Der Professor legt eine Überstunde für mich ein. Bis bald, meine Schöne.«

»Moment … wie kommst du nach Konstanz? Soll ich dich fahren?« Rose schob ihren Stuhl zurück. Seit dem Unfall hatte sie panische Angst, dass Nico sich wieder hinters Steuer setzte, und hatte das bislang auch verhindern können.

»Ich nehme ein Taxi, mach dir keine Sorgen. Bleib du hier und rede mit deiner Schwester. Ihr habt euch doch bestimmt eine Menge zu erzählen.« Er beugte sich zu ihr und küsste sie noch auf die andere Wange.

»Ruf mich sofort an, wenn du das Untersuchungsergebnis weißt!«, rief Rose ihm noch nach.

»Wird gemacht.« Winkend verließ Nico das Zimmer.

»Was für ein wunderbarer Mann …« Rose stand auf

und holte ein Tablett aus der Küche, um den Tisch abzuräumen. »Ach Iris, England war unglaublich, dieses Devon ist geradezu unwirklich schön. Wer da nicht romantisch wird, hat überhaupt keine Gefühle.«

Iris wischte den Tisch mit einem feuchten Lappen sauber. »Ich träume auch von einer Urlaubsreise mit Jasmin und Fritz, aber momentan kann ich das wohl vergessen.«

»Dann lass uns mal beratschlagen, wie sich dein Traum schnellstens verwirklichen lässt«, sagte Rose, als sie das benutzte Geschirr in die Spülmaschine einräumten.

»Der Klarspüler muss aufgefüllt werden.« Iris holte die entsprechende Flasche aus dem Schrank unter dem Spülbecken und füllte die Kammer auf. »Urlaub wäre zwar schön, hat aber momentan nicht – wie soll ich sagen – oberste Priorität.«

Rose verteilte das Besteck im Korb. »Warum denn nicht? Selbst wenn alle Zimmer belegt sind – für ein verlängertes Wochenende kommen wir auch ohne dich aus.«

Iris drehte sich zu Rose um, streckte ihr den noch völlig flachen Bauch entgegen und streichelte mit einer Hand darüber. »Deswegen.«

Rose stutzte, kapiert dann aber schnell und fiel ihrer Schwester mit einem Freudenschrei um den Hals. »Wahnsinn! Und Glückwunsch! Und überhaupt, ich freue mich riesig für dich. Fritz ist bestimmt auch aus dem Häuschen.«

»Er weiß es noch nicht«, gestand Iris, kam aber nicht dazu, über die Einzelheiten zu reden, weil Roses Handy klingelte.

Rose meldete sich mit professionell-freundlicher Stimme und hörte wortlos zu. Nach einer Weile murmelte sie:

»Verstehe …«, und ihre Miene wurde immer ungläubiger. »Selbstverständlich, ich melde mich in Kürze«, sagte sie schließlich und verabschiedete sich. »Weißt du, wer das war?«, wandte sie sich an ihre Schwester.

Iris zuckte mit den Schultern. »Nein, aber hoffentlich kein Drohanruf, du sahst ziemlich verstört aus.«

»Im Gegenteil, ich war nur verblüfft, die Stimme von Frau Trautmann zu hören. Die Hochzeitsplanerin, erinnerst du dich an sie?« Rose kickte die Klappe der Spülmaschine mit dem Fuß zu und schaltete das Kurzprogramm ein.

»Aber ja, ganz deutlich. Ist fast zwei Jahre her, damals hat sie doch die Feier einer jungen Braut organisiert, die im kleinen Rahmen feiern wollte, weil sie zum Zeitpunkt der Hochzeit hochschwanger sein würde.« Versonnen lächelnd strich Iris sich erneut über ihren Bauch. »Was wollte Frau Trautmann?«

Rose räumte die Flasche mit dem Klarspüler wieder fort. »Komm mit ins Büro, ich muss Termine checken, und dort können wir ungestört reden.«

26

Rose überließ Iris den ergonomischen Schreibtischstuhl, setzte sich auf den Besucherstuhl an den Schreibtisch und schaltete alle verfügbaren Lampen ein. »So ist es hier besser auszuhalten! Wenn die Regenwolken tief über dem See hängen und es draußen so düster ist wie heute, empfinde ich die Arbeit vor dem Bildschirm irgendwie doppelt anstrengend. Der März hatte zwar schon ein paar lauschige Frühlingstage, aber langsam könnte es echt dauerhaft wärmer werden.« Sie fuhr den Rechner hoch.

Iris lächelte. »Du bist noch im Urlaubsmodus und musst dich erst wieder auf den Job einstellen.«

Rose nickte ihrer Schwester kurz zu, bewegte die Maus, und nach einigen Klicks öffnete sich die Tabelle für Anmeldungen, in die sie eine Anfrage notierte. »Also, Frau Trautmann hat angefragt, ob im Juni noch Zimmer frei sind. Viele Leute wollen im Moment heiraten, ich ja auch … wenn es nur endlich so weit wäre!« Rose drehte sich zu ihrer Schwester um. »Sie organisiert wohl eine große Hochzeitsfeier, zu der zahlreiche Gäste von auswärts kommen, und sie wollte im Vorfeld klären, ob diese Leute hier übernachten könnten.«

»Große Hochzeit, viele Gäste und Übernachtungen!« Iris hatte die Punkte mit glänzenden Augen wiederholt. »Das klingt nach vollem Haus und voller Kasse. Frau Trautmann gehört ab sofort zu meinen Lieblingskundinnen. Wir werden ihr den ›roten Teppich‹ ausrollen, damit wir die Nummer eins auf ihrer Liste mit Eventlocations werden.«

»Auf jeden Fall«, stimmt Rose ihrer Schwester zu. »Und zusätzlich werden wir ihr ein Angebot machen, das sie nicht ablehnen kann, um diesen Spruch zu bemühen. Wenn sich daraus eine dauerhafte Zusammenarbeit ergibt, wäre das super. Aber jetzt noch mal zu der anderen tollen Neuigkeit: Warum hat Fritz noch keine Ahnung von seinem Glück?«

Iris berichtete möglichst unaufgeregt von Christians Überraschungsbesuch, dem Beruhigungsschnaps und dem angeblichen »Versöhnungssex«, der nicht stattgefunden hatte. »Trotzdem macht es mir panische Angst, dass das Baby nach dem Gesetz automatisch als Christians Kind gilt, wenn die Scheidung noch nicht durch ist, ehe es auf die Welt kommt.« Iris traten Tränen in die Augen. Schniefend blickte sie Rose an. »Ich hab kein Taschentuch …«

Rose öffnete die Schreibtischschublade, holte eine Packung Tempos heraus und reichte sie Iris. Dann stand sie von ihrem Stuhl auf und zog ihre Schwester an sich. »Mach dich nicht verrückt, ändern kannst du eh nichts mehr.«

Iris putzte sich die Nase. »Ja … es ist sinnlos«, murmelte sie beim Luftholen.

Rose öffnete erneut die Schublade und fischte eine Tüte Zitronenbonbons heraus. »Hier, sauer macht lustig!«

Iris nahm ein Bonbon aus der Tüte, schob es in den Mund und musste lächeln.

»Siehst du, die wirken sofort!« Rose klatschte kichernd in

die Hände. »Wer eine Schwester und Zitronenbonbons hat, dem kann nichts passieren.«

»Das erinnert mich an den kleinen Bären und den kleinen Tiger aus unserem Lieblingskinderbuch *Oh, wie schön ist Panama*. Wie habe ich das geliebt …« Iris wirkte sofort viel ruhiger, und ihre Gesichtszüge wurden weich. »Ob wir das Buch noch irgendwo haben?«

»Wenn wir es nicht finden, kaufen wir es neu«, sagte Rose und wechselte dann das Thema. »Aber wir sprachen doch gerade über etwas anderes.«

»Ach ja …« Iris' Miene verdüsterte sich wieder. »Ich überlege, ob ich Fritz überhaupt von diesem angeblichen Versöhnungssex erzählen soll. Ich hab mit Mama darüber geredet, sie meinte, ich solle ihm die Wahrheit sagen. Für den Scheidungsprozess spielt es übrigens keine Rolle, ob wir Sex hatten, solange das Paar nach wie vor in getrennten Wohnungen lebt, ist Sex auch während eines Scheidungsverfahrens erlaubt.« Iris wischte sich mit einem frischen Taschentuch über die Augen. »Leider sind getrennte Wohnungen nur eine *Voraussetzung* für eine Scheidung.«

Rose streichelte ihr über den Rücken. »Wir brauchen einen Plan, damit Christian endlich aufhört, das Verfahren zu verschleppen.«

Iris war so aufgeregt wie damals vor dem ersten Treffen mit Fritz. Dabei waren sie seit über einem Jahr ein Paar und würden auch nicht zum ersten Mal ein Wochenende miteinander verbringen, für das sie gerade die Koffer packte. Jasmin saß in Stretchjeans, Pulli und Schnürschuhen inmitten einiger Plüschtiere, die sie zusammengetragen hatte, seit sie wusste, dass sie gleich von Fritz abgeholt werden würden.

»Welches Kuscheltier sollen wir einpacken?«

»Da.« Jasmin streckte ihr den Hasen und ein Eichhörnchen entgegen. Iris legte die beiden in den kleinen Reisekoffer. Jasmin beobachtete sie gespannt, war anscheinend nicht zufrieden, nahm die Plüschtiere hoch und legte sie an eine andere Stelle in den Koffer. Dann zerrte sie einen Strickpulli heraus und deckte die Tiere damit zu.

Schmunzelnd lobte Iris ihre Tochter: »Das hast du gut gemacht, dann können die beiden auf der Reise schlafen.«

Mithilfe einer Liste kontrollierte sie, ob sie auch nichts vergessen hatte. Das Kinderzimmer in Fritz' Wohnung war zwar perfekt ausgestattet, sogar Windeln, Cremes, Badeenten und ein Minibademantel waren vorhanden, aber sie hatte Kleidung, Jasmins Spieluhr zum Einschlafen und einiges andere einpacken müssen. Wie jedes Mal, wenn sie daran dachte, mit wie viel Liebe Fritz das Zimmer für die Kleine hergerichtet hatte, konnte sie ihr Glück kaum fassen. Und das wollte sie sich nicht von Christian zerstören lassen, der gestern Abend tatsächlich wieder angerufen und mit sanfter Stimme seine übergroße Liebe beteuert hatte.

»Hör endlich auf, mich zu tyrannisieren!«, hatte sie ihn angebrüllt. »Es ist zwecklos! Ich habe mich in einen anderen Mann verliebt und werde mit ihm zusammenziehen.« Genau das war es, was Rose ihr vorgeschlagen hatte. Christian vor vollendete Tatsachen zu stellen.

Sie hatte ihn deutlich nach Luft schnappen hören.

»Wir sind noch verheiratet«, hatte er dann zurückgebrüllt. »Und für mich gilt, bis dass der Tod uns scheidet.«

»Mach dich nicht lächerlich«, hatte sie geantwortet und auflegen und seine Nummer blockieren wollen, sich dann aber besonnen. Er würde garantiert nicht davor zurückschrecken, über das Festnetztelefon die ganze Familie zu belästigen.

Das Klingeln ihres Handys unterbrach ihre Gedanken. Fritz. Hoffentlich hatte es in der Redaktion keine Katastrophen gegeben, die ihr gemeinsames Wochenende gefährdeten.

»Hallo, mein Schatz«, begrüßte Fritz sie. »Ich hab mich extra beeilt mit meiner Arbeit und kann in zehn Minuten bei euch sein.«

Iris atmete erleichtert auf und spürte, wie ihre Nervosität stieg. »Wir sind abfahrbereit, sitzen praktisch auf gepackten Koffern.«

»Brauchst du noch etwas, was ich unterwegs besorgen könnte?«

Hätte sie auch noch die leisesten Zweifel an seiner Liebe zu ihr und Jasmin gehabt, bei dieser fürsorglichen Frage wären sie beseitigt gewesen. »Wie lieb, dass du fragst, im Moment fällt mir nichts ein. Ich denke, wir haben alles.«

Sie verabschiedeten sich, und wenig später stand Fritz schon vor der Zimmertür. Nach einem Begrüßungskuss fixierte er ihren XL-Koffer. »Es ist diesmal etwas mehr geworden, ich habe nämlich überlegt, ob ich ein paar Sachen bei dir lassen kann, dann erspare ich mir beim nächsten Übernachten das große Gepäck. Vorausgesetzt, du bist damit einverstanden.«

»Selbstverständlich, ich freue mich sogar sehr, wenn du auf diese Weise langsam bei mir einziehst.« Er griff nach dem Koffer und auch nach dem von Jasmin. »Alles dabei, nichts vergessen?«

»Nein. Es kann losgehen.« Iris zog Jasmin die wattierte Jacke an, schlüpfte in ihren Mantel und wurde entgegen ihrer Beteuerung das Gefühl nicht los, irgendwas Wichtiges nicht eingepackt zu haben. Aber das überkam sie jedes Mal vor Reisen. Alles nur Einbildung, sagte sie sich, schulterte die Handtasche, nahm Jasmin auf den Arm und marschierte hinter Fritz her die Treppen nach unten.

Doch als Jasmin zufrieden im Kindersitz saß – sie liebte das Autofahren –, fiel Iris ein, was sie noch hatte mitnehmen wollen. Sie lief noch einmal nach oben und saß kurz darauf auf dem Beifahrersitz.

»Beinahe hätte ich das Wichtigste vergessen«, sagte Iris, während sie den Sicherheitsgurt befestigte.

Neugierig betrachtete Fritz ihre leeren Hände. »Muss was Unsichtbares sein.« Schmunzelnd startete er den Wagen.

»So ähnlich«, entgegnete Iris, lehnte sich zurück und blickte verträumt aus dem Fenster.

Die Strecke zu Fritz' Wohnung führte nahe am See vorbei. Die untergehende Sonne hatte die Schleierwolken rosarot gefärbt, und es schien Iris, als würden diese ihr den direkten Weg in eine rosige Zukunft weisen.

Im selben Moment tastete Fritz nach ihrer Hand. »Ziemlich schöner Abend.«

Iris verschränkte ihre Finger mit seinen und schickte einen stummen Wunsch Richtung dieses romantischen Himmels. Sie wäre gern noch viel länger am See entlangchauffiert worden, um das ganz besondere Glücksgefühl zu genießen, das aus ihrem Bauch kam und sie zittern ließ.

Doch Fritz parkte den Wagen schon nahe dem Haus-eingang, stellte den Motor ab und löste seinen Sicherheits-gurt. »Nimmst du die Kleine? Dann kümmere ich mich ums Gepäck.«

»Mach ich.« Iris blickte über die Schulter zu Jasmin, die nicht eingeschlafen war und nun mit dem Finger auf das Haus zeigte. »Ja, da wohnt Fritz, da hast du auch ein eige-nes Zimmer und ganz viele Spielsachen.«

Jasmin strampelte heftig mit den Beinen und streckte Iris die Ärmchen entgegen, als sie die hintere Wagentür öffnete.

Fritz musste die Koffer an der Haustür abstellen, um auf-zusperren. »Wird Zeit, dass sich die Dinger auch endlich per Funkschlüssel öffnen lassen wie Autotüren. Zu blöd, dass ich kein Erfinder bin, das ist garantiert eine Markt-lücke, mit der man steinreich werden könnte.«

Iris fiel gleich ein passender Name dafür ein. »Man könnte es Fritzchen nennen.«

»Fritzchen?«

»Weil das Teil klein wäre, passt in jede Jackentasche.«

»Klingt logisch, aber noch muss der große Fritz das Öff-nen selbst übernehmen.« Er hielt ihr die Haustür auf.

Fast unhörbar stöhnend nahm Iris Jasmin wieder auf den Arm. Sie wurde mit jedem Tag schwerer, und bald würde sie ihre Tochter nicht mehr tragen können, tragen *wollen*, um das Ungeborene nicht zu gefährden. Aber Jasmin wurde schließlich auch mit jedem Tag selbstständiger und konnte bald allein Treppen steigen.

Auf dem Weg in den dritten Stock, wo Fritz' Drei-zimmerwohnung lag, erinnerte sich Iris an den Tag, als er sie mit dem Kinderzimmer überrascht hatte. Vor wenigen

Wochen hatte sie überlegt, wie es sich anfühlen würde, wenn Fritz ihr Ehemann und sie schwanger wäre. Eine Hälfte der Vision hatte sich erfüllt, und Iris konnte es kaum erwarten, seine Reaktion auf diese Neuigkeit zu sehen.

Oben angekommen, stellte Fritz die Koffer ab, schloss die hellgrüne Wohnungstür auf und ließ ihnen den Vortritt. »Bitte die Damen, den Weg kennt ihr ja.«

Jasmin lief sofort zielstrebig durch die Diele nach links, wo ihr zweites Zuhause war. Auf den ersten Blick war es immer noch identisch mit dem Kinderzimmer im Dachgeschoss der Pension – bis auf ein Detail, das Fritz inzwischen angeschafft hatte: ein großer rotbrauner Plüschtiger mit schwarzen Streifen, auf dem Jasmin sitzen konnte.

Fritz half Iris aus dem Mantel, zog dann seine Jacke aus und hängte beides an einen der Garderobenhaken zwischen den Zimmertüren. Iris stellte ihre Handtasche darunter auf den Fußboden.

Die nächsten fünfzehn Minuten vergingen mit dem Auspacken der Koffer. Fritz hatte Iris bereits vor ihrer ersten Übernachtung Platz in seinem Kleiderschrank gemacht.

Nachdem Iris sich ausgebreitet hatte, spielten sie zu dritt mit Duplo-Lego und dem neuen Laster. Jasmin hatte das Fahrzeug auf dem Spielplatz bei einem anderen Kind gesehen und unbedingt haben wollen. Dann gab es den Abendbrei, und nach dem Zähneputzen war Jasmin bettreif. Das Schlummerlied der Spieluhr lief noch, da war sie schon eingeschlafen.

Iris hatte neben dem Bett gesessen. Jetzt griff sie nach dem Babyphon, verließ leise das Zimmer und nahm aus der Handtasche ihr Mitbringsel. Vor dem Spiegel auf der Badezimmertür streckte sie ihren Bauch hinaus. Er war definitiv noch viel zu flach, um ihn als Babybauch zu präsentieren.

Fritz saß im Wohnzimmer auf dem schwarzen Leder-sofa, die Beine auf der niedrigen Polsterbank ausgestreckt, die Arme hinter dem Kopf verschränkt. Iris mochte die ein-fache, pflegeleichte Möblierung, genau wie die schneeweiße Einbauküche. Fritz blickte auf den Fernseher, in dem ein Fußballspiel ohne Ton lief, und wandte den Kopf, als sie eintrat. »Schläft sie?«

»Tief und fest.« Iris stellte das Babyphon auf den gläser-nen Beistelltisch und sank neben Fritz aufs Sofa, das für sie beide Platz genug bot. Für drei oder vier würde es eng wer-den.

»Und was stellen wir zwei Hübschen heute Abend noch an?« Fritz legte den Arm um sie. »Wenn dir nach Party ist, trommle ich alle Freunde zusammen, wenn dir nach einem *Tête-à-Tête* mit mir ist, hätte ich Käse, Baguette und Rot-wein zu bieten.«

»Das klingt verführerisch.« Iris hauchte ihm einen Kuss auf die Wange und stand auf. »Zuerst würde ich dir aber gern etwas geben.« Er hatte das in Zeitungspapier ein-geschlagene und mit einem knallroten Band umwickelte Päckchen in ihrer Hand noch nicht bemerkt. Ohne ein wei-teres Wort überreichte sie es ihm.

Fritz richtete sich auf und schaute Iris verwundert an. »Geburtstag habe ich nicht, das wüsste ich. Ist etwa heute unser Jahrestag? Wenn ich den vergessen habe, entschuldige ich mich in aller Form.«

Iris schüttelte den Kopf. »Nichts dergleichen, mach es einfach auf.«

»Na gut. Ziemlich aufregend, so ein unerwartetes Geschenk.« Er schüttelte das Päckchen. »Da klingelt etwas. Jetzt bin ich wirklich gespannt.« Ungeduldig zog er das Band ab, riss dann das Zeitungspapier auf und hatte eine kleine hellgelbe Schachtel in der Hand. Er öffnete sie, starrte auf die Babyrassel, die darin lag, dann auf ihren Bauch und wieder auf die Rassel. »Iris, soll das heißen …?«

»Ja, genau das. Wir bekommen ein Baby.« Iris war neben dem Sofa stehen geblieben, reckte nun doch ihren Bauch etwas nach vorn und legte ihre Hände darauf. »Ich weiß aber noch nicht, was es wird.«

Fritz schnellte vom Sofa hoch, riss sie in seine Arme und küsste ganz sanft ihr Gesicht. »O mein Gott, was für eine Nachricht! Ist es auch wirklich sicher? Ich meine, es kann doch noch … ach, ich habe eigentlich keine Ahnung von diesem Thema … Aber du musst dich setzen und mir alles genau erzählen. Soll ich dir eine Decke holen? Ist dir kalt? Oder Tee kochen? Entschuldige, ich rede Unsinn, ich bin total aus dem Häuschen und überglücklich! Was für ein Freudentag … das schreit ja geradezu nach Champagner! Ach nein, Schwangere sollen ja vorsichtig sein mit Bier und Wein und überhaupt …« Zärtlich zog er sie mit sich auf das Sofa.

Iris nickte. Das war ihr Stichwort. »Ja, Alkohol kann dem Ungeborenen schaden. Und dazu muss ich dir etwas erzählen.« Sie begann mit Christians Überraschungsbesuch und dass er plötzlich Jasmin adoptieren wollte. Darüber hätten sie sich heftig gestritten, und sie habe, um ihren Zorn zu besänftigen, ein oder zwei Schnäpse getrunken. »Nun behauptet Christian, wir hätten Versöhnungssex gehabt«, fuhr sie fort. »Aber ich bin mir hundertprozentig sicher, dass er lügt. Schon seit einer Weile versucht er alles, um die Scheidung zu verhindern, wie du ja weißt.«

»Versöhnungssex, was für ein ekliges Wort.« Fritz wandte ihr den Kopf zu und blickte sie eindringlich an. »Warum, glaubst du, will er die Scheidung abwenden? Hatte er sich nicht schon im November damit einverstanden erklärt?«

»Ja, er hat sogar geradezu gleichgültig reagiert, als ich die Scheidung wollte. Erst seit Kurzem sträubt er sich dagegen. Gestern Abend, als er wieder einmal anrief, habe ich ihm gesagt, dass ich einen anderen Mann liebe, natürlich ohne das Baby zu erwähnen.« Iris hatte instinktiv leiser gesprochen. Fritz sollte nicht glauben, sie habe ein schlechtes Gewissen und wolle sich lautstark verteidigen.

»Fürchtest du, er könnte Rechte an dem Kind anmelden?« Fritz legte eine Hand auf ihren Bauch und streichelt ihn. »Mach dir keine Sorgen, seine Zeugungsunfähigkeit ist doch bewiesen.«

»Das schon.« Iris seufzte. »Aber wenn das Kind noch vor der rechtskräftigen Scheidung auf die Welt kommt, gilt es trotzdem vor dem Gesetz als seines. Und dann … ich mag gar nicht daran denken, was das für ein Drama gibt.«

Fritz nahm ihre Hand in seine und küsste zärtlich die Innenseite, ehe er sagte: »Ich erinnere mich, unlängst gelesen zu haben, dass die Vaterschaft auch schon während der Schwangerschaft festgestellt werden kann …« Er ließ ihre Hand los, langte nach seinem Handy, das auf dem Beistelltisch lag, und tippte einige Sekunden lang darauf herum.

»Ah, hier hab ich was gefunden …« Fritz las halblaut »… ab der neunten Schwangerschaftswoche … über eine für das Baby risikolose Blutprobe … kann man die Vaterschaft feststellen … ich schick dir den Link per Mail …«

Iris seufzte. »In der neunten Woche bin ich noch nicht, aber trotzdem könnte ich Christian damit nicht zur Unterschrift zwingen. Ich kenne ihn gut genug, um zu wissen, dass er sich dann erst recht sträuben würde, nur um juristisch als Vater des Kindes zu gelten. Ich werde einfach seine Telefonnummer blockieren, vielleicht begreift er dann …« Nachdenklich blickte sie Fritz an. »Obwohl, solange ich in der Pension wohne, kann er natürlich auch auf dem Festnetz anrufen.«

»Apropos wohnen …« Fritz stand mit einer schnellen Bewegung auf. »Bin sofort wieder da.« Iris schaute ihm nach, wie er das Zimmer verließ und kaum eine Minute später zurückkam. Er hielt ihr eine dieser klassischen Streichholzschachteln mit dem Aufdruck Welt-Hölzer hin. »Kleines Gegengeschenk.«

»Danke schön.« Gespannt nahm sie die Schachtel entgegen.

»Falls du dich wunderst, diese Streichhölzer stammen noch aus meiner Zeit als Raucher …«

Iris öffnete die Schachtel, in der ein Schlüssel lag. Sie ahnte, wozu er passte.

»Der Zweitschlüssel zu meiner Wohnung. Du könntest sofort hier einziehen.«

Iris betrachtete das Geschenk einen Moment lang unschlüssig, schluckte dann ihre aufkommenden Tränen hinunter und fiel Fritz um den Hals. »Danke, das ist eine wundervolle Idee.« Sie nahm den Schlüssel in die Hand und wusste, dass alles gut werden würde.

27

Einige Tage später saß Rose in ihrem Büro hinter der Rezeption und fixierte den Terminplaner am PC, als würden sich die verfügbaren Stunden dadurch verdoppeln. Leider funktionierte es nicht. Auch die Schläfen zu massieren brachte nicht die zündende Idee, wie sie zwei Termine gleichzeitig unter einen Hut bringen sollte. Es kam mal wieder alles zusammen. Frau Trautmann war für fünfzehn Uhr zur Besprechung angemeldet, und Nico würde irgendwann mit einem Interessenten auftauchen, der künftig regelmäßig Zimmer buchen und sich deshalb das Haus genauer ansehen wollte. Obendrein stand auch ein letzter Kaffeeklatsch mit Charlotte auf dem Plan.

Großvaters uneheliche Tochter war nun seit etlichen Tagen zu Besuch und die Stimmung dementsprechend angespannt, obwohl Charlotte das Thema »Erbschaft« bisher nicht angesprochen hatte. Offiziell besuchte sie nur Lissi, und wie bei solchen Besuchen üblich, wurde viel Kaffee getrunken, sie probierte die hauseigenen Kuchen und plauderte mal mit diesem Familienmitglied, mal mit jenem. Nun fürchtete Rose aber, dass das letzte Kaffeetrinken ohne sie würde stattfinden müssen. Die Verabredung mit Frau Trautmann war zu wichtig. Hoffentlich kamen Nico und sein Interessent nicht zeitgleich mit der Hochzeitsplanerin, denn dann wurde es chaotisch, und damit war niemandem gedient.

Delegieren!, schoss es Rose plötzlich durch den Kopf. Iris könnte mit Frau Trautmann verhandeln, dann blieb ihr selbst genug Zeit für den anderen Besucher. Warum war sie nicht eher auf die Idee gekommen?

Sie rief ihre Schwester auf dem Handy an, die um diese Uhrzeit normalerweise mit Jasmin am Seeufer mit den Steinen spielte oder auf einem Spielplatz im Sandkasten buddelte. Doch statt Iris meldete sich die Mailbox. Bemüht ruhig hinterließ Rose eine kurze Nachricht und bat dringend um einen Rückruf.

Endlose zehn Minuten vergingen, aber Iris meldete sich nicht. Das konnte alles Mögliche bedeuten: ein leerer Akku oder kein Empfang, kam ja leider immer mal vor. Vielleicht konnte Florence oder Annemarie einspringen.

Florence war auch nicht im Haus, doch sie meldete sich über das Handy. »Wir sind in Konstanz, 'erbert braucht neue Schuhe, leider findet er alle Modelle 'ässlich, und es wird noch dauern. Aber wenn es sehr wichtig ist, kann ich in einer 'alben Stunde da sein.«

»Nein, so dringend ist es nicht.« Rose wollte keine Panik verbreiten und wünschte noch viel Glück beim Einkauf.

»*Bien*, wir sehen uns später zum Kaffee mit Charlotte.«

Annemarie war ebenfalls unterwegs, wie Rose von Paula erfuhr. Wann sie zurück sein wollte? Die Verkäuferin zuckte nur mit den Schultern. Berthold Müller hatte auch keine Ahnung. Und Lissi schüttelte nur den Kopf. Den Gesellen nach der Chefin zu fragen ersparte sie sich.

Rose ließ sich eine Cremeschnitte geben und marschierte

damit in den Wintergarten, um sich einige Minuten zu sammeln. Es war zwanzig vor drei. Jetzt bloß nicht nervös werden. Auf den See zu blicken hatte schon immer beruhigend gewirkt.

Die Tische waren wie meist am Nachmittag zur Hälfte besetzt. Rose schlenderte freundlich grüßend an den Gästen vorbei und beäugte unauffällig, was verzehrt wurde. Überall sah sie gefüllte oder bereits geleerte Kuchenteller, Milchkaffeegläser, Kaffeetassen und auch kalte Getränke. Sicher ein erfreulicher Umsatz. Zwei ältere Schwestern, die ihr zuwinkten, begrüßte sie persönlich.

»Wie schön, Sie zu sehen«, sagte Rose lächelnd und erkundigte sich nach dem Befinden der beiden Damen, die seit Jahren zu den Stammgästen gehörten.

»Oh, herzlichen Dank der Nachfrage, uns geht es gut. Und die Anatorte ist köstlich wie immer«, antwortete die Ältere mit Blick auf den leeren Kuchenteller. »Aber wie geht Ihnen? Uns sind Verkaufsgerüchte zu Ohren gekommen …« Fragend schaute sie Rose an.

»Wir hoffen, es sind wirklich nur Gerüchte«, ergänzte die Jüngere mit besorgter Miene.

»Was immer Sie gehört haben, es waren tatsächlich Gerüchte«, antwortete Rose und war erleichtert, nicht schwindeln zu müssen. »Wir lassen uns nicht so leicht unterkriegen, auch wenn es in den letzten zwei Jahren ein wenig schwieriger war, so wie in vielen Betrieben.« Sie wünschte noch einen angenehmen Nachmittag und verabschiedete sich.

Sie fand einen freien Tisch, bestellte bei Herrn Otto einen doppelten Espresso und rührte zwei Löffel Zucker hinein. Demnächst würde sie noch einen Zuckerschock erleiden, aber sie war nun mal eine Konditorentochter – Kuchen und Kaffee waren ihre Kraftquellen. Lächelnd sah sie durch das bodentiefe Fenster in die Sonne, die seit dem frühen Morgen die Luft und den See wärmte, und beobachtete zwei laut schnatternde Erpel, die sich um eine hübsche Entendame stritten.

Ihr Handy klingelte. Zwei Minuten vor drei. Doch es war nicht Iris, die sie rettete, sondern Nico, der mit dem Interessenten an der Rezeption auf sie wartete.

Rose nahm hastig noch einen Löffel von der Cremeschnitte, die sie nur zur Hälfte gegessen hatte, und eilte zur Rezeption.

Die beiden Männer standen vor der Bildergalerie an der Wand, die damals nach Großvaters Tod entstanden war. Fotos von Max und Margarete König aus den Anfangsjahren, als noch das Schild *Fremdenzimmer zu vermieten* über dem Eingang gebaumelt hatte. Außerdem Bilder von diversen Konditorenwettbewerben, bei denen Max gesiegt hatte. Aufnahmen von Herbert in Paris, wo er die Geheimnisse der Patisserie und die Herstellung von Zuckerblüten erlernt hatte. Und von Viola, als jüngste Gewinnerin eines Hochzeitstorten-Wettbewerbs vor einem fünfstöckigen Kunstwerk aus Fondant, Marzipan und Zuckerblüten, das selbst hinter Glas seine bombastische Wirkung entfaltete.

»Eine richtige Konditorendynastie«, hörte Rose den Mann sagen, der neben Nico stand.

Sie atmete durch und setzte ihr verbindliches Lächeln auf. Dann trat sie zu den Männern.

»Ah, da ist ja meine Verlobte.« Nico hatte ihre Schritte

gehört und sich zu ihr umgedreht. »Darf ich vorstellen … Herr Salberg. Rose König …«

Rose ergriff Salbergs Hand und musterte ihn unauffällig. Um die fünfzig, längeres grau meliertes Haar, glatt rasiert, dunkelgrauer Anzug, blank geputzte schwarze Lederschuhe.

»Angenehm.« Salberg drückte leicht ihre Hand und blickte sie dabei freundlich an. »Ein wunderschönes Haus in einer absoluten Traumlage.«

»Freut mich, dass es Ihnen gefällt.« Das begann doch sehr vielversprechend. »Hatten Sie eine angenehme Fahrt?« Eine unverbindliche Frage, um die Atmosphäre aufzulockern, die sie als leicht angespannt empfand. Es konnte aber auch an ihr liegen, denn gleich würde Frau Trautmann auftauchen. Es sei denn, sie verspätete sich. Aber darauf zu hoffen war naiv.

Salberg nickte. »Die Gegend rund um den See ist ja die reinste Postkartenidylle, man ist sofort im Urlaubsmodus, sobald man aufs Wasser blickt. Und das ist auch der Grund, warum mich dieses Haus interessiert.«

»Und genau deshalb dachte ich sofort an Sie …«, begann Nico und stockte, als die Eingangstür geöffnet wurde und eine elegante Fünfzigjährige die Rezeption betrat.

Roses Herzschlag verdoppelte sich. Frau Trautmann, leider nur drei Minuten zu spät. »Ich muss mich für einen Moment entschuldigen«, wandte sie sich an die Männer.

Nico berührte sie sanft an der Schulter. »Wir haben den ganzen Nachmittag Zeit.«

Rose eilte Frau Trautmann entgegen, die am Eingang stehen geblieben war.

»Entschuldigen Sie die Verspätung …« Die Hochzeitsplanerin klang kurzatmig. »Normalerweise bin ich überpünktlich.« Sie stellte ihre überdimensionale schokoladen-braune Handtasche neben ihren Füßen ab und zog den Kamelhaarmantel aus.

»Das ist überhaupt kein Problem«, versuchte Rose, sie zu beruhigen. »Wie wäre es, wenn wir uns in den Wintergarten setzen? Dort können Sie erst einmal durchatmen.«

»Wunderbare Idee, vielen Dank.« Frau Trautmann bückte sich nach ihrer Handtasche.

Rose suchte Nicos Blick, signalisierte ihm, dass sie gleich zurückkäme, und führte Frau Trautmann ins Wintergarten-café. Einer der Tische am Fenster war unbesetzt, hier konnte sie Frau Trautmann gewiss eine halbe Stunde allein lassen. Unterwegs war ihr nämlich die rettende Idee gekommen. »Bitte nehmen Sie doch Platz.«

»Ach, wie herrlich. Hier hat es mir das letzte Mal schon sehr gut gefallen.«

Rose ließ sich ihr gegenüber nieder, obwohl sie auf den sprichwörtlichen heißen Kohlen saß. Doch sie durfte nicht nervös wirken.

Herr Otto eilte herbei, begrüßte Frau Trautmann wie einen lieben Stammgast und nahm die Bestellung auf. »Einen Cappuccino und ein stilles Wasser, kommt sofort, die Dame.«

»Die beiden Herren in der Rezeption haben Sie ja ge-sehen«, begann Rose.

Frau Trautmann nickte. »Sollte ich sie kennen?«

»Nein, ich denke nicht. Der mit den strubbeligen Haa-ren ist mein Verlobter, der andere Herr ein guter Freund, der …« Rose dachte angestrengt nach, ehe sie fortfuhr: »… ein potenzieller Kunde für Sie sein könnte. Er will nämlich demnächst eine Hochzeit in unserem Haus ausrichten. Soweit ich unterrichtet bin, hat er sich noch nicht für einen Veranstalter entschieden, deshalb dachte ich an Sie.«

Frau Trautmann hob sichtlich erfreut die fein gestrichelten Augenbrauen. »Sehr nett von Ihnen.«

»Der Kontakt kam über meinen Verlobten ganz kurzfristig zustande, und wenn Sie nicht in Zeitnot sind, würde ich Sie für etwa eine halbe Stunde allein lassen. In dieser Zeit könnte ich den Deal vielleicht möglichst unauffällig einfädeln, so, dass der Herr glaubt, es wäre seine Idee gewesen. Manche Männer reagieren ja spröde, wenn man ihnen offensiv etwas verkaufen möchte.«

Über Frau Trautmanns sorgfältig geschminkte Lippen huschte ein Lächeln. »Oh, das kenne ich zur Genüge. Lassen Sie sich ruhig Zeit, ich sitze bequem und genieße die Aussicht.« Sie öffnete ihre Handtasche, zog eine Visitenkarte aus einem Mäppchen und überreichte sie Rose. »Wenn es passend erscheint, können Sie dem Herrn gern meine Karte geben. Schon mal herzlichen Dank im Voraus.«

»Gern geschehen, dann bis später. Bitte bestellen Sie sich, wonach immer es Ihnen gelüstet. Die Rechnung geht aufs Haus.« Rose entfernte sich mit einem Lächeln. Das war ja einfach gewesen. Wenn es so weiterging, würde es ein erfolgreicher Nachmittag werden.

Doch als sie zur Rezeption kam, waren die beiden Männer verschwunden. Hatte Salberg die Geduld verloren? Tja, da hatte sie sich wohl verrechnet. Sie überlegte gerade, mit welchem Märchen sie sich nun bei Frau Trautmann herausreden konnte, als sich die Tür öffnete und die Männer wieder ins Haus kamen.

»Wir waren kurz am See, das Grundstück besichtigen, bevor es zu regnen beginnt.« Nico zwinkerte ihr zu. »Angeblich soll es gleich schütten. Bereit für die Schlossführung?«

Rose trat hinter dem Tresen hervor und strich ihre Jacke glatt. »Jederzeit.« Am liebsten hätte sie sich vor Freude die Hände gerieben.

Der Rundgang mit Salberg durch alle Etagen dauerte etwas länger als eine halbe Stunde, denn ihm gefiel, was er sah. Geduldig hatte Rose seine Fragen zur Größe des Seegrundstücks und zu dem hauseigenen Strand beantwortet, was ihn besonders interessierte.

»Würde mich sehr freuen, wenn unser Haus Ihren Ansprüchen gerecht wird«, bemerkte Rose, als sie nach der Führung den Ausblick vom Balkon der Hochzeitssuite genossen.

Salberg nickte sichtlich angetan. »Doch, doch, alles genau nach meiner Vorstellung. Und um konkret zu werden: Ein renommierter Schönheitschirurg, der nicht weit von hier tätig ist, sucht ein Haus in idyllischer Lage, in der sich seine Patientinnen und Patienten nach leichten Eingriffen wie Lid- oder Nasenkorrekturen erholen können. Das dauert im Schnitt fünf bis sieben Tage, in der nur die Nachsorge wie Fäden ziehen oder Verbände erneuern stattfindet. Diese Zeit ließe sich gut in einer hübschen Pension verbringen, da die Klinikbetten für die nächsten Eingriffe benötigt werden.«

Rose wusste sofort, von welchem berühmten Chirurgen am See die Rede war. Er verschönerte seit Jahrzehnten zahlreiche Prominente und war auch gern gesehener Gast in Talkshows. Angeblich waren »seine« Nasen die schönsten von allen. »Dafür wäre unser Haus tatsächlich geeignet, und ich würde mich sehr freuen, wenn wir ins Geschäft kämen. Allerdings ...« Rose stockte bewusst, um Salbergs volle Aufmerksamkeit zu erhalten.

Prompt zog er die Stirn in Falten. »Dieses Wort mag ich gar nicht.«

Rose blinzelte Nico möglichst unauffällig zu, bevor sie sich wieder an Salberg wandte. »Die Dame, die ich vorhin begrüßt und dann in den Wintergarten geführt habe, ist daran interessiert, während der Saison eine ganze Etage zu belegen. Wir stehen bereits in engeren Verhandlungen.«

»Davon war mir leider nichts bekannt.« Nico zuckte bedauernd mit den Schultern.

»Das konntest du auch nicht wissen, weil ich dich nicht informieren wollte, ehe der Vertrag nicht unterzeichnet ist.«

»Vertrag? Nun, solange die Verhandlungen noch laufen, ist ja alles noch offen.« Salberg sagte das mit der Gelassenheit eines Mannes, den vage Andeutungen nicht aus der Ruhe brachten.

Aber Rose ließ sich ebenfalls nicht nervös machen. Sie spürte Salbergs großes Interesse, und das gab ihr Sicherheit. »Ganz recht, Herr Salberg, am Ende kommt es auf das Angebot an, aber das wissen Sie besser als ich. Und ich freue mich auf Ihres.«

Salberg reichte ihr die Hand. »Herzlichen Dank, dass ich so kurzfristig vorbeikommen durfte. Ich melde mich in Bälde.«

»Sehr gern.«

Nico, der sich bisher zurückgehalten hatte, bot an, Salberg ins Hotel zu fahren, drückte Rose einen flüchtigen

Kuss auf die Wange und flüsterte: »Gut gemacht, mein See-pferdchen.«

Rose strahlte. Sie war hochzufrieden. Während sie Nico und Salberg nachschaute, fiel ihr auf, dass Salberg ihrem zukünftigen Schwiegervater ähnelte. In dem Moment hatte sie eine Idee, was sie Frau Trautmann berichten konnte.

Die Hochzeitsplanerin saß noch am Tisch und blickte entspannt auf den See. Beobachtete vielleicht die tief fliegenden Möwen, das vom Wind aufgewühlte Wasser oder die Linienschiffe, die bei jeder Witterung fuhren.

Rose setzte sich auf den Stuhl gegenüber. »Verzeihen Sie, dass ich Sie habe warten lassen.«

»Nicht doch, ich habe mich schon lange nicht mehr so wohlgefühlt. Das hier ist ein ganz besonderer Ort. Und ich liebe es, bei stürmischem Wetter im Warmen zu sitzen, nach draußen zu blicken, ein Stück köstliche Käsesahnetorte zu genießen und einfach mal die Seele baumeln zu lassen.«

Rose atmete erleichtert auf. »Das freut mich, dann muss ich kein schlechtes Gewissen haben.«

»Ganz und gar nicht. So eine entspannte Verabredung hatte ich schon lange nicht mehr. Normalerweise hetze ich von einem Ort zum anderen, und während der Termine erhöht manchmal eine besonders nervöse Braut das Stresslevel sogar noch. Wie lief denn Ihre Besprechung?«

»Sehr erfolgreich …« Rose wusste, was Frau Trautmann zu hören hoffte, wurde aber von Herrn Otto unterbrochen, der sich nach ihren Wünschen erkundigte. Sie bestellte schwarzen Tee. »Ihre Visitenkarte konnte ich überreichen, und ich denke, wir kommen ins Geschäft.«

»Wir? Demnach soll die Hochzeit auch hier stattfinden?«

»Das hoffe ich doch, es handelt sich nämlich um meine eigene Hochzeit.«

»Ihre Hochzeit!« Frau Trautmann betrachtete sie einen Moment staunend, während sie zu kombinieren schien. »Dann waren das Ihr Verlobter und sein Vater?«

Herr Otto servierte den Tee, und Rose wartete, bis er sich wieder entfernt hatte. »Ähm, ja, mein Schwiegervater in spe, und bitte verzeihen Sie die kleine Finte, ich wollte nichts versprechen, falls mein Verlobter doch lieber in England geheiratet hätte, das stand nämlich noch zur Debatte.« Rose hatte sich diese kleine Wendung ausgedacht, weil die Trauung ja tatsächlich hier in ihrem Elternhaus stattfinden sollte.

Frau Trautmann setzte ihre Lesebrille mit dem schwarzen Rand auf ihre Nase und klappte den Terminplaner auf, der neben ihrer Kaffeetasse bereitlag. »Wurde denn schon ein Termin vereinbart?«

Rose verneinte. »Ursprünglich war keine große Hochzeit geplant, aber ich habe es mir anderes überlegt …«

»Also noch kein fixes Datum?«

»Mein Traum war immer eine Sommerhochzeit. Es wird aber wohl der Mai werden.«

»Dann ist es ja auch in der Regel schon warm, da lässt sich bestimmt ein passender Tag finden.« Frau Trautmann lächelte zufrieden. »Dann würde ich jetzt gern die Feier besprechen, die Ende Juni mit ungefähr einhundertfünfzig Gästen stattfinden soll.«

Rose nickte eifrig. »Was ist eigentlich der Grund, warum das Paar gern hier feiern möchte?«, erkundigte sie sich dann.

»Nur interessehalber.«

»Der Bräutigam hat die Braut mit ihrem Schneewitt-chenapfel erobert, und das war wohl der Auslöser für den Wunsch.«

Rose hörte aufmerksam zu, was das Brautpaar sich sonst noch vorstellte und wie Frau Trautmann gedachte, dieses Fest zu verwirklichen. Eine ganze Armada von Zuliefer-firmen würde erscheinen, und auch noch die letzte Ecke des Hauses würde mit Schleifen und Girlanden dekoriert oder mit Glitzerpulver bestreut werden. Ein roter Teppich sollte vom Parkplatz zum Eingang führen, überall würde es nach Blumen duften, und die eigentliche Trauung sollte dann am See stattfinden. Bei Regen unter einem Baldachin.

Eine halbe Stunde später wusste Rose, dass diese Hoch-zeit die größte sein würde, die jemals in der Pension König stattgefunden hatte. Nur ihre eigene würde womöglich noch ein wenig bombastischer ausfallen. Aber bis dahin würden noch viele Wellen an den Bodenseestrand schwappen.

28

Nach dem Termin mit Frau Trautmann war es längst zu spät für den Kaffeeklatsch mit der österreichischen Tante. Aber Rose wollte sich wenigstens von Charlotte verabschieden und eilte in den privaten Salon.

Zu ihrem Erstaunen saßen die Eltern gemütlich auf dem Sofa und hatten ohne Charlotte Kaffee getrunken, wie Rose aus den zwei Gedecken schloss. »Ist Charlotte schon abgereist?«

»Nein, sie ist mit Lissi in Konstanz, bleibt noch eine Nacht länger und hat uns zum Abendessen eingeladen.«

»In ein Restaurant?«

»Nein, nein, sie möchte hier eine österreichische Spezialität zubereiten, und Lissi wird sich um die Nachspeise kümmern.«

»Das ist ja sehr nett, aber warum will sich Charlotte so viel Arbeit machen?« Rose hätte immer ein Restaurant vorgezogen. Ihrer Erfahrung nach war Kochen mit enorm viel Aufwand und Abwasch verbunden. Erst recht für mehr als zwei Personen und in einer fremden Küche, wo man sich doch nur halbwegs zurechtfand. Das konnte unmöglich ein Vergnügen sein.

»Charlotte macht es Iris zuliebe, die Jasmin keiner Babysitterin überlassen möchte.«

»Das ist ja nett. Dann bin ich gespannt, was sie uns auftischt.«

»Und ich freue mich auf die Nachspeise.« Herbert kratzte mit dem Löffel Milchschaumreste aus seiner Tasse. »Lissi hat nämlich eine Überraschung versprochen. Und du weißt ja, für Süßes …«

»Bist du immer zu 'aben«, beendete Florence den Satz mit einem Lächeln und informierte Rose, dass Charlotte um sieben das Essen servieren wollte.

»Dann bis später, ich bin oben, falls irgendwas sein sollte.« Rose war es egal, was Charlotte kochen wollte, viel spannender war die Frage, warum die Tante noch eine Nacht länger blieb.

In ihrem Zimmer knöpfte Rose die Jacke auf und löste den Haarknoten im Nacken. Sie wollte sich abschminken, unter die Dusche gehen und etwas Bequemeres anziehen. Das Kostüm hatte zwar einen Stretchanteil, war aber trotzdem ungeeignet, um darin mit Nico zu kuscheln. Er würde bald zurück sein, und bis zum österreichischen Abendessen war noch Zeit.

Als Rose aus der Dusche kam, lag Nico in Hemd und Hose auf dem Bett und streckte die Arme nach ihr aus. »Komm zu mir, mein Seepferdchen.«

Rose blieb stehen. »Erst musst du mir verraten, was Salberg über die Besichtigung gesagt hat.«

»Och …« Nico verzog den Mund. »Eigentlich nichts.«

»Lügner.« Betont langsam öffnete sie das Badetuch, das sie mit den Händen vor ihrer Brust zusammenhielt, und ließ es fallen.

»Was für ein zauberhafter Anblick …«

»Charlotte bleibt noch hier und wird uns heute mit österreichischer Küche verwöhnen, aber erst um neunzehn Uhr. Wenn du mir also erzählst, wie es mit Salberg gelaufen ist, dann …« Mit laszivem Hüftschwung ging Rose auf Nico zu, blieb aber drei Schritte vor dem Fußende des hohen Boxspringbetts stehen.

Nico hatte sich aufgesetzt und öffnete sein Hemd. »Er fand alles ganz wunderbar.«

»Das hat er doch schon nach dem Rundgang gesagt. Was noch?« Rose tat einen weiteren Schritt nach vorn.

»Dass es ein äußerst gepflegtes, gut geführtes Haus ist und er sich eigentlich gar nicht weiter umsehen muss.« Nico zog das Hemd aus und warf es achtlos zur Seite.

»Geht das auch etwas genauer?« Rose ging noch einen Schritt vorwärts und konnte sehen, wie Nicos Augen vor Begierde funkelten.

»Es wäre das passende Objekt für besagten Chirurgen, ein geeigneteres habe er bisher noch nicht gesehen. Weiter sprach er von zehn Zimmern, die er dauerhaft, also durchgängig das ganze Jahr über anmieten würde. Wolltest du das hören?«

Rose nickte, sank auf die Bettkante und schaute Nico tief in die Augen. »Hat er wirklich *zehn* Zimmer gesagt? Das wäre ja großartig.«

Nico stand auf und entledigte sich in Sekundenschnelle seiner restlichen Kleidung. »Hat er, und ich finde, wir sollten das ein bisschen feiern.« Damit zog er Rose in seine Arme, ließ sich mit ihr zurückfallen und küsste sie.

Keiner hatte sie jemals so geküsst wie er. Fordernd und zärtlich zugleich, während seine Hände sie liebkosten, genau an den richtigen Stellen berührten und zum Keuchen brachten.

Später lag Rose zufrieden in Nicos Armen. »Was hältst du davon, wenn wir doch eine große Hochzeit feiern?«, fragte sie unvermittelt.

»Sprichst du von unserer Hochzeit, oder geht es um die von Iris und Fritz?«

»Was? Die beiden wollen heiraten?« Rose hob den Kopf, drehte sich zu Nico und schaute ihn perplex an. »Davon weiß ich ja gar nichts. Außerdem ist Iris doch noch längst nicht geschieden!«

»Ich weiß es auch nicht, war nur geraten. Also geht es doch um unseren großen Tag.«

Rose gab ihm einen liebevollen Knuff in die Hüfte und erzählte, wie sie während des Gesprächs mit Frau Trautmann auf die Idee kam. »Es sei denn, du bestehst inzwischen auf der geplanten Minihochzeit *en famille.*«

»Was immer dich glücklich macht, meine über alles geliebte Rose, Hauptsache, ich werde bald dein Ehemann.«

Sie schlang ihren Arm um seine Brust. »Habe ich dir schon gesagt, dass ich dich auch über alles liebe?«

»Hm, doch, ich glaube … warte … jetzt weiß ich es wieder: Ich lag in einem Krankenhausbett, mein Leben hing von Maschinen und Schläuchen ab und davon, dass du mich besuchen kommst. Dass du neben meinem Bett sitzt, meine Hand hältst und mir sagst, wie sehr du mich liebst und dass ich wieder aufwachen soll.«

Auch für Rose war die Erinnerung an diese Zeit immer noch sehr präsent, und sie musste sich kräftig räuspern, um nicht von Gefühlen übermannt zu werden.

»Aber jetzt lass uns nicht mehr davon reden, ich habe Hunger«, sagte Nico vergnügt. »Wann gibt's noch mal Essen?«

»In etwa einer halben Stunde.«

Nico rollte sich aus dem Bett und versuchte, Rose an der Hand mitzuziehen. »Na, dann schnell unter die Dusche, so verschwitzt können wir unmöglich beim Abendessen erscheinen.«

Rose riss sich los. »Geh du mal allein, sonst kommen wir zu spät.«

29

Kurz vor sieben betraten Rose und Nico als Letzte den Salon. Aus der Küche, in der Charlotte und Lissi werkelten, duftete es köstlich. Annemarie, Berthold Müller und Jasmin spielten Fangen um den Esstisch. Iris und Fritz deckten den Tisch mit dem Goldrandgeschirr, das die Großeltern zu ihrer Silberhochzeit angeschafft hatten.

Rose sah sich um. »Kann ich auch noch etwas tun?«

Iris drehte sich zu ihr. »Silberbesteck, Stoffservietten, und die hellgrünen Kerzen in die Porzellanleuchter stecken. Und Nico … könntest du bitte noch zwei Stühle aus dem Wintergarten holen? Unsere acht reichen nicht aus.«

»Wird erledigt.«

In dem Moment kam Florence mit einer blumengefüllten Schale herein.

Rose verteilte Besteck für zehn Personen, legte für Jasmin den Kinderlöffel zurecht, musterte die gedeckte Tafel und flüsterte Iris zu: »Das gute Speiseservice, weiße Damastdecke, Stoffservietten, Silberbesteck, Blumen und Kerzen in silbernen Leuchtern – das sieht verdächtig nach einer Feier aus. Ob Annemarie darum gebeten hat? Vielleicht will sie heute offiziell erklären, dass sie und Meister Müller nun ein Paar sind? Inzwischen gehört er doch schon fast zur Familie, so oft wie sie ihn mitbringt.«

»Keine Ahnung«, sagte Iris und fügte nebulös hinzu: »Aber der Abend ist ja noch jung, da kann es durchaus Überraschungen geben.«

»Ich verzichte auf Überraschungen«, grummelte Rose. Ungewollt erinnerte sie sich an ihren Polterabend und die entsetzlichen Folgen.

Iris warf ihr einen mitfühlenden Blick zu.

Fritz stellte gerade Wein- und Wassergläser auf den Tisch, als Herbert ins Zimmer kam – in den Händen vier Flaschen Wein, in den Augen ein glückliches Funkeln. Geschäftig machte er sich ans Öffnen der ersten Flasche und beschnüffelte dann den Korken.

»Papa, ob der Wein korkt, kannst du nicht riechen, sondern nur schmecken, oft hat dann auch das Bouquet ein muffiges Aroma«, sagte Iris, die sich an eine ähnliche Situation in der Hotelfachschule erinnerte, als Mitstudierende auch am Korken geschnuppert hatten.

Herbert zuckte mit den Schultern. »Ich wollte nur ein bisschen Sommelier spielen.« Er legte den Korken zur Seite, goss etwas Wein ins Glas, nahm eine Geruchsprobe und verkostete einen Schluck, der ihn wohl zufriedenstellte. »Es kann losgehen.«

»Wir sind gleich so weit!«, kam die Antwort von Charlotte aus der Küche.

Sekunden später brachte Lissi einen Korb mit frisch geschnittenem Baguette an den Tisch, danach Semmelknödel in einer Schüssel, und Charlotte folgte mit einer großen weißen Terrine, gefüllt mit Wiener Gulasch. Florence' Blumenschale musste auf die Kommode umziehen.

Während Iris Jasmin einfing, Fritz sie dann in den

Kinderstuhl hob und Annemarie schnaufend auf ihren Stuhl sank, füllte Herbert die Weingläser. Als alle saßen, ließ er es sich nicht nehmen, einen Toast auf die Familie und die österreichische Linie auszusprechen. »Wir haben uns sehr über deinen Besuch gefreut, liebe Halbschwester. Komm gern recht bald wieder, du bist uns jederzeit herzlich willkommen.«

Charlotte nickte lächelnd in die Runde. »Danke schön, Herbert, für die freundlichen Worte und die Aufnahme in der Familie.«

Rose fand, dass Charlottes Antwort seltsam offiziell klang.

Nachdem angestoßen und getrunken worden war, räusperte sich Iris und klopfte mit dem Messer an ihr Glas. »Ich möchte euch etwas mitteilen.«

Herbert sah sie stirnrunzelnd an. »Alles in Ordnung, meine Große?«

»Ja, Papa, sehr in Ordnung.« Sie nickte ihm zu und legte ihre Hand auf die von Fritz, der sie sofort zärtlich drückte. »Ich werde mit Jasmin zu Fritz ziehen. Damit möchte ich Christian signalisieren, dass es endgültig aus ist.«

Rose klatschte ein paarmal in die Hände. »Bravo, das ist sehr gut.« Sie freute sich riesig für Iris. Fritz hatte dieses Intermezzo mit Christian also offenbar gelassen hingenommen.

Die anderen Familienmitglieder waren ebenso erfreut wie Rose, und bevor Charlotte das Gulasch mit den Semmelknödeln verteilte, wurde auf die Zukunft von Iris und Fritz angestoßen.

Während des Essens drehte sich die Unterhaltung um

die Gemeinsamkeiten in der österreichischen und der süddeutschen Küche. Wiener Schnitzel bekam man hierzulande in fast jedem Gasthaus, auch Kaiserschmarrn und die klassische Sachertorte waren längst etabliert.

»Allerdings sind die hiesigen Wiener Schnitzel meist aus Schweinefleisch und dürfen sich deshalb nur ›Schnitzel nach Wiener Art‹ nennen«, sagte Iris.

Charlotte bestätigte das und sagte: »Für ein echtes Wiener Schnitzel muss einwandfreies Biokalbfleisch aus der Hüfte verwendet und vorsichtig platt geklopft werden, damit es sich beim Braten nicht zusammenzieht. Die Panade besteht aus doppelgriffigem Mehl, einem Eier-Sahne-Gemisch und frisch geriebenen Semmelbröseln. Sie darf auf keinen Fall angedrückt werden. Das Schnitzel wird dann in heißem Butterschmalz gebraten und nur einmal gewendet. Während des Bratens übergießt man es mehrmals mit Schmalz und gibt zum Schluss noch ein Stück gute Butter dazu.«

Herbert hatte mit halb geöffnetem Mund zugehört. »Das wünsche ich mir zu allen weiteren Geburtstagen und hoffe, hundert Jahre alt zu werden!«

Florence tätschelte sanft seine Hand. »Das 'offe ich auch.«

Nachdem das Gulasch verspeist war, erhob sich Lissi, weil sie sich in der Küche um den Nachtisch kümmern wollte.

Für die anderen war es das Signal, den Tisch abzuräumen. Florence fragte nach Kaffeewünschen, und Herbert sagte, er wolle seine Halbschwester mit einem edlen Tröpfchen verabschieden.

Rose nickte ihrem Vater zu. Das kam ihr sehr entgegen, denn schließlich hatte ja auch sie etwas zu feiern.

Herbert verschwand in den Weinkeller und kehrte in dem Moment mit einer Flasche Schaumwein zurück, als Lissi das Dessert in die Mitte des Tisches stellte. »Bitte schön … Esterházy-Schnitten.«

Herbert schob die Brille zurecht und beäugte die köstlich aussehenden Kuchenstücke kritisch. »Hm … ich kenne nur die Esterházy-Torte.«

»Die Schnitten sind eine leichte Abwandlung der klassischen Torte, deren Herstellung ja sehr zeitaufwendig ist«, erklärte Lissi.

»Ich weiß, ich weiß, für die Esterházy-Torte müssen fünf, teilweise sogar sieben dünne Böden aus Makronenteig hergestellt werden, das ist kein Blitzrezept.«

»So kenne ich das auch noch von Großvater Georg, und deshalb wollte ich einmal diese Variante ausprobieren. Ein gerührter Haselnussteig, der auf einem Backblech gebacken und noch warm in Teile geschnitten wird. Nach dem Erkalten bestreicht man sie mit einer leichten Vanillecreme, und als Topping erhalten sie einen Fondantguss mit Schokoladenverzierung.«

»Ich war sehr angetan, als Lissi mit diesem Vorschlag zu mir kam«, ergriff Berthold Müller das Wort. »Schnellere Zubereitung und leichterer Genuss – eine sehr zu begrüßende Optimierung. Auch aus wirtschaftlicher Sicht ist das Rezept interessant.«

»Ich bin gespannt, wie euch die Schnitten schmecken«, sagte Annemarie und dass es davon abhinge, ob sie in das Sortiment der Konditorei aufgenommen würden.

Lissi hatte inzwischen die Stücke auf Kuchentellern verteilt und mit selbstbewusstem Lächeln serviert.

»Genug der Erklärungen, der Sekt wird sonst noch schal.« Herbert erhob sein Glas auf den gelungenen Abend, und alle tranken einen Schluck – bis auf Iris. Inzwischen wussten alle von ihrer Schwangerschaft.

Rose nahm die Kuchengabel zur Hand und probierte die Schnitte. Ja doch, ganz lecker, aber einen Wettbewerb würde Lissi damit nicht gewinnen, dachte sie und fragte sich, ob sie jetzt endlich erfahren würden, warum Charlotte einen Tag länger als geplant geblieben war. Ob Iris mehr wusste als sie? Sie warf ihrer Schwester einen fragenden Blick zu, bekam aber nur ein leichtes Schulterzucken als Antwort.

»Und, verehrter Kollege, was sagen Sie zu Lissis Kreation?«, wandte Herbert sich an den Konditormeister, der neben Annemarie saß und dem das Gebäck offensichtlich mundete.

»Einen Makronenteig mit einem Rührteig zu vergleichen wäre Unsinn, deshalb schmeckt die Originaltorte natürlich völlig anders. Aber ich finde diese Variante sehr gelungen, und die bereits erwähnten Vorteile sind nicht zu verachten. Heutzutage wollen doch alle ohne Reue schlemmen, auch wenn Kuchen ohne Kalorien ein ewiger Wunschtraum bleiben wird. Nichtsdestoweniger tüftle ich an Rezepten für Minikuchen, Muffins oder ähnlich kleinem Gebäck mit jeweils nur einhundert Kalorien …«

Lissis Wangen röteten sich. »In meinem vorherigen Job bei dem Süßwarenkonzern war die Kosten-Nutzen-Optimierung ein wichtiges Kriterium, und letztlich ist die Kostenfrage doch für jeden Betrieb immens wichtig. Aber jetzt lasst es euch schmecken!«

Jeder verspeiste die Esterházy-Schnitte mit Genuss, und Rose beobachtete amüsiert Jasmin, die sich die Vanillecreme von den kleinen Fingern schleckte.

»Hab ich die Probe bestanden?« Lissi schaute fragend von Annemarie zu Meister Müller, denen sie gegenübersaß.

»Bestanden!« Annemarie reckte den Daumen. »Wir werden die Schnitten ins Angebot aufnehmen, vorerst für die nächsten vier Wochen. Danach reden wir weiter.«

Herbert hob erneut sein Glas. »Trinken wir auf unsere talentierte Nachwuchskonditorin!«

»Auf Lissi«, echoten die anderen.

Rose überlegte, ob jetzt der geeignete Moment wäre, die Termine mit Frau Trautmann und Herrn Salberg zu erwähnen, oder ob es insgesamt zu voreilig wäre. Bisher gab es keine festen Buchungen, und bis die in trockenen Tüchern waren, würde der Bodensee noch von so manchem Sturm aufgewühlt werden. Aber es schien ein Tag für gute Neuigkeiten zu sein, also …

»Wenn wir schon beim Thema erfolgversprechende Geschäfte sind …«, begann sie, wurde aber von Florence unterbrochen.

»Bitte, Rose, lass uns alles Weitere ein andermal besprechen«, mahnte ihre Mutter mit einem warmen Blick aus ihren dunklen Augen. »Wir wollen Charlotte einen fröhlichen Abschied bereiten und sie nicht mit langweiligen Geldangelegenheiten belästigen.«

»Oh, das macht mir überhaupt nichts aus«, entgegnete Charlotte in weichem Wienerisch. »Im Gegenteil, das Thema passt sogar ganz gut. Nicht wahr, Lissi?« Sie drehte sich zu ihrer Tochter um. »Eigentlich wollten wir es zuerst mit Herbert und Annemarie besprechen, aber da sich nun die Gelegenheit ergibt …«

»Was bitte ergibt sich?« Die Frage kam von Annemarie, deren Laune offensichtlich spontan in den Keller gerutscht war – gut zu erkennen an der steilen Falte zwischen ihren Augenbrauen.

Charlotte tupfte sich mit der Serviette kurz über die Lippen und räusperte sich. »Wir waren bei einem Anwalt.«

Na, *diese* Überraschung hat uns noch gefehlt, dachte Rose. Sie ahnte, warum Charlotte einen Anwalt konsultiert hatte, und wandte sich der Tante betont freundlich zu. »Dann hast du deine Meinung geändert und willst nun deinen Pflichtteil von Großvaters Erbe haben?«

»Ich kann mir vorstellen, dass du oder ihr das glaubt, aber …« Charlotte schaute von Herbert zu Annemarie. »Ich stehe zu meinem bisherigen Wort. Vor Gericht hätte ich unter Umständen ohnehin wenig Chancen. Es existiert kein Testament, ich besitze nur diesen einen Brief von Max König an mich und ansonsten keine anderen Beweise für seine Vaterschaft. Die Tagebucheinträge meiner Mutter würden eventuell nicht anerkannt, und DNA-Material für einen Abstammungsnachweis ist sicher auch nicht mehr vorhanden. Oder existiert etwa noch eine Haarbürste, ein Rasierapparat oder eine Zahnbürste von meinem Vater?«

»Eher nicht, denn als wir Großvaters Zimmer für Viola und das Baby ausgeräumt haben, wurde alles entsorgt oder verkauft«, antwortete Rose.

»Das dachte ich mir. Dann käme nur eine DNA-Analyse via Referenzprobe zwischen Herbert, Annemarie und mir infrage. Aber *ich* will sowieso keine Ansprüche geltend ma-

chen ...« Charlotte machte eine Kunstpause, ehe sie fortfuhr: »... sondern Lissi.«

Ihre Tochter, die bisher schweigend ein zweites Stück Esterházy-Schnitte verspeist hatte, legte die Kuchengabel ab
und bestätigte: »*Ich* möchte an Mamas Stelle treten.«

»Ich verstehe kein Wort.« Annemarie verschränkte ab-
weisend die Arme.

Rose war ebenso verwirrt wie Annemarie und zudem
sehr gespannt, was das wohl bedeuten sollte.

30

»Ah, deshalb der Anwalt.« Rose bemühte sich um einen freundlichen Tonfall.

Lissi schüttelte den Kopf. »Nein, nein, ich möchte nicht um den Pflichtteil prozessieren, sondern die Konditorei übernehmen … ähm …, denn Annemarie wird ja eines Tages … na ja …« Sie lächelte Annemarie besonders nett an.

»Tot sein?« Annemarie lachte schrill auf, griff nach ihrem noch halb vollen Weinglas, leerte es in einem Zug und knallte es dann auf den Tisch. »Das habt ihr euch fein ausgedacht, aber du wirst dich wundern, ich werde nämlich steinalt.«

»Nein, bitte nicht falsch verstehen, das war etwas unglücklich formuliert … ich bin nervös, tut mir leid …« Lissi sackte auf ihrem Stuhl zusammen wie eine nachlässig gefaltete Serviette.

»Ach, und wie soll ich es sonst verstehen, wenn du von Übernahme redest? Wir sind hier nicht an der Börse, wo so etwas zum Tagesgeschäft gehört.« Annemarie reckte das Kinn vor, als machte sie sich zum Angriff bereit.

»Bitte schön, wenn ich es erklären dürfte«, mischte sich Charlotte in versöhnlichem Tonfall ein.

Rose seufzte genervt. »Sehr gern, das wäre hilfreich, nicht dass wir doch noch vor Gericht landen.«

»Andererseits wäre es vielleicht gar nicht so verkehrt, einen Anwalt einzuschalten«, meldete sich Nico zu Wort.

»Das ist wirklich nicht nötig«, wehrte Lissi jetzt mit fester Stimme ab, schob den Stuhl zurück und stand auf. »Wenn ihr mir bitte ein paar Minuten zuhören würdet …« Sie knetete ihre Finger und sprudelte dann los: »Als ich im Dezember hier unangemeldet hereingeplatzt bin, wurde ich freundlich aufgenommen, und dafür möchte ich mich noch einmal ganz offiziell bedanken. Konditormeister Müller hat mir dann in der Backstube in kurzer Zeit unendlich viel beigebracht. Meine Liebe gehört dem Konditorhandwerk, seit mein Großvater Georg mich als Fünfjährige in seine Backstube mitgenommen hat. Nicht zuletzt ist das auch der Grund, warum ich meinen erlernten Beruf als Ökotrophologin aufgegeben habe. Und du, Annemarie, hast mir erzählt, dass du immer von einer eigenen Konditorei geträumt hast und Violas Vermächtnis bewahren möchtest.« Lissi schaute zu Annemarie, die noch immer mürrisch vor sich hin starrte. »Deshalb habe ich mich gefragt, wer den Tortenhimmel weiterführen wird, wenn *du* einmal aufhören möchtest. Entschuldige … aber ich weiß von meinen Großeltern, wie anstrengend dieser Beruf ist, und irgendwann machen die Beine das stundenlange Stehen sicher nicht mehr mit.«

»Spar dir die Gedanken über meine Beine, mir macht das Stehen überhaupt nichts aus, und bis *ich* umfalle, vergehen locker noch zwanzig Jahre!«

»Klar, ich weiß, wie fit du bist«, entgegnete Lissi ruhig. »Aber es ist doch so: Du hast keine Kinder, und weder Rose noch Iris sind Konditorinnen. Wer wird also in Violas Fußstapfen treten?«

»Das sind nette Überlegungen, Lissi, aber ich warte immer noch auf die Erklärung, warum du glaubst, den Tortenhimmel erben zu können«, sagte Annemarie und klang jetzt ziemlich genervt.

»Entschuldige, Annemarie, ich habe nicht *erben*, sondern übernehmen gesagt. Weil mir aber bewusst ist, wie vital du bist, möchte ich deine Partnerin werden und mich in die Konditorei einkaufen …«

Rose hatte Lissis Ausführungen aufmerksam gelauscht, aber damit hatte sie nicht gerechnet. »Du willst dich *einkaufen*?«

Lissi stellte sich noch etwas aufrechter hin und hob die Nase. Sie schien die Überraschung zu genießen. »Ja, ich beabsichtige, Kapital zu investieren. Großvater Georg Haas hat mir nämlich eine ansehnliche Summe vermacht. Deshalb waren Mama und ich bei einem Anwalt, um uns beraten zu lassen. Ich habe euch ja erzählt, dass ich gern das Café Haas übernommen hätte, aber es hat nicht sollen sein. Als Mama und ich vor über einem Jahr zum ersten Mal hier waren, habe ich mich an meinen Traum erinnert. Und als ich hörte, dass die letzten zwei Jahre finanziell nicht so leiwand waren …«

Rose holte tief Luft. »Bitte erwähne nicht dieses P-Wort, das habe ich auf die schwarze Liste gesetzt.«

Lissi grinste verstehend. »Werde ich mir merken … Aber genau deshalb dachte ich, frisches Kapital sei vielleicht willkommen. Nach der Ausbildung werde ich selbstverständlich die Meisterprüfung ablegen und eines Tages dann den Tortenhimmel übernehmen – vorausgesetzt, ich kann Annemarie überzeugen, dass ich nicht auf ihren Tod warte.«

»Na, wenn das so ist … Unter dem Aspekt schaut die Sache natürlich ganz anders aus.« Annemarie betrachtete Lissi nun mit glänzenden Augen. »Was für ein Jammer, dass du meinen Vater Max König nicht mehr kennengelernt hast! Er würde sich bestimmt freuen, immerhin bist du seine Enkelin.«

Lissi setzte sich wieder und fragte leise: »Dann wärst du einverstanden?«

Annemarie nickte. »Bin ich, aber du wirst noch etliche Jahre warten müssen, bis du Chefin spielen kannst.«

Rose kam nicht umhin, Lissi für ihre Zielstrebigkeit zu bewundern, und im Hinblick auf diverse noch unbezahlte Rechnungen gefiel ihr die Idee der offenbar finanzstarken Verwandten doppelt so gut. Mit frischem Kapital könnte man auch die doch stark strapazierten Tische, Stühle und Sonnenschirme auf der Caféterrasse erneuern. Das würde sowohl Frau Trautmann als auch Herrn Salberg gefallen.

»Was denkst du darüber, Rose?«, fragte Iris, die vor wenigen Minuten wieder zu den anderen gestoßen war, nachdem sie rasch Jasmin ins Bett gebracht hatte.

»Rose?« Nico holte sie mit einem sanften Schubs zurück in die Gegenwart. »Iris würde gern deine Meinung zu Lissis Vorschlag hören.«

»Ähm … tut mir leid, ich war in Gedanken.«

»Lissi hat vorgeschlagen, einen Vertrag ausarbeiten zu lassen und gemeinsam darüber abzustimmen.«

»Sehr gute Idee«, stimmte Rose zu. Solange Lissi in ihrem Eifer nicht gleich den gesamten Betrieb übernehmen wollte, konnte es eine fruchtbare Zusammenarbeit werden.

Charlotte, die morgen nun endgültig abreisen wollte, bedankte sich noch einmal bei der Familie, und Rose meinte, ein paar Tränen der Rührung in den Augenwinkeln der österreichischen Verwandten zu entdecken.

In den folgenden Tagen wartete Rose jeden Vormittag sehnlichst auf die Post. Überreichte ihr der Bote dann endlich ein paar Kuverts, suchte sie vergeblich nach einem Brief von Salberg. Erfreulich waren nur die Mails von Amber und Mark. Sie hatten sich nach passenden Läden umgesehen und Links zu angebotenen Objekten geschickt, unter denen sie Einzelheiten erfahren konnte. Neugierig betrachtete Rose die Angebote und erinnerte sich seufzend an das idyllische Picknick. An die filmreife Landschaft, den wunderschönen Ausblick aufs Meer und die Pläne, die sie mit Nico geschmiedet hatte. Es war noch nicht lange her, da hätte sie sofort die Koffer packen und alles hinter sich lassen wollen. Vielleicht auch das Projekt »deutsche Bäckerei« in Exeter verwirklichen. Aber nun hatte sich das Blatt gewendet. Lissi wollte sozusagen das Füllhorn über den Betrieb ausschütten, und mit der Aussicht auf Dauerbuchungen von Salberg standen glänzende Zeiten bevor. Wie konnte sie also noch an »auswandern« denken? Durfte sie die Familie im Stich lassen, wenn die Geschäfte wieder auf vollen Touren liefen? Iris bekam bald ein Baby, mit zwei Kindern wäre es für sie schwierig, den Pensionsbetrieb in vollem Umfang zu übernehmen. Florence konnte nur zeitweise aushelfen, denn Herberts Gesundheitszustand war nach wie vor nicht ganz unbedenklich.

»Mit ungelegten Eiern ist kein Kuchen zu backen«, murmelte sie ein Credo von Großvater Max vor sich hin und schloss den Browser. Sie wollte sich im Café eine heiße Schokolade holen. Normalerweise hätte sie sich jetzt mit Nico zusammengesetzt, doch er war bei einer der regelmäßigen Kontrolluntersuchungen, um sicherzustellen, dass er tatsächlich so fit war, wie er sich fühlte. So bald wie möglich wollte er auch wieder für seine Eltern arbeiten. Rose gefiel das nicht besonders, doch was hätte sie dagegen einwenden können? Familie ließ sich eben nicht abschütteln wie ein lästiges Insekt, darüber hätte sie ein Buch schreiben können.

Im Wintergarten waren nur wenige Tische besetzt, wie sonst auch an einem Tag, an dem das Wetter höchstens das Prädikat »bescheiden« verdiente. Der Himmel war grau, und es nieselte schon seit Stunden. Herr Otto bewältigte den Service ganz gut allein, Aushilfen würden erst im Mai wieder benötigt.

Rose schritt mit einem freundlichen »Guten Morgen« an den wenigen Gästen vorbei Richtung Kaffeeküche.

»Entschuldigung ...« Ein junger Mann, der in weiblicher Begleitung am Fenstertisch saß, hatte Rose angesprochen.

»Bitte schön, wie kann ich helfen?« Rose lächelte das Paar verbindlich an.

Der Mann schaute sie fragend an. »Gehören Sie zum Haus?« Als Rose nickte, fuhr er fort: »Eine Freundin von mir heiratet im Juni hier bei Ihnen und hat mir von diesem Wintergarten erzählt. Wir suchen eine coole Location für unsere Abifeier, deshalb wollten wir uns ein wenig umsehen. Ist ja echt megaschön hier so nahe am See! Könnte man bei gutem Wetter auch am Strand feiern? Einen Grill aufstellen und so?«

Rose erinnerte sich ungern an ihr Abitur, das sie nur knapp geschafft hatte, und an die sich anschließende Feier. Dennoch sagte sie mit jugendlicher Begeisterung: »Coole Idee«, erkundigte sich, wie viele Personen kommen würden und wann das Fest stattfinden sollte.

»So ungefähr vierzig, vielleicht auch fünfzig Leute. Aber es hängt natürlich davon ab, ob alle das Abi schaffen – also, bei mir ist es auch noch ein wenig unsicher«, antwortete die junge Frau und spielte verlegen mit einer Strähne ihrer hüftlangen dunklen Haare.

Rose war in der Stimmung, der Schülerin fleißiges Lernen zu empfehlen, was sie selbstverständlich unterließ. »Dann drücke ich mal fest die Daumen, dass alles nach Wunsch verläuft. Wenn Sie sich entschieden haben, hier zu feiern, finden wir sicher einen passenden Termin.«

Das Paar bedankte sich, und Rose holte sich bei Waltraud eine heiße Schokolade mit Sahnehaube.

An ihrem Schreibtisch hinter dem Rezeptionstresen löffelte sie genüsslich die Schlagsahne aus der Tasse und überlegte, welchen Punkt auf der To-do-Liste sie zuerst abarbeiten sollte: Personalabrechnung, Kostenvoranschlag für Frau Trautmann oder Steuerunterlagen für das Finanzamt zusammenstellen? Sie entschied, den Kostenvoranschlag für die Hochzeitsplanerin zu schreiben. Frau Trautmann hatte bislang noch nicht endgültig zugesagt, vermutlich wartete sie auf das Angebot.

Warten nicht alle immer auf irgendwas?, dachte Rose und gestattete sich einen kleinen Seufzer.

31

Kurze Zeit später flatterte dann endlich ein Brief von Salberg ins Haus. Gespannt öffnete Rose das Schreiben, überflog den Text und schnappte nach Luft. Der Chirurg war offenbar so begeistert von der Pension und natürlich ihrer Lage, dass er das ganze Anwesen gleich *kaufen* wollte. Er bot fünf Millionen!

Noch vor einigen Monaten hätte sie gejubelt und es angesichts dieser Summe vermutlich auch geschafft, Herbert und Annemarie von einem Verkauf zu überzeugen. Doch inzwischen war das Haus wieder gut gebucht, auch die Stammgäste reisten wieder an, und sie, Rose, wollte alles dafür tun, dass Frau Trautmann zur Dauerkundin wurde. Das Familienunternehmen König hatte die Krise überwunden. Aber vorsichtshalber wollte sie ihrem Vater das Angebot trotzdem unter die Nase halten. Niemand konnte sagen, was die Zukunft bereithielt.

Sie erwischte Herbert, als er gerade den Rasenmähertraktor aus dem Gerätehaus holte. In den letzten Tagen war es frühsommerlich warm gewesen, und die Grünflächen waren kräftig gewachsen. Seit Herberts Herzattacke ließ Florence ihn nicht mehr Auto fahren, was ihm gar nicht gefiel, denn er war ein leidenschaftlicher Fahrer gewesen, dem auch hohe Geschwindigkeiten Spaß bereiteten. Da war der

Traktor ein eher harmloser Ersatz, auf dem er viele Extra-runden drehte.

»Was gibt es denn, mein Röschen?«, begrüßte er seine Tochter, schob die Sonnenbrille nach oben und schaute sie neugierig an.

»Papilein …«, begann sie.

Sofort unterbrach er sie. »Oh, oh, *Papilein* klingt nach Hiobsbotschaft. Was ist passiert?« Er setzte die Brille wieder auf, stieg auf den Schalensitz und startete den Motor.

Rose hob die Stimme. »Nichts, ganz im Gegenteil. Wir könnten reich werden.«

Herbert schaltete den Motor wieder aus. »Hast du reich gesagt? Lass hören.« Er schob die Sonnenbrille wieder nach oben und schaute seine Tochter erwartungsvoll an.

Rose hielt ihm das Schreiben des Investors hin.

»Ich hab die Lesebrille nicht dabei. Was steht denn da?«

Rose las langsam vor und sagte dann: »Ist das nicht ein super Angebot? Stell dir mal vor, wir wären …«

»Vergiss es!« Herbert fuchtelte wild mit den Händen durch die Luft. »Mein Besitz wird nicht verscherbelt, egal zu welchem Preis.«

»Nicht aufregen, Papilein«, beruhigte sie ihn. »Das Thema Verkauf ist doch schon lange vom Tisch. Der Laden läuft wieder, die Zukunft sieht rosig aus.«

»Und warum zeigst du mir dann diesen Wisch?«

»Nun, ich dachte, der Marktwert des Anwesens würde dich interessieren. Natürlich nur rein theoretisch.«

»Hm … da hast du recht. Danke, Röslein, schön zu wissen, dass wir so wertvoll sind.« Herbert platzierte die Sonnenbrille wieder auf seiner Knubbelnase, startete den

Traktor erneut, ließ den Motor einmal aufheulen und tuckerte fröhlich winkend davon.

Rose marschierte zurück in ihr Büro, wo sie Salfelds Brief beantwortete.

Sehr geehrter Herr Salfeld,

herzlichen Dank für Ihr Schreiben und das Angebot, das mich sehr überrascht hat. Leider steht unser Haus nicht zum Verkauf. Wir bleiben eine familiengeführte Pension garni, in der man kurze oder lange Urlaube verbringen kann. Wenn Sie, wie bei Ihrer Besichtigung angesprochen, weiterhin an der Anmietung von Zimmern interessiert sind, freuen wir uns auf eine Zusammenarbeit.

Mit freundlichen Grüßen
Rose König
Geschäftsführerin

Ausdrucken, ab damit in ein Kuvert und Marke drauf. Später würde sie den Umschlag zum Briefkasten bringen. Doch jetzt war es Zeit, für einen Cappuccino, bevor sie online endlich nach einem Kleid für die Hochzeit suchen wollte.

Beim letzten Gespräch mit Nico über Brautkleider hatte sie ihn gefragt, ob sie diesmal alles »richtig« machen und in einem weißen Kleid Ja sagen sollte oder ob ihm auch eine Hochzeit in Jeans und Shirt gefallen würde. Worauf er geantwortet hatte: »Ich heirate kein Kleid, sondern dich, und du bist die allerschönste Frau der Welt, egal, was du anhast.

Ich komme einfach auch im Freizeitlook, und dann passen wir zusammen wie Topf und Deckel.« Nach dieser zauberhaften Liebeserklärung hatte Rose das klassische Brautkleid aus Spitze oder Tüll von der Liste gestrichen.

Den Cappuccino neben sich auf dem Schreibtisch, gab sie »festliche Kleider« in die Suchmaschine ein, klickte den Link zu den Bildern an und betrachtete geduldig einzelne Angebote, als ein jubelndes »Rose, Rose!« sie aufschreckte.

Iris war plötzlich vor dem Schreibtisch aufgetaucht und schwenkte ein Kuvert. »Stell dir vor, Christian hat die Scheidungspapiere unterschrieben! Ich kann es immer noch kaum glauben.« Sie nahm einige Bogen aus dem Umschlag, legte sie auf den Tresen und strich sie vorsichtig mit der Hand glatt.

»Endlich! Wie wunderbar.« Rose freute sich mit ihrer Schwester, schob den Stuhl zurück und ging um den Schreibtisch herum, damit sie sie umarmen konnte. Dann begutachtete sie die Unterschrift. »Tatsächlich, er hat eingewilligt. Aber was hat die Meinung dieses Sturschädels denn geändert?«

»Mein Umzug zu Fritz. Als ich ihm davon am Telefon erzählt habe, konnte ich an seinem Schnaufen hören, dass er es endlich kapiert hat. Manchmal helfen nur drastische Schnitte, damit sich was bewegt. Aber genug davon.« Iris linste neugierig auf den Bildschirm. »Was machst du denn gerade?«

»Ich suche ein Kleid für meine Hochzeit. Nichts Übertriebenes und auch kein traditionelles weißes, eher was Außergewöhnliches«, antwortete Rose.

Iris faltete die Papiere wieder zusammen und steckte sie zurück in das Kuvert. »Warum trägst du nicht das schwarze Kleid, das du im Herbst gekauft hattest?«

»Keinesfalls, das ist viel zu sehr mit traurigen Erinnerungen behaftet. Ich würde mich nicht wohl darin fühlen, und Nico ist es egal, was ich anhabe. Hauptsache, wir heiraten bald. Und was ist mit euch, wo du hoffentlich bald eine freie Frau bist?«

»Stimmt! Wir haben Glück – der Gerichtstermin ist schon in vierzehn Tagen.« Iris lachte vergnügt auf. »Wir könnten also auch …«

»… eine Doppelhochzeit feiern!«, riefen die Schwestern wie aus einem Mund.

Als Rose und Iris bei einem Abendessen die Neuigkeiten verkündeten, waren alle begeistert. Annemarie schlug vor, die fünfstöckige Hochzeitstorte zu backen, mit der Viola einen Wettbewerb gewonnen hatte und die für eine große Gästeschar ausreichen würde.

»Gute Idee, die ist ja auch eine echte Traumtorte.« Rose und Iris nickten gerührt. Dann wäre es, als wäre Viola auch ein bisschen mit dabei.

Iris wollte aber nicht in Jeans und Shirt heiraten, deshalb begaben sie sich noch einmal auf die Suche nach Hochzeitskleidern.

In Konstanz bei *New Traditional*, einem unkonventionellen Laden für Brautmoden, den Frau Trautmann empfohlen hatte, wurden sie von Jana Burowski empfangen. Die Inhaberin und Designerin war eine sympathische Vierzigjährige mit rotblonden Haaren.

Frau Burowski erkundigte sich zuerst, ob Rose und Iris

bereits genaue Vorstellungen hatten. Langes oder kurzes Kleid, Hosenanzug oder etwas schlichtes Klassisches?

»Ich möchte auf keinen Fall ein Tortenkleid mit Korsage und Tausenden Metern Tüll und Spitze, in dem ich mich kaum bewegen kann«, antwortete Rose.

»›Tortenkleider‹ habe ich gar nicht im Angebot«, entgegnete die Designerin, die sich über Roses fast abfälligen Begriff amüsierte und dann erzählte, sie selbst sei in einem Hippiekleid vor den Altar getreten.

»Ich hätte gern etwas Bequemes«, sagte Iris und streckte ihren kleinen Babybauch heraus.

Rose erwähnte noch beiläufig, dass sie nicht mehr als eintausend Euro für das Kleid ausgeben wollte. Verschwendungen waren ihr ein Gräuel, aber ein weiterer Grund war Herberts Hang zu Traditionen. Er bestehe zwar nicht erneut auf einem Polterabend, aber der Brauch verlange, dass er als Vater die Hochzeit seiner Töchter bezahle, hatte er nachdrücklich betont. Um des lieben Friedens willen hatten Rose und Iris zugestimmt, ihn die Brautkleider mit allen Accessoires und auch die Feierlichkeiten finanzieren zu lassen.

Jana Burowski nickte verstehend. »Wir haben sehr hübsche Kleider schon für knapp dreihundert Euro.«

Rose schluckte ein überraschtes »Wow« hinunter und geriet nun doch in das »Brautkleidfieber«, wie Frau Trautmann das Aussuchen und Anprobieren von immer neuen Kleidern bezeichnet hatte. Zuerst schlüpfte sie in ein wadenlanges Kleid aus weich fließendem Georgette, dessen Rock wunderhübsch im Wind flattern würde.

Der Nachmittag neigte sich schon dem Ende zu, als Rose

und Iris den Probiermarathon beendeten. Erschöpft sanken sie auf das blassrosa Besuchersofa und betrachteten unentschlossen ihre beachtliche Auswahl auf der Kleiderstange.

Frau Burowski drängt sie zu keiner Entscheidung. »Vielleicht möchten Sie auch noch eine zweite Meinung hören und sich mit einer Freundin, ihrer Mutter oder Schwiegermutter beraten?«

»Daran liegt es nicht, dass ich mich nicht entscheiden kann«, gestand Rose. »Die Kleider sind alle wunderschön – doch mir geht einfach nicht aus dem Kopf, dass ich ursprünglich in Jeans und T-Shirt am Seeufer heiraten wollte.«

Frau Burowski schien keineswegs schockiert, verschwand kurz in ihrem Büro und kam mit einem Ordner wieder. »Dann denken wir doch einfach noch um! Hier habe ich Fotos von unkonventionellen Kombinationen, vielleicht ist da etwas dabei.«

Rose und Iris begutachteten die Bilder von Kleidern, die sich nicht nur für eine Hochzeit eigneten, sondern auch noch bei anderen Gelegenheiten getragen werden konnten. Rose deutete auf Bild Nummer elf. »So möchte ich heiraten.«

Iris schloss sich Roses Entscheidung an. »Wenn Platz für meinen Babybauch ist, würde mir das auch gefallen.«

Zufrieden begaben sich die Schwestern kurz darauf auf die Heimfahrt. Rose saß am Steuer. Iris wirkte ziemlich erschöpft, und Überanstrengung war bestimmt nicht gut für das Baby. »Wenn alles nach Wunsch läuft, werden wir aussehen wie Zwillinge …«

Iris streichelte Rose über die Schulter. »Hab ich dir schon mal gesagt, dass du die beste Schwester der Welt bist?«

Rose lächelte. »Ja, hast du – als ich den störrischen Christian verprügeln wollte.«

Seufzend legte Iris die Hände auf ihren Bauch. »Ich bin so froh, dass dieses ewige Hin und Her ein Ende hat! Es wäre mein größter Albtraum gewesen, wenn die Scheidung nicht vor der Geburt des Babys zustande gekommen wäre. Egal, wie gelassen Fritz damit umgegangen ist, ich war in den letzten Wochen mit den Nerven am Ende.«

»Dieser hirnverbrannte Idiot!«, schimpfte Rose.

»Das ist Christian allerdings«, stimmte Iris lachend zu.

»Ähm … ich meinte diesen Hornochsen, dessen Scheinwerfer mich geblendet haben. Aber ja, ich bin auch überglücklich, dass wir zusammen Hochzeit feiern können, das wird bestimmt ein tolles Fest, auch wenn wir Frau Trautmann …« Rose verstummte.

»Was ist los?«

»Ich überlege, ob wir sie doch einladen sollen.«

»Ich dachte eigentlich, sie stünde schon auf unserer Gästeliste. Aber die habe ich ja ganz dir überlassen, du bist in diesen Dingen viel gründlicher als ich«, lobte Iris ihre Schwester und fragte dann: »Was spricht dagegen, sie einzuladen?«

»Na ja, weil sie unsere Hochzeit nicht geplant hat, ich ihr das aber eigentlich versprochen hatte …«

»Ich verstehe kein Wort.«

Rose erzählte von ihrem Dilemma vor einiger Zeit, die Besprechungstermine mit Salberg und Frau Trautmann unter einen Hut bringen zu müssen, und dass sie dabei Frau Trautmann gegenüber spontan angedeutet hatte, auch ihre eigene Feier von ihr planen lassen zu wollen.

»Na, dann engagieren wir sie einfach noch, und du bist aus dem Schneider.«

Rose riskierte einen schnellen Seitenblick auf Iris, die ganz entspannt auf dem Beifahrersitz saß. »Aber das wären doch unnötige Kosten. Wir sind doch selbst Profis, wenn es um große Feiern geht, haben deine erste Hochzeit und meine Verlobung organisiert.«

»Ha, da spricht die Buchhalterin in dir«, entgegnete Iris schmunzelnd. »Denk mal nicht ans Geld, denn im Hinblick auf eine weitere Zusammenarbeit mit Frau Trautmann wäre es eine Investition in die Zukunft.«

Rose dachte nach, und weil sie einfach nicht aus ihrer Haut konnte, rechnete sie im Stillen doch nach, was es kosten würde. Schließlich kam sie zu dem Ergebnis, dass Iris recht hatte. »Okay, ich überwinde mich und überlasse alles der professionellen Hochzeitsplanerin.«

32

Als Rose am Hochzeitsmorgen von der durch den Vorhang-spalt scheinenden Maisonne geweckt wurde und nach Nico tastete, schreckte sie alarmiert hoch. Statt seine Wuschel-haare wie sonst an jedem Tag zwischen ihren Fingern zu fühlen, hatte sie ein Stück Papier in der Hand. Sofort tauchten die schlimmsten Gedanken auf, die sich erst ver-flüchtigten, als sie die Nachricht las.

Meine geliebte Rose,

hoffentlich bist du nicht allzu sehr erschrocken darüber, dass ich nicht neben dir liege. Aber mach dir bitte keine Sorgen, mir geht es gut.

Weil ich in manchen Dingen ein altmodischer Mann bin, möchte ich dir schreiben, wie glücklich du mich an jedem einzelnen Tag machst. Niemals werde ich vergessen, dass du mich, als ich im künstlichen Koma lag, getröstet, mir vorgelesen und für mich getanzt hast. Für dich wollte ich wieder gehen lernen, damit ich zu dir laufen kann. Für dich wollte ich wie-der sprechen lernen, damit ich dir sagen kann, wie sehr ich dich liebe. Für dich wollte ich wieder ganz gesund werden, um mein Leben mit dir zu verbringen.

Beim ersten Blick in deine wunderschönen Augen wusste ich, dass du meine Seelenverwandte bist, dass wir zusammengehören wie Tag und Nacht, wie Licht und Schatten, wie Wind und Wellen.

Heute ist der wichtigste Tag in unserem Leben, und ich sehne den Moment herbei, endlich Ja zu sagen, für alle Zeiten mit dir verbunden zu sein. Dieses Mal wollen wir kein Risiko eingehen und alles richtig machen. Dazu gehört nach den traditionellen Regeln auch, dass wir uns erst kurz vor dem Jawort am Strand wiedersehen dürfen. Vielleicht ist er nur ein Aberglaube, trotzdem schadet es nicht, vorsichtig zu sein. Nicht zuletzt steigert es die Vorfreude auf dich, meine über alles geliebte Rose.

Bis später, dein sich verzehrender
Nico

Rose schluchzte auf vor Rührung. Tränen tropften auf das Papier. Nicht allein die zärtlichen Worte brachten sie zum Weinen, es war auch die kleine Zeichnung neben seinem Namen. Nico hatte sich mit wenigen Strichen skizziert, in Jeans, T-Shirt und mit einer Blume im Haar. Nie zuvor war sie so sicher gewesen, den absolut besten, liebevollsten und zärtlichsten Mann der Welt an ihrer Seite zu wissen. Und in wenigen Stunden würde sie nicht mehr Rose König, sondern Rose Weingold heißen. Nico hätte auch ihren Familiennamen angenommen, aber Rose hatte keine Sekunde nachdenken müssen, um zu wissen, dass sie in Zukunft als Frau Weingold angesprochen werden wollte. Wäre sie weiter Rose König geblieben, hätte es sich vielleicht angefühlt, als wäre sie gar nicht »richtig« verheiratet.

»Ach Nico, wenn es nur endlich so weit wäre«, seufzte

sie in die Stille des Zimmers. Sie war so aufgeregt, dass sie ihren Herzschlag bis in die Fingerspitzen spürte.

Sie drückte ihr Gesicht in Nicos Kopfkissen und atmete seinen Duft ein. Sie wusste nicht, aus welchen Essenzen sich sein Aftershave zusammensetzte – für sie war es einfach der Duft ihrer Liebe.

Der Wecker ihres Handys meldete, dass sie aufstehen musste. In einer Stunde war sie mit Iris beim Friseur angemeldet. Frau Trautmann hatte jede Sekunde durchgeplant, und es blieb keine Zeit, die Nase noch länger in Nicos Kissen zu stecken.

Rose schlug die Bettdecke zurück, rutschte von dem hohen Boxspringbett und ging zum Fenster, um frische Luft hereinzulassen. Sie schob die Vorhänge zurück und öffnete die beiden Flügel. Die Sonne war umgeben von ein paar schneeweißen Wattewolken, und der Wetterfrosch hatte einen trockenen Tag versprochen. Es würde nicht nötig sein, den Baldachin aufzubauen.

Vom Fenster aus konnte sie den Parkplatz vor der Pension überschauen. Nicos feuerroter Wagen war nicht da. Sofort stieg diffuse Angst in ihr hoch, obwohl sie wusste, dass er inzwischen einen Mini Cooper mit Airbag und Sicherheitsgurten fuhr, in dem er sich hoffentlich anschnallte. Der Oldtimer hatte einen Totalschaden erlitten, und die Reparatur wäre kostspieliger gewesen als ein gleichwertiger Ersatz. Nico hatte sich sofort wieder hinters Steuer setzen wollen, und nur eine Weile war es ihr gelungen, ihn davon abzuhalten. »Wenn man vom Pferd fällt, muss man sofort wieder aufsteigen, sonst wird man die Angst niemals überwinden«, hatte er gesagt. Ihre Antwort, dass Reiten viel ungefährlicher sei als Autofahren, weil er dabei einen Helm tragen würde, hatte er mit einem Nicken bestätigt und war am nächsten Tag mit einem Motorradhelm aufgetaucht. »Den hat mir mein Freund Lewis Hamilton vermacht, du weißt, der Formel-1-Rennfahrer. Damit bin ich sicher wie in einem Babykörbchen.«

Das war Nicos Art, mit Ängsten umzugehen. Und Rose hatte verstanden, dass auch sie ihre Ängste überwinden musste.

Sie atmete tief durch und beruhigte sich mit der Vorstellung, dass er zu seinen Eltern gefahren war. Amber und Mark waren natürlich für den großen Tag angereist, logierten in Konstanz, und Rose freute sich sehr auf das Wiedersehen.

Ein Klopfen an der Tür mahnte sie zur Eile. Es war Iris mit Jasmin. Beide hatten heute Nacht noch einmal in ihren alten Zimmern geschlafen. Jasmin streckte Rose ein Stück Brezel entgegen.

»Ist das dein Frühstück?«, fragte Rose lächelnd.

Jasmin antwortete mit glucksenden Lauten.

»Ich bringe Jasmin zu Mama, die geht mit ihr auf den Spielplatz. In einer halben Stunde können wir los zum Friseur.« Iris sah ihre Schwester fragend an. »Wenn du noch frühstücken willst, musst du dich beeilen.«

»Ich glaube, ich bringe keinen Bissen hinunter.«

»Du solltest etwas essen oder wenigstens einen Kaffee trinken, damit du später nicht zusammenklappst. Wir sehen uns unten …«

»Ja, große Schwester, wird gemacht.«

Zehn Minuten später betrat Rose den privaten Salon.

Annemarie und Lissi saßen am Esstisch und blätterten in einem Backbuch, soweit Rose das auf den ersten Blick beurteilen konnte.

Als Annemarie ihre Nichte bemerkte, schnellte sie von ihrem Stuhl hoch. »Hiiier kommt die Braut ...« Mit ausgebreiteten Armen schmetterte sie den bekannten Hochzeitsmarsch aus Wagners Oper *Lohengrin* und sah in ihrem feuerroten Kleid ein bisschen wie ein Warnschild aus.

Rose drehte an ihrem Verlobungsring, um mögliche negative Schwingungen auszugleichen. »Pst ... hör sofort auf damit, das bringt doch bestimmt Unglück. Mir ist eh schon ganz übel, wenn ich mir vorstelle, wie lange es noch dauert und was in der Zeit alles schiefgehen kann.«

Lissi erhob sich ebenfalls, eilte auf Rose zu und nahm sie fürsorglich in den Arm. »Mach dich nicht verrückt, schnauf einmal tief durch und setz dich. Ich bringe dir einen Kaffee.«

Rose folgte Lissis Aufforderung. »Danke, das ist sehr lieb.«

»Ach was.« Lissi winkte ab. »Magst auch ein Hörnchen, heute Morgen frisch gebacken, oder lieber was Deftiges? Ich könnte dir Rühreier mit Speck oder Schinken braten. Geht ganz schnell.«

»Ein Milchkaffee und ein Hörnchen genügen. Mehr kriege ich eh nicht runter.« Sie setzte sich neben Annemarie, die wieder in dem Buch geblättert hatte. Jetzt klappte sie es zu und schob es Rose hin. »Bitte schön, das erste Exemplar unseres Backbuchs.«

»Stimmt, ihr wolltet ja ein Backbuch herausbringen, das habe ich vollkommen vergessen.« Rose strich vorsichtig über das Hochglanzcover. Darauf war eine hohe blassrosa Buttercremetorte zu sehen, verziert mit pinkfarbenem Tropfen, frischen weißen Rosen, Schleierkraut und silbernen Perlen. Einfach, aber wirkungsvoll. Der Buchtitel lautete: *50 Rezepte aus dem Tortenhimmel*. Er prangte in silbernen Buchstaben über der Torte.

»Was sagst du, sieht es nicht großartig aus?«

»Wunderschön! Man möchte sofort ein Stück davon haben. Aber wie habt ihr das so schnell geschafft?« Rose begann im Buch zu blättern. Es wurden fünf Grundrezepte beschrieben, aus denen die unterschiedlichsten Torten gezaubert werden konnten. Sogar eine Weihnachtstorte in Tannenbaumform war darunter. Die Fotos waren beeindruckend schön, alles farblich aufeinander abgestimmt, und auch Anfängerinnen und Anfänger würden sich mithilfe dieses Buches gewiss an ihre erste Torte wagen.

Annemarie hob den Kopf und wuchs um mindestens sieben Zentimeter. »Überstunden, Überstunden und dann noch ein paar Überstunden. Aber ohne die Kontakte von Fritz zu einem Selbstverlag hätten wir es nicht in diesem irren Tempo hingekriegt. Wir vertreiben das Buch vorerst über unsere Website, das Instagram-Profil, die Konditorei und das Café. Wäre doch gelacht, wenn wir da nicht etliche Exemplare von den eintausend Stück der ersten Auflage loswürden. Wir überlegen sogar, Kurse für Anfänger anzubieten. Berthold wäre bereit, mit den Teilnehmenden Rezepte aus diesem Buch nachzubacken. Aber nun Schluss damit – das besprechen wir ein andermal. Heute solltest du nur noch an deine Hochzeit denken.«

Zwei Stunden später kamen Rose und Iris vom Friseur zurück und begaben sich rasch in die Konditorei, um die fünfstöckige Torte zu besichtigen.

Beinahe andächtig verharrten sie vor dem ganz mit weißem Fondant überzogenen Kunstwerk. Die fünf Etagen waren schlicht gehalten, gemäß der Aufgabe des damaligen Wettbewerbs. Aber was diese Torte zum Kunstwerk machte und womit Viola sich gegen die anderen Teilnehmenden durchgesetzt hatte, war die rote Blumengirlande, an der jede einzelne Blüte und jedes Blatt von Hand modelliert waren. Beginnend als kleines Bouquet, wand sie sich von oben über die fünf Etagen nach unten. Das Weiß als Grundfarbe stand für den unschuldigen Beginn der Ehe, das Rot für die unvergängliche Liebe.

»Ich vermisse unsere Schwester heute ganz besonders«, murmelte Rose.

Iris drückte ihre Hand. »Sie ist bei uns, ganz sicher. Und jetzt sollten wir noch eine Kleinigkeit essen, damit uns nicht flau wird.«

»Ich bin viel zu nervös und werde erst wieder ruhig, wenn Nico neben mir steht.«

»Ging mir beim ersten Mal auch so. Bei der zweiten Eheschließung ist man offenbar viel gelassener«, entgegnete Iris lachend.

»Ich weiß, dass du zu Scherzen aufgelegt bist, aber ich heirate nur einmal, und zwar Nico. Und jetzt gehe ich nachschauen, ob alles bereit ist – auch wenn du das übertrieben findest.«

»Mach das, wenn es dich beruhigt. Ich werde Jasmin zum Mittagsschlaf hinlegen, damit sie am Nachmittag munter ist.«

Rose lief zuerst in den Wintergarten. Vermutlich würde sie Frau Trautmann dort antreffen, die sich um die letzten Feinheiten kümmerte. Wie schon bei ihrem Polterabend und Iris' erster Hochzeit waren Terrasse und Café heute geschlossen.

Am Eingang blieb sie stehen. Der Anblick des geschmückten Wintergartens war atemberaubend. Hohe Kübelpalmen in den Raumecken und pastellfarbene Blumenranken aus Rosen und Iris an den Fenstern verbreiteten einen zarten Duft. Die Tische waren zu einem langen Büfett aufgebaut, mit weißen Laken bedeckt und ebenfalls mit Rosen und Iris verziert worden. Ein Essen mit drei oder mehr Gängen für einhundert Gäste hätte den finanziellen Rahmen endgültig gesprengt, deshalb hatten Rose und Iris mit Frau Trautmann Fingerfood vereinbart. Sitzgelegenheiten fanden sich im Garten, und auch auf der Seeterrasse war Platz für alle, die gern sitzen wollten.

Getränke wurden an dem zur coolen rosaroten Bar umgebauten Küchentresen ausgeschenkt. Weil die Hochzeitsplanerin mit ihrer eigenen Crew arbeitete und das Essen von einem Cateringservice geliefert wurde, mussten weder die Eltern noch Annemarie oder Horst mithelfen. Auch Waltraud und Herr Otto konnten mitfeiern, was Rose besonders freute.

Rose überlegte, ob sie es wagen und auch die Szenerie am Strand begutachten sollte. Sie überwand ihre absurden Ängste, dass wieder etwas schiefgehen könnte, und spazierte an den See.

Die Sonne hatte die morgendlichen Wattewolken verdrängt. Der Himmel war strahlend blau, und ein leichter

Frühlingswind kräuselte die Wasseroberfläche. Kreischende Möwen versuchten, eine Schwanenfamilie mit drei Jungen zu ärgern. Und in Sichtweite fütterte ein älteres Ehepaar die Enten direkt neben dem Warnschild, genau das nicht zu tun. Es wäre ein ganz normaler Freitagnachmittag Ende Mai gewesen, mit 20 Grad im Schatten, hätten nicht ein mit Blumen und Luftballons geschmücktes Spalier und die anderen vorbereiteten Aufbauten auf ein besonderes Ereignis hingedeutet.

Rose blieb drei Schritte entfernt stehen und stellte sich die Trauungszeremonie vor, die ungefähr zwanzig Minuten dauern würde. Sie spürte, wie ihr Puls nach oben schoss und ihre Hände feucht wurden. »Bloß nicht durchdrehen«, murmelte sie leise und beschloss, sich noch ein wenig auszuruhen, wie Annemarie es vorgeschlagen hatte.

Endlich war es so weit. Roses von getuschten Wimpern umgebene hellgrüne Augen glänzten vorfreudig, ihre Haut schimmerte ganz leicht golden, und sie hatte den nach Erdbeeren schmeckenden Lipgloss verwendet, den Nico als seine »Lieblingsnachspeise« bezeichnete. Nur noch in das Hochzeitskleid schlüpfen, und sie war bereit.

Als sie sich im Spiegel betrachtete, erblickte sie eine Braut in einem wadenlangen Kleid mit schlichtem Trägeroberteil und weitem Rock aus fließendem Georgette. Darüber trug sie eine kurze Jeansjacke. Das Haar war im Nacken locker gesteckt und mit weißen Seidenrosen verziert. Rose gefiel sich und war gespannt, was Nico tragen würde. Sie hatte ihm das Brautkleid natürlich nicht gezeigt.

Mit Iris war vereinbart, Nico und Fritz an der Rezeption zu treffen. Hand in Hand wollten sie dann zu viert an den Strand spazieren, wo die Hochzeitsgesellschaft auf sie wartete. Frau Trautmann und ihre Crew hatten sich um die Platzierung der Gäste gekümmert, sie mussten sich um nichts Gedanken machen.

Rose drehte sich ein letztes Mal vor dem Spiegel, als es klopfte. Vor der Tür stand Iris. Ihr kurzes Haar war mit einem Blütenreif geschmückt, das Kleid im Empirestil hatte einen weich fallenden Rock, der direkt unter dem Busen begann. Auch sie hatte dazu eine kurze Jeansjacke gewählt.

»Dann mal los, Schwesterherz, gehen wir heiraten«, sagte Iris und nahm Roses Hand.

Langsam gingen sie hinunter ins Erdgeschoss. Rose bemühte sich, ruhig zu atmen, was ihr nur mäßig gelang. Eher hatte sie das Gefühl, sie würde mit jeder Stufe nervöser. Erst als sie unten Nico in Jeans, weißem Hemd, Frack und weißen Sneakers sah, fiel die Nervosität von ihr ab, und sie musste laut lachen. Nico strahlte, trat auf sie zu und sagte: »Du siehst absolut atemberaubend aus, mein geliebtes Seepferdchen! Und wenn du mich fragst, die erste Probe haben wir bereits bestanden. Wir passen so gut zusammen, als hätten wir den trendigsten Designer der Welt engagiert.«

Fritz war mit blauen Jeans, einem weißen Hemd und einer weißen Smokingjacke ähnlich lässig angezogen.

Aus dem Wohnzimmer meldet sich die alte Standuhr mit vier Schlägen.

»Das war eine Nachricht von Großvater aus dem Jenseits ...«, flüsterte Iris.

Sie nickten sich zu und marschierten durch den Hinterausgang hinunter zum See, wo sie von neunundneunzig geladenen Gästen erwartet wurden. Der Großteil der Gäste hatte schon den unglückseligen Polterabend miterlebt und schickte Rose nun aufmunternde Blicke, als wollten sie signalisieren, dass heute nichts schiefgehen würde.

Aus dem Augenwinkel erblickte Rose ihren Vater. Er hielt die Hand ihrer Mutter, die sich mit der anderen ein Taschentuch an die Nase drückte. Auch Annemarie, die ein wenig näher zu Berthold rückte, saß ganz vorn, und Lissi, die auf Roses Kleid deutete und »Leiwand!« sagte.

Die Standesbeamtin wartete bereits. Sie hatte sich hinter einem der Stehtische aus der Konditorei postiert, der, mit einer weißen Damastdecke umhüllt und mit einer großen hellgrünen Schleife verziert, sehr feierlich wirkte.

Applaus ertönte, als die Brautpaare durch die Stuhlreihen schritten. Rose, Nico, Iris und Fritz blieben unter den Ballons stehen, die fröhlich im sanften Frühlingswind flatterten.

»Liebe Brautpaare, liebe Gäste …«, begann die Beamtin ihre Begrüßung.

Rose bemühte sich, ihr aufmerksam zuzuhören, aber es wollte ihr nicht so recht gelingen. Heute wurde sie endlich Nicos Frau, und sie konzentrierte sich ganz darauf, die Wärme seiner Hand zu spüren, ihn neben sich zu wissen.

»Und so frage ich Sie, Nico Weingold, wollen Sie die hier anwesende Rose König zu Ihrer rechtmäßigen Ehefrau nehmen?«

Nico drückte Roses Hand und lächelte sie an. »Ja!«

»Ja, ich will«, antwortete auch Rose Sekunden später. Ihr Herz klopfte wie verrückt, auch später noch, während sie sich die Ringe ansteckten.

»Endlich sind wir Mann und Frau«, hauchte Rose ergriffen.

»Für immer, mein Seepferdchen«, flüsterte Nico, und sie besiegelten den Bund mit einem langen Kuss.

Hand in Hand verfolgten sie anschließend die Trauung von Iris und Fritz, das Verlesen der Einträge in die Ehebücher und setzten dann ihre Unterschriften darunter.

Love and Happiness, der Song von Al Green, ertönte und war auch das Zeichen für die Gäste, den Brautpaaren zu gratulieren.

Zuerst traten die Angehörigen und die Angestellten näher, dann formierte sich eine festlich gekleidete Schlange aus Gratulierenden, darunter auch der Altenpfleger, der Nico das Leben gerettet hatte, und Frau Burowski, die Designerin der Hochzeitskleider. Anschließend wurden von Frau Trautmanns Crew Sekt und Getränke ohne Alkohol zum Anstoßen angeboten.

Rose genoss das kühle Getränk, die guten Wünsche und auch das Posieren für die Erinnerungsfotos. Nach unzähligen Umarmungen und Wangenküssen war ihr vor Glück fast ein wenig schwindelig.

»Angeblich ist der Tag der Hochzeit der schönste Tag des Lebens«, sagte Nico, als sie einen Moment Pause hatten. »Aber das wäre doch ziemlich traurig. Deshalb verspreche ich dir, für mindestens weitere tausend schöne Tage zu sorgen.«

»Das verspreche ich dir auch«, entgegnete Rose.

Die Liebeserklärungen wurden von Frau Trautmann unterbrochen. »Auch von mir die allerherzlichsten Glückwünsche! Ich hoffe, Sie sind zufrieden mit allem, und Ihre Gäste auch.«

»Vielen Dank, wir sind sehr glücklich«, antwortete Nico.

»Es ist einfach alles wunderschön, herzlichen Dank! Und wenn ich mich so umschaue, sehe ich nur fröhliche Gesichter«, schloss Rose sich an.

»Ihr Anwesen eignet sich aber auch besonders gut für Hochzeiten«, lobte Frau Trautmann lächelnd. »Ich werde sicher noch viele weitere Male mit Anfragen auf Sie zukommen.«

Iris winkte ihnen mit beiden Händen, und Rose ergriff die Gelegenheit, sich von Frau Trautmann zu lösen.

»Was hattet ihr denn noch mit der Hochzeitsplanerin zu bereden?«, fragte Iris, als Rose und Nico sich endlich durch die Gäste geschlängelt hatten.

»Sie hat gesagt, dass sie ihren Klienten zukünftig vorschlagen will, hier zu heiraten. Sie kann sich wohl vor Anfragen kaum retten.«

»Das ist ein toller Vorschlag! Und Hochzeitsfeiern zu veranstalten macht nicht nur Spaß, sondern lässt auch noch die Kasse klingeln.«

»Allerdings«, bestätigte Nico. »Trotzdem begeben wir uns jetzt erst mal auf Hochzeitsreise. Oder was meinst du, geliebtes Eheweib?«

»Hochzeitsreise? Das war doch unsere Reise nach Devon!«

Nico drückte Rose einen zärtlichen Kuss auf die Wange. »Nur ein kleines Überraschungsgeschenk für dich, wir bleiben ja nicht lange fort. Du kannst dich schon bald wieder um deine Pflichten kümmern.«

Rose fiel ihm um den Hals. Für so viel Glück gab es einfach nicht genug Worte. Sie schwebte auf einer dicken rosaroten Wolke und beschloss, so bald nicht wieder herunterzukommen.

Liebe Leserinnen und liebe Leser,

wenn Sie nach den zahlreichen Beschreibungen von Kuchen und Torten nun auch Lust aufs Backen bekommen haben, dann empfehle ich die Torte aus dem roten Rezeptbuch von Lissis Großvater Georg Haas. Diese typisch österreichische Köstlichkeit ist sehr einfach herzustellen, und wenn Sie fertige Biskotten verwenden, muss nicht einmal der Backofen eingeschaltet werden. Besonders Ehrgeizige möchten die Biskotten vielleicht selbst backen, Rezepte dazu finden sich im Netz. Auch traditionelle Konditoreien backen noch Biskotten, die geschmacklich etwas feiner sind als die industriell hergestellten. Aber auch mit Letzteren schmeckt die Torte einfach sündhaft gut. Vielleicht erinnert Sie das Rezept ein wenig an das italienische Tiramisu, mit dem es durchaus Ähnlichkeit hat.

Malakofftorte

Zutaten

250 g weiche Butter
150 g Staubzucker (Puderzucker)
300 g zimmerwarmer Schlagobers (süße Schlagsahne)
1 TL Vanilleextrakt oder ein Päckchen Vanillezucker
200 g geriebene Mandeln
Milch zum Einweichen der Biskotten (Löffelbiskuits)
1 Stamperl Rum (wenn keine Kinder mitessen)
40–50 Stück Biskotten
einen extra Becher Schlagobers für die Garnierung

Zubereitung

Einen verstellbaren Tortenring auf ca. 18 cm einstellen und auf eine Glasplatte oder einen flachen Teller stellen.
Süße Sahne aufschlagen.
Butter mit Puderzucker cremig schlagen, bis sie fast weiß ist.
Mandeln unterheben.
Vanilleextrakt und Schlagsahne dazugeben.
Eine dünne Schicht der Creme direkt auf der Glasplatte oder dem flachen Teller verteilen. Das Originalrezept funktioniert ohne den üblichen Tortenboden. Man kann aber auch mit einem Biskuitboden beginnen.

Biskotten kurz in Milch eintauchen und die erste Schicht dicht an dicht auf der ersten Cremeschicht auslegen.

Darauf erneut eine Schicht Creme streichen.

Darauf wieder eine Schicht in Milch getränkte Biskotten, und zwar quer zur unteren Reihe.

Weitere Schichten aus Creme und Biskotten auftragen, immer jeweils quer zur Reihe darunter, bis die Creme aufgebraucht ist. Mit Biskotten enden.

Torte mindestens vier Stunden kalt stellen, besser über Nacht.

Nach dem Festwerden vorsichtig mit einem Messer zwischen Tortenring und Torte entlangschneiden. Ring abnehmen und den Tortenrand mit einer Schicht frisch geschlagener Sahne bestreichen.

Dekoration nach Belieben, z. B.: eine Reihe Biskotten oder geröstete Mandelblätter an den Rand kleben und die Torte oben mit Sahnetupfern verzieren.

Extratipp: Wem die Buttercreme mit Sahne zu mächtig ist, kann die Sahne durch Vanillepudding ersetzen. Diesen vorher kochen, in eine Schüssel füllen, mit Frischhaltefolie dicht abdecken und gut auskühlen lassen. Vor dem Unterheben in die geschlagene Butter noch mal mit dem Rührbesen aufschlagen.

Gutes Gelingen und Herzliche Grüße
Ihre Lilli Beck